E.P. 03 2004

W0415599

BASTEI
LÜBBE

Von Lorraine Fouchet erschien als Bastei Lübbe Taschenbuch:

12989 Familientreffen in der Champagne

Lorraine Fouchet

Der Leuchtturm von Sansibar

Aus dem Französischen von
Karin Meddekis

BASTEI LÜBBE

BASTEI LÜBBE TASCHENBUCH
Band 14377

1. Auflage: Juli 2000

Vollständige Taschenbuchausgabe

Bastei Lübbe Taschenbücher ist ein Imprint der Verlagsgruppe Lübbe

Deutsche Erstveröffentlichung
Titel der französischen Originalausgabe: Le Phare de Zanzibar
© 1998 by Lorraine Fouchet
© für die deutschsprachige Ausgabe 2000 by
Verlagsgruppe Lübbe GmbH & Co. KG, Bergisch Gladbach
Umschlaggestaltung: Gisela Kullowatz
Titelillustration: BAVARIA
Satz: KCS GmbH, Buchholz/Hamburg
Druck und Verarbeitung: Brodard & Taupin, La Flèche
Printed in France
ISBN: 3-404-14377-9

Sie finden uns im Internet unter
http://www.luebbe.de

Der Preis dieses Bandes versteht sich einschließlich
der gesetzlichen Mehrwertsteuer.

Für Christian, der in jenem Sommer, als ich 17 Jahre alt war, in eine Welt jenseits von Sansibar verschwand.

Für Colette, die meinen Vater seither durch ihre Liebe ersetzt hat und der Dreh- und Angelpunkt von Keryargon ist.

Zum Gedenken an Killé, Clémentina, Marina und Voyou

Zur Erinnerung an das Hotel Iroise an der Pointe du Raz

Zu Ehren von Barbara, weil »es in Nantes regnet«

Für Renata und Mab, für Marion, Héloïse und Simone B., für Esther

Dank an Danièle d'A., Françoise B.-G., Dominique R. und Anne-Marie C.

Dank an Jean de la C. …
an Étienne, Félix und Antoine-Basile
an Sophie R.
an Talel, Christine, die drei Catherinen, Henriette, Philippe und Ninon
und an meine bretonische Ratgeberin Nicole de Pol

Mein Kind, nun bist du zwanzig Jahre alt, und ich warte darauf, daß du dich zum erstenmal mit mir verabredest … bei dir oder bei mir oder in einem Café …

Serge Reggiani

Fünfzehn Jahre vergingen. Aus allen Jungen waren Männer geworden. Sie konnten nicht mehr fliegen, und sie hatten die Insel vollkommen vergessen.

Peter Pan, James Matthew Barrie

PROLOG

Ich wohne in einem Paradies. So nennt man Leuchttürme, die auf dem Festland stehen; stehen sie im Meer, so ist es die Hölle, und auf einer Insel ein Fegefeuer. Mein Großvater war einst der Wärter dieses Leuchtturmes; mein Vater kaufte ihn, als er außer Betrieb gesetzt und durch eine automatisierte Signalanlage ersetzt wurde. Ich bin an der bretonischen Küste im Departement Morbihan geboren.

Als mein Vater in jenem Sommer 1977, als ich elf Jahre alt war, verstarb, glaubte ich, Gott im Himmel habe das Licht gelöscht …

AUGUST 1977

10. August, Fest Noz auf Schloß Keravéon, Morbihan

Am Abend der Sternschnuppen am Sankt-Lorenz-Tag findet das »Nachtfest« statt, das auf bretonisch *Fest Noz* heißt. Alle Welt singt, tanzt und trinkt.

Ich wohne zwischen Étel und Erdeven, einem Ort, der Wind und Wellen ausgesetzt ist. Die anderen Menschen wohnen in viereckigen Häusern. Ringsherum wachsen Hortensien, und in den Gärten, die von Mauern umgeben sind, blühen Rosen und Kamelien. Ich wohne mit meinem Vater, dem Doktor Hugues Le Coz, und meiner Mutter Jane in dem Leuchtturm an der Küste. Es ist ein weißer Turm mit schmalen Fenstern; die Treppe in der Mitte des Turmes führt ins Laternenzimmer. Er ist seit Jahren nicht mehr in Betrieb, doch mein Vater schaut den Schiffen auf hoher See nach wie eine Henne ihren Küken. Und die verwilderte Heide dient uns als Garten. Hier wachsen gelber Stechginster, Heidekraut und im Altweibersommer zarte, rote Gräser.

Ich bin elf Jahre alt und für mein Alter sehr groß. Ich habe dunkles, lockiges Haar, Sommersprossen auf der Nase und viel weniger Busen als meine beste Freundin Soizic, die kürzlich zwölf geworden ist. Wenn ich hier sage »viel weniger Busen«, so ist das noch geschönt, denn ich habe gar keinen. Aber ich habe einen Trumpf: Meine Augen sind von dem gleichen Türkis wie die Farbe in meinem Malkasten. In meinem Personalausweis steht der Name Madeleine Le Coz. Als ich klein war, nannte mich mein Vater »meine Allerbeste«, und noch heute nennen mich alle Mab.

In meinem Universum leben vier Menschen: Soizic, Gwenaël, mein Vater und meine Mutter. Wenn man Soizic von der Seite betrachtet, fällt ihr großer Busen auf. Sie trägt blau-weiß gestreifte T-Shirts im Matrosenlook, die zu klein und supereng sind. Soizic ist wie ich ganz verrückt nach Gwenaël, der noch nicht einmal weiß, daß es uns gibt. Ich übertreibe: Er weiß es, aber das hindert ihn weder daran, zu schlafen, noch meine Mutter anzustarren. Es ist wirklich die Höhe: Wir sprühen vor Bewunderung für diesen alten Burschen von fünfzehn Jahren mit den strubbeligen, braunen Haaren und den kastanienbraunen Augen, der außerdem frech ist und eine Latzhose trägt, welche die gleiche Farbe wie das Wasser am Hafen hat. Doch diese sabbernde Kröte schwärmt für den typisch englischen bleichen Teint meiner Mutter, Jane Le Coz. Sie ist zweiunddreißig Jahre alt, rothaarig, klein und zierlich, hat blaue Augen und interessiert sich für ihn weniger als für den Tee in ihrer Teekanne und die Möbel, die sie für einen Trödler in Vannes restauriert.

Der vierte Musketier meiner Lebensgeschichte ist mein Vater, der dreiunddreißigjährige Hugues Le Coz. Bereits in jungen Jahren verlor er seine Eltern bei einem Autounfall. Daher wuchs er bei seiner Großmutter auf, einer Witwe, die ihn mit hausgemachten Crêpes vollstopfte, Karten legte und eine sehr leidenschaftliche und ausschließlich platonische Affäre mit einem alten bretonischen Adeligen hatte, der ihr sein Vermögen hinterließ. Sie starb in dem Jahr meiner Geburt.

Hugues ist ein komischer Kauz. Er ist groß und kräftig; vom Typ her ähnelt er einem Wikingerhäuptling. Er hat strohblondes, zurückgekämmtes Haar; seine Augen sind so dunkel wie sein Montblanc-Füller, seine Wangen glatt rasiert, und er hat einen etwas ungelenken, großen Körper.

Hugues ist Kinderarzt und legt seine großen Hände vorsichtig auf Babys, beruhigt die Mütter und flößt Vätern Vertrauen ein. Die Kinder vergöttern ihn. Seine Praxis liegt auf dem Dorfplatz. Ich wäre gerne öfter krank, um von ihm behandelt zu werden, aber ich erfreue mich bester Gesundheit. Mit etwas Glück werde ich wohl, da ich den Regen liebe, alt und rostig werden.

»Gehst du mit mir zum *Fest Noz*, Mab?«

»Ich komme!«

Die Väter meiner Freundinnen tragen Baskenmützen und Brillen. Sie haben Autos, die sie sonntags auf Hochglanz polieren, Freunde, die sie im Bistro treffen, und gerunzelte Augenbrauen, wenn sie sich die Zeugnisse ihrer Kinder ansehen. Hugues geht ohne Hut aus dem Haus, und er schaut die Menschen ohne zwischengeschaltete Brillengläser an. Er fährt einen staubigen, verbeulten Renault 16, den er dank seines Äskulapstabes überall parken kann; er geht nie ins Bistro; meine Noten sind ihm so egal wie sein erstes Stethoskop, und wenn er sich an einen Pokertisch setzt, fuchtelt er mit den Händen durch die Luft, und seine Augen strahlen.

Ich erinnere mich nicht mehr daran, wann ich meine Eltern zum erstenmal Hugues und Jane statt Papa und Mama genannt habe. Ich glaube, ich muß so ungefähr sieben gewesen sein. Eines Tages passierte es einfach so. Komischerweise brachte mich das Hugues noch näher, und zwischen Jane und mir erhielt es die Distanz, die sie sich wünschte.

Jane und ich sprechen nicht die gleiche Sprache, obwohl sie fließend Französisch spricht. Weil sie einen Jungen und kein Mädchen wollte, mußte ich sie vielleicht zwangsläufig enttäuschen. Und außerdem haßt sie Zärtlichkeiten und zeigt nie ihre Gefühle. Gefühle zu zeigen ist in ihren Augen eine Schwäche. Man muß das verstehen, denn sie wurde in diesem Sinne erzogen. Sie verbrachte ihre ganze Kindheit in einem englischen Mädchenpensionat, und wenn ihr zum Weinen zumute war, mußte sie Kricket spielen.

Meine Eltern haben sich in den sechziger Jahren in Rennes kennengelernt. Hugues fing gerade mit seinem Medizinstudium an, und sein bester Freund Guy Keruel besuchte eine Wirtschaftsakademie. Beide verliebten sich in Jane, die aus London gekommen war, um Französisch zu lernen, aber sie entschied sich für Hugues. Guy war Trauzeuge, wurde später mein Patenonkel und ist ihr Freund geblieben. Er ist Junggeselle, fährt ein Kabriolett und wechselt häufig seine Freundinnen. Hugues beschreibt ihn so: Er will gesalzene Butter, Krevetten dazu, das Geld für die Butter und ein vollbusiges Weib, das den gutgekühlten Muscadet serviert.

Wenn Jane mir meine schlechten Schulnoten vorwirft, zuckt Hugues mit den Schultern: »Das Leben ist zu kurz, um klein zu sein … Es nutzt wenig, mit Diplomen behangen zu sein, wenn man nicht in der Lage ist, einen Sturm auf See zu lieben, einen guten Wein zu genießen oder Bach zu hören! Sie muß Geographie lernen, weil auf unserem Planeten eine Menge verschiedener Völker leben, von denen wir viel lernen können, und die Geschichte, welche die Menschen geformt hat. Sie sollte die Geschichten der Leuchttürme kennen, die die Welt erhellen, genug Phantasie haben, um sich ihr Leben auszumalen und bis ans Ziel ihrer Träume zu gelangen, und sie muß die roten Rosen zählen können, welche die Männer ihr schenken werden.«

Mit meinen elf Jahren bin ich bei der Anzahl meiner Rosen schon bei fünf angelangt: drei hat Hugues mir geschenkt, eine Guy und eine ein Klassenkamerad. Soizic zählt schon die Jungen, die sie geküßt haben. Ich zähle noch die Rosen meines Lebens …

Ich gehe neben Hugues durch die Dunkelheit; Mortimer bummelt. »Ich habe zwei Kinder: eine Tochter, die brav in ihrem Zimmer schläft, und einen Sohn, den ich todsicher jeden Morgen in meinem Bett vorfinde«, pflegt mein Vater zu sagen.

Mortimer ist acht, hat einen flehenden, süßen Blick, die Angewohnheit, die Kacke der Nachbarskatze zu fressen, und lange Ohren, die wie Kalbsschnitzel aussehen. Es ist ein Basset, der Hund aus der Werbung für Hush-Puppies-Schuhe. Er ist rotbraun-weiß gefleckt wie eine Kuh. Er schaut meinen Vater an, wie ich Gwenaël anschaue, wie Gwenaël meine Mutter anschaut, wie meine Mutter ihre dampfende Teekanne anschaut – eine Erinnerung an ihre Heimat – und wie Hugues seinen Leuchtturm, seinen Hund und mich anschaut.

Seit drei Tagen macht mein Vater ein besorgtes Gesicht. Er hat in diesem Sommer oft gepokert, und er verliert immer, was sein Verhältnis zu Jane nicht gerade verbessert. Und außerdem gab es da noch dieses Drama. Ich habe den Artikel auf der ersten Seite in *Ouest France* gelesen: »In unserer Gegend hat sich ein schreckliches Drama ereignet. Ein friedlicher Urlauber, Monsieur Raoul Maurice, vierzig Jahre alt, ein bekannter und von allen geschätzter Pariser Geschäftsmann wurde von Doktor Hugues Le Coz tot aufgefunden, der ihn aufgrund eines anonymen Anrufs aufgesucht hatte. Die Polizei hat die Ermittlungen eingeleitet …«

Mitten in der Nacht wurden wir vom Telefon geweckt. Ein Tourist bat meinen Vater, dringend die neuen Häuser am Hafen aufzusuchen, um dort ein krankes Kind zu behandeln. Hugues beeilte sich, aber als er dort ankam, fand er nur Monsieur Maurice vor, und zwar ganz allein und mausetot. Da er den ganzen Sommer mit ihm Karten gespielt hatte, erkannte er ihn wieder und verständigte die Polizei …

»Ich habe eine Überraschung für dich, Mab!« sagt Hugues.

»Was denn für eine?«

»Du wirst schon sehen: Es ist rot, gelb, blau und mit Garantie auf Lebenszeit.«

Als wir auf dem Festplatz vor dem Schloß Keravéon ankommen, brutzeln die Würstchen, die Hände der Kinder kleben vor Zuckerwatte, die Crêpes fliegen durch die Luft, der bretonische Pflaumenkuchen sättigt die Festbesucher, der Cidre fließt in Strömen, und die Tänzer wiegen sich auf der am Morgen errichteten Bühne. Soizic, die in ihrer Spitzenbluse Größe S für small wunderschön aussieht, zeigt mit dem Finger auf den Mann unserer Träume, Gwenaël, der sich auf der Theke aufstützt wie ein Angler auf seiner Angelrute, wenn ein Fisch angebissen hat. Die pickeligen Kinder in unserem Alter tanzen nicht. Sie stoßen sich mit den Ellbogen an und lachen. Hugues fordert mich zu einem Tanz auf und wirbelt anschließend Soizic durch die Luft. Mortimer frißt die Reste der Crêpes.

Sie machen mich glücklich: Soizic, meine Schwester mit der Körbchengröße XXL, Gwenaël, mein stolzer Ritter mit den Seemannsstiefeln, Hugues mit seiner würdevollen Statur und sogar Jane mit ihrer hochmütigen Miene.

Sie kann nichts dafür, daß sie mich nicht liebt. Gefühle kann man nicht erzwingen. Es war im Januar vor sechs Monaten, elf Jahre nach meiner Geburt, als sie endlich den Sohn erwartete, von dem sie träumte. Der Gedanke, einen kleinen Bruder zu bekommen, begeisterte mich. Wir richteten zusammen sein Zimmer ein. Jane war sanft wie ein Lamm. Sie wollte ihn Andrew nennen wie ihren Vater und schon als Baby mit ihm englisch sprechen, weil das wichtig ist in der Geschäftswelt, selbst wenn im Departement Morbihan niemand englisch spricht. Aber irgend etwas im Verlauf der Sache ging schief. Es wurde bei einer Ultraschalluntersuchung festgestellt. Sie kam ins Krankenhaus, und ich blieb das einzige Kind. Hugues ging mit mir ins Krankenhaus, und als ich das Krankenzimmer betrat, drehte sie den Kopf weg. An ihrem Blick, der über mich hinwegglitt, sah ich, daß sie mich gegen Andrew eingetauscht hätte, wenn es ihr möglich gewesen wäre. Die Ärzte untersuchten uns später alle drei. Hugues räumte die Wiege und die Babysachen weg, und Jane kehrte in den Leuchtturm zurück.

Hugues sagte zu mir, daß sie deprimiert sei und ich sie nicht aufregen solle, aber angesichts der wenigen Worte, die sie mit mir wechselte, war das Risiko gleich Null. Da sie sehr erschöpft war, zog Hugues um und richtete sich im Laternenzimmer des Leuchtturms ein, damit sie sich ausruhen konnte. Die Monate gingen ins Land, und das Leben ging weiter, aber nichts war mehr wie früher. Hugues schläft noch immer dort oben. Abends schreien sich die beiden oft an, aber daran habe ich mich gewöhnt. Er schaut aufs Meer, trinkt Wein, hört Musik und spielt Poker. Sie malt Aquarelle, trinkt ausschließlich Tee und stopft sich Watte in die Ohren.

Wenn Jane mich jetzt anschaut, gleitet ihr Blick nicht über mich hinweg, sondern er geht durch mich hindurch. Manchmal schaue ich mich um, um zu sehen, wen sie hinter meiner Schulter anstarrt, aber dort ist niemand …

»Möchtest du Crêpes essen, mein Liebling?« fragt Hugues.

Eine pummelige Frau verstreicht den Teig mit geübter Hand auf zwei Platten. Ich nehme Schokolade und mein Vater Grand Manier. Sie reicht uns auf Papptellern die Crêpes, und wir setzen uns an einen langen Holztisch, an dem schon andere sitzen, die sich ihre Crêpes schmecken lassen. In Hugues' dunklen Pupillen blitzen goldene Sterne.

»Ich hoffe, diesmal haben wir gewonnen«, sagt er mit lauter Stimme.

»Ich auch!« stimme ich ihm zu.

Er hebt vorsichtig seinen Teller hoch, und als er drunter schaut, strahlt er.

»Ein G. Ich habe ein Crêpe gewonnen!« ruft er mit siegessicherer Miene. »Und du?«

Ich hebe meinen Teller auch hoch und mache ein enttäuschtes Gesicht:

»Ich habe ein V für verloren ... Schade!«

Die Leute neben uns heben ihre Teller hoch. Ein dicker Mann, der nichts entdeckt, steuert auf die Dame zu, die die Crêpes verkauft, um sich zu beschweren. Als wir weitergehen, versuchen wir mühsam, ernst zu bleiben. Der Trick klappt jedesmal!

»Tag, Doktor! Da bin ich. Pünktlich auf die Minute ...«

Ich habe ihn noch nie gesehen. Auf seine Schulter hat er einen großen Kasten geschnallt, und er ist mindestens zwanzig Jahre alt. Seine Oberarme, die an Popeye, den Matrosen, erinnern, sind mit Tätowierungen übersät. Er hat strubbeliges, braunes Haar, blaue Augen, einen Ring im rechten Ohr und einen Diamanten im linken. Jane würde ihm nicht einmal die Tür öffnen, selbst wenn er von Polizisten begleitet würde, die den Strand bewachen. Ich vergesse auf der Stelle Gwenaël, diesen uninteressanten Niemand, um meine ganze Liebe auf diesen Unbekannten zu lenken.

»Wie geht's denn so? Hast du deine Sachen mitgebracht?«

Nun spricht mein Vater. Der Himmel klart auf. Hugues drückt meinem neuen Märchenprinzen die Hand und zeigt auf mich.

»Fabien, das ist meine Allerbeste ...«

Fabien zerquetscht meine Pfote und lächelt mich mit strahlend weißen Zähnen an.

»Etwas jung für dich, oder?«

»Das ist meine Tochter, du Idiot!«

Hugues lächelt und macht dann etwas Seltsames. Er zieht sich hier mitten auf dem Fest sein Hemd aus und läßt seine Muskeln spielen.

»Was machst du denn da?« frage ich ihn.

Jane bekäme einen Herzanfall, wenn sie hier wäre. Hugues steht mit nacktem Oberkörper mitten auf dem *Fest Noz*. Es ist genauso, als ob eine Wache vor dem Buckingham Palace ihre Bärenfellmütze abnehmen und Salsa tanzen würde.

»Es ist eine Überraschung, Mab. Du wirst schon sehen …«

Fabien packt seine Sachen aus: elektrische Kabel, kleine Flaschen und Mappen, die Bilder enthalten.

»Ich will deinem Vater sein Honorar bezahlen … in Naturalien!« erklärt er mir lachend.

Hugues hat den kleinen Bruder von Fabien kostenlos behandelt, und dieser bedankt sich bei ihm mit dem, was er kann: einer Tätowierung. Sie verbinden die Kabel mit dem Stromaggregat, das die Lautsprecher des Orchesters mit Strom versorgt, und schließen einen elektrischen Stab, auf den Fabien eine Nadel setzt, an einer Steckdose an. Anschließend steckt Fabien eine Nadel auf den Stab.

»Du machst keinen Mist, nicht wahr? Das ist doch steril?« fragt Hugues.

»Wenn du einen Abszeß bekommst, verliere ich hier in der Gegend meinen guten Ruf!« beruhigt ihn Fabien.

Nach und nach verlassen die Tänzer die Tanzfläche, um sich die Sache anzusehen.

»Du hast deine Meinung doch nicht geändert? Hast du die Vorlage?«

Hugues zieht ein zusammengefaltetes Blatt aus seiner Tasche. Fabien schaut sich den roten Leuchtturm mit der gelben Tür, den gelben Fenstern und dem blauen Dach aufmerksam an. Plötzlich verstehe ich auch die rätselhaften Worte meines Vaters: eine Überraschung: rot, gelb, blau und mit lebenslanger Garantie.

»Du willst dich tätowieren lassen? Wie ein Matrose oder ein Häftling?«

Hugues faßt unter mein Kinn und schaut mir tief in die Augen.

»Ich bin leider kein Matrose und glücklicherweise kein Häftling. Ich lasse mich als freier Mann tätowieren, der Leuchttürme und Farben liebt!«

»Genau, recht hast du! Ich bin auch ein freier Mensch. Ich will ein Schiff mit Segeln.«

»Und ich einen Schiffsanker ...«

»Und ich ein hübsches Mädchen mit dicken Titten.«

Innerhalb von zwei Minuten melden sich zehn Freiwillige, die nach meinem Vater tätowiert werden wollen. Ich finde es zuerst seltsam, daß mein Vater einwilligt, sich als Dank kostenlos von Fabien tätowieren zu lassen. In Wahrheit ist es umgekehrt. Er hat nicht nur den kleinen Bruder behandelt, sondern er macht auch noch zusätzlich Werbung für den älteren!

»Tut es weh?«

»Es ist so, als ob er mich mit einer Feder kitzeln würde«, antwortet Hugues, der aber dennoch schwitzt.

Fabien zeichnet die Umrisse des Leuchtturms mit einem dicken Stift auf seine linke Schulter, und dann fängt er an, ihn mit der Nadel zu tätowieren. Blutstropfen rinnen, die er schnell wegwischt. Der Stift wandert auf der vorgezeichneten Route über die Haut. Mein Vater zuckt nicht mit der Wimper, aber ich kenne ihn: Es tut ihm weh.

Gwenaël rückt näher an mich heran, um besser sehen zu können. Gestern wäre ich vor Glück noch erstarrt, doch heute ist es mir vollkommen schnuppe. Auch Soizic schaut Fabien an. Ich hoffe, er steht nicht auf Vollbusige ...

»Gefällt es dir, Mab?«

Die Stirn meines Vaters ist schweißüberströmt, seine Fäuste sind geballt, und sein Lächeln ist etwas eingefroren. Ich nicke. Fabien fängt mit den Farben an: zuerst das blaue Dach, dann Fenster und Tür in Gelb und zum Schluß der rote Leuchtturm.

»Wenn wir in der Schule im Kunstunterricht mit Keramik arbeiten, verändern sich die Farben je nachdem, wie die Stücke gebrannt werden … Ist das hier auch so?« frage ich.

»Glaubst du denn, er wird mich braten?« erwidert Hugues.

Fabien fängt an zu lachen.

»Sie hat recht. Die Farben richten sich nach der Haut …«

»Es kann also passieren, daß ich auf einmal mit einem bonbonrosafarbenen Leuchtturm mit einem violetten Dach dastehe?« erkundigt sich Hugues besorgt.

»Ich bin fertig«, bemerkt Fabien.

Ich bewundere das Werk. Hugues verdreht sich vergebens den Hals, um sich die Tätowierung anzusehen.

In der selben Nacht in Hugues Le Coz' Leuchtturm

Als es zwei Uhr schlägt, kehren wir fröhlich heim. Mortimer ist mit Crêpes vollgestopft und begießt die Bäume. Ich bin überglücklich. Ich denke nur noch an Fabien. Wenn man mit elf Jahren verliebt ist, ist es so, als würde man Windbeutel mit Schokoladenfüllung essen, die außen warm sind und innen eine Überraschung bereithalten.

Drei Sterne betrachten uns von oben: Deneb genau über uns, etwas weiter rechts Wega und darunter Altair. In unserer Gegend sieht man sie nur im Sommer, daher kommt auch der Name »die drei Sommerschönen«. Jeder gehört zu einem anderen Sternbild: Deneb zum Schwan, Wega zur Leier und Altair zum Adler. Wir erkennen die

Milchstraße dank des Schwans, weil Deneb genau in der Mitte liegt. Hugues hat mir das alles beigebracht, sobald ich alt genug war, es zu verstehen. Noch bevor ich das Alphabet kannte, konnte ich bereits die Sterne benennen.

Als wir zu Hause ankommen, schläft Jane den gerechten Schlaf der englischen Köchin. Der Tisch ist schon fürs Frühstück gedeckt. Die Möbel sind poliert, und das Geschirr ist blitzblank. Es wäre mir lieber gewesen, es würde hier nicht so blitzen, und Jane wäre mit uns auf das Fest gegangen, aber sie mischt sich nicht gerne unters Volk, und außerdem trinkt sie nur Tee und besucht nicht gern öffentliche Plätze, wenn sich dort zu viele Menschen tummeln. Man nennt das »Agoraphobie«. Als ich klein war, dachte ich, es hieße Angoraphobie, und sie habe Angst vor Kaninchen.

»Gehen wir nach oben?« schlägt Hugues vor.

Er weiß, daß ich einverstanden bin. Wir steigen hintereinander die Wendeltreppe des Leuchtturms hinauf. Meine Füße kennen die 188 Stufen im Schlaf, und mein Atem paßt sich dem Rhythmus genau an. Unsere Schritte hallen durch die Dunkelheit.

»Eines Tages«, sagt Hugues, »wirst du mehr rote Rosen in deinem Leben bekommen haben als es Stufen in unserem Leuchtturm gibt!«

Als ich sieben Jahre alt war, also ein Alter hatte, in dem man schon eine Menge versteht, setzte sich Hugues wie Kapitän Haddock eine Mütze auf den Kopf und führte mich feierlich ins Laternenzimmer, um mir von Leuchttürmen der Vergangenheit zu erzählen.

»In der Ilias vergleicht schon Homer den Schild des Achill mit ›einem brennenden Feuer, das die Matrosen leitet‹. Später wurden die griechischen und ägyptischen Leuchtturmtempel von Priestern unterhalten, die Astronomie und Navigation lehrten. Dann bauten die Römer

Leuchttürme in Gallien, aber im 5. Jahrhundert wurden sie von den Barbaren zerstört, und im Mittelalter wurde es an Europas Küsten wieder dunkel. Im 11. Jahrhundert spendeten die mittelalterlichen Türme nur wenig Licht. Das wahre goldene Zeitalter der Pharologie ist das 19. Jahrhundert. 1800 gab es nur 24 Leuchttürme in Frankreich; 1853 waren es 169 und 1883 schon 361 Leuchttürme, und das mit einer so großen Reichweite, wie es die Erdkrümmung erlaubte.«

Ich hörte meinem Vater begeistert zu und vergaß die sieben Geburtstagsgeschenke, die unten auf mich warteten – eines für jedes Jahr. Jedesmal, wenn wir die Treppe zum Laternenzimmer hinaufsteigen, erinnere ich mich an jenen Tag, als ich durch Hugues' Worte einen ersten Eindruck von der großen weiten Welt bekam. Vorher interessierte ich mich nur für das, was es zu Essen gab, für meine Schulfreundinnen, meine Barbiepuppe und für Mortimer, mein lebendes Stofftier. Daß der Leuchtturm von Alexandria zu den Sieben Weltwundern gehörte, brachte mich nicht um den Schlaf. Aber als ich meinem Vater zuhörte, wie er seine vier Leidenschaften: Leuchttürme, die Geschichte, die Geographie und die Literatur in einer so aufregenden Weise miteinander verband, spürte ich vage, daß es irgendwo etwas gab, das sich zu suchen lohnte. Aber da ich noch sehr jung war und das über meinen Verstand hinausging, erbrach ich mich auf die Laterne des Leuchtturmes …

Es ist fast drei Uhr morgens. Draußen kommt Wind auf. In diesem Jahr habe ich zu meinem elften Geburtstag ein großes und zehn kleine Geschenke bekommen. Das ist Tradition geworden.

»Der neue Nachbar hat Mortimer mit dicken Würstchen vollgestopft«, sage ich zu Hugues. »Tut die Tätowierung weh?«

»Die Bosheit ist die Intelligenz der Dummen«, antwortet mein Vater. »Es ist so, als hätte ich mich gestoßen. Ich muß morgens und abends Vaseline auf die Tätowierung streichen, und ich darf zwei Wochen nicht baden.«

Wir lehnen in der Dunkelheit an der Laterne. Mortimer jault; er will gestreichelt werden. Ich streichele vorsichtig über die Wunde auf seinem rechten Schenkel. Er hat sich zu Beginn des Sommers am Stacheldraht verletzt. Und ich schmiege mich an meinen Vater, auch wenn ich kein Baby mehr bin.

»Wenn du eines Tages traurig bist, suche einen Leuchtturm und laß dich von seinem Licht wärmen ...«, sagt Hugues.

»... und du wirst die Nacht lieben«, antworte ich, womit ich seinen Lieblingsspruch beende. »Was war der schönste Tag in deinem Leben?«

Er überlegt.

»Ich müßte jetzt sagen, daß es der Tag war, an dem du geboren wurdest, aber das wäre gelogen. Damals war ich noch zu jung. Ich glaube, es war der Tag, an dem ich dich auf meine Schultern setzte und zum erstenmal mit dir ans Meer ging.«

Ich hatte etwas Romantischeres erwartet, vielleicht, daß es der Tag war, als er zum erstenmal eine Frau geküßt hat, oder seinen Hochzeitstag oder so etwas in der Art. Es war das Thema unseres letzten Klassenaufsatzes unmittelbar vor den Ferien: »Beschreibt den schönsten Tag eures Lebens.« Ich habe über den Abend geschrieben, als Hugues Mortimer mit nach Hause brachte. Er war drei Monate alt und hatte so lange Ohren, daß er im wahrsten Sinne des Wortes auf seinen Ohren herumtrampelte.

Jane mag keine Hunde. Sie ist eher für Katzen, aber nicht für Katzenklos. Es ist wie mit den Babys: Sie befummelt gerne die Babys ihrer Freundinnen, aber sie hat keine

Lust, ihnen den Mund abzuwischen oder ihre Windeln zu wechseln. Jane würde es gefallen, wenn wir reine Verstandesmenschen wären. Das Körperliche ist ihr lästig. Sie erträgt es nicht, wenn jemand krank ist. Das empfindet sie als Niederlage. Hugues wird als Arzt jeden Tag mit der Realität des Lebens konfrontiert.

Eine Sternschnuppe verglüht am Himmel.

»Hattest du genug Zeit, dir etwas zu wünschen?« fragt Hugues.

Ich nicke. Ich habe mir ganz fest gewünscht: »Ich wünschte mir, daß Fabien mich liebt.«

»Und du, was wünschst du dir?«

Er lächelt, ohne mir eine Antwort zu geben. Noch ein Stern verglüht Millionen von Lichtjahren entfernt.

»Schau, dort die drei Sterne und die beiden kleinen daneben: ein Dreier und ein Pasch ... ich künde ein *full heaven* an«, sagt Hugues langsam.

»Ich habe ein besseres Blatt. Siehst du die fünf dort rechts? Sternenpoker!«

Wir steigen berauscht von unserer Zärtlichkeit nach unten, als wäre unsere Seele im Laternenzimmer zu neuem Leben erweckt worden und als wären wir dort in eine neue glückliche Menschenhaut geschlüpft. Es gibt Leute, die kaufen sich Jacken aus Gänsedaunen, damit sie nicht frieren. Hugues und ich erleben Momente, die uns für Jahrhunderte bis ins Knochenmark erwärmen.

»Hast du noch Hunger, meine kleine Schöne?«

Ich nickte heftig mit dem Kopf, und das nicht etwa deshalb, weil ich Hunger habe, sondern weil ich Lust auf das habe, was folgen wird. Mein Vater, der sich die blaue Schürze vor den Bauch gebunden hat, steht vor der Bratpfanne und waltet seines Amtes. Alles folgt dem von uns ins Leben gerufenen Ritual.

»Speck!« sagt er und streckt seine Hand wie ein Chirurg

aus, der im Operationssaal nach den Instrumenten verlangt.

Er wirft den Speck in die Pfanne, und die Stücke fangen an zu brutzeln.

»Eier!«

Ich trenne Eiweiß und Eigelb von vier Eiern. Er schlägt beides getrennt und vermischt es anschließend wieder. Den tieferen Sinn habe ich bisher nicht ergründen können.

»Das beste Festessen unseres Lebens ist angerichtet!« verkündet mein Vater, der Architekt der Utopie, der große Kenner der Leuchttürme, der Kämpfer gegen Kinderviren und der Koch zauberhafter Omelettes.

In der heute mittag entkorkten Flasche ist noch ein Rest Gigondas. Er trinkt einen Schluck und reicht mir dann die Flasche, damit ich die letzten Tropfen Wein in mein Glas gießen kann.

»Du wünschst dir etwas, bläst dreimal hintereinander in die Flasche, stellst sie wieder auf den Tisch und trinkst, okay?«

Hugues hat diese Angewohnheit von seiner Großmutter übernommen. Ich mache es so, wie er gesagt hat, und diesmal wünsche ich mir, glücklich zu sein.

»Es schmeckt ausgezeichnet«, sagt Hugues, als er sein Omelette verschlingt. »Schmeckt es dir?«

Ich nicke mit vollem Mund. Das Omelette ist gerade so sämig, wie es sein muß, und der Speck ist knusprig. Ich ahne trotz meiner jungen Jahre, daß dieses Omelette das beste Omelette ist, das ich je in meinem Leben essen werde. Selbst wenn man mir bis zu meinem Tod die teuersten und feinsten Speisen anbietet, so werde ich in der besten Gänseleberpastete und dem schmackhaftesten Kaviar den unvergleichlichen Geschmack dieses Omelettes suchen.

Am frühen Morgen schrecke ich mit klopfendem Herzen hoch. Der Regen peitscht gegen die Scheiben. Mortimer schläft quer über meiner Matratze und hat mich in eine Ecke des Bettes verdrängt. Ich friere, weil meine Decke auf den Boden gefallen ist.

Laute Stimmen dringen vom Erdgeschoß in mein Zimmer. Meine Mutter spricht in ihrer Muttersprache, wenn sie wütend ist, und als sie jetzt die Stimme erhebt, verschluckt sie das r. Ich habe mich an diese nächtlichen Streitereien gewöhnt. Sie glauben vielleicht, daß ich nichts höre. Heute weiß ich, warum der Haussegen schief hängt: erstens die Tätowierung. Jane wird fuchsteufelswild sein. Zweitens die auf Hochglanz polierte Küche, die wir wie ein Schlachtfeld hinterlassen haben, weil es für uns zum Spaß dazugehört, überall etwas hinzustellen, die Farben und die Gerüche zum Leben zu erwecken, Schüsseln, Teller und Bestecke wie beim Lego aufzustapeln. Eine Baustelle … ja, aber für den Bau eines Omelettes.

Ich halte mir wie immer die Ohren zu. Meine Eltern verstehen sich schon lange nicht mehr, aber Hugues liebt mich und kümmert sich um mich. Bei Soizic ist es umgekehrt: Ihre Eltern lieben sich dermaßen, daß es für sie keinen Platz mehr gibt.

Um wieder einzuschlafen, schaue ich auf die leuchtende Himmelskarte, die mein Vater an die Decke meines Zimmers gemalt hat, wobei er sich an die genaue Position der Sternbilder gehalten hat, so wie die Priester des Altertums die Sterne an die Wände ihrer Leuchtturmtempel gezeichnet haben. Orion, Andromedes, Wega, und allmählich verschwimmt alles vor meinen Augen …

Die Tage folgen aufeinander und ähneln sich nicht

Als ich am nächsten Morgen in die Küche komme, erhellt sich Hugues' müdes Gesicht. Er trinkt nur Kaffee. Jane frühstückt allein im Bett. Sie ißt Haferbrei und trinkt Tee. Ich trinke Kakao und esse Müsli. Jane ist derartig eigensinnig, daß die jungen Mädchen, die ihr im Haushalt helfen, nie lange bei uns bleiben. Gerade ist eine neue gekommen. Sie heißt Anaïg. Mein Vater hebt mit fragendem Gesichtsausdruck seine Kaffeeschale hoch und schaut unter die Schale.

»G für gewonnen!« verkündet er siegessicher. »Ich habe einen Kuß von meiner Tochter gewonnen.«

Ich küsse ihn und schaue unter meine Schale.

»V für verloren! Ich räume mein Zimmer nicht auf.«

Draußen hupt jemand. Wir gehen hinaus. Guy, mein Patenonkel, Direktor der hiesigen Bank und stellvertretender Bürgermeister, parkt seinen roten Triumph, ein Kabriolett, vor dem Leuchtturm und gibt mir zerstreut einen Kuß. Seine Augen sind rot, und sein Teint ist grau. Wahrscheinlich hat er wieder die ganze Nacht Karten gespielt. Er zieht sich mit Hugues ins Laternenzimmer zurück.

Ich gehe schweigend wieder in die Küche. Anaïg stellt mit ratloser Miene unsere Schalen auf den Tisch, die sie umgedreht hat, ohne jedoch ein G oder ein V zu entdecken.

Hugues und Guy kommen wieder herunter, um auf die *Stella Maria*, Guys Boot, zu gehen. Ich ziehe meine Seglerjacke an. Der Gedanke an eine Bootsfahrt hebt meine Laune enorm, selbst wenn die Schaumkronen der Wellen weiße Schafe auf das blaue Wasser malen. Aber Hugues schüttelt den Kopf. Ich halte erstaunt inne.

»Heute nicht, meine geliebte Kleine. Das ist ein reiner Männerausflug: Guy, Mortimer und ich. Es wird gleich einen kräftigen Schauer geben.«

Ich bin so enttäuscht, daß mir dummerweise Tränen in die Augen schießen.

»Schau mich nicht an wie ein junger Hund und verbirg deine Augen. Sie sind so blau, daß man in ihnen versinken könnte«, sagt Hugues, während er die gelbe Kapuze meiner Seglerjacke über mein mürrisches Gesicht zieht.

Ach, egal, dann spiele ich halt mit Soizic am Flipper in der Hafenkneipe mitten unter den alten Matrosen mit den Schiffermützen.

Ich gewinne zwei Spiele, und Soizic löst dreimal ein »tilt« aus. Sie rüttelt zu stark am Flipperautomaten, und dadurch wird das System blockiert. Wir müssen unseren Platz bald räumen. In der Kneipe ist es sehr voll. Wind ist aufgekommen, und die Schiffe kehren nach und nach zurück. Die Luft ist von den vielen Zigaretten ganz verqualmt, und ich gehe zum Leuchtturm zurück, um Hugues zu begrüßen. Eingemummelt in meine Decke, höre ich im Laternenzimmer, wie sich die Bäume im Sturm biegen und das Meer braust. Hugues und Guy werden vermutlich in irgendeiner Kneipe hängengeblieben sein, um Glühwein zu trinken. Sicher werden sie bald Arm im Arm wie zwei Komplizen mit Mortimer auf den Fersen nach Hause schwanken.

Ich starre auf die Fluten und suche das Funkfeuer, das unseren Leuchtturm ersetzt. Die Seeleute unterscheiden Leuchttürme an der Farbe, der Stärke, der Art und dem Rhythmus des Lichtes. Auch das Licht selbst hat seine Charakteristika, aus denen sich der Code zusammensetzt. Die großen Leuchttürme haben Blinkfeuer, während die kleineren Festfeuer haben, das heißt, daß die Farbe je nach dem Ort am Horizont, von dem aus man es sieht, wechselt. Auch die Farbe meiner Augen hängt von meinem Gegenüber ab. Sobald Hugues mir in die Augen sieht, verwandelt sich das ausgewaschene Blau in fröhliches Türkis. Ich warte auf ihn.

Ein Wagen fährt den Weg hinauf. Ich erkenne den Triumph. Der Wind heult. Ein Mann steigt die Treppe hinauf. Die Tür wird geöffnet und quietscht wie in einem schlechten Film. Es ist Guy. Er ist allein und durchnäßt.

Sein Gesicht ist aufgewühlt. Mein Herz setzt aus. Ich bin Bretonin. Ich habe die Geschichten des Meeres und der Katastrophen auf See mit der Muttermilch aufgesogen. Dagegen bin ich gefeit. Ich habe das Gefühl, auf einer Theaterbühne zu stehen, und daß ein ganz bestimmtes Verhalten von mir erwartet wird: die Bettdecke zurückschlagen, mich an Guys Brust werfen, schreien und schluchzen?

Die Leuchttürme, die Geschichte, die Geographie und die Literatur haben mich darauf nicht vorbereitet. Ich schaue dem Drama schweigend ins Gesicht. Ich trotze der Leere, dem Nichts, dem Niemand. Guys Bänkerstimme dringt an mein Ohr, die Stimme, die er benutzt, wenn er den Leuten mitteilt, daß er ihnen den Kredit nicht gewährt, mit dem sie ihr Traumhaus finanzieren wollten. Sein Blick weicht mir aus; alle Energie ist aus seinem Gesicht gewichen. Ich höre zu, nicke und signalisiere »alles verstanden«, als spräche ich in das Mikro des Funkgerätes auf der *Stella Maria*.

Hugues kommt nicht mehr zurück. Wind kam auf; die *Stella Maria* tanzte wie eine Nußschale auf den Wellen; dann wurde es verdammt stürmisch. Mortimer legte sich jaulend auf den Boden des Bootes. Hugues und Guy lachten zuerst und beschlossen dann umzukehren. Sie waren gezwungen zu schreien, um sich zu verständigen, aber sie hatten Vertrauen, denn das war nicht das erste Unwetter, das sie zusammen erlebten. Plötzlich überflutete eine wahnsinnig hohe Welle das Boot und riß Hugues das Mikro des Funkgerätes aus den Händen. Die *Stella Maria* fing an zu schlingern, und dadurch fiel Hugues zu Boden und ging über Bord. Der blöde Mortimer sprang hinterher. Wasser spritzte in Guys Augen, so daß er nichts mehr sehen konnte; haushohe Wellen schwappten über das Boot; er drehte sich hin und her, rief, schrie und starrte in die Fluten. Er verständigte über Funk den Seenotrettungsdienst, doch dieser suchte vergebens das Gebiet ab. Hugues und Mortimer versanken tief in den blauen Augen des Meeres.

Kenavo, auf Wiedersehen

Überall in der Kapelle sieht man Heiligenbilder, naive Statuen und alte Bootsmodelle. Das zitternde Licht der Kerzen gräbt Furchen in die Gesichter. Die ganze Gegend ist da. Die Leute haben ihre Kinder mitgebracht, weil mein Vater sie behandelt hat. Nur einer fehlt: Hugues. Es gibt keinen Leichnam und daher auch keinen Sarg. Nur Süßwassertränen für einen im Salzwasser Ertrunkenen. Doch die Menge trägt der Tradition getreu schwarz. Alle schauen uns an. Der Rektor, so wird der Pfarrer in der Bretagne genannt, wirft mir ein mitfühlendes Lächeln zu. Am liebsten wäre ich tot.

Heute morgen habe ich mir fast die Finger verbrannt, als ich aus zwei Kerzen ein kleines Wachskreuz gebastelt habe. Mehrere Kerzen zerbrachen, bis ich auf die Idee kam, sie mit einem Draht zusammenzubinden. Hugues hat mir von diesem Brauch auf der Insel Quessant erzählt. Damit die Ertrunkenen aufs Festland zurückkehren, wird jeder Matrose, der im Meer umgekommen ist, durch ein kleines Wachskreuz symbolisch dargestellt. Im Haus des Verschollenen wird vor diesem Kreuz eine Kerze angezündet, dann trägt man das Kreuz in die Kirche und stellt sie später auf den Friedhof von Lampaul vor das Proella-Denkmal. *Proella* kommt von *Bro* ›Land‹ und *Elez* ›nach Hause zurückkehren‹.

In der Kapelle stimmen die Trauergäste das bretonische Lied für die Toten an: *Kenavo peuranté, Kenavo breinanté, Kenavo trebillieu, Kenavo péhedeu.* Auf Wiedersehen Armut, auf Wiedersehen Fäulnis, auf Wiedersehen Sorgen, auf Wiedersehen Sünden.

Ich versuche wegzuhören. Mit aller Kraft rufe ich mir die Lieblingsmusik meines Vaters ins Gedächtnis, die *Tokkata und Fuge* von Bach zuerst und dann die *Messe für ein Requiem* von Verdi. Ich habe das kleine Wachskreuz in meiner Tasche. Eine unpassende Melodie fällt mir ein, die Hugues' Großmutter für ihn gesungen hat: Du bist viel zu klein, mein Freund, du bist viel zu klein, aber ja!

Während der Messe wühle ich in meiner Tasche. Jane, die zu wissen glaubt, was ich suche, öffnet ihre Handtasche und reicht mir ein feines, tadelloses Taschentuch. Doch ich schüttele den Kopf und ziehe die gelbe Kapuze meiner Seglerjacke aus meiner Tasche, setze sie mir auf den Kopf und ziehe sie so über meine Augen, wie Hugues es gemacht hat, kurz bevor er an Bord ging. Ein Raunen geht durch die Menge, brandet in den ersten Reihen und erstirbt am Fuße des Altars. Guy, der zu meiner Linken sitzt, runzelt eine Augenbraue, die rechte, nicht die des Herzens. Das leuchtende Gelb hinterläßt inmitten der dunklen Kleidung einen hellen Fleck. Mir ist nichts anderes eingefallen, um meine Tränen zu verbergen und meine Augen, die so blau sind, daß Hugues in ihnen versinken wollte.

Plötzlich dringt aus den Tiefen meiner Seele ein Lachen auf meine Lippen und erschüttert mich. Soizic, die an diesem Tag einen Pullover in ihrer Größe trägt, glaubt zuerst, daß ich weine, dann nimmt sie mich genau unter die Lupe, um festzustellen, was sich unter der Kapuze meiner Seglerjacke abspielt.

»Was ist los?« flüstert sie.

»Er durfte nicht baden …«, sage ich schluchzend. »Er durfte wegen seiner Tätowierung nicht baden!«

SEPTEMBER 1997

Étel, Morbihan, im Leuchtturm,
zwanzig Jahre später,
Sonntag, 14. September

Ich bin einunddreißig. Hugues war dreiunddreißig, als er ertrank. Bald werde ich so alt wie mein Vater sein. Für die meisten Menschen ist 1977 das Todesjahr von Jacques Prévert, Charlie Chaplin und Elvis Presley. Für mich stellt der Tod von Hugues Le Coz alle anderen Verstorbenen in den Schatten.

Meine perfekte Mutter ist noch immer tadellos geschminkt und frisiert. Sie hat das glatte, bleiche Gesicht der Engländerinnen Anfang Fünfzig und trägt diese antiquierte Eleganz aus Tweed und Kaschmir. Nach Hugues' Tod stand uns Guy als treuer Freund der Familie zur Seite. Er hat sich um die Papiere, die Steuererklärungen und den ganzen Behördenkram gekümmert, der die Menschen daran hindert, in Frieden zu weinen …

Hugues' Großmutter hatte von ihrem alten Liebhaber eine Million Francs geerbt, die sie meinem Vater nach ihrem Tod hinterließ. Da er seine angeborene Neigung, beim Kartenspiel zu verlieren, kannte, hatte Hugues dieses Geld auf Janes Rat hin bei Guys Bank langfristig angelegt. Aber als Jane das Geld zurückhaben wollte, nachdem ihr Mann ertrunken war, teilte ihr Guy verlegen mit, daß sich das ganze Geld in Luft, genauer gesagt in Spielschulden aufgelöst habe. Hugues, der sagte: »Ich habe ein Herz, aber wenn du mich genug pikst, dann lege ich dich aufs Kreuz!«, hatte eine Million Francs beim Poker verloren.

Jane wollte damals unseren Leuchtturm verkaufen, aber sie hatte nicht das Recht dazu, weil das Meer den Leichnam von Hugues nicht herausgegeben hatte, der daher juristisch nicht als tot, sondern nur als »verschollen« galt. Guy – immer gentlemanlike – lieh Jane Geld, damit wir wieder bei Kasse waren. Ich weiß nicht, ob sie es zurückzahlte, als sie nach der gesetzlichen Frist sechs Jahre später Madame Guy Keruel wurde. Sie hat den Namen Hugues nie mehr erwähnt, und auch ich hörte auf, von ihm zu sprechen.

Hugues ist im Nebel der Vergangenheit verschollen und mit ihm die blau, gelb, rote Tätowierung, das Spiel »G wie gewonnen und V wie verloren«, die Geschichten der Leuchtturmwärter, die Patienten bis fünfzehn Jahre und drei Monate (die offizielle Altersgrenze für Patienten von Kinderärzten), die Bassets mit dem menschlichen Blick, die nächtlichen Omelettes, die Gespräche im Laternenzimmer, in denen wir die Welt neu erschufen, die großen Gespräche über die Harmonie des Universums und die Suche nach der Wahrheit, die guten Weine, Bach, die Kunst zu schreiben, die Geschichte, die Geographie, die Himmelskarten, die Geburtstagsgeschenke, deren Anzahl sich nach meinem Alter richtete, das Gefühl, großartig zu sein, und alles, was das Leben erstrahlen ließ …

Zwanzig Jahre später, wie der Titel des Romans von Alexandre Dumas heißt, der auf die drei Musketiere folgte und den Hugues liebte, lebe ich noch immer in unserem Leuchtturm. Jane wohnt mit Guy in einem modernen Haus in der Stadt, aber sie hat einen Antiquitätenladen mit englischen Möbeln in dem kleinen Haus neben dem Leuchtturm eröffnet, in dem sie wochentags arbeitet. Sie hätte gerne gesehen, daß ich Anwältin oder Lehrerin geworden wäre, aber ich hörte nach Hugues' Tod in der Schule nicht mehr zu und suchte Zuflucht in meinen

Büchern und beim Fernsehen, und nach dem Abitur war es für mich mit der Lernerei endgültig vorbei.

Heute versuche ich, drei Berufe unter einen Hut zu bringen: Mutter, Drehbuchautorin und Vermieterin von Fremdenzimmern. Ich erziehe Jérémie, meinen zehnjährigen Sohn, allein. Das Leben als Drehbuchautorin ist stark von der Marktlage abhängig. Mit einem Schlag verdient man eine Menge Geld, dann sechs Monate gar nichts, dann den Jackpot, halt so, wie es gerade kommt. Um mein Einkommen zu sichern, nehme ich in den Schulferien zahlende Gäste auf. Zum Frühstück stopfe ich sie mit Eiern und Speck voll, und wenn ich sie mag, nehme ich sie mit ins Laternenzimmer, zeige ihnen von dort oben das Meer und erzähle ihnen Leuchtturmgeschichten. Leuchttürme wurden an nahezu unzugänglichen Orten gebaut. Es dauerte sieben Jahre, bis der Leuchtturm La Jument, der in der Nähe von Quessant auf einem Felsen steht, der bei Hochwasser überflutet wird, fertiggestellt war; vierzehn Jahre, um Ar-Men zu errichten, der verlassen vom Damm von Sein aufragt, an dem drei Jahre lang nur vierzehn Stunden gearbeitet werden konnte, und sage und schreibe siebenundzwanzig Jahre, um den Patriarchen der französischen Leuchttürme, Cordouan, »den König der Leuchttürme, den Leuchtturm der Könige«, das Versailles des Meeres, fertigzustellen, wobei sich der Architekt obendrein ruinierte.

Unser Leuchtturm ist für Jérémie und mich unser Nest, unser Unterschlupf, unser Haus. Das ist alles, was mir von Hugues geblieben ist: ein mystischer Ort voller Erinnerungen, der es mir erleichtert, das Monatsende zu überstehen, und mir die Kraft gibt weiterzumachen. Wenn ich in meinem gemütlichen Zimmer vor meinem Computer sitze, kann der Wind meinetwegen die Bäume entwurzeln und die Dächer von den Häusern der drei kleinen Schweinchen abheben. Wir sind hier in Sicherheit. Ich bin nicht sicher, ob ich woanders schreiben könnte.

Und bei der Anzahl der roten Rosen meines Lebens bin ich bei 98 angekommen. Ich habe sie alle aufgeschrieben.

Ich mache uns mit strubbeligem Haar das Frühstück: Teller mit Haferflocken, die ich mit Himbeeraugen, einer Melonennase und einem Ovomaltinemund verziere. Ich habe noch immer meine dunklen, lockigen Haare und meine türkisfarbenen Augen, aber ich habe keine Sommersprossen mehr. Die habe ich Jérémie vererbt. Sie passen gut zu seinem kastanienbraunen Haar und seinen dunkelbraunen Augen.

Wie jeden Sonntagmorgen steigen wir mit unseren Tellern ins Laternenzimmer hoch.

»Es ist toll, daß wir zwei allein sind«, sage ich zu Jérémie.

»All die Touristen gehen mir am Ende ganz schön auf die Nerven ...«

»Mab! Jérémie! Seid ihr oben?«

Das ist Janes Stimme. Normalerweise kommt sie sonntags nicht. Sie steigt die Treppe hinauf und gesellt sich zu uns.

»Noch immer im Schlafanzug! Seid ihr noch nicht draußen gewesen?«

Jane ist besessen. Möbel müssen poliert werden, der Alkohol sollte abgeschafft werden, und man muß jeden Tag frische Luft schnappen, auch wenn man sich den Tod holt.

»Wir haben etwas anderes vor!« antworte ich.

»Dieses Kind hätte nicht ständig Asthma, wenn es häufiger spazierengehen würde. Jérémie sieht aus wie eine Leiche.«

Ich widerspreche ihr. Immerhin lernt Jérémie viel von mir. Mein Sohn wiederholt mit schelmischem Blick wortgetreu die Erklärungen über die Leuchtfeuer der Leuchttürme, die ich gestern dem letzten Touristen der Saison geliefert habe. Früher wurden Olivenöl oder Walfischfett verbrannt. Heute werden Ringlinsen des hochbegabten Physikers Augustin Fresnel benutzt, der schon als Sechzehnjähriger sein Hochschulstudium abgeschlossen hat.

Es verschafft mir eine kleine Genugtuung, daß meine Mutter zugibt, Jérémie habe gut aufgepaßt, aber sie weiß, was sie mir antut, wenn sie sein Asthma erwähnt. Ich erziehe Jérémie allein. Wir lieben uns, alles läuft bestens ..., außer wenn sich seine Bronchien verkrampfen. Ich kann ihn beschützen, ihn lieben, meinem Sohn helfen, daß ein Mann aus ihm wird, ihm etwas über Geschichte, Geographie, Leuchttürme und Literatur beibringen ..., aber ich kann nicht für ihn atmen.

»Du wirst dich nie ändern«, beklagt sich Jane. »Immer in diesem feuchten Zimmer sitzen und die alten Geschichten wiederkäuen ... Du tätest besser daran, deinem Sohn eine kleine Schwester zu schenken.«

Ich schaue sie wütend an. Wäre Jérémie nicht hier, hätte sie hinzugefügt: »Aber diesmal mit Vater!«

»Ich habe heute etwas anderes vor, aber wenn es dir so wichtig ist, werde ich deinen Rat gleich morgen befolgen«, erwidere ich. »Welche Farbe soll sie haben?«

Eine Stunde später lehnt Jérémie im Café *Bei Soizic* am Tresen und trinkt seinen Kakao, während ich eine kleine Tasse Kaffee mit Sahne trinke. Die Lottoscheine, die uns vielleicht reich machen werden, sind sicher in der Tasche meiner Cabanjacke verstaut. Unter diesem Vorwand habe ich den Leuchtturm verlassen. Jane geht mir mit ihrem neuesten Hirngespinst schrecklich auf die Nerven. Sie träumt davon, ein Ladenlokal in der Stadtmitte auf dem Dorfplatz gegenüber der Bank zu mieten. Sie hat ein modernes Ladenschild *Englischer Antiquitätenladen* bestellt, um die künftigen Kundenscharen anzulocken. Hier am Leuchtturm gibt es nicht genug Laufkundschaft für sie. Die Touristen machen trotz der Schilder an der Straße selten den Umweg. Wenn die Kunden nicht genug Bargeld bei sich haben, ist die Bank zu weit entfernt, und sie langweilt sich hier ganz allein. Wenn ich am Computer arbeite, ertrage ich es nicht, gestört zu werden. Jérémie ist bis halb fünf in der Schule.

»Mama! Sieh mal!«

Jérémie schaut mich mit seinem kakaoverschmierten Mund an. Seine Augen, die er von seinem Vater geerbt hat, sind von einem warmen, zarten Braun, das an Holzfeuer und Kastanien in der Glut erinnert.

Die ehemalige *Hafenkneipe* ist heute das Café *Bei Soizic*. Es gibt keinen Flipper mehr, sondern Videospiele, keine Jukebox, sondern eine Musikbox mit CDs. Und in der Ecke neben dem Erdnußautomaten steht ein neuer Verkaufsständer.

»Das sind Tamagotchis … Die müssen nicht spazierengehen«, sagt Jérémie mit verschmitzter Miene.

Ich seufze. Seit Monaten bettelt mein Sohn, daß ich ihm einen Hund kaufe: »Du hast ja auch einen gehabt, als du so alt warst wie ich, Mama!« Aber die Verantwortung ist zu groß, und ich habe schon genug Probleme, mein Leben mit nur einem kleinen Jungen zu organisieren. Und außerdem ist er aufgrund seines Asthmas allergisch gegen Fell und Federn. Sein Kinderarzt, Dr. Marcié, hat sich eindeutig dagegen ausgesprochen: keine Hunde als Spielkameraden. Darum lasse ich mich zum Kauf dieses schrecklichen Plastiktieres hinreißen.

»Wie teuer sind sie, Soizic?«

Soizic schaut hinter dem Tresen auf ihre Liste. Sie bietet noch immer diese vollbusige Seitenansicht. Sie hat sich nicht verändert. Aber der Zauber verschwand, als Hugues starb. Wir haben Fabien nicht mehr bei uns in der Gegend nicht mehr gesehen. Soizic hat mit achtzehn Jahren Gwenaël geheiratet. Sie haben zwei Kinder bekommen und die *Hafenkneipe* gekauft und umgetauft.

Wenn ich sie sehe, bin ich immer etwas verlegen, als hätte ich einen Teil von mir verloren, genaugenommen den Teil, der sie liebte. Einmal habe ich in einer Fernsehsendung Behinderte sagen hören, daß ihnen ihr amputiertes Glied Schmerzen bereite. Das ist genau das Gefühl, das ich empfinde, wenn ich Soizic sehe. Ich fühle mich schuldig gegenüber den Menschen, die ich liebte, als Hugues mich noch beschützte, aber sie sind nicht mehr in meinem Herzen. Ich habe sie daraus vertrieben, um zu überleben.

»Kommt doch mal zum Essen zu uns«, schlägt Soizic vor.

»Gerne!«

Wir müssen so miteinander reden, obwohl wir wissen, daß es nur leere Worte sind.

Als wir wieder zu Hause ankommen, ist Jane nicht mehr da. Ich blättere in Zeitschriften; im Kamin knistert das Feuer; Jérémie starrt gebannt auf sein piepsendes Tamagotchi. Es kommt aus Japan, und sein Name bedeutet »süßes, kleines Ei«. Das Unternehmen, das sie erfunden hat, konnte schon zwanzig Millionen Stück in der ganzen Welt verkaufen. Das kleine, eiförmige Gehäuse paßt in die Handfläche und beherbergt ein eigensinniges, quietschendes elektronisches Tierchen, das ständig nach seinem Besitzer verlangt. Man muß es füttern, waschen, mit ihm spielen, es streicheln, ihm Spritzen geben und das Licht löschen, wenn man es abends ins Bett legt. Es lebt nur, wenn sein Besitzer, dessen Verantwortungsbewußtsein gestärkt werden soll, sich darum kümmert. Die Gebrauchsanweisung ist eindeutig. Das Tamagotchi muß ständig beobachtet werden. Wenn man sich nicht darum kümmert oder es schlecht pflegt, wird es ängstlich und krank. Wenn man es gut umsorgt, wird es von Tag zu Tag größer, und es stirbt, wenn es vernachlässigt wird.

Und das Ende vom Lied ist, daß die Eltern für etwas weniger als hundert Francs ständig das Piepsen im Ohr haben und die Kinder neurotisch werden. Das virtuelle Spielzeug wird auf dem Bildschirm immer größer und dicker, und wenn es stirbt, fühlt sich sein Besitzer schuldig, weil er es vernachlässigt hat, und um so schuldiger, weil er sich für den Tod eines so idiotischen Spielzeugs schuldig fühlt. Ist das Tamagotchi gestorben, geleitet ein Engel mit zwei Flügeln seine virtuelle Seele ins Paradies der elektronischen Kleinspielzeuge, und auf dem Monitor erscheint ein Grab mit einem Kreuz. Und da die Japaner ihre Vorfahren ehren, haben sie im Internet eine Seite eingerichtet, auf der die Kinder, deren Tamagotchis gestorben sind, eine Grabinschrift verfassen können. Das Nipponei kann neunzig Jahre alt werden, wenn die Batterie neu ist, und ein Tag unserer Zeit ist ein Jahr für das Tamagotchi. Ein gutgehegtes und geliebtes Tamagotchi wird selten älter als fünfundzwanzig Jahre, das heißt fünfundzwanzig Tage auf unserem Planeten Erde. Der Weltrekord von 32 Tagen wurde von einem neunjährigen Engländer erreicht, und Jérémie hat sich vorgenommen, ihn zu schlagen.

»Jérémie, dieser Lärm tötet mir den letzten Nerv. Man könnte meinen, du drehtest ihm den Hals um.«

»Es will spielen. Schau! Das ist supercool ...«

Die Finger meines Sohnes wandern über die Bedienungstasten, bis das Spielzeug schweigt.

»Schweigen ist Gold«, sage ich. »Du mußt immer gut auf dein Tamagotchi aufpassen, genau wie es in der Bedienungsanleitung steht. Denn ich werde es umbringen, und zwar vorsätzlich.«

Étel, im Leuchtturm, Montag, 15. September, 7.50 Uhr

»Jérémie! Du kommst zu spät in die Schule!«

»Ich komme schon, Mama.«

Jérémie beugt sich über seinen Minicomputer und startet ihn mit ein paar Tastendrucken. Die Festplatte surrt, das entsprechende Programm wird gestartet, und auf dem Monitor erscheint die Menüleiste. Jérémie streckt seine rechte Hand aus und drückt kurz auf die Maus. Auf dem Monitor wandert der Cursor auf das Symbol für das Internet. Jérémie klickt es an. Der Monitor wird schwarz, und anschließend erhellt er sich wieder. Jérémie atmet tief durch, liest den Zeitungsartikel, den er ausgeschnitten hat, und fängt an zu schreiben.

»Von: Leuchtturmwärter.

An: Virtuelle Babysitter.

Betrifft: Wer kümmert sich während meiner Schulstunden um mein Tamagotchi?

Text: Ich wohne in Étel. Wo seid ihr, und wieviel kostet es?«

Jérémie schiebt seinen Stuhl zurück, liest die Botschaft auf dem Monitor noch einmal durch und schickt sie dann an die Internetadresse, die in dem Artikel der Lokalzeitung steht.

Aufgrund seines Asthmas kann er nicht soviel Sport wie die anderen Kinder treiben, aber in der virtuellen Welt des Computers führt er all die körperlichen Heldentaten aus, die ihm in der Realität untersagt sind. Und die Jungen aus seiner Klasse, die früher über ihn gespottet haben, erkennen ihn nun an und bitten ihn um Ratschläge.

Jérémie hängt sich sein Tamagotchi um den Hals und geht zur Schule. Er ist in der fünften Klasse. Nach zwei Monaten Ferien fühlt er sich hinter seiner Schulbank eingeklemmt wie ein Roman zwischen zwei Buchstützen.

Gestern mußte er sich in der Mathestunde völlig verrenken, um den virtuellen Dreckhaufen seines japanischen Eis vom Monitor zu entfernen. Darum braucht er diese »virtuellen Babysitter«, die sich um das Tamagotchi kümmern, wenn er beschäftigt ist. Wenn der Lehrer sein Tamagotchi beschlagnahmt, stirbt das Tierchen, und alles fängt von vorne an.

Étel, im Leuchtturm, am selben Tag, 10 Uhr

Jérémie trägt meinen Namen, Le Coz, und er hat nur eine Adresse, nämlich meine. Am ersten Tag nach den Ferien müssen die Schüler ihre Namen, ihre Adressen und die Berufe der Eltern in ein Formular eintragen. Die Blätter sind groß und haben Platz für zwei Adressen, weil viele geschieden sind. Als ihn sein neuer Lehrer am letzten Donnerstag jedoch aufforderte, »Vater unbekannt« zu schreiben, widersprach er ihm.

»Er ist nicht unbekannt; er weiß nur nicht, daß es mich gibt«, erklärte er ganz folgerichtig.

Der Lehrer sprach mit dem Schulpsychologen, der mich heute morgen in die Schule bestellt hat.

»Jérémie hat keinen Vater, aber er ist ein fröhlicher, lustiger zehnjähriger Junge, der fleißig lernt, ohne es zu übertreiben, der ständig vor dem Fernseher oder dem Computer sitzt und wie ein Murmeltier schläft ...«, sagte ich mit einem entwaffnenden Lächeln zu ihm. »Er betrinkt sich selten, raucht nur am Samstagabend einen Joint, und wenn er mit meinem Auto fährt, legt er den Sicherheitsgurt an. Reicht Ihnen das nicht?«

Nach dem Abitur habe ich Jane, Guy und die Bretagne verlassen, um »nach Paris zu gehen« und Drehbuchautorin zu werden, mein Traum, seitdem mein Vater mich mit abenteuerlichen Geschichten vollgestopft hat, von denen ich nie das Ende erfahren habe. Ich arbeitete einige Jahre in der Hauptstadt und lernte das Milieu der Produktionshäuser kennen. Nach Jérémies Geburt kehrte ich in die Bretagne zurück. Jane und Guy waren in ihr modernes Haus in die Stadt gezogen. Ich war überglücklich, in den Leuchtturm zurückzukehren. Woanders hätte ich nicht leben können.

Wir sind von Erdeven und Étel gleich weit entfernt, aber postalisch gehören wir zu Étel, 2300 Einwohner, 25 km von Quiberon und 15 km von Auray entfernt. Der ehemalige Thunfischhafen, den es hier Anfang des Jahrhunderts gab, ist heute ein kleiner Fischer- und Freizeithafen. Er liegt am Zugang zu einem Meeresarm namens Ria und wird durch eine Sandbank begrenzt, vor der sich riesige Wellen brechen. Der Posten vor der Zufahrt zum Hafen regelt den Verkehr. Im Sommer wimmelt es hier von Touristen, aber im Winter sind wir unter uns.

Wenn ich schreibe, arbeite ich im Laternenzimmer. Hier stoßen meine Gedanken aufgrund der runden Mauern auf keine Hindernisse, und das Meer mit seiner unendlichen Weite ermutigt mich, meine Gedanken weiterzuspinnen, tiefer vorzudringen und etwas zu wagen. Über meinem modernen Tisch aus hellem Holz hängen ein schäbiger Aschenbecher vom Muttertag, eine gräßliche, mit Muscheln beklebte Dose und ein Foto des Künstlers mit den Sommersprossen, der den Aschenbecher und die Dose angefertigt hat.

Morgens gilt mein erster Blick Jérémie und mein zweiter meinen zwei tagtäglichen Monstern, dem Performa-Computer mit der Festplatte namens Mortimer und dem Laserdrucker, mit dem mich eine Haßliebe verbindet. Dank der beiden kann ich in den großen Geschäften der Gegend mein Geld ausgeben: im Hafenstore, dienstags bei den Markthändlern, beim Bäcker, beim Metzger, den Fischern und im *Café de l'Entracte*, dem Thunfischbistro, wo wir Stammgäste sind.

Den ganzen Sommer nehme ich Franzosen und Ausländer in meinen vier Fremdenzimmern auf, die französische Version von *bed and breakfast*. In den Herbstferien verreisen Jérémie und ich immer, weil wir im Juli und August nicht wegfahren. In diesem Jahr wollen wir durch den Tunnel unter dem Ärmelkanal fahren und uns London ansehen. Janes Familie wohnt in Sussex, aber sie hat den Kontakt zu ihnen abgebrochen, als sie Hugues geheiratet hat. Ihrem Vater war ein kleiner bretonischer Arzt nicht gut genug. Er stammt aus dem niederen Landadel und träumte für seine Tochter von einer reichen Heirat.

Im Herbst, im Winter und im Frühjahr arbeite ich abwechselnd an den Drehbüchern, die ich selbst schreibe, und den Verfilmungen der Bücher, die andere geschrieben haben. Am schwersten ist es, Freunden begreiflich zu machen, daß das Arbeiten zu Hause das gleiche ist, als wäre man im Büro. Man hat keine Zeit, ans Telefon zu gehen oder »schnell ein einfaches Nudelgericht zuzubereiten, damit man sich mittags kurz treffen kann, wenn mein Sohn in der Schule ist«. Man muß den Tisch decken, einkaufen gehen, die Zutaten für die Nudelsauce besorgen, Brot, Wein, Salat, Käse und Nachtisch. Das Ende vom Lied: Man verliert zwei Stunden Zeit.

Ich bin im Moment mit zwei Buchverfilmungen für zwei verschiedene Fernsehsender und zwei verschiedene Produktionshäuser beschäftigt. Das erste Projekt ist ein ziemlich gruseliger Krimi. Das zweite ist ein Heimatroman, in dem es von bretonischen Abenddämmerungen, Matrosen und Schiffen wimmelt. Goulven Kernic, der Autor, der in Lorient wohnt, scheint ein »sympathischer Typ zu sein, in dessen Herzen die bretonischen Klänge widerhallen«.

Drehbuchautorin ist genauso ein Beruf wie Unternehmer oder Installateur: Entweder sitzt man neben dem Telefon und wartet, oder man bricht unter der Last der Aufträge fast zusammen.

Ich habe mich gerade hingesetzt, als das Telefon klingelt. Ein Produzent schlägt mir ein drittes Projekt vor. Grundlage ist eine zehnseitige Novelle, die er mir faxen will.

»Danke, daß du an mich gedacht hast, aber ich habe bereits zwei Aufträge angenommen …«

»Jetzt hast du zwei Aufträge, aber die können platzen. Du weißt doch, wie das ist. Und dann hast du vielleicht sechs Monate lang gar keine Aufträge mehr. Ich habe es nicht eilig. Eine Skizze von drei Seiten reicht mir voll und ganz.«

»Ich habe wirklich keine Zeit …«

»Drei armselige Seiten, Mab. Das kostet dich einen Tag.«

Mehr als das, aber er hat recht. Man ist ziemlich in Verlegenheit, wenn niemand anruft, wenn man wie ein Idiot mit steifen Fingern vor dem ausgeschalteten Computer sitzt und kein Tourist an die Tür klopft. Und man muß trotzdem Steuern und Raten zahlen und etwas zu essen haben. Es ist immer das gleiche: alles oder nichts. Zu Beginn des Sommers hätte ich meine erste Cabanjacke dafür gegeben, einen Vertrag zu bekommen.

Ich konzentriere mich wieder auf meine Arbeit, bis Jane an die Tür klopft.

»Komm rein«, sage ich und setze das Gesicht auf ›liebevolle Tochter, die mitten in ihrer Arbeit gestört wird und sich wünscht, daß es nur eine kurze Unterbrechung ist‹.

Sie kommt mit verlegener Miene herein.

»Ich muß mit dir reden, Mab …«

Puh, wie ich das hasse! Warum sagt sie nicht einfach, was sie will. Ich drücke gleichzeitig auf die Taste mit dem Macintosh-Symbol und das S auf meiner Tastatur, um den Text zu speichern, schalte den Computer aus und drehe meinen Stuhl herum.

»Ist es eine gute oder eine schlechte Nachricht?«

»Mab, du mußt langsam lernen, dich mit den Gegebenheiten abzufinden. Du lebst in der Vergangenheit, und das ist nicht gut. Weder für dich noch für Jérémie.«

»Worauf willst du hinaus?«

Ich stelle die Frage nur, um zu sehen, was sie darauf antworten wird. Ich habe schon so lange Angst vor den Worten, die sie sagen wird, daß ich sie in- und auswendig kenne. Ich habe schon tausendmal diesen spitzen Ton gehört, die Farbe des Todes gesehen und den Geschmack der Tränen gespürt.

»Ich habe beschlossen, unser gemeinsames Eigentumsrecht des Leuchtturms aufzulösen und den Leuchtturm zu verkaufen«, teilt mir Jane mit.

Dank des Testamentes meines Vaters gehört jedem von uns die Hälfte.

Das ist ein Schock! Beschlossen. Verkaufen. Leuchtturm. Worte, deren Verbindung sich strikt verbietet.

»Ich werde dir deinen Teil abkaufen, wenn du mir die nötige Zeit läßt«, sage ich. »Ich bitte dich, mir zu vertrauen. Ich bin sicher, daß Guy und die Bank …«

Jane schüttelt den Kopf.

»Ich übernehme den Laden auf dem Dorfplatz und ziehe in dieser Woche um. Ich brauche das Geld. Ich habe einen Käufer gefunden, einen Deutschen, der Leuchttürme liebt. Die Finanzierung steht, und wenn wir jetzt ein Verkaufsversprechen unterzeichnen, wird die Sache Ende Januar geregelt sein.«

»Ende Januar?«

Mein Blick wandert durch den Raum und über das Meer, und dann legt sich mein böser, vorwurfsvoller Blick auf Jane.

»Wie kannst du …«

»Nun reg dich doch nicht so auf, Mab! Ich wollte schon immer verkaufen. Du hast einen Aufschub von zwanzig Jahren bekommen und hattest Zeit, dich mit dem Gedanken vertraut zu machen. Wenn du deine Zustimmung verweigerst, werde ich bei Gericht um eine Teilung bitten. Wir verlieren nur Zeit, und am Ende kommt das gleiche heraus. Und ich bin sicher, daß Jérémie nicht so viele Asthmaanfälle hätte, wenn er in einer modernen, gutisolierten, warmen Wohnung leben würde.«

»Bitte geh!«

Sie errötet.

»Es ist nur zu deinem Besten, Mab ...«

»Geh!« sage ich noch einmal und bin so angespannt, daß ich zittere. »Ich weiß, daß es auch dein Haus ist, aber bitte geh! Ich möchte mich nicht mit dir streiten.«

Sie zögert. Wir stehen uns gegenüber und lassen die Vergangenheit an uns vorüberziehen. Das ist noch schlimmer, als würden wir uns Worte ins Gesicht schleudern, die unter Bergen unausgesprochener Dinge begraben liegen. Jane Le Coz, die Jane Keruel wurde, wollte einen Andrew und keine Madeleine. Sie träumt davon, Hugues und alles, was mit dieser Zeit zusammenhängt, aus ihrem Leben zu streichen. Sie wird mir nie verzeihen, den Sohn bekommen zu haben, den sie nicht bekommen konnte. Und der Gipfel ist, ihn von einem Iren bekommen zu haben.

Die Sache wird Ende Januar abgewickelt sein, das heißt zu dem Zeitpunkt im Jahr, als Andrew geboren werden sollte. Es gibt keine Zufälle. Mein Schluchzen hindert mich daran zu sprechen. Ich sehe alles verschwommen, und meine Augen brennen wie an jenem Abend, als Guy die Stufen zu mir hinaufstieg, um mir mitzuteilen, daß Hugues und Mortimer nicht mehr zurückkehren. Ich empfinde fast den gleichen Schmerz.

»Mach, was du willst. Ich werde die Verträge unterschreiben, aber bitte, geh jetzt«, sage ich und versuche mühsam, Haltung zu bewahren.

Sie dreht sich auf dem Absatz um und verschwindet.

Paris, Rue de Sèvres, am selben Tag um 18 Uhr

»Féliiiix, Féliiiix!«

Langgezogene, schmachtende, herbstlich anmutende Saxophontöne beleidigen Herz und Ohren der Louise Ancel, geborene Belange, zweiundvierzig Jahre alt, die die Treppen zum Zimmer ihres Sohnes hinaufsteigt.

»Und wie war der erste Tag an der Uni?«

»Ich habe gesehen, was da läuft, also muß ich nicht dumm sterben«, brummt er.

»Das hört sich an, als hättest du dir die Finger in der Tür geklemmt. Normalerweise spielst du doch so gut.«

Louise setzt sich aufs Bett. Sie ist äußerlich das genaue Gegenteil ihres Sohnes. Sie ist klein, hat braune Haare und grüne Augen, wohingegen er blond und groß ist und dunkle Augen hat, aber sie sind beide schmal, haben das gleiche Lächeln und die gleiche Kurzsichtigkeit. Louise trägt Kontaktlinsen und Félix eine Armani-Brille mit kleinen, runden Gläsern.

»Der arme Gérard nervt mich …«, knurrt Félix.

»Dein Stiefvater will dir doch nur helfen, mein Liebling.«

»Indem er mir den Geldhahn zudreht, wenn ich nicht an seiner Stelle Medizin studiere? Es ist mir echt egal, daß er es bedauert, Zahnmedizin studiert zu haben. Außerdem gefällt es ihm ja, Zahnarzt zu sein. Er findet es toll, den stinkenden Atem der Leute einzuatmen und zu ihnen zu sagen: ›Sie werden gar nichts spüren‹, wenn er seinen verdammten Bohrer schwingt.«

Félix stellt sein geliebtes Saxophon vorsichtig auf seinen Schreibtisch und macht dann seiner Wut Luft, indem er einem Haufen Klamotten einen Tritt versetzt. An den Zimmerwänden hängen Poster: Stan Getz, Charlie Parker, Bud Powell, Dexter Gordon und eine Vergrößerung der wunderschönen Fotografie des Leuchtturmes La Jument im

Sturm, die Jean Guichard, Fachmann für Leuchtturm- und Meeresaufnahmen, aufgenommen hat, und schließlich ein großes Porträt von Sharon Stone, das nicht so ganz zu den anderen Postern paßt.

»Ist sie dein Typ?«

»Das ist keine Frage, die ein Neunzehnjähriger von seiner Mutter erwartet ...«

»Ach, nein?«

Sie lächeln sich freundlich an. Louise, die im Februar 1978 nach dem unerklärlichen Verschwinden ihres Freundes Étienne, Félix' Vater, zwei Monate vor der Geburt des Kindes, sehr deprimiert war, stand ihrem Sohn immer sehr nahe.

In Abwesenheit seines Vaters wurde Félix unter Louises Namen ›Belange‹ beim Standesamt angemeldet. Mutter und Sohn lebten zehn Jahre lang allein, bis Louise sich eingestehen mußte, daß Étienne sie verlassen hatte, und sie einwilligte, Gérard zu heiraten. Félix hat seinen Stiefvater »den armen Gérard« getauft. Das paßt gut zu seiner kleinen Statur, seiner Kahlköpfigkeit, seinem Schnurrbart und seinem Schmerbauch. Der Zahnarzt ist wirklich nicht attraktiv, aber er ist ein anständiger, zuverlässiger Kerl, vermittelt Sicherheit und sorgt für die beiden.

»Gehst du heute abend mit deinen Freunden aus, oder sollen wir deinen ersten Tag an der Uni zusammen feiern?« möchte Louise wissen.

»Ja, ich gehe weg«, antwortet Félix.

Er weiß, daß sie enttäuscht ist, aber er will sie ärgern. Er hat eine Rechnung mit ihr zu begleichen, weil er jetzt Medizinstudent ist wie dieser Vater, den er nie kennengelernt hat, und weil er heute morgen an seinem ersten Unitag früher als gewöhnlich aufgestanden ist und Gérard am Telefon mit seiner Geliebten überrascht hat. Das Gespräch war eindeutig. Als Félix ins Wohnzimmer kam, sagte der arme Gérard: »Ich küsse dich auch. Du weißt schon wo, meine Liebe, überall!« Und er errötete wie ein tugendhaftes Mädchen mit Schnurrbart.

Regen fällt auf den Platz Edmond-Rostand. Der Jardin du Luxembourg ist geschlossen. In der Ferne umrahmen Neonschilder das Pantheon. Die Rücklichter der Autos rollen wie ein rotes Band über den Boulevard Saint-Michel. Niemand wartet auf Félix. Naß bis auf die Knochen und mit beschlagenen Brillengläsern parkt er seinen Scooter vor dem Cybercafé, das er im letzten Monat in der Rue de Médicis entdeckt hat. Die Gäste, die sich hier ins Internet einloggen, bezahlen für die Zeit, die sie an den Computern verbracht haben. Er hat sich dieses Viertel ausgesucht, weil seine Mutter ihm erzählt hat, daß sie Étienne Le Coz hier vor neunzehn Jahren zum letztenmal gesehen hat. Er rief ein Taxi, um zum Flughafen zu fahren, und winkte seiner Frau zum Abschied. So sagte er ihr und dem Sohn, den sie unter dem Herzen trug, adieu.

Félix ist hierhergekommen, um einen elektronischen Brief abzuschicken, eine sogenannte E-Mail, wie man in der Sprache des Internets sagt. Am anderen Ende von Frankreich oder in der Straße nebenan können diejenigen, die sich ins Internet eingeloggt haben, seine Nachricht lesen und ihm antworten. Man muß sich ein Pseudonym, ein sogenanntes Benutzerkennwort, ausdenken. Félix Belange macht eine verschmitzte Miene und überlegt nicht lange.

»Von: Félix die Katze, Cybercafé.

Betrifft: Dr. Étienne Le Coz.

Text: Suche dringend Auskünfte über Dr. Étienne Le Coz, der im Februar 1978 verschwunden ist.«

Félix schließt vorsichtig die Tür auf und betritt leise die Wohnung in der Rue de Sèvres. Louise schläft schon, und der arme Gérard, dieser untreue Hund, schlummert vor dem laufenden Fernseher. Bis zu diesem Sommer hatte Félix sich eigentlich ganz gut mit seinem Stiefvater verstanden. Sie hatten einander nicht gestört und waren durch das stillschweigende Einverständnis miteinander verbunden gewesen, Louise glücklich zu machen. Das Verhältnis verschlechterte sich nach dem Abitur, als Félix verkündete, daß er Leuchtturmwärter werden wolle. Gérard war strikt dagegen. Aber bis zu diesem Morgen hatte Félix ihn zumindest geachtet.

Félix steigt wie ein Indianer, dessen Schritt durch einen Big Mac und eine doppelte Portion Pommes frites erschwert ist, die Treppen hinauf und verschanzt sich in seinem Zimmer.

Dort wartet eine Überraschung auf ihn. Louise hat ein kleines Päckchen auf sein Kopfkissen gelegt. Félix reißt das Papier auf und öffnet das Päckchen. Es ist eine Rohrblattdose aus Schilfrohrlamellen für ein Vandoren-Saxophon. Daneben liegt eine Visitenkarte, auf die seine Mutter einen Satz von Nietzsche geschrieben hat: *Die Musik bietet den Leidenschaften die Möglichkeit, sich auszudrücken.*

Étel, im Leuchtturm, Dienstag, 16. September

»Das ist eine CD-ROM, die gerade herausgekommen ist. Das ist voll cool. Ich werde eine Menge lernen«, sagt Jérémie treuherzig.

»Ich bezweifele, daß sie dein Zimmer aufräumen wird. Gibt es welche, die das machen?« frage ich.

»Ich weiß nicht …«

»Gut, dann erkundige dich, und bis dahin mußt du dein Zimmer aufräumen. Das macht man mit den beiden rosafarbenen Dingern mit den zehn Fingern dran, die am Ende deiner Arme herunterhängen, man nennt sie auch Hände. Einverstanden?«

»Okay«, sagt Jérémie und macht sich an die Arbeit.

Jane hat die Möbel aus ihrem Antiquitätenladen gestern abend mit Hilfe von Guy und Jérémie wegtransportiert, aber ich habe keinen Finger gerührt. Wenn sie Krieg will, soll sie ihn haben. Ich werde das Verkaufsversprechen unterschreiben und keinen Anwalt einschalten. Ich will kein Gericht und keine Gerichtsexperten. Jérémie wird seine Großmutter weiterhin besuchen, und ich werde bis Ende Januar hier wohnen bleiben.

Als ich Guy in der Bank aufsuche, bestätigt er mir, daß nichts ihre Meinung ändern wird.

»Sie will weiterkommen und die Vergangenheit vergessen, Mab …«

»Es ist nicht das Geld, das sie interessiert, sondern die symbolische Bedeutung des Leuchtturms. Hilf mir, ihr ihre Hälfte abzukaufen. Bewillige mir einen Kredit!«

»Du hast keine Sicherheiten, Mab! Sei doch vernünftig …«

Voller Verzweiflung verabschiede ich mich.

Ich habe das Gefühl, mein Kopf platzt, weil ich an so viele Dinge denken muß. Ich muß an die Krankenversicherung für Autoren schreiben, Jérémies Daunenjacke in der Reinigung abholen, ihn beim Zahnarzt anmelden, Müsli kaufen, Briefe einwerfen, überlegen, was ich zum Abendessen koche, die Wäsche bügeln …

Ich rücke gedankenverloren die ovalen Holzrahmen an der Wand meines Büros gerade. Es sind Fotos der beiden ersten männlichen Wesen meines Lebens: von meinem Vater Hugues und von meinem Hund Mortimer. Mortimer schaut mit sanftem Blick und geneigtem Kopf in die Kamera. Seine langen Ohren hängen zu beiden Seiten seines Mauls herunter. Hugues steht an einem sonnigen Tag fröhlich vor dem Leuchtturm. Auf seinem Arm sitzt ein kleines Mädchen mit klarem Blick, das laut lacht, und sogar die Fenster des Leuchtturmes scheinen sich vor Lachen zu biegen. Diese Fotos lassen niemanden gleichgültig. Glückliche Menschen lächeln, wenn sie sich die Fotos ansehen. Fröhlichkeit ist ansteckend, aber unglückliche Menschen fühlen sich angegriffen. Es ist unverschämt, sich so wohl in seiner Haut zu fühlen. Ich beruhige sie schnell. Der Hund und der Mann sind tot, und das kleine Mädchen ist größer geworden und muß zusehen, wie es über die Runden kommt; ihr Sohn hat Asthma und vergißt jeden zweiten Tag, sich die Zähne zu putzen. Das Glück hat seinen Preis.

Jérémie knallt die Tür seines Kleiderschrankes zu, wirft einen zufriedenen Blick auf sein tadellos aufgeräumtes Zimmer und setzt sich anschließend an seinen Computer. Er tippt eine Weile auf den Tasten herum, schaut sich einige Internetseiten an, wandert durch eine Diskussionsrunde, und schließlich fällt sein Blick auf eine seltsame E-Mail. Es geht um einen Arzt, der seinen Namen trägt. Und es ist eilig.

»Jérémie, hast du dein Zimmer aufgeräumt?«

»Na klar!«

Jérémie schreibt fieberhaft seine Antwort an diesen unbekannten Félix die Katze, der, nach der E-Mail-Adresse zu urteilen, in Frankreich wohnt.

»Von: Leuchtturmwärter.

An: Félix die Katze.

Betrifft: Étienne Le Coz.

Text: Ich heiße Jérémie Le Coz. Mein Großvater hieß Hugues Le Coz und war auch Arzt. Ich wohne in einem Leuchtturm im Departement Morbihan in der Nähe von Étel. :-(?»

Paris, medizinische Fakultät, Rue des Saints-Pères
Mittwoch, 17. September, 9 Uhr

Félix sitzt in der vorletzten Reihe des Hörsaals und beugt sich über sein Physikskript. Er versucht noch nicht einmal, der Vorlesung zu folgen. Er versteht nichts, nicht das geringste, gar nichts, nur Bahnhof.

»Hast du das mit dem Trägheitsradius verstanden?« flüstert ihm sein Nachbar zu, ein Typ mit Schnurrbart, der hastig alles mitschreibt.

»Nein, das geht mir vollkommen am Arsch vorbei ...«

»Du bist verrückt. Dieser Prof hat im letzten Jahr die Themen gestellt. Nimmst du zum erstenmal an der Prüfung teil, oder wiederholst du das Jahr?«

»Noch nicht«, erwidert Félix.

Er hat zwar ein Heft vor sich liegen, aber die Blätter sind leer. Auf die Rückseite des Heftes hat er ein Foto von Charlie Parker, dem großen Saxophonisten, geklebt. Von der Vorderseite schaut ihn mit höhnischem Blick sein Stundenplan an: von 8 Uhr bis 10 Uhr Physik, von 10 Uhr bis 12 Uhr Zellularbiologie. Noch drei Stunden ...

Die Welt wird sich weiterdrehen, auch wenn er diesen idiotischen Trägheitsradius nicht berechnet. Er sucht in seiner Tasche das Blatt, das der Drucker für ihn im Cybercafé ausgespuckt hat.

Die erste Antwort stammt von einem Journalisten, der Étienne Le Coz kurz vor seinem Verschwinden getroffen hat; die zweite ist von einem Bassetzüchter, die dritte von einer ehemaligen Krankenschwester, die mit Étienne in einem Krankenhaus in der Normandie zusammengearbeitet hat; die vierte, die interessanter erscheint, weil sie unklarer ist, stammt von einem gewissen Jérémie Le Coz, der in einem Leuchtturm in der Bretagne wohnt.

Félix hat seinen Vater nicht gekannt, aber seine Mutter hat ihm erzählt, wie sehr er Leuchttürme liebte. Und im

Alter von zehn Jahren, als Louise Gérard heiratete, fing Félix an, alles, was ihm zu diesem Thema in die Hände fiel, zu verschlingen: Bücher, Artikel und Filme.

Leuchttürme, die es heute nicht mehr gibt, begeisterten ihn: Der von Alexandria, der im 3. Jahrhundert v. Chr. auf der griechischen Insel Pharos gebaut wurde und der bis zum Erdbeben im Jahre 1303 sechzehn Jahrhunderte lang leuchtete. Der Architekt, Sostratos aus Knidos, gravierte diese Inschrift in den Stein: Sostratos aus Knidos, Sohn des Dexiphanes, den Schutzgöttern für das Heil der Seefahrer. Die Inschrift wurde von ihm mit Putz verdeckt, auf dem der Name des Pharaos Ptolemäus stand. Mit den Jahren blätterte der Putz ab. Oder der in Boulogne, der »Ordnungsturm« genannt wird und den Caligula bauen ließ, um seinen Sieg zu feiern. Der verrückte Kaiser glaubte, das Meer besiegt zu haben, weil es zurückging und die Ebbe einsetzte. Karl der Große restaurierte ihn, doch 1644 stürzte er ein, weil die Steinbrüche unter den Grundmauern abgebaut wurden …

»Welchen Prof nimmst du in Zellbio?«

Félix wird aus seinen Tagträumen wieder in die weniger leuchtende Realität zurückgerufen.

»In Zellbiologie … welchen Prof?« wiederholt sein Nachbar.

Dort unten im Hörsaal bewegt sich der Physikprofessor wie eine lächerliche Marionette. Félix atmet tief durch, klappt sein Heft zu und steht auf.

»Wo gehst du hin?« fragt der Kommilitone mit dem Schnurrbart erstaunt.

Der Professor sieht aus wie eine Fliege in der Falle. Die Studenten, überhitzte Neuronen, die wie festgenagelt auf ihren Bänken sitzen, würden über Leichen gehen, um einen Platz bei der Prüfung zu ergattern. Der bärtige Bursche hat gelbe Augen und abgespannte Gesichtszüge, und das Semester hat erst vor knapp einer Woche begonnen.

»Einen Hamburger essen ...«

»Mitten in der Vorlesung?«

»Nein, im Brötchen«, sagt Félix freundlich. »Mit Ketchup und Zwiebelringen. Und Käse. Der Käse ist sehr wichtig.«

Kopfschüttelnd verläßt er die Uni. All diese Typen werden vielleicht Ärzte werden, aber von dem vielen Pauken sind sie dann sicher kurzsichtig, und nach den Tausenden von Stunden über ihren Heften außerdem ganz krumm. Dafür werden sie allerdings Arbeit haben, während die anderen arbeitslos sind. Sie werden geachtete Persönlichkeiten sein, Herren über Leben und Tod, zur Rechten Gottes sitzen und statt eines Heiligenscheins auf dem Kopf ein Stethoskop um den Hals hängen haben!

Er verläßt die Uni, ohne sich umzudrehen. Er ist neunzehn Jahre alt, und auf der ganzen Welt gibt es viele schöne Frauen. Das Internet bringt die Menschen näher zusammen, und mit etwas Glück wird sich der arme Gérard mit seinem Bohrer einen elektrischen Schlag versetzen, und Louise wird reich und frei sein. Die Welt ist eine Partitur für Zärtlichkeit und Saxophon. Er hat zwar schon oft Leuchttürme auf Fotos gesehen, aber nun hat er Lust, endlich einmal vor einem richtigen Leuchtturm zu stehen.

In der Poststelle gegenüber auf der anderen Straßenseite sucht er im Telefonbuch des Morbihan, Departement 56. Er findet nur einen einzigen Le Coz in Étel und schreibt sich die Adresse auf. Dann wählt er die Auskunft für Schnellzüge am Bahnhof Montparnasse und fragt nach dem nächsten Zug nach Auray.

Étel, Morbihan, Mittwoch nachmittag, 17. September

Félix steigt aus dem Bus. Der Fahrer hat ihm erklärt, wo der Leuchtturm steht. Schweren Herzens entfernt er sich vom Hafen, geht an den Häusern entlang, schlägt seinen Kragen hoch, summt eine Jazzmelodie, läuft über den Weg und schlägt mit den Armen, damit ihm warm wird.

Er bewundert die Heide, in der noch Ginster und Heidekraut blühen, und betrachtet die wilden Gräser, die sich im Wind biegen und sich golden färben, wenn sie trocknen. Als hinter der Wegbiegung plötzlich der Leuchtturm, ein weißer Turm mit schmalen Fenstern, vor ihm steht, zuckt er zusammen; oben im Laternenzimmer brennt Licht.

Félix atmet tief durch, setzt seine Brille wieder auf und klopft an die Tür.

Die junge Frau mit den dunklen Locken, die ihm die Tür öffnet, würde nach dem Notensystem der Uni eine Zwei von ihm bekommen, obwohl sie schon mindestens dreißig ist. Innerhalb von drei Tagen hat Félix keinerlei medizinische Kompetenz erlangt, aber er hat gelernt, den Mädchen Noten zu geben. Dieses bekommt nur aufgrund ihres Outfits eine Zwei: ein großer, grauer Pullover, der ihre Formen verdeckt und bis auf die Oberschenkel fällt, eine Leggins nach Großvaterart und skandinavische Pantoffeln. Zu ihrer Entlastung könnte man anführen, daß sie sicher keinen Besuch erwartet hat. Und außerdem haben ihre Augen eine unglaublich schöne blaugrüne Farbe. Nach reiflicher Überlegung gibt er ihr eine 2+.

»Hallo«, sagt er. »Ich bin Félix die Katze.«

»Und ich bin die Königin von Saba. Was kann ich für Sie tun?«

Félix lacht verlegen.

»Félix die Katze ist mein Pseudonym im Internet. Ich

heiße nämlich Félix. Ich habe mit einem Jérémie Le Coz kommuniziert, der hier wohnt. Ist das Ihr Mann?«

Nachdem ich tüchtig gelacht habe, rufe ich Jérémie. Félix die Katze macht ein verdutztes Gesicht, als er ihn sieht. Um ihn zu trösten, und damit er sich aufwärmen kann, schlage ich vor, für alle heißen Kakao zu kochen. Wir setzen uns mit unseren Tassen ins Wohnzimmer. Ich gewähre den ganzen Sommer Unbekannten Zugang zu meinem Haus, die dafür bezahlen, also kann ich im Herbst auch einmal einem Unbekannten kostenlos eine Tasse Kakao anbieten.

»Bist du extra aus Paris gekommen? Ich glaub', ich spinne«, sagt Jérémie, der sich seines Schuljargons bedient. »Hast du mein *smiley* verstanden?«

»Dein was?«

Jérémie erklärt es. Ein *smiley* ist ein Bild, das aus typographischen Zeichen besteht: Doppelpunkt, Bindestrich, runde Klammer, und es dient dazu, seine Gefühle im Internet auf verschiedene Arten zu äußern. Man kann seinen Humor, seine Wut oder Traurigkeit zum Ausdruck bringen. Um die Botschaft zu lesen, neigt man seinen Kopf zur linken Schulter. Ein ›:-)‹ stellt zwei Augen über einer Nase und einem lächelnden Mund dar.

Am Ende von Jérémies Antwort auf Félix' Nachfrage stand ›:-(?‹, was heißen sollte: Geht es dir nicht gut?

»Nicht so schrecklich schlecht«, sagt Félix. »Es wird mir besser gehen, wenn ich Auskünfte über Dr. Étienne Le Coz bekommen habe.«

»Wer sind Sie denn?« frage ich. »Warum suchen Sie ihn?«

»Er ist mein Vater«, antwortet Félix ohne zu zögern.

»Dann heißt du also wie wir?« schreit Jérémie.

Félix schüttelt den Kopf.

»Er ist vor meiner Geburt spurlos verschwunden, und ich heiße Belange. Das ist der Mädchenname meiner Mutter.«

Étienne Le Coz, Arzt in einem Kreiskrankenhaus in der Normandie, ist im Februar 1978 für eine Woche zu einem Ärztekongreß nach Tansania geflogen und nie zurückgekehrt. Seine Freundin Louise, die im siebten Monat schwanger war, rief im Hotel an, in dem er absteigen wollte, aber dort hatte ihn niemand gesehen. Louise riß auf der Suche nach den Adressen seiner Kollegen alle Schubladen seines Schreibtisches auf und fand einen Brief, den er ihr geschrieben hatte, um seine Abreise zu erklären: *Meine Liebe, ich liebe dich, aber ich muß verschwinden. Ich komme bald zu dir zurück. Hab Vertrauen zu mir.*

Verrückt vor Liebe, wartete sie auf ihn. Alle bedauerten sie, weil sie allein, schwanger und unverheiratet war, und sie dachten, daß Étienne sie absichtlich im Stich gelassen habe. Aber Louise hörte nicht auf die Leute. Sie glaubte an ihn. Sie stritten manchmal wie alle Paare, aber sie liebten sich, und Étienne freute sich auf das Baby. Einen Jungen wollten sie Félix nennen und ein Mädchen Sarah.

Es dauerte lange, bis Louise ihr Leben wieder in die Hand nahm und den armen Gérard heiratete. Als Félix klein war, rannte er immer zur Tür, wenn es klingelte, weil er hoffte, sein Vater stünde vor der Tür. An dem Tag, als Gérard um die Hand seiner Mutter anhielt und ungeschickt zu ihm sagte: »Nenn mich Papa!«, wußte er, daß er seine Hoffnungen begraben mußte.

»Das muß ja komisch sein«, sagt Jérémie nachdenklich.

Ein Schauer läuft mir über den Rücken, als ich mich frage, was er wohl denkt, wenn es klingelt.

»Bis zu diesem Sommer war es mir egal«, sagt Félix. »Doch dann hat er mich gezwungen, mich an der Uni einzuschreiben, wobei ich nur eines wollte, nämlich Leuchtturmwärter werden und in aller Ruhe Saxophon spielen. Außerdem habe ich erfahren, daß er meine Mutter betrügt, und da habe ich die Kurve gekratzt ...«

Trotz seiner neunzehn Jahre, seiner Wahlberechtigung und seines Führerscheins steht Félix Jérémie näher als mir. Er ist noch ein Kind, aber seine Geschichte bietet guten Stoff für ein Drehbuch. Ich nehme den Block, der auf dem Tisch liegt. *Originaldrehbuch, Mab Le Coz, nach einer Idee von Félix Belange.*

»Warum Leuchtturmwärter?« frage ich.

»Mein Vater soll sie geliebt haben, und darum fing ich irgendwann an, mich dafür zu interessieren.«

»Und warum Saxophon und nicht Klavier?«

»Weil es leichter zu transportieren ist! Nein, das ist die scherzhafte Version ... Die Wahrheit ist, daß ich Clown werden wollte.«

»Du meinst mit Hut, dicker roter Nase und riesigen Schuhen?« schreit Jérémie hellauf begeistert.

»Und warum haben Sie Ihre Meinung geändert?« frage ich.

»Ich hielt mich für originell, aber im Grunde sind wir alle Clowns.«

Wir plaudern eine gute Stunde. Eigentlich müßte ich bergeweise Wäsche bügeln, mein tägliches Pensum von zehn Seiten schreiben und anschließend nach Lorient fahren. Ich schreibe die Seiten meines Blockes voll. Diese Geschichte gefällt mir.

»Warum haben Sie so lange damit gewartet, Ihren Vater zu suchen?« erkundige ich mich interessiert. »An Ihrer Stelle hätte ich schon längst alle Hebel in Bewegung gesetzt.«

»Als ich die medizinische Fakultät kennenlernte, fühlte ich mich ihm nahe, und als ich erfuhr, daß der arme Gérard eine Geliebte hat, wurde meine Neugierde nach meinem richtigen Vater geweckt. Es gibt in ganz Frankreich fast zehn Einträge unter Le Coz. Ich hielt es für einfacher, meine Suche per Internet zu beginnen ...«

»Haben Sie an *Rosenwald* gedacht? Das ist ein Buch, in

dem alle Ärzte erfaßt werden. Es ist wie der *Vidal*, in dem alle Medikamente aufgelistet sind. Ich habe ein Exemplar, das ich mal für ein Drehbuch brauchte, in meinem Arbeitszimmer. Kommen Sie!«

Im Flur hängen Bilder von Jérémie. Félix Belange folgt mir in mein Arbeitszimmer. Ich suche den *Rosenwald*. Dann fällt mein Blick wieder auf Félix. Er hat weit aufgerissene Augen und sieht ganz verstört aus.

»Ist etwas nicht in Ordnung?«

»Nein, nein!«

Er ist bleich geworden.

»Sie sind ganz blaß. Haben Sie schon gegessen?«

»Ist schon okay. Das passiert manchmal. Es ist nicht schlimm ... Ich habe ganz vergessen ... Ich muß gehen ...«

Und er stürzt zur Tür.

In der Nähe von Lorient, Buchmesse, am selben Tag um 18 Uhr

Die Schriftsteller und ihre potentiellen Leser sind in einem stickigen, heißen Raum zusammengepfercht. Auf allen Messen herrschen die gleichen Regeln: Die Organisatoren schmücken sich mit einem Lächeln und ihren Namensschildern. Die Schriftsteller kann man in zwei Gruppen unterteilen: Die bekannten, die es sich erlauben können, ein dummes Gesicht zu machen, weil sie ihre Bücherstapel auf jeden Fall verkaufen, und die unbekannten Schriftsteller, die auch nörgeln können, denn nur Freunde, Bekannte, ein neugieriger Lehrer oder jemand, den das Thema interessiert, zahlen hundert Francs für ihre Bücher.

Ich gehe an den Tischen entlang und werfe einen Blick auf die wie Koteletts aufgestapelten Bücher. Die Autoren lauern hinter den Tischen und sind bereit, sofort aufzuspringen, sobald jemand das geringste Interesse bekundet. »Das ist eine Liebesgeschichte ...«, »ein Heimatroman ...«,

»ein historisches Werk ...« Sie haben sich ihre Worte zurechtgelegt. Die gewieftesten stellen sich auf den Besucher ein; die anderen spulen ewig den gleichen Satz ab. Einige beenden ihre Ausführungen mit den Worten: »Wenn Sie möchten, kann ich Ihnen eine Widmung ins Buch schreiben!«, und schrauben schon die Haube ihres Füllers ab. Andere machen ihresgleichen den Hof und kaufen sich gegenseitig ihre Bücher ab. Im stillen rechnen sie: »Wenn ich sein Taschenbuch für dreißig Piepen kaufe, fühlt er sich verpflichtet, meinen Roman für neunzig Francs zu kaufen!«

Es ist noch nicht bekannt, wer in diesem Herbst den großen Literaturpreis erhalten wird, aber die Kandidaten, die in die engere Wahl gekommen sind, haben größere Tische und einen besseren Standort, der in der Regel mit Grünpflanzen verziert ist. Die unbekannten Schreiberlinge haben ihre Plätze neben den Toiletten oder der Kasse und trauen sich nicht, sich zu beschweren. Die Leute sagen freundlich: »Entschuldigen Sie bitte«, und stützen sich auf ihrem unbekannten Roman auf, um einen Scheck auszustellen, mit dem sie das Buch eines bekannten Autors kaufen.

Wenn die Schriftsteller sich am Ende der Messe verabschieden, fragen sie unweigerlich: »Na, ist es gut gelaufen? Wie viele Bücher hast du verkauft?« Es waren immer mindestens zehn. Ab fünfundzwanzig wird auf dreißig erhöht. Einige sagen lässig: »Etwa hundert. Ich bin ganz zufrieden.« Die angenehme Variante: »Ich habe nicht mitgezählt, aber mein Stapel ist ziemlich weg.« Oder in pathetischem Ton: »Das wichtigste ist, seine Leser zu treffen. Ich stehe in vielen Bibliotheken!«

In den Buchhandlungen ist es ähnlich. Der Schriftsteller, der mehrere Exemplare seiner Bücher im Regal findet, ist ganz stolz, daß der Buchhändler an ihn glaubt. Wenn nur wenige oder gar keine Exemplare vorhanden sind, dann nur aus dem Grund, weil sie alle verkauft worden sind, wohingegen die Bücher seiner Kollegen noch in den Regalen schlummern ...

Ich blättere in dem kleinen Katalog, den ich am Eingang erhalten habe. Auf der ersten Seite werden »100 hervorragende Schriftsteller« angekündigt, worauf eine Auflistung von zwanzig Namen folgt, was darauf schließen läßt, daß die achtzig anderen reiner Mist sind. Dann folgt Werbung ansässiger Unternehmen. Die letzten Seiten sind den Schriftstellern gewidmet, die hier auf der Messe ausstellen. Ich suche Goulven Kernic. Er hat seinen Bücherstand hinten rechts. Er ähnelt dem Foto auf der Rückseite des Buches: ein alternativer Typ mit vollem, lächelndem Gesicht.

Sein Bücherstapel ist noch ziemlich hoch, was kein gutes Zeichen ist. Sein Gesicht erhellt sich, als ich mich nähere. Er hält mich für eine potentielle Leserin. Ich kläre das sofort auf.

»Ich heiße Mab Le Coz. Ich bin diejenige, die Ihren Roman fürs Fernsehen bearbeitet. Er hat mir wirklich sehr gut gefallen!«

Auf seinem Gesicht spiegelt sich Enttäuschung, weil ich seinen Roman nicht kaufen werde, und Freude über mein Kompliment. Ich habe den Roman nur durchgeblättert, aber der Autor hat ein nettes Gesicht, und ich habe Lust, ihm eine Freude zu machen. Da er höflich ist, stellt er mir seinen Tischnachbarn und Kollegen vor.

»Darf ich Ihnen Pierre Hermès vorstellen?«

Ich drücke dem Nachbarn die Hand. Ein hübscher, braunhaariger Typ mit grünen Augen, finsterem Blick und einem sinnlichen Mund, der sich zu keinem Lächeln herabläßt. Auch sein Stapel ist noch hoch. Ich werfe einen Blick auf sein Buch: *Der Leuchtturm von Sansibar*. Der Titel reizt mich.

Eine Sekunde später gratuliere ich mir, daß ich auf diesen Schwachkopf keinen Pfifferling gegeben habe.

»Ich hasse Drehbuchautoren«, sagt Hermès in barschem Ton. »Sie verraten unsere Bücher, verunstalten unsere Geschichten, verdienen hundertmal mehr als wir und bedienen sich dabei unserer Romangestalten.«

Ich zwinge mich zur Ruhe.

»Wir sind aufeinander angewiesen«, sage ich und wende mich wieder Kernic zu. »Sie erschaffen die Personen, und wir verwandeln sie in Bilder. Wir ergänzen uns ...«

»Was hat Ihnen in Goulvens Roman am besten gefallen?« unterbricht mich Hermès gehässig.

In Sekundenschnelle rufe ich mir das Gespräch mit der Produzentin ins Gedächtnis. Gott sei Dank, erinnere ich mich an ihre Worte.

»Seine Zärtlichkeit ...«, sage ich, »und die bretonische Musik, die aus seinem Inneren widerhallt ...«

»Mir hat sein letzter Roman besser gefallen. Ihnen nicht?« fährt Hermès fort.

Ich finde ihn abscheulich. In diesem Mikrokosmus sind alle davon überzeugt, man habe ihr gesamtes Werk gelesen.

Zwei unbekannte Kinder retten mich, als sie sich über den Tisch beugen und drei Exemplare des *Leuchtturms von Sansibar* herunterfallen.

»Oh, Entschuldigung!«

Ich nutze die Gelegenheit:

»Ich verabschiede mich. Ich wollte nur schnell mal guten Tag sagen. Wir sehen uns nächste Woche wie verabredet, Goulven?«

»Ich habe es mir notiert. Danke, daß Sie gekommen sind«, sagt er freundlich.

Ich gönne mir das Vergnügen wegzugehen, ohne mich von Pierre Hermès zu verabschieden.

Étel, im Café Bei Soizic, 19 Uhr

Félix sitzt benommen am Fenster vor seiner leeren Tasse Kaffee und läßt seinen Blick über den Hafen schweifen. Er erinnert sich an den Schock, den ihm der Anblick der Fotos an der Wand des Arbeitszimmers im Leuchtturm versetzt hat: ein Hund und ein Mann mit einem kleinen Mädchen auf dem Arm …

Er hat weder getrunken noch Drogen genommen, und er hat auch nicht geträumt. Außerdem hat er sich heimlich gekniffen, um das zu überprüfen.

Er hat die Bilder noch genau vor Augen: den Hund, einen zweifarbigen Basset, was sehr selten ist, wie der Hund, den Étienne damals hatte und der starb, als Félix acht Jahre alt war, und vor allem den Mann mit dem Kind auf dem Arm: Hugues Le Coz, Mabs Vater, Jérémies Großvater … und das genaue Ebenbild von Étienne Le Coz, dem Mann, den Louise liebte.

Félix hat seinen Vater nicht gekannt, aber in seiner Kindheit saß er stundenlang über den Fotoalben seiner Mutter. Die Gesichtszüge von Étienne Le Coz kennt er in- und auswendig, und er hat sogar ein altes Bild von ihm in seiner Brieftasche. Er zieht es heraus und schaut es an, als sähe er es zum erstenmal. Das ist genau der Mann, den er auf dem Foto bei Mab gesehen hat.

Den anderen Gästen ist es gleichgültig, daß Félix so erschüttert ist. Ein rothaariger junger Mann mit einem roten Dreieckstuch um den Hals liest in einer Anglerzeitschrift. Eine kleine, alte Frau klammert sich an ihre Einkaufstasche. Ein Kind spielt mit seinem Gameboy. Die junge Frau hinter dem Tresen schenkt Félix ein stereotypes, kühles Lächeln. Er ist zu jung, um das Geschäft anzukurbeln.

Félix steht auf, geht zur Theke und setzt sich auf einen rotbezogenen Hocker. Étienne Le Coz kam aus der Bretagne, aber aus welcher Gegend? Louise blieb in dieser Hinsicht immer vage und betonte, daß er keine Familie mehr habe. Die junge Frau hinter dem Tresen braucht sicher Größe 100C für ihre BHs. Félix hat Lust, sich zu betrinken, den großen Mann zu spielen, eine Lokalrunde zu geben, die ganze Nacht in dieser Kneipe hocken zu bleiben und von torkelnden Freunden umgeben zu sein, mit denen er nach seinem ersten Besäufnis auf immer verbunden wäre. Aber er hat nicht genug Geld.

»Noch einen Kaffee, bitte«, bestellt er lediglich. »Arbeiten Sie schon lange hier?«

»Ich bin die Besitzerin. Das war früher die *Hafenkneipe*. Jetzt gehört sie mir. Ich bin Soizic.«

»Haben Sie immer hier gelebt? Ich meine, stammen Sie hier aus der Gegend?«

»Ich bin in der Rue des Dunes geboren. Gleich dort hinten.«

»Haben Sie Hugues Le Coz gekannt?«

Soizic reißt die Augen auf.

»Natürlich! Er ist Ende der siebziger Jahre ertrunken. Seine Tochter war meine beste Freundin. Warum fragen Sie?«

»Ich habe von ihm gehört«, antwortet Félix, dem im Moment nichts Besseres einfällt.

Er ist 1978 geboren. Dann ist das die Wahrheit? Sein Vater ist ertrunken und darum nicht zurückgekehrt? Das würde alles erklären.

»Und lebt seine Tochter noch in dieser Gegend?« fragt er, um sicherzugehen.

»Ja, sie lebt mit ihrem Sohn im alten Leuchtturm. Und ihre Mutter hat den Bankdirektor, einen Jugendfreund von Hugues, geheiratet. Ihr gehört der englische Antiquitätenladen auf dem Dorfplatz dort hinten.«

Soizics Augen strahlen.

»Hugues Le Coz war ein netter Mann. Wenn er Karten

spielte, war er mit Herz und Seele dabei, seine Hände und seine Augen waren in Bewegung, und er sah aus wie ein Kind. Er warf sein Leben in die Waagschale. Das muß man gesehen haben.«

Félix hört schweigend zu.

»Er war der erste Mann, der mich zum Tanz aufforderte, und der erste, der mir eine Rose schenkte«, fährt Soizic fort. »Er war auch der letzte«, fügt sie hinzu und wirft dem Mann, der soeben das Café betritt, einen Blick zu. »Wenn er mit Mab und mir in die Crêperie ging und die Zigeuner an den Tischen Rosen verkauften, kaufte er ihnen welche ab und schenkte sie uns. Er gehörte zu den Vätern ...«

»So ein Quatsch«, brummt der Mann, der eben das Café betreten hat und sich nun hinter der Theke ein Paket Zigaretten holt.

»Gwenaël, mein Mann«, stellt Soizic vor.

»Einem zwölfjährigen Kind Rosen zu schenken ist doch lächerlich. Da kannst du lange warten, bis ich Gaëlle welche schenke.«

»Ich weiß!«

Gwenaël geht wieder hinaus. Félix zittert, als ihn ein kalter Luftzug streift.

»Sie sind nicht warm genug angezogen«, sagt Soizic. »Im Hafenladen gibt es schöne warme Seemannspullover.«

Félix bedankt sich, bezahlt die beiden Tassen Kaffee, gibt Soizic ein Trinkgeld und geht hinaus. Wenn er sich einen Pullover kaufen würde, hätte er nicht mehr genug Geld für die Rückfahrkarte.

Gwenaël sitzt draußen auf einem Stapel Netze, raucht eine Zigarette und betrachtet die Schiffe. Félix geht auf ihn zu.

»Wie ist Hugues Le Coz denn ertrunken?« erkundigt sich Félix.

Gwenaël fragt mißtrauisch:

»Sind Sie Bulle oder Journalist?«

»Ich bin neunzehn Jahre alt und Student, aber ich kenne Mab.«

»Was hat man davon, wenn man studiert? Es gibt nirgends mehr Arbeit.«

»Ich bin außerdem Saxophonist. Ich will Leuchtturmwärter werden.«

Gwenaëls Gesicht hellt sich auf. Er war ein hübscher Junge und hat auch heute noch diesen gewissen Charme.

»Wollen Sie einen alten Kollegen kennenlernen?«

François Kerzo ist untersetzt, stark beharrt, und seine Augen mit dem ausdruckslosen Blick verschwinden fast unter seinen buschigen Augenbrauen. Er holt eine Flasche Cidre aus einem alten Büffet und stellt drei Gläser auf den Tisch, über deren Sauberkeit man streiten könnte.

»Ich habe niemals Durst, weil ich immer trinke!« sagt er lächelnd und entblößt dabei seinen zahnlosen Mund.

»Er interessiert sich für Leuchttürme!« sagt Gwenaël und versetzt Félix einen solchen Stoß in die Rippen, daß er vor Schmerz das Gesicht verzieht.

»Ich habe fünfzehn höllische Jahre in einem Leuchtturm auf See verbracht und zehn Jahre auf einem Leuchtturm auf einer Insel; das war das reinste Fegefeuer. Es war ein hartes Leben, aber eine gute Zeit.«

Kerzo spricht über seine Leuchttürme, wie gewisse Männer über ihre Autos sprechen. Er erzählt Félix, wie er die Maschinen auseinander- und wieder zusammengebaut, die Holzverkleidung lackiert, die Kupferteile poliert und alle Teile des Leuchtturmes zum Glänzen gebracht hat. Nachdem er Barometer, Thermometer und Niederschlagsmesser kontrolliert hatte, gönnte er sich das Vergnügen, Tagebuch zu schreiben und alle Begebenheiten des Tages festzuhalten: das Auftauchen von Zugvögeln, Abweichungen des Leuchtfeuers, vorüberfahrende Schiffe, alles.

»Wir waren damals drei Leuchtturmwärter, aber es hatten immer nur zwei zur gleichen Zeit Dienst. Wenn es das Wetter zuließ, machte jeden zweiten Samstag ein Versorgungsschiff fest, das uns Lebensmittel brachte und einen Wärter an Land bringen konnte, aber bei schlechtem Wetter kam es vor, daß wir abgeschnitten waren, ohne an Land zurückkehren zu können und ohne Nachschub an Lebensmitteln. Auch wenn wir noch so sehr daran gewöhnt waren, wurde uns ganz schön mulmig, wenn der Boden und unsere Betten bei Sturm erbebten und riesige Wellen über den Leuchtturm schwappten. Prost!«

Félix trinkt sein Glas Cidre, um ihn nicht zu kränken. Der Cidre ist schwer, herb, bitter und unglaublich stark.

»Wir machen ihn selbst«, sagt Kerzo stolz. »Das hat wirklich nichts mehr mit dem Cidre zu tun, den man in den Geschäften kaufen kann.«

Der Meinung ist Félix' Magen auch.

»Die Ablösung war vielleicht immer ein Theater«, fährt Kerzo fort, dessen Blick nun perlt wie sein Cidre. »Waren die Türme unzugänglich, wurde zwischen dem Leuchtturm und dem Ablösungsboot eine Trosse gespannt, über die ein Korksitz rollte, der von unten über eine Winde gesteuert wurde. Man kann es sich ungefähr wie den Sitz eines Skiliftes vorstellen. Wir nannten ihn ›Ballon‹. Zuerst wurden die Lebensmittel auf den Weg gebracht, dann das Gepäck, zum Schluß die Männer, und zwar zuerst der Leuchtturmwärter, der abgelöst wurde. Wenn zu stürmische See war, löste sich die Trosse, und wir fielen ins Wasser. Wir hatten ganz schön Schiß damals.«

Félix nickt.

»Er ist ein Freund von Mab, der kleinen Le Coz«, erklärt Gwenaël.

»Haben Sie ihren Vater gekannt?« fragt Félix.

Kerzo erinnert sich ausgezeichnet an Hugues Le Coz.

Félix holt das alte Foto von Étienne aus seiner Brieftasche. Kerzo schaut es sich an.

»Schau an, ich wußte gar nicht, daß er sich einen Bart hat wachsen lassen. Von wann ist denn das Foto?«

»Puh, das weiß ich nicht, aber der Mann auf dem Foto ist doch Hugues?«

Kerzo nickt. Natürlich ist er es, aber ja! Es besteht nicht der geringste Zweifel. Sie haben oft genug zusammen Karten gespielt.

»Früher«, sagt er und fährt mit seinen Ausführungen fort, »gab es richtige Dynastien von Leuchtturmwärtern, die alle das Schiffahrtspatent hatten und Fischersöhne waren oder aber auf Frachtschiffen gefahren waren. Sie stammten oft von den Inseln Sein oder Ouessant. Das war Familientradition. Heute ist das ganz anders.«

Félix hat sich erkundigt. Im 19. Jahrhundert mußte ein Bewerber, der Leuchtturmwärter werden wollte, die Einsamkeit in Kauf nehmen, ertragen, daß er bei Unwetter verspätet abgelöst wurde, ein Strafmandat schreiben und gut rechnen können. Noch vor einigen Jahren mußte man gut schwimmen, ein Motorboot steuern, wriggen und rudern können. Die Leuchtturmwärter waren Elektromechaniker mit Gesellenbrief.

Heutzutage werden die Bewerber, die mindestens Abitur haben müssen, in einem Auswahlverfahren ausgewählt, und die Bezeichnung »Leuchtturmwärter« ist verschwunden. Jetzt sind es Mitarbeiter des »Wasser- und Schiffahrtsamtes« in der Sparte »Leuchttürme und automatisierte Signalanlagen«. Sie sichern die täglichen Funkverbindungen, erstellen Wetterberichte, warten Maschinen und Gebäude, überwachen die anderen Leuchttürme in Sichtweite und weisen auf Anomalitäten hin.

»Hugues Le Coz ist im Februar 1978 ertrunken, nicht wahr?« fragt Félix.

Kerzo rauft sich die Haare und schüttelt dann den Kopf.

»Nein, es war früher. Ich war während dieses denkwürdigen Unwetters im Leuchtturm draußen auf See. Ich wurde abgelöst, weil ich mir den Arm gebrochen hatte.«

»War es nicht genau nach dem Sankt-Lorenz-Tag?« fragt Gwenaël.

»Genau, im Sommer 1977. Le Coz war mit seinem Freund rausgefahren, dem stellvertretenden Bürgermeister, der sich für wer weiß was hält, nur weil er der Bankdirektor ist, dabei ist es nicht sein Geld, sondern unseres. Ich habe seinen Vater gekannt, den alten Keruel, unseren Bäcker, und der war ein richtiger feiner Herr, nicht wie sein Sohn Guy, der mir nichts, dir nichts die Witwe Le Coz geheiratet hat.«

Félix hört nicht mehr zu. Er hat noch das Datum im Ohr.

»Sind Sie sicher, daß Sie sich nicht irren. War es nicht 78?«

»Nein, im August 1977. Warten Sie. Ich brauche nur in meinen Papieren nachzusehen, um das zu überprüfen. Ich habe alles für die Rente aufgehoben.«

Er steht auf, was ihm sichtlich schwerfällt, stöbert in einem Schrank herum und kehrt mit einer gewölbten Mappe zurück, die von einem dicken Gummi zusammengehalten wird. Er zieht alle Unterlagen heraus, und innerhalb von zwei Minuten ist der ganze Tisch mit Papieren übersät.

»Ordnung ist das halbe Leben! Ich habe es gleich. Es ist nach Jahren geordnet. 1979, 1978, 1977. Da ist es. ›August 1977: glatter Doppelbruch am rechten Oberarm.‹ Wußte ich es doch.«

Félix ist erstarrt. Wenn Hugues Le Coz ein Jahr vor seiner Geburt gestorben war, dann konnte er nicht sein Vater sein. Étienne gleicht ihm jedoch wie ein Ei dem anderen. Er war auch Arzt und liebte Leuchttürme. Und den Hund, den hat er ganz vergessen.

»Wissen Sie noch, ob er einen Hund hatte?«

Kerzo lächelt.

»Das war kein Hund, sondern so ein ocker-weiß geschecktes Ding mit Pfoten dran, dessen Ohren über den Boden schleiften. Ich nannte ihn Sinouhé nach *Sinouhé dem Ägypter*, einem Buch, das ein Leuchtturmwärter auf dem Leuchtturm zurückgelassen hatte. Wenn er mich ansah, dieser Hund mit den Ohren, die zu beiden Seiten seines Mauls herunterhingen, erinnerte er mich an die Bilder in dem Buch. Außerdem waren seine Pfoten wie bei einem Kleiderständer nach außen gebogen. Er ertrank mit seinem Herrchen, als er ihm hinterhersprang. Ich habe seinen richtigen Namen vergessen. Es war etwas Englisches, Marmaduke oder so. Was ist, mein Junge?«

»Er hieß nicht Marmaduke, sondern Mortimer«, erwidert Félix hastig, ehe er hinausstürzt und den hausgemachten Cidre erbricht.

Étel, 20 Uhr

Félix fühlt sich wieder besser, außer daß ihm schlecht wird, wenn er nur ans Essen denkt. Und er weiß nicht, wohin er gehen soll. Die Kirche ist geschlossen, und er kann nirgends einkehren, ohne etwas zu verzehren, und er könnte es nicht ertragen, daß ihm Küchengerüche in die Nase steigen.

Als er langsam die Hauptstraße hinaufschlendert, kommt er an der Bank vorbei. Der englische Antiquitätenladen auf der anderen Seite des Platzes ist noch hell erleuchtet, und eine eine Frau packt Kartons aus. Félix geht auf den Laden zu. Die Mutter von Mab ähnelt ihrer Tochter nicht. Sie ist kleiner und hat im Gegensatz zu Mab runde Wangen. Ihr Haar ist rot und Mabs tiefschwarz; ihre Augen haben ein anderes Blau als Mabs, und ihr Lächeln hört dort auf, wo sich Mabs freundliches Lächeln freimütig der Welt öffnet und dabei die kleine Zahnlücke zwischen ihren Schneidezähnen entblößt.

Es ist dunkel. Félix hat keine Lust, nach Paris zurückzufahren und seiner Mutter gegenüberzutreten. Louise würde sofort bemerken, daß er ganz durcheinander ist. Er steuert auf eine Telefonzelle zu, schiebt seine Telefonkarte in den Apparat und ruft in der Rue de Sèvres an. Glücklicherweise hebt der arme Gérard ab.

»Hallo? Gérard? Tag, hier ist Félix. Sag Mama bitte, daß ich heute abend mit einem Freund lerne und dort schlafe. Sie soll sich keine Sorgen machen. Okay?«

Er legt auf.

Als Félix alt genug war, um sich über seinen Vater Gedanken zu machen, erklärte er sich sein Verschwinden, indem er sich stichhaltige Gründe romantischer Art ausdachte. Étienne war Spion, Geheimagent oder ein genialer Wissenschaftler, auf jeden Fall ein guter Mensch. Mit den Jahren glaubte Félix an eine Liebesgeschichte, an eine wunderschöne, zauberhafte Geliebte, die ihn auf einer Insel wie Atlantis gefangenhielt. Aber was er heute entdeckt hat, ist ausgesprochen verrückt. Hugues Le Coz, verheiratet und Vater einer kleinen Tochter, der im August 1977mit seinem Hund Mortimer in der Bretagne ertrank, begann in der Normandie ein neues Leben, und zwar mit demselben Hund, zeugte mit Louise Belange ein Kind und verschwand sechs Monate später, im Februar 1978.

Félix hat große Lust, Mab wiederzusehen, und er geht auf den Leuchtturm zu, der hell am Ende des Weges strahlt. Wenn er sich nicht irrt, gehörte dieser weiße Turm seinem Vater. Er lebte in diesen Räumen, stieg diese Stufen hinauf und schaute auf dieses Meer. Er war sicher zu der Zeit im *Bei Soizic*, als die Kneipe noch anders hieß. Wie war doch gleich der Name? Die *Hafenkneipe*, genau. Er spielte mit François Kerzo Karten und trank diesen schrecklichen Cidre. Und er hatte Sex mit der Rothaarigen aus dem englischen Trödelladen, Mabs Mutter.

Kein Auto ist zu sehen. In der Dunkelheit stößt Félix gegen einen Baumstumpf, fällt der Länge nach hin und schlägt sich das Knie auf.

Im Leuchtturm, 20.15 Uhr

Mein Produzent Nr. 3, derjenige, der es nicht eilig hat, rief mich soeben an, um mich zu bitten, ihm bis morgen mittag »nur drei Seiten« zu faxen, weil er sich mit dem Verantwortlichen des Fernsehsenders trifft, um ein anderes Projekt zu besprechen. »Nichts Offizielles. Es geht nur darum, sie zu ködern.«

»Mama! Es hat geklopft. Soll ich aufmachen?« schreit Jérémie.

»Nein, ich gehe schon!«

Vor der Tür steht Félix Belange. Er ist ganz blaß; seine Jeans ist zerrissen, und sein Knie blutet.

»Was ist denn passiert? Sind Sie nicht nach Paris zurückgefahren?«

»Ich habe mir die Gegend angesehen und bin dann in der Dunkelheit gestürzt. Haben Sie ein freies Zimmer für eine Nacht? Wieviel kostet es?«

»Meine Zimmer sind alle frei. Im Herbst ist die Saison zu Ende. Kommen Sie, wir werden die Wunde desinfizieren. Mein Vater war Arzt. Ich kenne mich aus.«

»Meiner auch«, brummt Félix.

Jérémie, den die Reinigung der Wunde ziemlich fasziniert, rennt weg, als ihn sein Tamagotchi ruft. Nachdem ich Krankenschwester gespielt habe, gehe ich mit Félix in die Küche und biete ihm einen Platz am Kamin an.

»Was ist denn heute morgen in Sie gefahren?« frage ich. »Sie sind ja einfach weggerannt. Ich habe im *Rosenwald* nachgesehen, aber dort wird kein Étienne Le Coz erwähnt.«

»Ich mußte dringend telefonieren. Ich hatte vergessen …«

Ein großer bretonischer Kamin erstreckt sich über eine ganze Wand der Küche. Auf den Küchenborden stehen Teekannen; an der Wand sind Tassen und Untertassen aus englischem Porzellan. Die Küchenlampen hängen sehr niedrig, und die Lampenschirme haben das gleiche Dekor wie das Geschirr und die gerafften Vorhänge. Eine Sammlung von Teedosen steht auf einem alten bretonischen Brotschrank. Jane hat alles hier zurückgelassen, als sie wieder geheiratet hat und zu Guy gezogen ist.

»Heute nachmittag habe ich François Kerzo kennengelernt. Er hat mir von den Leuchttürmen erzählt, die er gewartet hat«, sagt Félix.

»Heute wartet er vor allem seine Flaschen. Er ist in Ordnung. Mein Vater mochte ihn sehr.«

»Er hat von ihm erzählt. Er ist 1977 ertrunken, nicht wahr?«

»Ja, im August, vor den Augen seines besten Freundes. Ich war damals elf.«

»Ist er hier begraben?«

»Sein Leichnam muß aufgrund des Sturmes auf den Meeresgrund gesunken sein; er wurde nie gefunden. Ich zeige Ihnen Ihr Zimmer. Ich muß noch arbeiten. Was möchten Sie zum Frühstück: Kaffee, Tee, Kakao? Eier mit Schinken oder Croissants?«

»Erbarmen! Ich habe den Cidre von François Kerzo probiert«, jammert Félix, der das Gesicht verzieht und sich den Bauch hält.

Ich bemitleide ihn. Auch mich hat Kerzo einmal mit seinem Cidre hereingelegt.

Félix besichtigt den Leuchtturm. Im Erdgeschoß befinden sich der Flur, das Wohnzimmer, ein Arbeitszimmer, ein Eßzimmer und die Küche. Im ersten Stock sind die Schlafzimmer und das Badezimmer. Ganz oben ist das Laternenzimmer.

Die Wände seines Zimmer sind mit Laura-Ashley-Tapeten tapeziert. Auf dem Nachttisch liegen Simenon-Romane. Ein Bild einer alten Takelage ziert die Wand. Auf dem Bett liegt eine Steppdecke.

Félix' Magen krampft sich wieder zusammen, und der Cidre kommt ihm wieder hoch.

Étel, vor der Bank, Donnerstag, 18. September, 9.30 Uhr

Félix ist wieder fit. Er hat sich sein Frühstück schmecken lassen und geht nun ins Dorf. Wegen seiner Knieverletzung humpelt er.

Ein nagelneuer BMW parkt vor der Bank. Der Portier eilt diensteifrig herbei, um den Bankdirektor zu begrüßen. Guy Keruel trägt einen blauen Anzug und eine grellbunte Krawatte. Das schwere Stahlgitter gehorcht dem Befehl seines Schlüssels. Er ruft die Polizeistation an, um sie zu benachrichtigen, daß die Bank nun öffnet, und lächelt Félix zu, der die Bank betritt.

»Kann ich Ihnen helfen?«

»Ich möchte ein Konto für Studenten eröffnen …«

»Wohnen Sie hier?«

»Nein, in Paris. Ich bin im Leuchtturm bei Ihrer Stieftochter abgestiegen.«

»Mabs Freunde sind mir immer willkommen. Hat Sie Ihnen empfohlen, zu mir zu kommen?« fragt Keruel.

»Sie hat mir gesagt, daß Sie eng mit ihrem Vater befreundet waren.«

»Er war mein bester Freund. Wieviel Geld möchten Sie auf Ihr Konto einzahlen?«

»Er ist vor Ihren Augen ertrunken, nicht wahr?«

»Das sind keine angenehmen Erinnerungen, junger Mann.«

»Entschuldigen Sie, wenn ich so hartnäckig bin. Waren

nur Sie beide auf dem Boot? Gibt es keine anderen Zeugen?« fährt Félix fort.

Der Bankier zittert.

»Warum stellen Sie mir diese Fragen?«

»Sind Sie ganz sicher, daß er ertrunken ist?« will Félix wissen.

Keruel wird nervös und fängt an zu schwitzen. Der Fisch hat angebissen. Im Grunde ist es leicht, einen Menschen aus der Fassung zu bringen. Das Ärgerliche an der Sache ist nur, daß Félix nicht weiß, was dahintersteckt.

»Ich habe mir sagen lassen, daß er in der Normandie gesehen wurde, nachdem er ertrunken ist, und zwar in einer für einen Toten erstaunlich guten Verfassung«, sagt er.

Keruel ist ganz bleich. Er steht auf.

»Wer sind Sie? Wer schickt Sie?«

Auch Félix erhebt sich. Die beiden Männer mustern sich. Zwei Männer gleicher Größe und gleichen Schlages.

»Weiß Mab, daß Sie hier sind?«

»Nicht so richtig«, antwortet Félix.

Guy Keruel zögert; dann entschließt er sich, den Portier zu rufen.

»Joseph, bringen Sie den jungen Mann bitte zur Tür. Wir haben uns nichts mehr zu sagen!«

»Wovor haben Sie Angst?« stößt Félix hervor, als der Portier ihn zur Tür bringt.

Félix humpelt zum Leuchtturm zurück. Ab und zu schaut er sich um, um sicherzugehen, daß ihm der dicke BMW nicht folgt. Ihm ist schon wieder übel. Irgend etwas ist nicht in Ordnung, aber das hat nichts mit dem Cidre von gestern zu tun. Schon als Kind hat er das Verschwinden seines Vaters schlecht verdaut. Mit neunzehn Jahren fällt es ihm schwer, das, was er jetzt entdeckt, zu begreifen. Der arme Gérard, der seine Mutter betrügt; das angebliche Verschwinden von Hugues Le Coz; François Kerzo, der in seinem Leuchtturm ein so großartiger Mann war und stinkbesoffen ist, wenn er festen Boden unter den Füßen hat; Soizic, die sich an eine Rose erinnert, die sie vor zwanzig Jahren geschenkt bekam; Guy, der Angst hat; Jérémie, den sein Tamagotchi verzaubert, und Mab, die einen Helden beweint, der in Louises Armen Trost suchte und der sie schwängerte, ehe er sie wiederum im Stich ließ …

Er ist der festen Überzeugung, daß Hugues und Étienne ein und derselbe Mann sind. Mab ist also seine Halbschwester. Aber warum ließ sich Hugues mit Hilfe seines Freundes Guy für tot erklären? Warum war dieser schreckliche Betrug in einer Zeit, da die Scheidung doch möglich war, nötig? Warum ließ er sich von seiner Frau und seiner Tochter beweinen? Und warum um alles in der Welt verschwand er sechs Monate später erneut und ließ Louise diesen Brief zurück?

Étel, im Leuchtturm, 10.30 Uhr

Mein Computer kennt keine Samstage und keine Sonntage, keine festen Zeiten und keine Stechuhr. Wichtig sind nur die Seiten, die mein Drucker ausspuckt und die dann den üblichen Weg gehen: vom Drehbuchlektor zum Produzenten, vom Projektleiter zum Leiter der Filmabteilung des Fernsehsenders, vom Regisseur zu den Schauspielern usw., um sich dann in Bilder, Gefühle, Schönheit, Komödie oder Tragödie zu verwandeln, anschließend in Verrechnungsschecks und diese wiederum in Steuern, Lebensmittel, Raten, Benzin, Versicherungsbeiträge, Kleidung, Bücher, Kino, Spiele; außerdem Disketten, DIN-A4-Papier, Tonerkartuschen für den Laserdrucker, Stifte, Radiergummis, Filzstifte, Bilder, Graphiken und Blöcke. Rückenschmerzen. Und das Glück, schreiben zu können.

Ich muß diese berühmten, von meinem Produzenten

Nr. 3 geforderten drei Seiten fertigstellen. Ich habe die halbe Nacht daran gearbeitet. Und er hat mich heute morgen schon zweimal angerufen.

»Nur drei Seiten. Du weißt schon: Thema, Porträts der Personen und Handlungsskizze. Es muß genau das Herz treffen, verstehst du, etwas Zeitgemäßes, klar, modern, romantisch und komisch zugleich, originell, aber nicht zu gewagt, rührend und gefühlvoll. Vergiß nicht, daß du für Hausfrauen schreibst, die unter fünfzig sind und die im Supermarkt einkaufen gehen.«

»Und ihr Einkaufswagen ist voll. Ich weiß. Danke.«

Ich schreibe gerne für Hausfrauen unter fünfzig, weil ich auch eine bin. Ich mache den Haushalt, gehe einkaufen, koche, wie die Frauen auf der ganzen Welt und auch immer mehr Männer, und mein Einkaufswagen ist oft voll.

Ich schimpfe, als es an der Tür klingelt. Für den Briefträger ist es noch zu früh. Jérémie ist in der Schule. Ich mache die Tür auf. Aller guten Dinge sind drei. Es ist wieder Félix. Nett, aber eine Klette. Aber nett. Aber eine Klette.

»Mit dem anderen Knie alles in Ordnung?«

»Kann ich hereinkommen?«

»Ich bin beschäftigt ...«

»Es ist sehr wichtig.«

Widerstrebend trete ich zur Seite.

Ich habe mich auf diesen Tag, der vor mir liegt, gefreut. Jérémie ist in der Schule und der Monitor meines Computers zu allen Schandtaten bereit. Die Romanfiguren erwachten unter meinen Fingern langsam zum Leben; die Tastatur vibrierte wie die Tasten eines Klaviers ... bis Félix auftauchte.

»Setzen Sie sich ... Kaffee?«

O weh, er sagt ja. Ich mache mich in der Küche zu schaffen und rechne: fünf Minuten für den Kaffee und fünfzehn für das Gespräch. Ich kann mich noch aus der Affäre ziehen, wenn er in zwanzig Minuten wieder verschwunden ist. Mein Drucker druckt vier Seiten pro Minute, und drei Seiten sind schnell gefaxt. Die Menschen, die ins Büro fahren, kalkulieren die Zeit für Staus oder die Anzahl der Stationen der Metro oder der S-Bahn mit ein. Ich rechne die Minuten des Laserausdrucks und des Faxversandes ab. Wenn es fünfzig sind, fällt das ins Gewicht.

»Ich dachte, Sie wollten nach Paris zurückkehren und in die Uni gehen.«

»Das dachte ich auch«, antwortet Félix.

Ich habe das unbestimmte Gefühl, daß er die Zeit, die ich ihm zubillige, überschreiten wird. Mein heutiger Tag ist vollkommen verplant. Ich will zuerst meine Seiten faxen, anschließend eine Schale Müsli mit Milch essen und zwei Kiwis für den Vitaminhaushalt, dann zwei Stunden an dem Buch von Kernic arbeiten, zur Apotheke gehen und das Asthmaspray für Jérémie kaufen, eine halbe Stunde durch die Heide laufen, um frische Luft zu schnappen, und zwei Stunden an dem Drehbuch des Kriminalromans arbeiten. Ich bin weder die Heilsarmee noch eine SOS-Station für traurige Kinder. Ich habe keine Zeit für die Lebensprobleme dieses unbekannten Jungen. Morgen vielleicht, aber heute kommt er wirklich ungelegen.

»Ich bin sehr in Eile«, sage ich.

Er holt tief Luft.

»Es betrifft Sie persönlich!« beginnt er und schaut mir offen ins Gesicht.

Was erzählt er denn da für einen Schwachsinn? Ich habe Phantasie, schließlich bin ich Drehbuchautorin. Vielleicht will er mich um Hilfe bitten, um eine Bombe in der Uni zu legen, weil ihn eine Kugel getroffen hat, als er eine Bank überfallen hat, oder er will sich einfach nur mein Auto borgen, verlangt, daß ich seinen Stiefvater umbringe, oder will sich Jérémie ausleihen, um zu behaupten, daß er sein Sohn sei und den Wehrdienst abbrechen kann, oder er könnte mir seine Liebe gestehen! Unglücklicherweise ist nichts dabei, was man in zwanzig Minuten klären könnte …

»Sie schmeicheln mir. Können Sie es mir schnell erklären?«

Sein Kopf ist wie bei Prinz William von England auf den Zeitschriftenfotos etwas geneigt. Seine großen Caterpillar-Schuhe klopfen in langsamem Takt auf meinen beigen Teppichboden, der bei jedem Aufschlag platt gedrückt wird.

»Mein Vater führte ein Doppelleben«, stößt er hervor.

»Sie meinen, daß er eine andere Frau und andere Kinder hatte?«

Er nickt. Das muß ein Schock für ihn sein. Ich kann es mir nur schwer vorstellen, denn ich hatte eine solch enge Beziehung zu meinem, daß es für andere keinen Platz mehr gab, und er ist schon lange tot. Kürzlich sprachen im Fernsehen Schriftsteller berühmter Eltern von der unglaublichen Kraft, die der Tod eines Vaters mit starker Persönlichkeit einem Menschen verleihen kann. Ist er anwesend, wird man von ihm erdrückt, ist er abwesend, so kann das von Vorteil für die Karriere sein. Zuerst war ich schockiert, doch dann dachte ich darüber nach und verstand es. Mein Vater, der nicht da ist, beschützt mich immer und überall. Für Félix muß der Gedanke daran, daß sein Vater ihn im Stich gelassen hat, um woanders ein neues Leben zu beginnen, unerträglich sein.

»Das schmälert nicht seine Liebe zu dir«, sage ich und gehe spontan zum Du über, um ihn besser trösten zu können. »Die Liebe eines Vaters hat mit der Liebe mit dem großen L nichts zu tun. Er hat sich in eine andere Frau verknallt, ja?«

»Du sprichst von der Zukunft und ich von der Vergangenheit. Daß er mit einer anderen Frau und anderen Kindern ein anderes Leben führte, war vor meiner Zeit.«

»Und er hat sie für dich und deine Mutter im Stich gelassen? Was will der Mensch mehr?«

»Du meinst, daß ich es denen, die es vor mir gab, also seiner ursprünglichen Familie sagen sollte?«

Ich zögere. Als ich in den Vater von Jérémie verliebt war, einen irischen Schriftsteller, dessen Buch ich für einen Film bearbeitete, sagte ich ihm deutlich, daß ich es nicht wissen wolle, wenn er mich eines Tages betrügen würde. Und als ich entdeckte, daß er verheiratet war und ein Kind hatte, brach für mich eine Welt zusammen.

»Ich glaube ja«, sage ich, »auch wenn es weh tut, haben sie das Recht, es zu erfahren. Ich muß arbeiten, Félix.«

»Ich habe dir gesagt, daß es dich betrifft.«

Langsam ist meine Geduld zu Ende, und mein Magen verkrampft sich, als wäre mein Blutzuckerspiegel dramatisch gesunken.

»Betroffen?«

»Auch wenn es weh tut, haben sie das Recht, es zu erfahren, hast du eben gesagt. Du und deine Mutter, ihr seid die ursprüngliche Familie von Étienne Le Coz. Dein Vater ist nicht tot, Mab. Er ist abgehauen. Er hat mit meiner Mutter zusammengelebt. Er hat mich gezeugt und anschließend ist er wieder auf und davon.«

Félix hat am Ende geschrien, und dann hat seine Stimme versagt. Er hat Tränen der Wut in den Augen.

»Es gibt Grenzen, die sollte man nicht überschreiten, Félix«, sage ich schroff.

»Ich habe mit Keruel gesprochen. Es ist nicht sicher …«

»Was?«

»Es ist alles klar. Ich habe mit Soizic und Gwenaël im Café gesprochen. Ich habe mit François Kerzo getrunken und mich beinahe mit Guy Keruel geprügelt.«

Wenn ich Jérémie wäre, bekäme ich jetzt einen Asthmaanfall. Félix hat mir die Sauerstoffzufuhr abgeschnitten. Ich schnappe nach Luft. Es kostet mich ungeheuere Anstrengung zu atmen, weil ich gegen die Last, die mich erdrückt, ankämpfen muß. Hugues, mein Prinz der Gezeiten, mein Ritter mit der weißen Rüstung, mein Beschützer mit der tätowierten Schulter, mein Vater. In der Erinnerung bin ich mit einem Mann verbunden, der bis in alle Ewigkeit dreiunddreißig Jahre alt ist, genauso wie die jungen Mädchen von früher für Gérard Philipe schwärmten oder die jungen Dinger von heute von Brad Pitt oder Leonardo di Caprio träumen.

»Du bist total verrückt, Félix!«

Ich erkenne meine eigene Stimme nicht wieder. Sie ist tief und verschleiert, kommt direkt aus dem Bauch, und ist durch meine Erregung verfremdet.

»Es IST verrückt. Ich kann nichts dafür. Der Leichnam deines Vaters wurde niemals gefunden, Mab. Als ich in dein Arbeitszimmer kam, habe ich die Fotos gesehen: den Hund, deinen Vater und dich …«

Er hat das Bild wieder vor Augen und verstummt.

»Und?« schreie ich.

Mir tut alles weh, so als hätte ich vierzig Grad Fieber, und meine Gefühle hätten Muskelkater.

»Du hast meine Vergangenheit an deine verdammte Wand gehängt. Mortimer ist mein Hund. Und der Typ auf dem Foto, das ist mein Vater, Étienne Le Coz. Verstehst du jetzt?«

Er schreit, und ich bleibe ganz ruhig. Das ist zuviel; das ist ungeheuerlich. Solch eine Geschichte denkt man sich nicht aus. Ich bin ja an diese haarsträubenden Geschichten aus Fernsehserien gewöhnt; ich kann eine Situation von Grund auf verändern, den Serienfiguren die verrücktesten Geschichten andichten, ihnen die verzwicktesten Vergangenheiten verpassen und ihnen phantastische Familiengeheimnisse zuschreiben, in aller Ruhe komplexe und zugleich machiavellistische Stoffe stricken …

»Was redest du denn da?« sage ich und verteidige mich schon. »Mein Vater ist im August 1977 ertrunken!«

»Das glaubst du, weil Guy es dir gesagt hat, ehe er deine Mutter geheiratet hat.«

Das muß ein Alptraum sein. Ich bin auf der Tastatur eingeschlafen; Félix sitzt im Zug nach Paris, und wenn ich mich ganz kräftig kneife, werde ich wieder aufwachen ... Au!

»Du träumst nicht, Mab! Ich dachte gestern auch, ich werde verrückt. Schau!«

Er zeigt mir ein vergilbtes Foto, auf dem ich Hugues in einem weißen Ärztekittel erkenne. Doch auf der Rückseite des Fotos steht »Étienne le Coz«, und mein Vater trägt einen Bart, mit dem ich ihn noch nie gesehen habe.

Ich möchte am liebsten die Zeiger der Uhr zurückstellen und wünsche mir den Moment zurück, als Félix bei uns geklingelt hat, um ihm dann den Zugang zu meinem Haus zu verweigern. Aber ich rege mich zu sehr auf und gerate in Panik. Das alles ist vielleicht nur ein Hirngespinst, ein geschickt inszeniertes Theaterstück, eine Geschichte, die mir Angst einjagt.

»Guy hat gesehen, wie mein Vater ertrunken ist. Und wer hat dir gesagt, daß unser Hund Mortimer hieß?«

»Guy hat gelogen, und jetzt stirbt er vor Angst. MEIN Hund hieß Mortimer, Mab. Er hatte eine alte Narbe am rechten Oberschenkel; auf seiner Hundemarke stand die Nummer MUZ 692, und er ist in Paris an Altersschwäche gestorben.«

Woher weiß er, daß sich Mortimer an einem Stacheldraht verletzt hat, kurz bevor er ertrunken ist? In meinem Kopf geht alles durcheinander. Mir fällt ein Satz von Victor Hugo ein: *Mein Vater, dieser Held mit dem sanften Lächeln.* Ich sehe das Lächeln vor mir, aber der Held hat sich unterwegs verirrt. Guy hat uns versichert, daß Hugues tot sei, also haben wir ihm natürlich geglaubt, und wir haben geweint. Warum hätten wir zweifeln sollen? Welch ein Interesse hätte er daran gehabt, uns zu belügen?

»Warum?« frage ich.

Meine Stimme hört sich an wie das Krächzen einer Krähe oder das Quaken einer Kröte.

Auf jeden Fall ist es nicht meine Stimme.

»Ich weiß es nicht«, antwortet Félix kopfschüttelnd.

Je länger ich ihn betrachte, desto klarer wird mir, wie sehr er Hugues ähnelt. Er hat die gleichen blonden Haare, und hinter seiner Brille gucken die gleichen dunklen Augen hervor. Er zieht seine Brieftasche heraus und reicht mir seine Visitenkarte. Félix Belange, geboren im März 1978. Er wurde also im Juli 1977 gezeugt.

»Du und ich, wir sind Bruder und Schwester. Du bist meine Halbschwester«, sagt er. »Meine Mutter war die Geliebte deines Vaters. Nachdem er angeblich ertrunken ist, sind sie in die Normandie gezogen.«

»Aber warum?«

Félix zuckt die Schultern, weil er meine Frage nicht beantworten kann, und das macht mich aggressiv. Er sitzt dort leibhaftig und verletzlich vor mir, und ich habe Lust, ihn zu verletzen, um weniger zu leiden. Wenn das wirklich mein Halbbruder ist, haben wir in puncto Teilen viel nachzuholen. Fangen wir mit dem an, was ich auf Lager habe: mein Leiden. Eben war ich noch Familienmutter, welche die Dreißig überschritten hat und einem jungen Mann zulächelte, der gerade volljährig ist. Und jetzt bin ich eine etwa elfjährige Furie und schreie meine Angst einem anderen Kind ins Gesicht.

»Also hat er uns im Stich gelassen, um zu deiner Mutter zu gehen, die er dann wie eine heiße Kartoffel hat fallenlassen?«

»Er hat uns im Stich gelassen, da hast du ganz recht«, sagt Félix mit verzerrtem Gesicht. »Sag es nur. Die Wahrheit tut weh, nicht die Worte.«

Selbst wenn wir einen gemeinsamen Vater von 1,90 m und 90 kg haben, empfinde ich plötzlich für diesen dummen Jugendlichen mit der Brille einen Haß, der mich erschreckt.

»Geh!« sage ich mit tonloser Stimme.

»Ja«, antwortet Félix, der seine langen Beine sortiert und sich erhebt.

Er könnte sich auflehnen: Das kann nicht das letzte Wort gewesen sein; wir können uns nicht einfach so trennen; wir haben uns so vieles zu sagen, müssen uns Fragen stellen, Leute befragen und alles aufklären. Ich werfe ihn hinaus, und er sagt: »Ja!«

Ich öffne die Haustür; er geht hinaus und dreht sich um. Mir die Hand zu reichen, wäre lächerlich; mir einen Kuß zu geben, wäre genauso grotesk.

»Tschüß!« sagt er nur.

Der Vormittag ist vorbei. Der Produzent sitzt sicher verkrampft vor seinem stummen Faxgerät. Jérémie ißt in der Schulkantine. Jane arbeitet in ihrem englischen Antiquitätenladen. Guy sieht seine Kreditverträge durch. Der Briefträger taucht am Ende der Straße auf seinem gelben Fahrrad auf. Ein Flugzeug zeichnet seine flockige Spur an den Himmel. Ich lasse mich auf die Couch fallen.

Das Telefon klingelt, und mein Anrufbeantworter schaltet sich ein: »Sie sind mit Mab und Jérémie verbunden. Wir sind im Moment nicht zu Hause. Hinterlassen Sie uns bitte eine Nachricht.«

Der Produzent Nr. 3 hat eine wütende Stimme:

»Hier ist nichts angekommen, Mab. Du weißt, daß ich heute nachmittag einen Termin beim Fernsehsender habe. Es würde mich ziemlich ärgerlich machen ... Hallo? Hallo?«

Es ist mir egal. Ich stehe unter Schock. Ich bin tief bestürzt, erschöpft, erschüttert und zerschlagen. Ich bebe und zittere. Aus allen Himmelsrichtungen dringt Kälte in meinen Körper und sickert durch alle Hautschichten bis in meine Seele hinein.

Étel, im Leuchtturm, am Abend des selben Tages, 23 Uhr

Jérémie schläft. Seine Schulsachen liegen für morgen bereit, und sein Rucksack ist mit Comics vollgestopft, die er lesen wird, während die anderen schwimmen, wegen seines Asthmas darf er nicht ins Schwimmbad. Als er nach Hause kam, fiel ihm auf, daß es mir nicht gutging, und ich spielte ihm daraufhin die Nachricht des Produzenten vor.

»Warum hast du ihn nicht angerufen, wenn du es versprochen hast?«

»Weil ich seine Seiten noch nicht geschrieben habe …«

»Warum nicht?«

»Ich habe es nicht hingekriegt!«

Den ganzen Tag geht es nur um das »warum«, das dem »weil« gegenübersteht. Ein schwarzer Tag, der im Kalender rot angestrichen ist. Ein Tag des Verrats mit zwanzig Jahren Verspätung. Seit 1977 lebe ich mit der Erinnerung an einen liebenden Vater, den das Meer in der Blüte seiner Jahre verschluckt hat, und siehe da, dieser wundervolle Vater ließ mich weinen, während er woanders eine neue Familie gründete. Ich kann es nicht glauben, aber gleichzeitig ist es so verrückt, daß es nur wahr sein kann.

Geht man von dieser Tatsache aus, so gibt es zwei Möglichkeiten: Entweder hat Hugues Guy, seinen besten Freund, getäuscht, indem er ihm wirklich vorspielte, ertrunken zu sein, oder Guy, mein Patenonkel, mein eigener Stiefvater, war sein Komplize.

Ich bin geschockt, enttäuscht und unendlich traurig. Dieser Leuchtturm an der bretonischen Küste, den ich liebte, ist nur noch die Bühne eines grotesken Betruges. Meine Mutter hat mit einem Dummkopf oder einem Verräter ein neues Leben begonnen. Meine Tränen sind versiegt. Und ich habe meine Seele unter der Kapuze meiner gelben Seglerjacke in der Kapelle mit den Heiligenbildern neben einem kleinen Wachskreuz verloren. Hugues Le Coz. Sein vollständiger Name war: Hugues Étienne Marie Le Coz, und daher konnte er auch seinen Namen ändern.

Läge mir »Mab« nicht so am Herzen, würde ich mir diesen blöden Spitznamen vom Hals schaffen.

»Mama!«

Jérémie ruft mich.

»Schläfst du noch nicht?«

Er sitzt im Bett, atmet aber ruhig. Es ist nicht sein Asthma, sondern er kann nicht einschlafen. Beruhigt setze ich mich zu ihm aufs Bett und lasse ihn erzählen.

»Die Jungen in meiner Klasse spotten über mich, weil ich nicht ins Wasser darf ...«

Jérémie ist in den Monaten Juli und August ein richtiger Fisch. Die Sonne verscheucht seine Asthmaanfälle. Doch wenn die Kinder während des Schuljahres aus dem Schwimmbad kommen, haben sie nasse Haare, und das verfehlt nie seine Wirkung. Jérémie bekommt eine Bronchitis, die sich in einen pfeifenden Husten verwandelt, der dann mit Kortison behandelt werden muß. Immer, wenn ein neues Schuljahr beginnt, fleht er mich an, und ich frage Dr. Marcié, der kategorisch ablehnt, daß Jérémie am Schwimmunterricht teilnimmt.

»Ich weiß, daß es dich ärgert, mein Liebling, aber wir würden die Unannehmlichkeiten auf diese Weise geradezu herausfordern, verstehst du?«

Mein Liebling schaut mich traurig an. Er will es seinen Schulkameraden zeigen: vom höchsten Sprungbrett springen, Kraulen wie ein As, nicht mehr der Dummkopf sein, der am Rand sitzt und liest und zusieht, wie die anderen aus der Umkleidekabine kommen und über die schönen Späße lachen, die sie gemacht haben: »Du warst nicht dabei, Le Coz, du kannst das nicht verstehen.«

»Aber warum muß ich denn mit ins Schwimmbad gehen? Ich könnte statt dessen in den Informatikclub der Schule gehen. Das wäre cool!«

Ich seufze. Theoretisch hat er recht, aber praktisch werden sie nicht extra für ihn eine Aufsicht freistellen.

»Es wäre niemand da, um dich zu beaufsichtigen. Dein Lehrer trägt während dieser Zeit die Verantwortung für dich, und daher mußt du bei den anderen sein.«

»Das ist die Hölle«, brummt Jérémie.

»Weißt du was? Es ist schön, mit dir zu reden, ohne dieses Piepsen im Hintergrund. Eine wahre Erholung.«

Er lacht. Seit er sein Tamagotchi hat, werden unsere Gespräche von diesem elektronischen Piepsen begleitet. Glücklicherweise schläft das virtuelle Ei nachts. Man muß es sogar ausziehen und abends das Licht löschen, es anziehen und morgens das Licht wieder anmachen. Dieser blöde Haufen aus Miniaturteilen hat keine Freunde, die im Schwimmbad über ihn spotten, und keinen Vater, »der nicht weiß, daß es ihn gibt«, wie Jérémie zu sagen pflegt, oder der vor zwanzig Jahren ertrunken und heute morgen wieder auferstanden ist.

»Du mußt jetzt schlafen.«

Ich lösche das Licht. Jérémie dreht sich zur Wand. Ich bleibe bei ihm, bis sein ruhiger Atem anzeigt, daß er eingeschlafen ist.

Ich habe nicht die geringste Lust zu schlafen. Was soll ich tun? Lesen? Mich vor meinen Computer setzen und diese drei Seiten schreiben, die mir so schwer im Magen liegen? Meinen Kopf unter kaltes Wasser halten, um meinen Geist von dem ganzen Schmutz zu befreien, den Félix dort abgeladen hat? Ein heißes Schaumbad nehmen und dabei einen alten Maigret lesen und ein Glas Cognac trinken? Zum erstenmal an diesem Tag lächele ich. Ich weiß ganz genau, was ich jetzt tun werde …

Das Ritual, das Omelette, um das Schicksal zu beschwören. Ich öffne den Kühlschrank. Ich binde mir eine Schürze aus blauem Jeansstoff um den Bauch. Ich hole die Pfanne und die Schalen aus dem Schrank. Ich brate den Speck an, trenne Eiweiß und Eigelb, schlage beides getrennt, vermische es dann, gieße das geschlagene Ei in die Bratpfanne und rühre das Ganze mit ernster Miene um. Wie Jérémies Sportlehrer seine Meute im Schwimmbad beobachtet, betrachte ich meine kleinen Speckstreifen, die in der Pfanne verteilt sind: einige in einer Ecke zusammengepfercht und andere erhaben in ihrer Einsamkeit.

Als das Ganze schön sämig ist, lasse ich das Omelette mit einer lässigen Bewegung meines Handgelenkes auf einen Teller gleiten. Ich habe Lust, Jérémie zu wecken, um ihn mein Meisterwerk kosten zu lassen, aber er braucht Schlaf, und er soll mich lachen und nicht weinen sehen.

Eigentlich habe ich keinen Hunger. Ich entkorke eine Flasche Rioja, einen schweren Wein voller Versprechen, der etwas zu Kopf steigt, und trinke ein Glas.

»Na!« sage ich zu dem Omelette, das sich verletzt durch meinen mangelnden Enthusiasmus in erhabenes Schweigen zurückzieht.

Ein Gedanke schießt mir durch den Kopf, den ich sofort verdränge, weil er so schrecklich ist. Ich sollte mich freuen, daß Hugues nicht ertrunken ist, aber statt dessen bin ich ihm böse, mir seine Liebe aufgekündigt zu haben, um sich einer anderen Familie zuzuwenden. Als wäre es mir lieber, daß er tot ist, als zu wissen, daß er ohne mich glücklich ist.

Ich blitze das Omelette wütend an. Wie bieten uns die Stirn, ohne den Blick zu senken; meine blauen Augen treffen auf seine gelben Augen. Hugues, Jane, Guy, die Kirche. Hugues' Kleidung, die meine Mutter Guy für die Krankenhäuser gegeben hat und die mein Vater vielleicht zurückbekommen hat, wenn ich genau darüber nachdenke. Ich stelle mir all die ausgezeichneten Omelettes vor, die er sicher für Félix' Mutter und später vielleicht für andere gezaubert hat. Wie viele Frauen und Kinder hat er erobert?

Es ist Mitternacht. Seit 1977 habe ich keine Omelettes mehr zubereitet: Spiegeleier, pochierte Eier, Eier mit Sahnesauce, verlorene Eier in Burgundersauce, weich und hart gekochte Eier, ja, aber das ist etwas anderes. Ich gehe auf die dunkle, kalte Straße hinaus und lasse das Omelette, das seinen Zauber verloren hat, vorsichtig auf den Boden gleiten. Streunende Hunde werden sich daran laben.

Am nächsten Morgen spreche ich beim Frühstück mit Jérémie.

»Ich habe Félix gestern wiedergesehen«, sage ich.

»Ach ja? Wann kommt er wieder?«

»Dieser Junge ist viel älter als du, und ich mag ihn nicht.«

Jérémie schaut mich verdutzt an. Er ist es nicht gewohnt, daß ich mich auf diese Weise in seine sozialen Kontakte einmische.

»Ich finde ihn sympathisch.«

»Ich will nicht mehr, daß er hierherkommt und daß du ihn triffst. Ist das klar?«

»Aber warum denn?«

Jérémie runzelt die Stirn und sieht mich fragend an.

»Das ist ungerecht!«

»Schluß jetzt, Jérémie. So und nicht anders.«

Er schiebt seine Trinkschale zurück, nimmt seinen Rucksack und geht zur Tür.

»Sagst du mir nicht ›Tschüß‹?«

Er kommt zurück und reibt ohne Überzeugung seine Wange gegen meine.

»Schönen Tag!« sage ich.

Er geht schleppenden Schrittes davon: Ein kleiner Mann, der anders ist als die anderen, weil er manchmal keine Luft bekommt. Heute morgen lernte er die Ungerechtigkeit kennen. Er mag Félix, aber er darf ihn nicht sehen, weil seine Mutter es willkürlich so entschieden hat.

Ich kann ihm den wahren Grund nicht nennen. Den muß ich zuerst selbst verdauen. Als ich heute nacht Lust verspürte, mit dem Kopf gegen die Wand zu rennen, zwang ich mich dazu, mich nicht zu rühren und zuzulassen, daß die Gedanken auf mich einstürmten. Heute morgen hatten sich die nächtlichen Ungeheuer in Luft aufgelöst. Hugues Le Coz ist seit langer Zeit tot, auch wenn sein Leichnam nicht gefunden wurde und ich kein Grab habe, auf das ich Blumen stellen kann. Und Félix Belange redet Unsinn.

Das Telefon klingelt. Es ist eine weitere Produzentin – nennen wir sie Nr. 4. Sie sucht »dringend eine Drehbuchautorin, die eine Geschichte überarbeitet: Ich habe sofort an dich gedacht, Mab.«

Ich weiß, daß sie diesen Job schon ganz Paris angeboten hat und daß alle ihr faules Projekt abgelehnt haben. Ich werde wohl die letzte in ihrem Adreßbuch sein. Da ich Le Coz heiße, hat sie uns sicher nicht in alphabetischer Reihenfolge notiert.

»Es tut mir leid«, sage ich. »Ich stecke im Moment bis zum Hals in Arbeit.«

Ein schrilles Lachen erklingt am anderen Ende des Telefons und zerreißt mir mein rechtes Trommelfell.

»Für was haltet ihr euch eigentlich alle? Ihr werdet noch auf Knien angerutscht kommen.«

»Das ist möglich. Aber bis zu diesem schönen Tag wünsche ich dir viel Glück!«

Lorient, Rue Descartes, Montag, 22. September

Goulven Kernic wohnt in einer Straße, in der Häuser vom Anfang des Jahrhunderts stehen, und eine Schule, deren genauestens strukturierter Stundenplan das Leben des

Viertels regelt. Ich bin zwanglos gekleidet, trage Pullover und Jeans, aber der Pullover ist ziemlich eng, und meine Haare habe ich sorgfältig zerzaust. Ich mache auf »junge Drehbuchautorin, die lässig gekleidet, aber gut gebaut ist«. Kernic setzt auf eine Cordhose, eine Jacke aus grobem Leinen, und sein Bauch hängt über seinen Gürtel. Er macht auf »intellektueller Schriftsteller, Typ großer Bär«.

Meine geniale Agentin, die in ihrem Pariser Büro nahe den Champs-Élysées eine »moderne, tadellos gekleidete, sexy, junge Frau« verkörpert, hat die unumgängliche Frage des Geldes schon geklärt, und so brauchen wir nur noch zu arbeiten.

»Ich habe noch nie ein Drehbuch geschrieben«, beginnt Kernic zögernd.

»Ich habe noch nie ein Buch geschrieben!« sage ich fröhlich.

»Ich bin nicht sicher, ob ich Ihnen sehr hilfreich sein werde …«

Der Unterschied zwischen einem Agenten und einem Psychoanalytiker ist, daß man den ersten aufsucht, wenn es einem gutgeht, und den zweiten, wenn es einem schlechtgeht. Der Agent hilft einem dabei, Geld zu verdienen, und der Psychoanalytiker hilft uns, Zeit zu gewinnen. Aus dem Agenten wird ein Freund, aus dem Psychoanalytiker nicht. In beiden Fällen wird ein gegenseitiges Vertrauensverhältnis aufgebaut, Achtung wird benötigt, und es geht um viel Geld. Aber wenn man seinen Agenten auf einem Fest trifft, stürzt man auf ihn zu, um mit ihm anzustoßen und ihm Klatschgeschichten zu erzählen, wohingegen es recht peinlich ist, seinen Psychoanalytiker zu sehen, der sich für einen besonderen Leckerbissen hält und Lambada tanzt. Der Agent ist eine langfristige Investition, und das aus gefühlsmäßiger wie aus finanzieller Sicht, und der einzige Freund, mit dem man in seinem Büro über das Leben und im Restaurant über die Arbeit spricht. Der Psychoanalytiker ist eine kurzfristige Geldanlage mit höchster Besteuerung, sofortiger Auszahlung, und man spricht mit ihm nur über sich.

Ich habe eine Agentin. Kernic braucht einen Psychoanalytiker. Das ist eine Ehe zwischen einem Karpfen und einem Kaninchen. Von uns wird erwartet, daß wir uns ergänzen und uns unterstützen, aber ich werde nicht dafür bezahlt, die Mama zu spielen, und außerdem habe ich schon Jérémie.

»Sind Sie verheiratet?«

»Ich lebe getrennt ...«

Bingo! Das hätte ich wetten können. Kernics Pullover ist an den Ärmeln abgewetzt; seine Wohnung riecht nach kaltem Pfeifentabak, und er hat Augen wie eine Seezunge Müllerin. Jérémie besaß früher einen Goldfisch, der den gleichen Blick hatte.

»Sie werden schon sehen, daß alles gut klappen wird. Sagen Sie mal, Ihr Kollege neulich sah nicht so aus, als hätte er die Drehbuchautoren in sein Herz geschlossen«, bemerke ich.

»Er hat schlechte Erfahrungen gemacht. Mit einem *Drehbuchautor* natürlich ... Die Frauen sinken alle in seine Arme.«

»Ach ja? Ich finde ihn plump und ziemlich gewöhnlich!«

»Da sind Sie aber die einzige.«

Ich erkenne das Problem. Einem Schriftsteller, der von seiner Frau getrennt lebt und nicht sehr selbstsicher ist, steht ein gutaussehender Schriftsteller zur Seite, der sich vor Frauen nicht retten kann.

»Mögen Sie seine Bücher nicht?« fragt er mich.

»Ich erinnere mich noch nicht einmal mehr an seinen Namen.«

Goulven Kernic schaut mich erstaunt an.

»Das ist doch Pierre Hermès!«

»Wie der Lederwarenhersteller?«

»Ja, aber da gibt es keinen Zusammenhang. Er ist bekannt. Von seinem letzten Roman wurden 150.000 Exemplare verkauft, und er lehnt kategorisch Interviews im Fernsehen, Fotos in Zeitschriften und sogar auf dem Cover seiner Bücher ab.«

»Ist er Terrorist, oder hat er eine eifersüchtige Freundin?«

Er schüttelt entsetzt den Kopf. Der Mann hat Sinn für Humor!

»Ich habe das nur so zum Spaß gesagt«, erkläre ich. »Was hat er denn für schlechte Erfahrungen mit einem *Drehbuchautor* gemacht? Eine heiße Liebesgeschichte?«

Er schaut mich an, als hätte ich den Verstand verloren.

»Natürlich nicht. Sein erster Roman, der stark autobiographisch geprägt ist, wurde von einem echten Versager bearbeitet, der die Grundidee des Buches vollkommen verraten hat.«

»Das ist ein alter Streit. Die Schriftsteller fühlen sich verraten, weil man ihren Werken die nicht-visuellen Elemente raubt. Aber um Bilder zu produzieren, muß man sich halt an das Genre des Films anpassen, und das ist unser Job.«

»Aber es sind unsere Bücher, unsere Figuren und unsere Geschichten.«

»Sie können sie ja selbst für den Film bearbeiten, wenn Sie so besitzergreifend sind, oder Sie vertrauen uns. Sie schlucken die Antibiotika des Arztes, vertrauen Ihr Auto dem Kraftfahrzeugmechaniker und Ihr Geld der Bank an. Das sind Profis genau wie wir.«

Meine Argumente haben Kernic verunsichert. Er schweigt.

»Wir sind alle gleich. Wir wollen die Leute zum Träumen bringen, Gefühle hervorrufen und Geschichten erzählen«, ereifere ich mich.

Er steht auf, wühlt in dem Chaos auf seinem Schreibtisch, verrückt die Stapel und lächelt dann wie ein Angler, der einen Seebarsch gefangen hat und diesen schon auf einem nach Fenchel duftenden Teller vor sich sieht.

»Das ist es. Ich wußte genau, daß es hier liegt. Ich leihe es Ihnen, und Sie sagen mir Ihre Meinung.«

Der Leuchtturm von Sansibar, der fünfte Roman von Pierre Hermès. Auf dem Rücken des Buches, den man in der Fachsprache die vierte Einbandseite nennt, ist tatsächlich kein Foto, sondern eine Kurzbiographie: Pierre Hermès, 35 Jahre alt, Weltenbummler und Flieger, reiste um die Welt, bevor er den Steuerknüppel des Flugzeugs gegen die Feder eintauschte.

»Ihr Freund ist ja der reinste Indiana Jones.«

Er schaut mich hilflos an.

»Der Held von Spielberg«, füge ich erklärend hinzu.

Er schüttelt den Kopf. Ich bin im Jahre 1997 mitten in Lorient auf einen Dinosaurier gestoßen. Das ist *Jurassic Park.*

Étel, im Leuchtturm, Mittwoch, 23. September, 18 Uhr

Ich schiebe meinen Schreibtischstuhl zurück, recke mich und gähne. Seit heute morgen brüte ich über meinem Projekt Nr. 1., dem Krimi. Ich fertige das an, was man eine *Bibel* nennt: Inhaltsskizze, die Welt, in der die zukünftige Serie spielt, Zusammenfassung einiger Episoden und Schlagwörter, die den Zeitgeist treffen. Ich porträtiere jede Figur: Aussehen, Kindheit, sozialer Status, Privatleben, Vorlieben, Charakter. Kurzum, die grobe Arbeit. Es ist so, als würde Claudia Schiffer in einem Raum in Unterwäsche über den Laufsteg schreiten, in einem anderen Raum würden die schönsten Kleider auf Bügeln vorgeführt, in einem dritten ein Koffer mit Schminkzeug und im letzten Schmuck, Taschen und Schuhe.

Wenn ich das Gefühl habe, daß mein Kopf gleich platzt,

gibt es für mich nur ein Mittel, mich zu entspannen: ein heißes Schaumbad. Ich lasse das Wasser einlaufen und kann mich zwischen »Eisminze« und »Honig« nicht entscheiden. Ich wähle Minze, deren intensiven Duft ich durch ein Guajaveshampoo ein wenig abschwäche. Mit einem Bad ist es wie mit dem Kochen: Es kommt auf die Feinheiten an. Etwas Wesentliches fehlt noch: das geeignete Buch. Manchmal ist es ein Roman, eine Novelle, eine Zeitung, eine Zeitschrift oder die Dokumentation für ein Projekt. In meinem Schaumbad versunken, knicke ich die Seiten um und markiere die Abschnitte mit einem roten Stift, der immer neben der Seife liegt.

»Ich nehme ein Bad, Jérémie. Gehst du bitte ans Telefon, wenn es klingelt?«

Er hört mich nicht. Sein Tamagotchi, das heute zehn Jahre alt wird, nimmt ihn voll und ganz in Anspruch.

Der Spiegel im Bad ist beschlagen. Ich liege in der Badewanne und halte meine Füße unter den Wasserhahn, durch den heißes Wasser in die Wanne fließt. Das erweitert die Blutgefäße und ist schlecht für die Durchblutung, aber das ist mir gleichgültig.

Auf der Liste der Dinge, die ich am meisten liebe, steht vor allen anderen Dingen – sozusagen außer Konkurrenz – mein Sohn. Dann folgt ganz oben die Liebe, Essen und Trinken in netter Gesellschaft und gleich danach das heiße Schaumbad mit einem Buch …

»Kannst du mir bitte meinen Rucksack bringen, Jérémie?«

Jérémie reißt sich vom Internetsurfen los und bringt mir meinen Rucksack. Ich versinke im Schaum; nur mein Kopf und meine Schultern gucken noch heraus. Ich war noch nie ein zehnjähriger Junge. Oft taste ich mich an die Erziehung heran, und so habe ich diesen Trick erfunden, um meine Lust an körperlicher Freiheit mit der Tatsache, daß mein Sohn älter wird, zu verbinden.

Er kehrt zu seinen elektronischen Reisen zurück, und ich blättere den fünften Roman dieses Frauenhelden, Pierre Hermès, durch. Es ist *Vincent* gewidmet, sicher einem Zechkumpanen. Er schreibt natürlich in der Ich-Form. Sein Protagonist, der braungebrannte Haudegen, der er gerne wäre, fährt mit dem Motorrad über die beschädigten Straßen von Tansania. Er trifft Kinder mit strahlend weißen Zähnen und schenkt ihnen Bonbons. Es lebe Karies und die Demagogie!

»Scheiße!«

Als ich mich auf den Badewannenrand stützte, fällt das Shampoo ins Wasser, und das Buch, das mir Kernic geliehen hat, wird vollgespritzt. Ich werde ihm wohl ein neues kaufen müssen. Ich schüttele das Buch, damit die nach Minze duftenden Wassertropfen abperlen, blättere die Seiten durch ... und reiße die Augen auf. Plötzlich bin ich in meinem heißen Bad zu Eis erstarrt.

Dort oben auf der Seite steht es schwarz auf weiß.

Der Typ hob lachend seinen Teller hoch und warf einen Blick unter den Teller: »G für gewonnen! Ich habe ein Essen gewonnen!« freute er sich. Auch die anderen Gäste hoben ihre Teller hoch, aber da unter ihren Tellern nichts stand, riefen sie die Bedienung, um sich zu beschweren.

Ich glaub', ich träume. Ich habe noch nie gesehen, daß außer Hugues jemand dieses verrückte Spiel spielte. Welche Beziehung besteht zwischen meinem Vater und diesem eingebildeten Schriftsteller? Hermès war vierzehn Jahre alt, als Hugues ertrank. Hat ihn mein Vater vielleicht früher einmal behandelt?

Ich lese fieberhaft in dem Roman und überfliege die Seiten. Die Geschichte eines Abenteurers, der versehentlich seinen Sohn bei einem Autounfall tötet und der sein Heil im Whisky und in Afrikareisen sucht. Natürlich trifft er dort eine Frau, die ihm hilft, seinen Seelenfrieden zurückzuerlangen. Er lernt auch einen Weißen kennen, einen hilflosen

Außenseiter, der Suaheli spricht, das Spiel »G für gewonnen und V für verloren« spielt und *der in einem Dorf wohnt, in dem er sich eine Hütte in Form eines Leuchtturms gebaut hat.*

Als ich das Buch weglege, ist mein Badewasser eiskalt. Die Geschäfte haben schon zu. Ich habe vergessen, für das Abendessen einzukaufen, und Jérémie verdirbt sich seit über zwei Stunden seine Augen vor dem Monitor.

Ich trockne mich ab, ziehe mich schnell an und gehe auf Zehenspitzen in das Zimmer meines Sohnes, um ihn zu überraschen, wie er mit der Maus in der Hand gerade einige intergalaktische Bösewichte vertreibt …

»Ertappt!«

Jérémie errötet, erblaßt und hebt den Kopf.

»Ich dachte, du seist im Bad?«

Er sieht aus wie ein Kind, das soeben dabei erwischt wurde, den *Playboy* oder *Wie erkläre ich es meinem Kind? – Eine Sexualkunde* zu lesen. Er schickt sich an, seinen Computer auszuschalten, aber ich bin schneller als er. Auf dem Monitor ist eine E-Mail mit der Unterschrift »Félix die Katze« zu lesen. Trotz meines Verbotes korrespondiert Jérémie heimlich mit Félix.

»Ich denke, ich habe dir verboten …«

»Du hast gesagt, daß ich ihn nicht sehen und nicht zu uns einladen darf. Ich habe gehorcht und ihn nicht wiedergesehen.«

»Halt mich doch nicht für blöd, Jérémie!«

Der Text ist harmlos. Félix spricht über Software für Computerspiele. Aber das ist nicht das Problem.

»Du hast mich betrogen, und ich habe dir vertraut«, sage ich gekränkt.

»Aber das ist nicht gerecht. Félix ist für mich wie ein großer Bruder. Er kommt wie gerufen.«

Er spricht das Wort aus, das er nicht sagen soll. Meine Wut steigt, was durch dieses verdammte Buch ›*Der Leuchtturm von Sansibar*‹ noch verstärkt wird. Ich hasse sie alle miteinander: Pierre Hermès; meinen Vater, der seit zwanzig Jahren verschwunden ist; Jane und ihre idiotischen englischen Möbel; Guy Keruel und seine Investmentgesellschaft; Goulven Kernic, der Indiana Jones nicht kennt, und die Produzentin Nr. 4, die einen sehr einflußreichen Vater hat, der noch lebt, und einen steinreichen Ehemann, der ihr zur Seite steht, und die vor allem keine Kinder hat, weil das die Figur verdirbt.

»Ich will, daß du überhaupt nichts mehr mit diesem Félix zu tun hast! Haben wir uns verstanden? Ich verbiete dir, ihm zu schreiben!«

»Was hat er dir denn getan?«

»Das sind Angelegenheiten Erwachsener; das verstehst du nicht.«

Jérémie, der gewöhnlich so ruhig ist, fängt an zu schreien:

»Du hast nicht das Recht, mir das zu verbieten. Félix ist mein Freund! Du hast einen Vater gehabt. Du sprichst ständig über ihn. Er sucht seinen Vater, und ich helfe ihm gern. Ich habe auch keinen Vater; ich habe nur dich. Félix und ich sind in der gleichen Situation.«

Meine Wut fällt in sich zusammen wie ein Kartenhaus, wenn man die Tür öffnet. In dieser Woche schläft er unter Bettwäsche von Tintin und Milou; in der letzten Woche war es Batman.

»Ich habe gute Gründe, ihm böse zu sein, Jérémie.«

»Du bist auf jeden böse. Ich kann nichts dafür und Félix auch nicht.«

Im letzten Winter bin ich nur mit knapper Not einem schweren Autounfall entgangen. Als ich spätabends zum Leuchtturm zurückfuhr, bog ich in eine Einbahnstraße ein. Es war dunkle Nacht – fast wie in einer Weihnachtsgeschichte. Auf den Straßen und den Autos lag Schnee, und in zwei Minuten wollte ich meinen schlafenden, kleinen Sohn auf die Stirn küssen, den Babysitter bezahlen, ein heißes Bad nehmen und ins Bett gehen.

Ich war so darauf konzentriert, daß ich den Fuß vom Kupplungspedal nahm und den Motor abwürgte. Draußen war alles still. Und plötzlich zerlöcherten Scheinwerfer die Dunkelheit. Sie kamen aus der verbotenen Richtung, und ich sah, wie ein Wagen mit einer irrsinnigen Geschwindigkeit direkt auf mich zuschnellte. Diesem folgte ein Polizeiwagen mit Blaulicht, der auch wie ein Irrer raste. Ich hatte gerade noch Zeit, die Zündung einzuschalten und auf den Bürgersteig zu fahren; dabei bekam mein Kotflügel ein paar Kratzer ab. Die beiden Wagen fuhren einige Millimeter an mir vorbei, wumm, ehe sie in der Dunkelheit verschwanden. Hätte ich meinen Motor noch einmal abgewürgt oder eine Fehlzündung gehabt, dann hätte der Babysitter lange auf mich warten können.

Ich hatte richtige Angst – nicht um mich, sondern um Jérémie. Was wäre aus ihm geworden? Er wäre zwischen Jane und Guy aufgewachsen, die Möbel polieren und ihre Bankgeschäfte pflegen. Außer mir ist Jane sein einziger Verwandter.

Heute hat sich Jérémie einen Bruder ausgesucht. Er kann nicht ahnen, daß Félix diesen Titel schon für mich geltend gemacht hat.

Paris, Büro der Produktionsfirma Clementina-Film
Donnerstag, 25. September

Ich habe meinen Wagen am Bahnhof Auray stehenlassen und einen Schnellzug nach Paris genommen. Am Bahnhof Montparnasse bin ich in ein Taxi gestiegen. Mein Termin ist genau um dreizehn Uhr. Goulven Kernic wird auch kommen. Ich habe ihn gestern vergebens angerufen, um die Telefonnummer von Pierre Hermès herauszubekommen, ehe ich mich an seinen Verleger gewandt habe.

»Wir geben die Adressen unserer Autoren niemals heraus«, sagte mir die Sekretärin in einem solch empörten Ton, als hätte ich sie nach der Slipgröße des Präsidenten der Republik gefragt. Sie riet mir, an den Verlag zu schreiben, und versicherte mir, daß man ihm den Brief zukommen lassen werde.

Ich warte ungeduldig auf Kernic. Clementina, die Produzentin italienischer Herkunft, begrüßt mich mit ihrem üblichen Lächeln. Das ist das dritte Projekt, das wir zusammen machen, von denen zwei verwirklicht wurden. Das ist ein guter Schnitt, denn selbst wenn das Drehbuch geschrieben ist, kommt es vor, daß ein Projekt platzt, weil das Thema nicht mehr aktuell ist, ein Konkurrenzsender es bereits behandelt hat oder es nicht ankommt. Beim erstenmal wird man fast verrückt, aber dann begreift man, daß das zum Spiel gehört, und man gewöhnt sich daran.

Ich mag Clementina, weil sie eine Frau ist, die kämpft. Sie verteidigt ihre Themen, ihre Autoren und ihre Schauspieler. Sie ist eine Märchenerzählerin und keine Registrierkasse. Es geht ihr um die Geschichten und nicht nur ums Geld. Sie glaubt an die Schönheit, will die Zuschauer, mit denen sie sich identifiziert, zum Lachen und Weinen bringen und stürzt sich auf jedes Projekt, als wäre es das letzte und wichtigste und als hänge ihr Leben davon ab.

Sie hat einen einzigen Fehler, der ziemlich schwerwiegend ist: Ihr Kaffee schmeckt widerlich. Sie ist durch und durch Italienerin, trägt Missoni-Pullover, Hosen mit Bügelfalten und Schuhe, die sie in der Via Veneto kauft. Sie hat eine rötlich schimmernde, blonde Mähne, die ein Gesicht à la Modigliani umrahmt, und Augen in dem gleichen Grün wie der Tiber an Sommerabenden. Aber ihre Kaffeemaschine produziert eine abscheuliche Brühe.

»Bah, das schmeckt noch schrecklicher als letztes Mal.«

Ich stelle die Tasse angewidert auf den Tisch. Clementina lacht.

»Kaffee ist schlecht für die Gesundheit. Er beschleunigt den Herzschlag. Du trinkst viel zuviel davon.«

»Jedenfalls nicht von deinem.«

»Wenn wir keine Kaffeemaschine hätten, würdest du meckern. Ich habe eine. Kernic hat angerufen. Sein Wagen streikt.«

»Das kann doch nicht wahr sein!«

Clementina schaut mich verdutzt an.

»Ich wußte nicht, daß du ihn so sehr magst. Ich habe mich darauf gefreut, mit dir zu essen, aber wenn es dir lieber sein sollte, allein in einer Ecke zu schluchzen?«

»So ein Unsinn!«

Clementina ist in diesem Restaurant Stammgast. Der Koch stammt aus ihrem Heimatland, aus Apulien, das im Absatz des italienischen Stiefels liegt. Wir bekommen den besten Tisch. Da wir auf unsere Linie achten, nehmen wir keine Vorspeise, doch dann entscheiden wir uns für ein außergewöhnliches Gericht: Tagliatelle mit weißen Trüffeln, ein Traum, ein Gericht, das beweist, daß es einen Gott gibt, und das man nur mit Freunden genießen sollte, sonst ist es die reinste Verschwendung. Dazu trinken wir einen Dolcetto-Alba, einen schweren Rotwein aus Piemont.

Wie bei allen Essen in der Filmbranche reden wir beim Essen über dies und das, über Gott und die Welt, und schneiden die ernsten Themen erst beim Dessert an, das auch hervorragend schmeckt: kandierte Auberginen mit heißer Schokolade und einer Kugel Ricottaeis. Das kostet ein Kilo, aber das ist es auch wert.

»Und sagt dir das Projekt mit Kernic zu?« fragt Clementina. »Der Sender ist sehr interessiert. Wir müssen uns beeilen.«

»Es sollte gestern fertig sein – wie immer?«

Sie lacht. Ich habe wirklich einen außergewöhnlichen Beruf. Gemeinsame Mittag- und Abendessen, Verträge werden unterschrieben, wir arbeiten wie die Irren, wir fluchen, wir beeilen uns, wir drehen durch, wir haben Spaß an der Arbeit, wir raufen uns die Haare, jede Etappe wird begossen, wir sind kreativ. Mein Vater behandelte Kinder, die leibhaftig vor ihm standen, und rettete ihnen das Leben. Von mir werden die Personen auf dem Papier behandelt, getötet, wiederbelebt und gerettet. Wenn sie sich aus der Affäre ziehen, bin ich zufrieden, und wenn sie sterben, macht mir niemand den Prozeß.

»Warum wolltest du Kernic sehen?« fragt Clementina.

»Ich hatte da so eine Idee.«

»Hast du an einen Film oder an eine Serie gedacht?«

Dann schon eher an einen Film. Allerdings weiß ich noch nicht, wie er ausgeht. Eine unendliche Geschichte?

»An einen Film«, antworte ich. »Es ist die Geschichte eines Mannes, der eine Frau und eine Tochter hat. Er ertrinkt während einer Bootsfahrt, und seine Familie weint um ihn. Zwanzig Jahre später begegnet seine Tochter einem jungen Mann, der behauptet, ihr Halbbruder zu sein. Der Mann, ihr Vater, soll sich für tot erklärt haben lassen, um ein neues Leben zu beginnen. Was hältst du davon?«

»Du hast mir schon bessere Storys aufgetischt. Das ist nichts Neues.«

Sie hat recht. Diese Geschichte, die immerhin wahr ist, hört sich unwahrscheinlicher an als eine erfundene. Weil sie mich betrifft, ist sie originell. Ich verdiene mein Geld damit, die Fäden meiner Marionetten zu ziehen, doch diesmal komme ich mir selbst vor wie eine Marionette.

»Was hat das mit Kernic zu tun?« fragt Clementina.

»Ich brauche die Adresse von einem seiner Freunde, Pierre Hermès.«

»Hermès? Der ist unmöglich. Ich habe mit ihm zusammengearbeitet, und das hat gar nicht gut geklappt. Er hat Talent, er ist schön, aber er ist verrückt.«

»Ich finde ihn gar nicht so toll. Er ist der Typ, der vor

dem Spiegel steht und das bestechende Lächeln von George Clooney aus *Emergency Room* übt.«

»Vielleicht, aber dafür gelingt es ihm ganz gut.«

Ich zucke die Achseln.

»Hast du noch immer nicht den Mann fürs Leben gefunden?« frage ich.

»Ich habe nicht die Zeit, ihn zu suchen. Und du?«

»Ich habe Jérémie.«

»Er wärmt dich nachts nicht; er schenkt dir keine Rosen, und er fährt nicht mit dir nach Venedig.«

Ich schüttele den Kopf.

»Ich habe mein Herz schon einmal ...«

Hugues hat mich mit Geschichten von Leuchtturmwärtern vollgestopft, die ihren Frauen über die stürmischen Fluten hinweg Zeichen gaben, und mit Märchen, in denen es von Rittern und Prinzessinnen wimmelte. Jane erzählte mir von Hetzjagden, Kricket, vornehmen Farmern, Tee und Pudding.

Und dann kam Patrick, der Vater von Jérémie, der erste Schriftsteller, dessen Werk ich für den Film bearbeitete. Wie Hugues veranlaßte er mich, zu den Sternen hinaufzublicken, und wie Jane sprach er englisch mit mir. Er reiste mit mir durch Irland. Wir trugen dicke Jacken, riesige Stiefel und Tweedhüte, und jeder hatte seine eigene kleine Whiskyflasche. Wir waren jung, liefen durch die Heide, liebten uns, und ich wurde schwanger.

Wir sprachen weder über Heirat noch über die Zukunft, aber ich dachte, es sei klar, und außerdem war es mir egal, ob wir heirateten oder nicht. Ich wollte diesen Mann mit der rauhen Jacke, den zarten Händen, den unrasierten Wangen, den Samtaugen und den sanften Lippen.

Doch auch seine Frau wollte ihn, als sie ihn von weitem sah, als wir am Flughafen in Dublin ankamen. Er fluchte, als er sie sah.

»Was ist denn los, Patrick?«

»Da ist meine Frau!«

Er muß heilfroh gewesen sein, meine Hand zuvor losgelassen zu haben, um meine Tasche zu tragen.

»Papa! Papa!«

Ein kleiner Wildfang mit karottenroten Haaren stürzte voller Liebe auf ihn zu. Er ließ seine Koffer los und breitete seine Arme aus. Sie schaute ihn so an, wie ich früher Hugues angesehen habe. Seine Frau näherte sich. Sie war genauso rothaarig, aber viel molliger.

»Na, hast du die passenden Drehorte gefunden? Wir wollten dich überraschen!«

»Das ist euch gelungen!«

Dann drehte er sich zu mir um. Er war ausgesucht höflich und ganz fern von mir.

»Ihre Tasche«, sagte er mit gebrochener Stimme und reichte mir mein Gepäck.

Und er ging mit seiner Frau und seiner Tochter davon.

Ich habe ihn nie wiedergesehen. Er bombardierte mich mit Telefonanrufen, Briefen und Blumen. Er schickte mir sogar eine Limousine mit einer Einladung ins *Maxim's*, weil wir einmal darüber gesprochen hatten. Ich war innerlich wie tot, und darum stellte ich mich auch tot. Er wurde es müde. Jérémie wurde geboren.

Einige Monate später wollte ich ihn trotzdem informieren. Doch dann war er verschwunden. Er wohnte nicht mehr in Dublin, und es war unmöglich, seine Spur zu finden. Er schrieb nie mehr Romane. Schluß, aus, vorbei. Die Szene war im Kasten und die Episode Patrick beendet.

»Man muß ihn suchen, um ihn zu finden!« sagt Clementina.

Ich kehre in die Wirklichkeit zurück.

»Wovon sprichst du?«

»Von dem MfL.«

»Was soll das denn sein?«

»Der Mann fürs Leben, Idiot!«

»Eines ist sicher. Für mich wird es weder Goulven Kernic noch Pierre Hermès sein«, erwidere ich lachend.

»Sie sind aber beide Singles und stehen zur Verfügung.«

»Haben sie keine schöne Frau und kein rothaariges Mädchen zu Hause?«

»Soviel ich weiß, nicht«, antwortet Clementina.

»Warum hast du gesagt, daß das Projekt mit Hermès schlecht gelaufen sei?«

»Ich habe einen Fachmann hinzugezogen, und das hat ihm nicht gefallen.«

Ein Fachmann kommt wie die Karabinieri nach der Schlacht, um das Drehbuch eines anderen zu retten. Wenn man eine fertige Geschichte liest, springen die Fehler einem anderen ins Auge, während der Autor mit seinem Text verschmolzen ist und nicht genug Abstand hat. Das erfordert Erfahrung, viele Flugstunden und Schulterklappen. Und man braucht Talent, um in das Universum eines anderen Drehbuchautors einzudringen und sich darauf einzustellen, ohne die Einheit des Ganzen zu zerstören.

»Hält er sich für den Meister des Universums?«

»Ein wenig ...«

»Hast du seine Adresse«, frage ich, während ich mein Notizbuch aus meiner Tasche ziehe.

»Nicht nur, daß er empfindlich ist, nein, er ist paranoid. Ich hatte nur die Nummer von seinem Handy, die ich mit Vergnügen an dem Tag weggeworfen habe, als ich sie nicht mehr brauchte. Wir mußten ihm alle Verträge über seinen Verleger zukommen lassen; das war vielleicht praktisch. Wenn ich dir einen guten Rat geben darf, dann laß dich in keinster Weise mit ihm ein. Er hat den bösen Blick.«

»Den was? Nun sag bloß nicht, daß du an diesen Quatsch glaubst, Clementina!«

Sie wirft mir einen merkwürdigen Blick zu.

»Natürlich glaube ich daran. Ich bin Italienerin!«

Clementina ist Italienerin, und ich bin Bretonin. Ich glaube an das Irrationale. Als ich klein war, hat man mir von *Ankou*, dem Handlanger des Todes erzählt. Er steht auf seinem Karren und hält in der Hand eine Sense, deren Klinge nach außen zeigt. Zwei Helfer begleiten ihn zu Fuß. Der eine führt das Zugpferd, und der andere öffnet die Tore der Höfe und die Türen. Wenn ein neues Haus gebaut wird, setzt sich *Ankou* auf die Schwelle, und er geht nur fort, wenn man ihm ein ausgebrütetes Ei oder einen Hahn schenkt.

Man darf auch *Anaon* nicht vergessen, das Volk der Seelen in Pein. Um es zu achten, darf man nach Sonnenuntergang nicht mehr fegen, damit man die Seelen nicht mit dem Staub entfernt. Und man läßt das Feuer unter der Asche schwelen, damit die Toten sich wärmen können, wenn sie des Nachts kommen.

Nach Hugues' Verschwinden fiel mir alles, was ich über Ertrunkene gehört hatte, wieder ein. In stürmischen Nächten hört man an der ganzen Küste, wie sie sich gegenseitig rufen. *Wer sich der See anvertraut, vertraut sich dem Tod an.* Wer also auf See umkommt, stirbt durch eigene Schuld, und darum bleiben die Ertrunkenen an der Stelle, an der das Meer sie verschlungen hat, und tun Buße, bis andere an der gleichen Stelle ertrinken und sie befreien. Es heißt, man müsse, um den Leichnam eines Ertrunkenen zu finden, nur eine mit Kleie gefüllte Holzschale mit einer brennenden, gesegneten Kerze in der Mitte auf eine Planke stellen und das Ganze ins Wasser gleiten lassen. Die Kerze steuert auf den Ort zu, an dem sich der Leichnam befindet, und bleibt dort liegen. Zigmal habe ich mir eine Planke, eine Kerze und einen mit Sand gefüllten Teller besorgt, aber ich hatte Angst …

Nachdem ich zwei Stunden mit Clementina gearbeitet habe, verabschiede und bedanke ich mich bei ihr: einmal für das Essen und dann dafür, daß sie Tagliatelle mit Trüffeln bestellt hat. Hätte sie ein preiswerteres Gericht bestellt, hätte ich mich zu Tode betrübt angepaßt und zu meinem größten Bedauern Schnitzel Mailänder Art essen müssen.

Paris nimmt mir den Atem: Lärm, Autos, Schmutz, Streß, Obdachlose. Als ich im Zug sitze, zieht das in Dunkelheit gehüllte Land mit den weißen Sternen, den gelben Fenstern und dem blauen Widerschein der Fernseher an den Scheiben vorüber. Jérémie verbringt die Nacht bei Kevin. Ich werde heute nacht im Leuchtturm allein sein.

Auf der Insel Saint-Cado, Freitag, 26. September, früh am Morgen

Ich wache um sechs Uhr morgens auf und kann nicht mehr einschlafen. Eingemummelt in meine Cabanjacke und mit einem dicken Schal um den Hals starte ich zitternd meinen Jeep. Ich habe uns dieses Geschenk im letzten Frühjahr gemacht, obwohl meine Kalkulation ergeben hatte, daß es wirklich nicht der richtige Zeitpunkt war, einen neuen Wagen zu kaufen. Da es aber nie der richtige Zeitpunkt ist, habe ich einen Kredit aufgenommen und diesen kleinen Geländewagen mit den beiden Airbags gekauft. Warum diese Dummheit nicht jetzt machen, solange Jérémie noch klein ist, ich noch jung bin und wir beide etwas davon haben?

Die Rue de la Libération, die im Sommer so belebt ist, hat ihre schmollende Herbstmiene aufgesetzt. Ich fahre durch die verschlafene Stadt, schiebe die neueste CD von Barbara in den CD-Player: *Il me revient,* und lausche der Musik. Die Blüten der herbstfarbenen Hortensien von Nicole Guillotin tanzen im Wind. Sie hat damals den Wettbewerb für den schönsten Garten gewonnen. Einige wenige Autos kommen mir entgegen. Die Wasseroberfläche bebt nur leicht. Ich bekreuzige mich, als ich an der kleinen Kapelle an der Kreuzung vorbeifahre. Eines Tages habe ich im Rückspiegel Jérémie und seinen Freund Kevin beobachtet, die wie alberne Großstadtganoven verstohlen die gleiche Geste machten.

Ich parke am Zugang zur Halbinsel vor dem Haus, in dessen Mauer ein Totenkopf eingraviert ist. Ich gehe über die Brücke, die nach Saint-Cado führt. Es heißt, daß diese wunderschöne Straße in einer einzigen Nacht von dem Heiligen mit Hilfe des Teufels gebaut worden sei. Der Teufel wurde ausgetrickst und erhielt als Lohn nur die Seele einer Katze. Meine Schritte hallen auf der kalten Straße wider. Meine gefütterten Handschuhe, die ich auf dem Markt gekauft habe, halten meine Hände warm. Ich schone sie, da ich sie zum Arbeiten brauche.

Ich weiß, daß es verrückt ist, so früh aufzustehen und hierherzugehen. Eine alte romanische Kapelle der Templer steht am Ende des Weges neben den Fischerhäusern vor der kleinen, steinernen Gedenkstätte mit den drei Stufen. Damals steckten Taube ihren Kopf in eine Nische der Kapelle und baten den Heiligen Cado um die Heilung ihrer Behinderung. Als mich mein Vater zum ersten Mal hierherführte, stellte er sich auf alle viere und steckte den Kopf in eine Nische, ohne sich um die Leute zu kümmern, die ihn ansahen.

»Das sollen doch die Tauben machen und nicht du«, schrie ich entsetzt.

»Wir sind auf gewisse Weise alle taub, ob nun in bezug auf eine Sache, einer Person oder unserem eigenen Herzschlag gegenüber. Es kann nicht schaden, hierherzukommen und um Frieden zu bitten. Das kannst du mir glauben, Mab.«

Ich machte es ihm nach. Wir kehrten jedes Jahr hierher zurück. Zwanzig Jahre später komme ich nun allein hierher, weil ich um meinen Seelenfrieden bitten will.

Diese Gegend war früher ein heiliger Ort, an dem man sich im 2. Jahrhundert dem Schlangenkult hingab. Der Heilige Cado, der sie 564 bekehrte, befreite die Insel von den symbolischen Schlangen, und seither trägt die Insel seinen Namen.

Ich denke an den *Kleinen Prinzen* von Saint-Exupéry. Wenn man diese Geschichte in zu jungen Jahren liest, hält man die Schlange für böse. Ich bin offen für jede Hilfe, ob es nun Schlangen sind, Piloten, Pierre Hermès, der Kleine Prinz, die Rose oder der Fuchs. Ich strecke die Hand aus. Allein werde ich es nicht schaffen.

Étel, im Leuchtturm, am selben Tag, 17 Uhr

Als ich von Saint-Cado zurückkehre, gehe ich einkaufen: Obst bei Kerzhéro, Gemüse bei Le Visage, Fisch bei Grassal, Holz bei Ezanno. Anschließend warte ich auf Jérémie, rauche eine Zigarette nach der anderen und esse Schokolade aus Madagaskar, die einen sehr intensiven Geschmack hat. Ich erreiche Goulven Kernic, aber er hat die Adresse von Pierre Hermès nicht. Sie kennen sich schon seit Jahren, stellen auf den gleichen Buchmessen aus, aber darüber hinaus haben sie keinen Kontakt.

Ich schreibe Hermès deshalb über seinen Verleger einen Brief. Ich erkläre ihm, daß ich eine Freundin von Kernic und von Clementina bin, und daß ich ihn dringend sprechen muß.

»Mama!«

Als Jérémie ins Haus stürzt, dringt kalte Luft in den Leuchtturm. Sein Anorak ist offen, seine Wangen sind gerötet und die Nasenspitze eingefroren. Ich drücke ihn an mich.

»Mein Tamagotchi ist gestern gestorben. Ich habe es in der Schule vergessen, als ich mit zu Kevin gegangen bin. Das ist wirklich scheiße.«

»So etwas sagt man nicht, Jérémie.«

»Ich meine: Es ist wirklich ärgerlich.«

»Friede seiner Seele. Ich bin nicht sicher, ob es mir fehlen wird.«

»Aber ich habe es heute morgen wieder zum Leben erweckt.«

»Hab Erbarmen mit meinem Trommelfell«, seufze ich resigniert.

Jérémie lacht und erzählt mir von seinem Tag. Im Unterricht haben sie heute über das hundertjährige Jubiläum des Leuchtturms Eckmühl an der Pointe de Penmarch gesprochen.

»Wir gehen vielleicht mit der ganzen Klasse hin. Das wäre cool. Und wir haben heute ein schönes Gedicht von Prévert gelernt. Es heißt: *Der Leuchtturmwärter liebt die Vögel zu sehr.* Willst du es hören?«

Jérémie steht auf, stellt sich gerade hin und beginnt zu rezitieren:

Tausende von Vögeln fliegen zu den Lichtern,
Tausende fallen in die Tiefe, Tausende stoßen sich an den Leuchttürmen,
Tausende werden blind, Tausende bewußtlos, Tausende sterben.
Der Leuchtturmwärter kann das nicht ertragen,
er liebt die Vögel zu sehr,
daher sagt er:
Es ist schade, aber es ist mir egal,
und er schaltet alle Lichter aus.
In der Ferne geht ein Frachter unter, ein Frachter, der von den Antillen kommt,
ein Frachter mit Vögeln, mit Tausenden von Vögeln, die von den Antillen kommen,
Tausende von Vögeln ertrinken …

Er holt tief Luft und ist stolz, daß er das Gedicht bis zum Schluß fehlerfrei vorgetragen hat. Das Gedicht erschüttert mich. Jacques Prévert ist 1977 gestorben, in dem Jahr, als mein Vater verschwunden ist. Und auch ich lösche das Licht, weil ich mich weigere, der Wahrheit ins Gesicht zu sehen, einer Wahrheit, die Saxophon spielt und eine Brille trägt. Wenn Hugues und Étienne ein und dieselbe Person sind, kann Félix nichts dafür.

»Gefällt dir mein Gedicht?« will Jérémie wissen.

»Es ist schön und traurig«, sage ich. »Du mußt mir einen großen Gefallen tun, Jérémie.«

Er ist darauf gefaßt, daß er mir Zigaretten oder Briefmarken besorgen soll.

»Ich muß mit deinem Freund Félix sprechen. Kannst du ihm schreiben?«

Jérémie tippt auf seiner Tastatur und surft durch die komplexe Welt der Informatik, während auf seinem Monitor verschiedene Logos aufeinanderfolgen.

Von: Leuchtturmwärter an Félix die Katze

Betrifft: Meine Mutter *will dich sprechen*

»Die Sternchen dienen in der Internetsprache dazu, wichtige Informationen zu unterstreichen«, erklärt er mir. »Nun müssen wir nur noch warten.«

Dann setzt er den Cursor auf »Senden« und schickt seine Nachricht in das Cyberall.

Unser Abendessen ist vorüber. Ich habe das Essen im *Café de l'Entracte,* unserem Thunfischbistro gekauft. Heute abend hat Jérémie »Thunfisch auf kanadische Art« in Sahnesoße, mit Zwiebeln und geräuchertem Schinken gewählt und ich »Thunfisch nach Art der Insel Yeu« mit Hummersuppe, Whisky, Ratatouille und Fenchel. Wir haben bereits zweiundzwanzig verschiedene Gerichte der insgesamt achtundvierzig getestet. Es ist ein Spiel geworden. Das ist für mich eine Möglichkeit, Jérémies Gaumen zu sensibilisieren und ihn daran zu gewöhnen, etwas anderes als Pommes frites mit Steak oder Fischstäbchen zu essen.

»Es kommt nicht oft vor, daß du dein Tamagotchi vergißt. Was habt ihr gestern bei Kevin gemacht?« frage ich.

»Nichts Besonderes.«

Sein Tonfall verrät ihn genauso eindeutig, Pinocchios Nase. Normalerweise schläft er sehr gern bei Kevin und spielt mit Maya, seiner süßen, kleinen Chihuahuahündin.

»Irgend etwas habt ihr doch gemacht?«

»Wir sind angeln gegangen. Das war cool«, sagt mein Sohn, der meinem Blick ausweicht.

Ich verstehe noch immer nicht, wo das Problem liegt.

»Mit wem seid ihr denn angeln gegangen?«

»Mit Guillaume und Olivier. Das sind super Angler! Und Kevins Vater und Großvater waren auch dabei. Sie gehen andauernd angeln, darum ist Kevin total gut. Ist ja klar.«

Guillaume und Olivier sind Kevins ältere Brüder. Heute sage ich Jérémie ausnahmsweise nicht, daß es unnötig ist, jeden seiner Sätze mit »das ist klar«, »das ist cool«, »das ist genial«, »das ist die Hölle« zu beenden. Ich weiß, wo ihm der Schuh drückt. Er hat keine Brüder, keinen Vater und keinen Großvater, und er hat das Gefühl, anders zu sein als die anderen. Als die Schule das letzte Mal einen Angelwettbewerb zwischen Vätern und Söhnen veranstaltete, bekam Jérémie eine Grippe mit vierzig Grad Fieber. Ich durfte mich nicht mit ihm zum Wettbewerb anmelden, und das schlug ihm auf die Bronchien.

Étel, Montag, 29. September, 7.30 Uhr

Wir haben soeben gefrühstückt. Jérémie schaltet den Computer ein.

»Félix hat gestern abend noch geantwortet, als ich schon geschlafen habe.«

Seine Finger fliegen über die Tasten. Er fängt an zu lachen.

»Was ist denn los?«

»Erinnerst du dich noch daran, was ich dir über die Bedeutung der *smileys* gesagt habe, dieser Dinger, die unsere Gefühle im Internet ausdrücken?«

Ich schaue auf den Monitor. Die Antwort ist eindeutig:

»Von: Félix die Katze an Leuchtturmwärter

Betrifft: Deine Mutter *will mich sprechen*

Antwort: :-)))»

Félix kommt zum Essen. Es gibt Menschen, denen Glück oder Unglück den Appetit verderben – mir nicht. Mit Essen, Trinken oder Sex beweist man sich, daß man lebt. Vielleicht ist es der Einfluß von Hugues' Omelettes. Er hat mir beigebracht, mein Essen zu genießen. Ich habe gesehen, wie seine Augen strahlten, wenn er guten Wein trank. Und ich verdiene meinen Lebensunterhalt damit, fiktive Gestalten in fiktive Restaurants zu führen und für sie auf der Tastatur meines Computers Weinflaschen der Marke Château-Pétrus zu entkorken, die ich selbst noch nie getrunken habe.

Nach Hugues' Verschwinden 1977 stopfte Jane einen Monat lang englisches Gebäck in sich hinein. Das war ihre Art, mit mir zu kommunizieren. Sie klammerte sich an der Realität fest: *scones, muffins, pancakes, short-bread*. Wir stopften das Gebäck in uns hinein, auch wenn unser Herz gebrochen war. Im Leuchtturm duftete es den ganzen Tag wie in einer Bäckerei. Wir aßen ausschließlich Kuchen, nichts anderes, und wir sprachen kein einziges Wort miteinander. Jane lebte in der Küche und ich im Laternenzimmer, in Hugues' Königreich. Guy kam und nahm beim erstenmal alle Sachen von Mortimer mit, sein Körbchen, seine Leinen, sein Spielzeug und seinen Gesundheitspaß. Dann kam er noch einmal und nahm Hugues' Sachen mit, seine Kleidung, seine Schuhe, seine Papiere und seinen Ausweis. Und wir aßen, um die Leere in unserem Inneren zu füllen.

Einige geben ihr Geld für Kleidung und Urlaub aus. Ich gebe meins für Bücher, die Raten für den Jeep und Lebensmittel aus. Ich habe den Film *Babettes Festessen* fünfmal gesehen.

Heute habe ich einen Bärenhunger. Warum sagt man das eigentlich? Sind Bären hungriger als andere Tiere? Es ist lange her, daß ich einen Mann zum Essen eingeladen habe. Nach Patrick und Jérémie lernte ich einige Männer kennen, mit denen ich ein Stück des Weges hätte gehen können, aber es war zu kompliziert und hielt nicht lange.

Ich beschließe, für Félix das Festessen zuzubereiten, daß ich gerne Hugues serviert hätte. Ich entscheide mich für eine helle Tischdecke, denn Weißwein hinterläßt keine Flecken. Wir werden einen Sauternes aus dem Jahr 1990 trinken. Das war ein außergewöhnliches Weinjahr, und daher habe ich ihn für eine besondere Gelegenheit aufbewahrt. Zu im Leinentuch gekochter Gänseleberpastete, die mir Guy geschenkt hat, gibt es Honigkräuterbrot, das ich auf dem Markt gekauft habe, und selbstgemachtes Apfelkompott. Ich habe ein derartiges Menü bei einem Arbeitsessen probiert: Es war großartig.

Es klingelt. Ich gehe langsam zur Tür. Wenn Félix wirklich mein Bruder ist, brauche ich nicht zu laufen. Dieses verspätete Kennenlernen kann ich nur mit dem Herzen aufholen. Félix steht zum drittenmal auf der Schwelle. Die Nachbarn werden tratschen.

»Komm rein!« sage ich.

Er tritt ein und wirft automatisch einen Blick auf die moderne Wanduhr. Weil sie kaputt war, habe ich sie eines Tages mit Jérémie auseinandergebaut, aber es gelang uns nicht, sie zu reparieren, und so hängte ich sie ohne Zeiger wieder an den gleichen Platz. Die unbewegliche Zeit bringt die Geschwätzigen zum Reden, ängstigt die Besorgten und treibt die Eiligen an.

»Ich hatte Angst, zu spät zu kommen, aber wie ich sehe, ist das nicht der Fall«, sagt Félix.

Er hat keinen Koffer bei sich, sondern nur eine schwarze, rechteckige Hülle, die er vorsichtig auf den Tisch legt.

»Ich habe mein Saxophon mitgebracht«, erklärt er.

»Hast du Hunger?«

»Ja, schrecklichen Hunger«, sagt er und schaut auf den Tisch, »aber ich trinke nicht.«

»Es ist nie zu spät, um damit anzufangen«, antworte ich.

Ich tauche ein langes, spitzes Messer in einen Topf mit heißem Wasser. Die Gänseleberpastete läßt sich wie Butter schneiden. Ich lege die Scheiben des weichen Kräuterbrotes auf unsere Teller, schenke uns Wein ein, bewundere das Aussehen und würdige das Bouquet.

»Schau dir den Wein zuerst an und atme dann seinen Geruch ein.«

Félix folgt meinem Rat. Er scheint mir nicht böse zu sein. Die Süße des Weins und das Kräuterbrot bringen den erlesenen Geschmack der Gänseleberpastete, die auf der Zunge zergeht, richtig zur Geltung: Pfeffer, Kräuter, das Land und Wild. Wir lassen uns das Essen mit großem Vergnügen schmecken und zögern die wichtigen Themen hinaus.

»Warum hast du deine Meinung geändert?« fragt Félix, als er seinen leeren Teller wegschiebt.

»Ein Roman, den ein eingebildeter, gutaussehender Typ

geschrieben hat, und ein Gedicht von Prévert«, antworte ich.

Die Tür des Leuchtturms fällt ins Schloß. Ein vollgestopfter Schulranzen landet auf dem Boden.

»*Ich gehe so langsam wie möglich zur Uni, doch ich hätte besser schwänzen sollen, um dem Asbest aus dem Weg zu gehen*«, trällert Jérémie, der ein großer Fan von MC Solaar ist.

Ich schaue auf die Uhr. Félix und ich haben vier Stunden miteinander geredet. Wir haben die ganze Gefühlsskala durchlebt: Komplizenschaft, Erregung, Stauen, Wut, Entrüstung, Verweigerung, Niedergeschlagenheit. Einmal zu verschwinden, geht ja noch an, aber zweimal!

»Ich muß dir etwas Wichtiges sagen, Jérémie.«

»Wollt ihr heiraten?« ruft Jérémie begeistert.

Félix lacht laut los.

»Natürlich nicht! Wie kommst du denn darauf?«

»Als die Mutter von meinem Freund Yann wieder heiratete, sagte sie auch zu ihm, daß sie ihm etwas Wichtiges sagen müsse, und sie hatte sich kurz zuvor noch mit ihrem Freund gestritten, genau wie ihr.«

Félix versucht, ernst zu bleiben, aber es fällt ihm schwer.

»Aber Félix ist doch nicht mein Freund. Und genau darüber wollte ich mit dir sprechen. Ich habe dir immer gesagt, daß Hugues, dein Großvater, ertrunken sei, als ich elf Jahre alt war.«

Jérémie hört mir aufmerksam zu.

»Tja, vielleicht lebt er noch!« sage ich. »Die Sache ist ein bißchen kompliziert.«

Félix eilt mir zu Hilfe.

»Hugues Le Coz hat unter dem Namen Étienne Le Coz ein neues Leben begonnen. Er ist Arzt geblieben, hat seinen Hund behalten und mit einer anderen Frau, meiner Mutter, zusammengelebt, und er bekam ein anderes Kind, mich. Verstehst du?«

»Natürlich! Das ist doch ganz einfach. Und wo ist er jetzt?«

»Das ist der Haken an der Sache …«

»Ihr braucht ihn doch nur zu suchen«, bemerkt Jérémie, womit er eigentlich recht hat. »Das ist einfach. Es gibt nicht viele Männer, die Le Coz heißen, Arzt sind und die den gleichen Hund haben wie Peter Falk in *Columbo*.«

Ich lausche Jérémies Worten, und plötzlich wird mir die volle Tragweite der Sache bewußt. Ich habe große Lust, meinen Vater zu erwürgen, und vielleicht werde ich bald Gelegenheit dazu haben.

Étel, vor der Bank, am selben Tag, 17.30 Uhr

Ich parke meinen Geländewagen neben dem BMW meines Stiefvaters. Die Bank ist geschlossen, aber er ist noch da. Der Portier erkennt Félix und versperrt ihm den Weg. Ich dränge ihn zur Seite. Er zögert.

»Ihr Stiefvater hat diesem Herrn … den Zutritt verboten.«

»Dingsda«, stellt sich Félix vor.

»Dingsda aus Buxtehude«, erkläre ich. »Er begleitet mich.«

Wir betreten die Bank.

»In der tiefsten Bretagne können die Ertrunkenen, die Geheimnisse, die verlogenen Bankdirektoren und die Ärzte gut schwimmen«, sage ich.

»Mab! Weiß deine Mutter, daß du hier bist?«

Guy kommt uns entgegen und erkennt Félix wieder. Die beiden Männer starren sich an.

»Guten Tag«, sagt Félix. »Kann ich bleiben, oder lassen sie mich auf der Stelle wieder hinauswerfen?«

»Seid ihr zusammen?« fragt Guy mich.

»Ja, aber rein platonisch. Du sagst uns seit zwanzig Jahren, daß Hugues vor deinen Augen ertrunken sei. Hast du die ganze Zeit gelogen?«

»Wie bitte?«

Er ist genauso grün im Gesicht wie Jérémie an dem Tag, als wir mit dem Hovercraft nach Jersey gefahren sind.

»Ist er tot oder ist er nicht tot?« frage ich. »Ja oder nein?«

»Aber Mab ...«

»Beantworten Sie bitte ihre Frage!« sagt Félix. »Ja oder nein?«

»Kommt mit!«

Guy führt uns in sein Büro. An den Wänden hängen viele Fotos: Guy und Hugues beim Angeln, Guy als Trauzeuge meiner Eltern, Guy und der Bürgermeister während einer Sitzung des Stadtrates, Guy und ich am Tag meiner Taufe, Guy mit Jane auf der *Stella Maria*, Guy als Kind mit seiner Schwester vor der Familienbäckerei, Guy zwischen seinem Vater und seiner Mutter. Sein Vater knetete nachts den Teig, und seine Mutter führte das Geschäft. Seine ältere Schwester litt am Down-Syndrom und starb mit sechzehn Jahren. Seine Eltern kümmerten sich immer mehr um sie als um ihn.

Er setzt sich in den Sessel des Bankdirektors und bietet uns die Stühle an, die absichtlich unbequemer und niedriger sind als der Sessel. Im Aschenbecher liegt ein Zigarrenstummel; auf einem Beistelltisch steht eine Likörflasche. Der Teppich ist abgewetzt, und das ganze Büro ist nicht gerade sauber.

»Wovor hatten Sie Angst, als ich Sie aufgesucht habe?« beginnt Félix.

»Angst ist nicht das richtige Wort. Ich habe immer befürchtet, daß etwas Derartiges passiert. Es gibt Geheimnisse, die man besser nicht ausgraben sollte.«

»Ausgraben? Aber wer ist denn begraben worden? Wer ist ertrunken? Niemand!«

Ich habe ziemlich laut geschrien. Guy legt seine Hände

links und rechts von der ledernen Schreibunterlage, die das Logo der Bank trägt, flach auf seinen Schreibtisch. Er wirkt für jemanden, der eine falsche Aussage gemacht hat und den wir nun in Verlegenheit bringen wollen, sehr sicher. Ich weiß nicht warum, aber er scheint in dieser Situation wieder die Oberhand zu gewinnen.

»Ich habe gelogen, Mab, weil ich nur dein Bestes wollte. Hugues war mein bester Freund ...«

»Ist er es nicht mehr?« frage ich. »Habt ihr euch gestritten, oder ist er tot?«

»Er ist im Februar 1978 verschwunden.«

»Demnach ist er im August 1977 nicht ertrunken?«

»Nein.«

Ich traue meinen Ohren nicht. Er gibt einfach mir nichts, dir nichts zu, daß er uns zwanzig Jahre lang belogen hat.

»Du bist zum Leuchtturm zurückgekehrt und hast uns über seinen Tod informiert. Du hast zugesehen, wie Mama und ich geweint haben, und du bist sogar zur Messe gegangen, während dein bester Freund sich mit einer anderen im Bett vergnügte. War es so?«

»Nein«, wiederholt Guy.

Mir gefielen seine kleinen Geschenke nie, die er in einer riesigen Dose versteckte und die ich nacheinander auspackte, und genausowenig seine idiotischen Witze am Telefon, seine lustigen Geschichten, die gar nicht lustig waren, seine schwerfälligen Kalauer, seine geschmacklosen Krawatten und seine aufgesetzte Herzlichkeit.

»Ich habe dich und Jane beschützt«, sagt Guy. »Warum ist er hier?«

Er zeigt auf Félix.

»Er ist mein Halbbruder.«

Ich dachte, diese Mitteilung würde ihn vom Hocker reißen, aber er ist noch nicht einmal erstaunt.

»Er ähnelt Louise nicht«, sagt er. »Er kommt ganz nach Hugues.«

Ich glaub', ich träume. Ich habe eine Episode verpaßt; ich habe mich im Buch geirrt; wir sind in eine andere Dimension übergewechselt; er spricht über einen anderen.

»Ist Jane auch im Bilde?« frage ich erregt.

Guy schüttelt den Kopf.

»Natürlich nicht. Hugues wußte keinen anderen Ausweg mehr. Er hatte im Juli 1977 viel Geld beim Kartenspiel verloren und war gezwungen, einen sehr hohen Wechsel zu unterschreiben, weil er bei Raoul Maurice, dem Pariser, der getötet wurde, so hoch verschuldet war.«

»Was?«

Er wird uns wieder belügen oder irgend etwas erfinden, um sich zu schützen und das Andenken meines Vaters zu beschmutzen. Sagt man denn überhaupt Andenken, wenn die betreffende Person nicht tot ist? In meinem Kopf geht alles durcheinander.

»Hugues wurde verdächtigt«, fährt Guy unbarmherzig fort. »Ich bin sicher, daß er unschuldig war, aber es gab diese Schulden, und das waren nicht die einzigen. Er hat den Toten gefunden und die Polizei gerufen.«

»Er ist doch angerufen worden!«

»Das hat er auf jeden Fall gesagt ...«

»Aber wir sind doch davon aufgewacht. Ich habe das Klingeln gehört!« sage ich.

»Er kann jemanden gebeten haben, ihn anzurufen ...«

Eine Tür öffnet sich zu einer entsetzlichen, häßlichen, schmutzigen Welt. Das erinnert mich an Bergmanns Verfilmung von Mozarts *Zauberflöte*. Wenn ich diese Prüfung bestehe, wird mein Vater gerettet sein. Aber wo ist das Licht, das mich aus dieser Hölle herausführen kann?

»Er wußte, daß er verhaftet werden würde«, fährt Guy fort. »Er war ruiniert. Er wollte deine Mutter und dich nicht entehren und nicht ins Gefängnis gehen. Er hat sich dafür entschieden zu verschwinden, damit die Strafverfolgung eingestellt wird.«

»Und seine Gläubiger?«

Guy schweigt einen Moment.

»Ich habe sie mit meinem eigenen Geld bezahlt.«

»Unter der Bedingung, Jane heiraten zu können, nicht wahr?« sage ich. Mir geht ein Licht auf.

»Ich liebe sie, Mab. Ich habe sie schon geliebt, als ich sie das erste Mal sah, aber sie entschied sich für deinen Vater. 1977 war ich schon stellvertretender Bürgermeister, und es gelang mir, die Angelegenheit im Keim zu ersticken. Ihr Name ist ohne Makel geblieben. Es wurde nie offiziell Anklage erhoben. Hugues war mein Freund. Ich habe mich aus der Affäre gezogen.«

»Und du willst mir weismachen, daß er mich einfach so im Stich gelassen hat, Schluß, aus, vorbei, ohne sich darum zu kümmern, was aus mir wurde?«

Der Mann, über den er spricht, der des Mordes verdächtigt wurde und sich entschied, mich zu verlassen, kann nicht mein Vater sein.

»Félix ist neunzehn Jahre alt«, sage ich. »Er wurde im März 1978 geboren. Hugues ist verschwunden, als Louise im siebten Monat schwanger war. Gibt es da einen Zusammenhang?«

Félix verschränkt wie in der Schule seine Arme vor der Brust. Hinter seiner Armani-Brille sieht man den Blick eines erschreckten Kaninchens bei Beginn der Jagdsaison. Guy fährt mit seinen Erklärungen fort:

»Deine Eltern haben sich nicht mehr verstanden, aber dein Vater ist deinetwegen geblieben, Mab. Louise war Hugues' Geliebte. Alles stürmte auf einmal auf ihn ein: Louises Schwangerschaft, der Tod von Raoul Maurice mit diesem unglückseligen Telefonanruf, sein finanzieller Ruin, seine Schulden, die Verdächtigungen der Polizei. Er hatte keine andere Wahl.«

Schweigen senkt sich auf dieses Büro mit dem zur Schau gestellten Reichtum, der die Menschen beeindrucken soll, damit sie ihre Ersparnisse herausrücken. Ich recke mich und atme tief durch. Mein Herz rast, und meine Stirn ist schweißüberströmt. Ich gehöre nicht in diesen dreckigen, düsteren Raum, der nach kaltem Tabak stinkt. Mit diesem zwielichtigen Bankier, seinen erbärmlichen Erklärungen und diesem kurzsichtigen Jugendlichen, der in eine Falle getappt ist, habe ich nichts zu schaffen.

Meine Welt ist ein weißer Leuchtturm zwischen Erdeven und Étel, wo ein kleiner Junge namens Jérémie auf mich wartet. Ich klammere mich im stillen mit all meiner Kraft an die Unschuld und Zärtlichkeit meines Kindes, an sein Gesicht, wenn er ein Gedicht von Prévert vorträgt, die sechsundzwanzig verschiedenen Thunfischgerichte, die wir noch probieren müssen, die roten Rosen, die man mir noch schenken wird, die Drehbücher, die ich schreiben werde, um die Menschen aus ihrem Alltag zu reißen, an die Freude, wenn ich höre, daß die Schauspieler meine Worte sprechen, an die Geschichte, die Geographie, die Literatur, die Leuchttürme, die die Welt erhellen und den Seeleuten den Weg weisen.

»Warum hat er mich nicht mitgenommen?« frage ich leise.

»Warum ist er sechs Monate später verschwunden?« will Felix wissen.

Guy Keruel, der treue Freund, der die Schulden bezahlte und die verzweifelte Witwe tröstete, schüttelt langsam den Kopf.

»Ich weiß es nicht ...«

»Wo haben Sie meine Mutter kennengelernt?« fragt Félix.

»Mein Cousin war Direktor eines Kreiskrankenhauses in der Normandie. Ich habe Hugues geholfen, sich dort niederzulassen und habe für ihn unter dem Namen Étienne Le Coz ein Bankkonto eröffnet, das von seiner neuen Bank nur noch eingezogen werden mußte. Ich habe ihn mehrmals besucht; Louise war auch da. Als er 1978 verschwand, kam sie sogar hierher.«

»Meine Mutter war in Étel?« ruft Félix.

»Sie wußte, daß Hugues verheiratet war und eine Tochter hatte. Sie dachte, er sei zu seiner Familie zurückgekehrt. Ich habe sie beschworen, Jane nicht aufzusuchen. Als du geboren wurdest, hat sie mir eine Karte geschickt. Danach habe ich nie wieder etwas von ihr gehört.«

Ich stelle mir Guy vor, den guten Freund, der in seinem glänzenden, protzigen Triumph in die Normandie fährt, um Hugues und Louise zu besuchen.

»Habt ihr über mich gesprochen, wenn du den Sonntag bei ihm verbracht hast?« frage ich ungehalten. »Mab hat eine Eins in Französisch. Sie hat sich die Haare abgeschnitten. Sie ist in der Pubertät. Sie trägt jetzt eine Zahnspange.«

»So darfst du das nicht sehen. Es war für niemanden leicht.«

»Doch, für dich! Du hast dich in unser Vertrauen geschlichen und mir den Patenonkel aus dem Bilderbuch vorgespielt. Die ganze Gegend hat dich bewundert.«

»Man kann sehr gut ohne Vater leben«, stellt Guy fest. »Schau Jérémie an. Du bist kein Kind mehr, Mab. Schau in die Zukunft und nicht in die Vergangenheit. Hugues war mein Freund, und ich habe ihm geholfen. Er hat Louise und mir den gleichen Streich gespielt.«

Ich schaue ihn aufmerksam an. Er sieht traurig aus, aber ich würde meinen Kopf dafür wetten, daß noch etwas anderes dahintersteckt. Seine Wut wirkt aufgesetzt.

»Kannst du uns helfen, ihn zu finden?«

»Ich habe seine Spur vor zwanzig Jahren verloren.«

»Aber das hat dich nicht daran gehindert, Jane die ganze Zeit zu belügen.«

»Wozu sollte es gut sein, sie traurig zu machen? Wir sind glücklich.«

»Meine Mutter auch«, sagt Félix. »Jane und Louise

haben mit der Vergangenheit abgeschlossen, aber wir nicht. Man kann mehrere Kinder und mehrere Frauen haben, aber man hat nur einen einzigen Vater. Darum ist unsere Hartnäckigkeit, die vielleicht unangebracht ist, so … hartnäckig.«

»Das ist das richtige Wort«, sage ich und stehe auf. »Gut, wir werden dich nicht länger belästigen. Guy, du mußt sicher einen Kredit ablehnen oder einen Kunden hinauswerfen. Wir gehen nun, damit du dich deinen Pflichten widmen kannst.«

»Sag deiner Mutter nichts, Mab!« fleht er mich an.

Im Grunde ist er ein armer Teufel, ein Waschlappen, ein Feigling, der sich Hugues' Bitten gefügt hat. Er ist Bankdirektor, weil seine Tante einen Typen geheiratet hat, der in der Zentrale in Paris arbeitet. Er ist seit 1977 stellvertretender Bürgermeister, weil der Bürgermeister sein Onkel war, und er ist es noch immer, weil der jetzige Bürgermeister sein Neffe ist. Er ist nur Janes Gatte geworden, weil Hugues sich aus dem Staub gemacht hat. Alles, was er hat, und alles, was er ist, hat er den Umständen zu verdanken.

Félix und ich stehen wieder draußen. Der *Englische Antiquitätenladen* auf der anderen Seite des Platzes ist geöffnet. Ich habe das Bedürfnis, diesen Ort zu verlassen, und biege daher in die Straße nach Quiberon ein. Ich fahre langsam die Straße zur Halbinsel hinunter, an den Sandbänken entlang zur Côte Sauvage. Aufgrund des unaufhörlichen Windes sind die knorrigen Bäume krumm und gebeugt.

»Halt hier an!« ruft Félix plötzlich.

Ich parke auf dem Randstreifen.

»Ist etwas? Ist dir übel?«

Ohne mir eine Antwort zu geben, zieht er seinen schwarzen Koffer vom Rücksitz, der an die Koffer der Mafiamörder erinnert, die auseinandermontierte Gewehre mit Zielfernrohr enthalten. Er ähnelt auch dem Koffer mit den Behandlungsutensilien, den mein Vater früher besaß. Wenn Hugues Kinder untersuchte, spielte er mit seinem Stethoskop Flugzeug: »Achtung, das Flugzeug landet im Sturzflug, wumm, ich horche zuerst deinen Teddy ab, ausgezeichnet, und nun dich, so, die Landung ist gelungen!« Hugues rieb mit seinen Fingern über das Ende seines Stethoskops, damit die Metallplatte nicht so kalt war. Die Kinder lachten.

Félix nimmt die einzelnen Teile aus dem Koffer und baut sein Instrument zusammen. Es ist ein versilbertes Altsaxophon, ein Selmer. Ehe er zu spielen anfängt, bläst er hinein, um es aufzuwärmen, damit es besser klingt. Dann hängt er den Riemen um seinen Hals.

»Ich trage nie Gürtel, weil die Schnallen das Saxophon zerkratzen«, erklärt er mir.

Heute ist ruhige See, aber abgesehen vom Wasser ist nichts ruhig. Félix geht ans Ufer hinunter und stimmt *Misty* von Erroll Garner an. Die klaren Töne steigen in die Luft, bereit, die Bäume mit den unheilvollen Formen anzugreifen. Ich habe einen trockenen Mund, und mein Kinn bebt. Félix wandert den Strand entlang.

Später sitzen wir im *Café de la Barre* in Plouhinec, gegenüber von Étel, auf der anderen Seite des Flusses. Das Café veranstaltet Konzerte, und außerdem ist hier der Treffpunkt für einen Foto- und Drachenfliegerclub und vor allem für einen Informatik- und Internetclub. Félix kontaktiert die drei anderen Personen, die auf seine Mitteilung geantwortet haben, aber niemand hat Étienne nach 1978 gesehen.

Der Bassetzüchter wurde im Dezember 1977 von Étienne Le Coz angesprochen, weil er einen Welpen kaufen wollte. Étienne schickte ihm sogar eine Anzahlung, aber danach meldete er sich nicht mehr und verlangte auch sein Geld nie zurück. Der Züchter empfiehlt uns, mit dem Bassetverein in Paris Kontakt aufzunehmen.

Paris, Café Castiglione, Dienstag, 30. September, 19 Uhr

Der Präsident des Vereins wird sich den ganzen Abend im Café Castiglione aufhalten und Hundezüchtern französischer Rassehunde Auskünfte geben. Der Verein bestätigt, daß die Vierbeiner dem Standard der Rasse entsprechen, was von Experten kontrolliert wird, und er informiert und berät die Besitzer. Zum festgelegten Termin führen die Besitzer ihre jungen Hunde vor, um sich den endgültigen Stammbaum ihrer Vierbeiner bescheinigen zu lassen.

Als wir das Café betreten, kommt ein Paar mit einem riesengroßen, dreifarbigen Basset die Treppe herunter. Der Hundezüchterverein tagt im ersten Stock.

»Was soll denn das heißen? Eine zu beschränkte Zahnartikulation?« schimpft der sichtlich enttäuschte Mann.

»Das heißt, daß seine Zähne nicht gerade sind und daß er zu keiner Ausstellung zugelassen wird. Dann kannst du den Wagen nun wieder waschen«, antwortet seine Frau.

Wir steigen die Treppe hinauf. Zwei Männer und eine hübsche junge Frau stehen neben einem wunderschönen, ocker-weiß gescheckten Basset mit sanftem Blick.

»Das ist ein zukünftiger Gewinner!« schätzt ein Mann mit offenem Gesicht, an dessen Jackenrevers ein Namensschild mit dem Logo des Clubs steckt. Ich schaue es mir an: Er heißt Guinness du Moulin de Poélay …

»Entschuldigen Sie bitte!« sagt Félix. »Sind Sie der Präsident? Wir haben versucht, Sie zu erreichen. Wir sind extra aus der Bretagne gekommen, um Sie zu sprechen.«

Der Mann lächelt und sucht den Hund, der seinem Herrchen in der Regel folgt.

»Unser Hund hieß Mortimer«, sagt Félix und reicht ihm das Foto, das ich aus dem Rahmen genommen habe. »Unser Vater, Dr. Le Coz, hat ihn 1974 gekauft. Sagt Ihnen der Name etwas?«

Der Mann schaut sich das Foto an, überlegt und schüttelt den Kopf.

»Ich habe schon so viele Hunde und Hundebesitzer gesehen. Wollen Sie sich wieder einen Basset kaufen? Sie scheinen mir für eine derartige Verantwortung recht jung zu sein. Man kauft sich nicht einfach so einen Hund. Damit gehen Sie für fünfzehn Jahre eine Verpflichtung ein. Leben Sie in einem eigenen Haus oder in einer Wohnung? Wo werden Sie ihn spazierenführen? Mir wäre es lieber, wenn ich Ihren Vater kennenlernen würde.«

Ich trete vor und mische mich in das Gespräch ein: »Das ist das Problem. Wir suchen ihn nämlich. Er ist vor zwanzig Jahren verschwunden. Da er diese Hunderasse liebte, dachten wir, er habe vielleicht wieder einen Hund gekauft und sei noch Mitglied in diesem Verein.«

Der Mann ist erstaunt und schaut uns prüfend an.

»Derartige Auskünfte darf ich Ihnen nicht geben.«

»Sie brauchen uns ja nicht seine Adresse zu geben. Wir wollen nur wissen, ob er noch lebt. Bitte!«

Der Mann dreht sich zu der hübschen Frau um.

»Sagt Ihnen der Name etwas, Agnès?«

»Ich werde in der Mitgliederliste nachsehen ... Nein, tut mir leid.«

Agnès lächelt uns entschuldigend an.

Auf der Straße schaue ich mir das Foto von Mortimer an, der seine nostalgische Schnauze hebt und den Fotografen aus goldenen Augen anschaut.

»Mortimer haßte Wasser. Es kam mir immer komisch vor, daß er zu Hugues ins Wasser gesprungen sein soll«, sage ich zu Félix. »Ich wollte dich fragen, an was er eigentlich gestorben ist. Wir haben noch nicht darüber gesprochen.«

»An Altersschwäche. Er war fünfzehn Jahre alt und hatte eine schneeweiße Schnauze. Eines Morgens, als ich zur Schule ging, schlief er auf der Schwelle. Ich streichelte ihm wie immer über die Nase, und er wedelte mit dem Schwanz. Mama fand ihn etwas später an der selben Stelle. Er war im Schlaf gestorben.«

»Und er träumte von einer riesigen Pastete und einer reizenden Bassethündin?« frage ich, um den Gefühlsaufruhr in meinem Inneren zu verbergen.

»Davon träumen wir alle«, antwortet Félix, »aber mir ist ein Afghanischer Windhund mit der Figur eines Mannequins lieber. Ich wette, daß du Dalmatiner liebst, diese stolzen, aparten Vierbeiner.«

»Und wie siehst du dich? Als lieben Labrador mit einem Halstuch?«

»Als Bastard«, erwidert Félix.

Paris, Hotel Nikko, 20 Uhr

Wir betreten die Hotelhalle. Der Journalist, der auf Félix'Anfrage im Internet antwortete, begegnete Étienne in der Normandie bei einem Essen, das ein Laboratorium im Januar 1978 kurze Zeit vor seiner Abreise nach Tansania veranstaltete. Sie waren sich auf Anhieb sympathisch.

Eine Tafel zeigt an, wo die verschiedenen Versammlungen stattfinden. Der Saal, in dem sich der Verein der Schokoladenverkoster trifft, ist auch aufgeführt.

»Wir müssen hier entlang«, sagt Félix.

Ich folge ihm. Der Journalist ist extra aus Paris gekommen, um an dieser Veranstaltung teilzunehmen. Der Verein wurde von Feinschmeckern, die gerne Schokolade essen, gegründet. 150 Schokoladenliebhaber aus allen

Gesellschaftsschichten sind Mitglieder. Auf dem Programm stehen: Schokoladendegustation mit verschiedenen Schwerpunkten, Besuch von Schokoladenfabriken, Informationen über die Welt der Schokolade aus Film, Fernsehen und Presse.

Wir betreten einen Saal voller Menschen. Alle Schokoladenverkoster konzentrieren sich auf das, was sie kosten. Niemand nimmt von uns Notiz.

»Schauen Sie sich diesen glänzenden, warmen Farbton an …«

»Der Überzug der Praline ist ausgesprochen glatt …«

»Sie hat einen sehr intensiven, starken Geschmack!«

Das Wasser läuft uns im Munde zusammen, als wir den Gesprächen lauschen.

»Das würde Jérémie gefallen«, sage ich leise.

»Glaubst du, es stimmt, daß sich neue Arbeiter in den Schokoladenfabriken zwei Tage lang kostenlos mit Schokolade vollstopfen dürfen und sie danach so krank sind, daß sie nie mehr Schokolade anrühren?« flüstert Félix mir zu.

Wir fragen nach dem Journalisten, den wir treffen wollen, und werden zu einem Mann mit strahlenden Augen und einem sinnlichen Mund geführt.

»Guten Abend! Ich bin Félix, der Sohn von Étienne Le Coz, und das ist meine Schwester Mab. Danke, daß Sie einem Treffen mit uns zugestimmt haben.«

Es ist seltsam, aus Félix' Munde den Namen »Étienne Le Coz« zu hören.

»Ich kenne die Menschen. Ich habe während meiner Tätigkeit als Journalist schon Hunderte interviewt, aber Ihr Vater hat mich sehr beeindruckt. Ich habe ihn nur einmal gesehen, aber er hat mir Leuchtturmgeschichte um Leuchtturmgeschichte erzählt und ist mir mit seiner bretonischen Fischsuppe auf den Wecker gegangen. Sie entspricht in etwa der Bouillabaisse, allerdings wird keine

Mayonnaise mit Knoblauch und roten Pfefferschoten dazu gereicht, und sie enthält nur Fische aus dem Atlantik.«

»Die *Cotriade*«, sage ich. »Er war verrückt danach. Sie haben ein gutes Gedächtnis.«

»Ich esse gern«, stellt er fest. »Ich habe immer gerne gegessen, aber dann habe ich gelernt, meinen Gaumen zu sensibilisieren, und aus mir wurde ein Feinschmecker. Wir hatten uns verabredet und wollten uns nach seiner Rückkehr treffen. Ich habe gekocht und die Weinflaschen entkorkt, aber er ist nicht gekommen. Er hatte mir erzählt, daß seine Frau ein Baby erwartet, und ich dachte, daß das Kind vielleicht zu früh gekommen sei, aber ich habe nie mehr etwas von ihm gehört.«

»Wir auch nicht«, sagt Félix.

Wir verlassen das Hotel Nikko. Es hat sich gelohnt, diesen Tag in Paris zu verbringen. Wir wissen jetzt, daß Étienne Pläne schmiedete, ehe er verschwand. Er wollte einen Welpen kaufen und mit diesem Journalisten essen, aber irgend etwas hat ihn daran gehindert, seine Pläne in die Tat umzusetzen.

Ich habe Angst. Vielleicht stehe ich eines Tages mit Félix vor seinem Grab, obwohl ich die verrückte Hoffnung hege, Hugues lebend wiederzusehen, oder aber ich treffe ihn und hasse den Menschen, der er heute ist, oder ich bin ihm gleichgültig, was noch schlimmer ist.

Félix und ich gehen vor Beaugrenelle den Kai entlang. Es fängt gerade an zu regnen. Die Seine fließt grau und einsam durch die Stadt, und sie sieht ganz anders aus als das Meer, das unter meinen Fenstern in Étel im Rhythmus der Gezeiten steigt und fällt.

»Ich fahre morgen früh mit dem ersten Zug zurück«, beginne ich.

»Aber wir wollten doch noch zur Ärztekammer gehen

und das Grab von Hugues' Großmutter auf dem Friedhof Montparnasse besuchen.«

»Wenn ich bleibe, kannst du bald vor meinem Grab stehen und in dich gehen.«

»Was soll das heißen?«

»Daß ich die Nase gestrichen voll habe. Du kommst viel besser ohne mich zurecht. Ich vertraue dir.«

»Das ist ein Fehler«, sagt Félix plötzlich.

Er zieht seine vom Regen benetzte Brille ab, und ich nehme an, daß er sie trockenreiben will – aber nein. Er beugt sich plötzlich zu mir hinunter und küßt mich auf den Mund. Seine Lippen sind warm und sanft. Ich bin so überrascht, daß ich nicht zurückweiche. Wir stehen bewegungslos im Regen wie irgendein Liebespaar. Dann weicht Félix ebenso schnell, wie er sich meinem Mund genähert hat, wieder zurück.

»Ich hatte schon lange Lust dazu. Das ist das erste und das letzte Mal, Mab. Wir sind noch nicht sicher, ob du meine Schwester bist, und bevor wir es genau wissen, wollte ich dich einmal küssen. Verstehst du?«

Ich hätte ihm so vieles antworten können.

»Ich verstehe«, sage ich nur.

Oktober

Étel, am nächsten Tag, Mittwoch, 1. Oktober 1997

Mir war übel, weil ich entgegen der Fahrtrichtung im Schnellzug saß, und der Kaffee aus dem Zugrestaurant machte es auch nicht besser. Als ich die Tür des Leuchtturms öffne, klingelt das Telefon. Ich lasse meine Tasche fallen und eile an den Apparat.

»Hallo?«

»Mab Le Coz? Hier ist Pierre Hermès. Ich habe soeben Ihren Brief erhalten, den mein Verleger mir nachgeschickt hat …«

Seine Stimme klingt nach Bett, Kater und Zigaretten, eine Stimme, die man hat, wenn man schwört, daß man sich nie mehr betrinken wird – bis zum nächstenmal.

»Ich habe Sie auf der Buchmesse in Lorient durch Goulven Kernic kennengelernt«, sage ich.

»Ich erinnere mich sehr gut an Sie: die Drehbuchautorin!«

Der Ton, in dem er das sagt, spricht Bände.

»Danke, daß Sie mich sofort angerufen haben …«

»Sie haben geschrieben, es sei dringend.«

Er muß mich für verrückt halten.

»Ich werde Sie nicht lange aufhalten. In Ihrem Roman: *Der Leuchtturm von Sansibar*, gibt es eine Person, die sich eine Hütte in Form eines Leuchtturmes gebaut hat und die Angewohnheit hat, ihren Teller hochzuheben …«

»Um ein G oder ein V zu suchen. Ja.«

»Existiert diese Person, oder haben Sie sie erfunden?«

Am Ende des Satzes versagt meine Stimme.

»Es gibt diesen Mann. Ich habe ihn kennengelernt.«

»Wann?«

Ich schreie in den Hörer.

»Vor fünf Jahren … Warum?«

»Wie heißt er? Wie alt ist er? Wo wohnt er? Wie sieht er aus?«

»Er heißt Habari; das ist Suaheli und bedeutet: ›Wie geht's?‹. Er ist ein Weißer, ein Europäer, und es ist schwierig, sein Alter zu schätzen. Er mag zwischen fünfzig und sechzig Jahre alt sein. Ich habe ihn in Afrika kennengelernt. Er ist blond, groß und kräftig, trägt einen Bart und ist sehr verschlossen. Warum?«

»Ist er dort geboren? Kennen Sie seine Lebensgeschichte?«

»Alles, was ich von ihm weiß, ist, daß er auf Sansibar lebt. Ich habe ihn kennengelernt, als ich mich im Rahmen meereskundlicher Forschungen dort aufhielt.«

Wieder steigt wie vorhin im Schnellzug Übelkeit in mir hoch. Außerdem dreht sich mir der Kopf. Ich atme schnell, und in mir ist nichts als Leere.

»Warum stellen Sie mir all diese Fragen?« wundert sich Pierre Hermès.

Es kostet mich ungeheuere Anstrengung zu antworten.

»Vielleicht ist dieser Mann mein Vater«, sage ich.

Ich muß an das Janusbild denken, den römischen Gott mit den zwei Gesichtern, der mit einem Gesicht nach vorne und mit dem anderen nach hinten schaut. Hugues oder Étienne in der Vergangenheit und Habari in der Zukunft.

»Ihr Vater?« fragt Pierre Hermès verwundert.

»Er ist 1977 während einer Bootsfahrt verschwunden. Alle glaubten, er sei ertrunken. Ich muß Sie unbedingt treffen. Es ist wichtig …«

Er zögert. Meine Geschichte erscheint ihm absurd. Unser Kennenlernen stand unter keinem guten Stern. Er mag keine Drehbuchautoren.

»Im Moment schreibe ich an meinem nächsten Roman. Ich gehe selten aus ...«

»Verstehen Sie denn nicht? Wenn er mein Vater ist, muß ich nach Sansibar reisen. Gestehen Sie mir nur eine Stunde zu – wo und wann Sie wollen.«

Ich flehe ihn an, um ihn zu überreden.

»Er wohnte mit uns zwischen Étel und Erdeven im Leuchtturm, in dem ich noch heute lebe. Er war Arzt, und ich habe ihn geliebt. Wir können uns treffen, wann Sie wollen. Ich habe einen zehnjährigen Sohn, aber ich werde schon eine Lösung finden.«

Er seufzt, weil er einsieht, daß es schwierig sein wird, mich abzuwimmeln.

»Wohnen Sie in Paris?« frage ich.

»In der Pariser Gegend, aber ich ziehe mich oft zurück, um in einem Hotel in der Nähe von La Baule zu schreiben. Ende der Woche werde ich dorthin fahren. Wenn es so wichtig ist, können wir Samstag abend zusammen essen.«

»Einverstanden. Wollen Sie zu uns kommen?« frage ich.

»Ich habe keinen großen Familiensinn. Ich lebe allein, dieser Typ der verfluchten Schriftsteller. Früher war ich Pilot, aber ich fliege nicht mehr.«

»Kann man das nicht miteinander verbinden?«

»In meinem Fall nicht. Ich bin kein Schriftsteller, der eine Universität besucht hat. Nach dem Abitur habe ich mich auf den Antillen als Skipper verdingt, dann bin ich Privatmaschinen für afrikanische Expeditionen geflogen. Und ich habe meine Flügel verloren. Ich schreibe erst seit fünf Jahren.«

»Ihr Roman hat mir gefallen«, sage ich ernsthaft.

Ich gebe zu, daß mich sein ausdrucksstarker, schmuckloser Stil verzaubert hat, nachdem ich beim Lesen der ersten zehn Seiten über den Autor gespottet habe. Der Mann ist ein unangenehmer Zeitgenosse, aber sein Buch ist in einem zärtlichen Ton geschrieben.

»Mir ist es lieber, wenn wir uns in einem Restaurant treffen, vor allem, wenn Sie mich einladen«, fährt er fort. »Ich komme mit dem Motorrad. Sagen Sie mir die Adresse.«

Dieser Typ ist ein Flegel, aber ich brauche ihn.

»Ich kenne ein nettes Restaurant in La-Trinité-sur-Mer. Es heißt *Le Chantier*. Dort kann man gut Fisch und Meeresfrüchte essen, und man hat einen herrlichen Blick auf die Bucht und den Hafen.«

»Ich werde kommen! Paßt Ihnen zwanzig Uhr?«

»Kein Problem. Wo kann ich Sie erreichen, falls es Probleme gibt? Haben Sie ein Handy?«

»Ich gebe niemandem meine Nummer. Ich werde Sie Samstag morgen noch einmal anrufen, um unser Treffen zu bestätigen. Schönen Tag noch.«

Er legt auf.

Für wen hält der sich eigentlich? Und was hat es für einen Sinn, ein Handy zu haben, von dem niemand die Nummer kennt? Ich zucke zusammen, als das Telefon erneut klingelt. Sicher ruft er noch einmal an. Ich hebe ab, ohne hallo zu sagen. Ich kann auch die Paranoikerin spielen. Am anderen Ende wartet jemand darauf, daß ich spreche. Ich räuspere mich und schweige beharrlich.

»Hallo«, sagt mein Gesprächspartner, der unsicher geworden ist.

»Wer ist da?«

»Mab? Hier ist Félix. Was ist los?«

Ich erzähle ihm von meinem Gespräch mit Hermès. Dann erzählt er mir, was er erlebt hat.

»Da die Ärztekammer mir nichts am Telefon sagen wollte, bin ich persönlich hingegangen. Ich habe vorgegeben, ein Patient von Dr. Étienne Le Coz zu sein, und da sich meine Krankheit verschlimmert habe, wolle mein Arzt meine Unterlagen haben, aber man könne seine Spur nicht mehr finden. Sie haben mir geantwortet, daß mein Arzt persönlich an die Ärztekammer schreiben müsse und sie den Brief dann weiterleiten ...«

Von dieser Art Antworten habe ich langsam genug.

»Und das Grab auf dem Friedhof Montparnasse?«

»Es ist verwahrlost, ganz grau und häßlich, und weder Blumen noch irgend etwas zieren das Grab. Die Grabinschrift ist fast unleserlich. Ich bin zehnmal an dem Grab vorbeigelaufen, ehe ich es gefunden habe.«

Das paßt alles nicht zusammen. Hugues' Großmutter ruht im Familiengrab. Es liegt in der Nähe des Bahnhofs, von dem aus die Bretonen nach Paris fahren. Hugues mochte aufgrund der bretonischen Sagen keine Friedhöfe. Er hätte niemals nachts oder auch nur zu einer ungeraden Stunde einen Friedhof betreten, und er wußte, daß derjenige, der zuletzt begraben wurde, den Ort bewacht und daß der nächste, der begraben wird, die Nachfolge antritt. Wenn er es auch vermied, Friedhöfe zu betreten, so war er doch sorgsam darauf bedacht, jedes Jahr die Grabpflege für das Grab seiner Großmutter zu bezahlen. Er hätte es niemals so weit kommen lassen, daß die Buchstaben unleserlich werden, und als er noch bei uns lebte, schickte er regelmäßig Schecks, um Blumen auf das Grab stellen zu lassen.

»Vielleicht ist er wirklich auf Sansibar?« sagt Félix.

Ich schüttele den Kopf. Irgend etwas stimmt hier nicht. Durch Grabpflegeverträge kann man heutzutage selbst vom anderen Ende der Welt aus alles regeln.

Étel, Freitag, 3. Oktober

Am frühen Nachmittag bekomme ich einen Anruf von der Schule. Mein Sohn hat einen Asthmaanfall. Sie haben Dr. Marcié gerufen. Als ich in der Schule ankomme, sitzt Jérémie auf der Krankenstation unter einem Plakat, das die Kinder auffordert, sich die Zähne zu putzen. Er ist blaß und verschwitzt. Er ringt nach Luft und lächelt mich erbarmungswürdig an.

»Es ist nicht meine Schuld, Mama!«

Ich schaffe es nicht, ihn von dieser fixen Idee abzubringen. Jedesmal ist er davon überzeugt, daß ich ihn anschreien werde und daß es seine Schuld sei.

»Natürlich nicht, mein Liebling. Es wird gleich besser, du wirst schon sehen, nicht wahr, Herr Doktor?«

Der Kinderarzt nickt und schaut auf seine Uhr. Er hat das Stethoskop noch um den Hals hängen. Das ist nur der Fall, wenn der Anfall nicht schnell genug vorübergeht. Sonst legt er es sofort weg.

»Der Anfall hat vor einer halben Stunde angefangen, und das Asthmaspray hat nicht geholfen. Ich habe ihm sofort eine Kortisonspritze gegeben.«

Mein Vater hat mir beigebracht, meine roten Rosen zu zählen. Mein Sohn zählt seine Kortisonspritzen. Ich schaue Marcié schweigend an, um Jérémie nicht zu beunruhigen. Eine halbe Stunde ist länger als gewöhnlich.

»Es wird gleich besser, mein Junge«, sagt der Kinderarzt, um ihn zu beruhigen.

Ich habe Lust, meinen Sohn in die Arme zu nehmen und ihn an mein Herz zu drücken, um ihn zu beschützen, aber es würde ihm nicht gefallen, wenn ich das hier in der Schule machte. Es bleibt mir also nichts anderes übrig, als mit ihm zu leiden und ihm mit meinen türkisfarbenen Augen Mut zuzusprechen.

Ein Klingeln läßt uns zusammenzucken. Marcié wühlt in seinen Taschen nach seinem Funkempfänger. Ich hole mein Handy heraus, und die Krankenschwester hebt die Hand, um zum Telefonhörer zu greifen.

»Das bin ich«, gibt Jérémie kleinlaut zu und holt schnell sein Tamagotchi unter seinem Pullover hervor.

Das teuflische Tierchen fordert eine Spritze, wodurch sich die Atmosphäre auf der Krankenstation entspannt.

Als das Tier versorgt ist, schweigt es. Erneut senkt sich Stille auf den Raum, und nur Jérémies pfeifender Atem ist zu hören. Allmählich läßt das Pfeifen nach. Jérémie fällt es immer leichter zu atmen, und er bekommt wieder Farbe im Gesicht. Der Kinderarzt horcht ihn noch einmal ab und steht dann mit zufriedener Miene auf.

»Gleich ist es geschafft«, sagt er und legt nun endlich das Stethoskop in seinen Arztkoffer.

Als wir auf dem Schulhof stehen, bedanke ich mich noch einmal bei ihm, daß er gekommen ist.

»Jetzt sind wir alte Bekannte«, sagt er zu Jérémie. »Es wäre mir jedoch lieber, dich etwas seltener zu sehen. Ich hätte große Lust, dich einmal im Krankenhaus genau zu untersuchen, zum Beispiel in den nächsten Herbstferien. Nur zwei Tage, mehr nicht!«

»Aber wir wollen mit dem Eurostar nach London fahren«, protestiert Jérémie.

»Ich mache dir einen Vorschlag: Wenn du bis zum Ferienanfang – das ist am 25. Oktober, nicht wahr? – drei Anfälle hast, fährst du nicht nach London und läßt dich im Krankenhaus untersuchen. Wenn es weniger sind, kannst du Big Ben und Buckingham Palace besichtigen. Einverstanden?«

Jérémie überlegt, nickt dann und steigt in unseren Wagen.

»Kann ich Sie um einen letzten Gefallen bitten, Dr. Marcié?« frage ich.

»Wenn es um den Schwimmunterricht in der Schule geht, kennen Sie meine Antwort ja bereits: nein!«

»Darum geht es nicht.«

Ich möchte, daß er an die Ärztekammer schreibt, um die Adresse von Dr. Étienne Le Coz, einem Verwandten, den ich aus den Augen verloren habe, in Erfahrung zu bringen. Vielleicht ist der Mann auf Sansibar am Ende gar nicht mein Vater, und selbst wenn er es ist, kann er nach Frankreich zurückgekehrt sein.

»Einverstanden. Aber dafür müssen Sie mir helfen«, antwortet er.

»Alles, was Sie wollen.«

Ich schrecke zusammen, als ich seine Bitte höre. Marcié glaubt, daß Jérémie kein richtiger Asthmatiker sei und daß es bei seinen Anfällen eine wichtige psychosomatische Komponente gebe. Er will, daß ich ihn befrage, ohne daß er es merkt, um zu erfahren, was er macht und woran er denkt, wenn sie auftreten, und daß ich es aufschreibe.

Ich lehne mich auf:

»Jérémie simuliert doch nicht!«

»Das habe ich nie behauptet, aber ich will sicher sein, daß sein Asthma keine psychische Ursache hat. Unser gemeinsames Ziel ist, die Häufigkeit der Anfälle zu verringern, nicht wahr? Also müssen wir alles tun, was in unserer Macht steht.«

Der Kinosaal ist leer. Die Kinder sind in der Schule, und die Erwachsenen arbeiten, oder sie sind auf See oder im Café. Ich liebe Lorient aufgrund seines Namens. Als ich klein war, träumte Hugues von Reisen und erzählte mir vom »fernen Orient«. Ich glaubte, er würde vom »fernen Lorient« sprechen. Wenn wir nach Lorient fuhren, um Einkäufe zu machen oder jemanden zu besuchen, störte es mich nicht, dort ganz normale, europäisch gekleidete Bretonen zu treffen. Ich stellte mir den Orient in einem anderen Teil der Stadt vor: Suks, exotische Düfte, Menschen aller Hautfarben in Tuniken, Saris, Burnussen, Lendenschurzen, die alle Sprachen sprachen: Afrikanisch, Indisch, Arabisch, Eingeborenendialekte, Persisch und Chinesisch – eine bunte, geheimnisvolle Welt, die darauf wartete, daß ich größer wurde …

»Möchtest du ein Eis, Jérémie?«

Für den heutigen Tag hat er Asthmaspray, Kortison und

Schokoladeneis verordnet bekommen. Wir sehen uns *Men in black* in der französischen Version an: zwei Superbullen in schwarzen Anzügen, glitschige Außerirdische, Spezialeffekte. Jérémie lacht ganz laut, was beweist, daß er richtig atmet, aber vorhin hat es ihn noch große Mühe gekostet.

Es ist das erste Mal in seinem Leben, daß er die Schule schwänzt. Bis zum Abitur hat er noch acht Jahre vor sich, und es wird seine Zukunft wohl nicht gefährden, wenn er einen halben Tag fehlt. Weil ich Angst hatte, Jérémie könnte erneut einen Asthmaanfall bekommen, lernt er heute, daß man gegen Vorschriften verstoßen kann. Seine Schulkameraden schreiben Diktate, und er ist im Kino. Das ist ungerecht, aber so ist das Leben.

Ich brauchte an meinem zehnten Geburtstag auch nicht in die Schule zu gehen, und Hugues ging mit mir statt dessen an den Strand. Das war für mich ein Schock. Als ich mit dem väterlichen Segen die Schule schwänzte, spürte ich auf meinem Gesicht den Hauch der Freiheit.

Der Film ist zu Ende. Wir stehen langsam auf und verlassen mit fröhlichen Gesichtern das Kino. In zehn Minuten wird das Klingeln das Ende des Unterrichts an allen französischen Schulen ankündigen. Die Hilfspolizisten bewachen die Fußgängerüberwege; die Mütter drängeln sich vor den Gittern oder streiten sich, wenn sie in der zweiten Reihe parken; Butterbrote quellen aus den Taschen; Millionen Kühlschränke werden geöffnet, und genauso viele Fernsehapparate werden alle gleichzeitig eingeschaltet.

»Möchtest du heute abend in der Crêperie essen?«

Jérémie schaut mich erstaunt an.

»Du hast doch gesagt, daß du heute abend noch lange arbeiten müßtest und wir Fischstäbchen mit Spinat essen.«

»Ärgert es dich, wenn wir unsere Pläne ändern?«

Er schüttelt heftig den Kopf. Er haßt Spinat.

Unsere Lieblingscrêperie ist für Touristen zu klein und die Bedienung zu langsam. In der Küche arbeitet nur eine alte Frau. Sie bereitet die Crêpes liebevoll und sorgfältig zu. Früher brachten die Leute ihre Eier, ihren Schinken und ihren Cidre mit, um sich hier zu treffen, und sie brauchten nur das Gedeck und die nackten Crêpes zu bezahlen. Die Tischdecken sind rot-weiß kariert; Bilder aus der Bretagne zieren die Teller aus grobem Steingut, und der Raum ist mit Hortensiensträußen geschmückt.

»Ich nehme ein Ei-Schinken-Käse-Crêpe und eins mit Schokolade und Zitrone mit einem Glas Ribot-Milch«, sage ich.

Jérémie schaut mir herausfordernd in die Augen. Normalerweise nehmen wir beide ein herzhaftes Crêpe und dann ein süßes, aber heute ist ein außergewöhnlicher Tag, und wir werfen alle Regeln über den Haufen.

»Ich möchte drei Schokoladen-Crêpes mit Sahne.«

Er wartet auf mein Urteil. Ich zögere. Ist die Freiheit eine Leberkrise wert? Morgen werden wir wieder ein bis ins Detail organisiertes Leben mit Kohlehydraten, Fetten, Proteinen und einer Ladung Asthmaspray führen, und die Schulaufgaben werden vor dem Fernsehen gemacht.

»Nimm doch erst einmal eins, und dann siehst du, ob du noch Hunger hast«, sage ich.

Die köstlichen Crêpes werden uns serviert. Ich steche mit meiner Gabel in mein Spiegelei. Das Eigelb fließt über das Crêpe, steigt über Schinken und Käse und verteilt sich erhaben auf dem ganzen Teller. Jérémies Sahne schmilzt genüßlich in der heißen Schokolade.

»Bald haben wir es geschafft, mein Junge«, sagt Jérémie und ahmt dabei Marciés Stimme nach. »Und wenn wir einen Verein für Crêpesliebhaber gründeten?«

Restaurant, Le Chantier, La Trinité-sur-Mer
Samstag, 4. Oktober

Ich bin die erste. Pierre Hermès ist noch nicht da. Ich setze mich ganz ans Ende der Terrasse mit Blick auf das Meer und die Bucht. Bald wird das Restaurant bis Ostern schließen. Ich bestelle eine Flasche Sancerre und kleine Appetithäppchen. Es ist schon dunkel. In Geschäften und Restaurants brennt Licht. Die Schwertboote der Segelschule kehren nacheinander in den Hafen zurück.

Heute nachmittag ist Félix mit seinem Koffer aus der Hauptstadt angereist. Wir haben noch nicht einmal darüber gesprochen. Es verstand sich ganz von selbst. Er gehört jetzt offiziell zur Familie und paßt heute abend auf Jérémie auf.

Ich könnte nicht mehr in Paris leben. Wie Hugues brauche ich das Meer, den Leuchtturm und die Megalithe. Im letzten Sommer ging ich mit Jérémie zur »Nacht des Wortes«. Wir saßen im Schein der Laternen auf Strohballen oder lehnten uns gegen die Menhire und hörten dem Erzähler Alain Le Goff zu. Er ließ unsere Legenden lebendig werden und verewigte das bretonische Andenken für Sterne und Galaxien.

»Guten Abend, schöne Frau!«

Eine samtweiche Stimme und ein charmantes Lächeln. Pierre Hermès ist von Kopf bis Fuß in Schwarz gekleidet: Clarks, Strümpfe, Jeans, Pullover, Jacke, Schal. Er hat gerade seinen Helm abgezogen, fährt sich mit der Hand durch sein braunes Haar und setzt sich.

»Guten Abend!« sage ich. »Sie tragen Trauer? Ist jemand gestorben?«

Er beschließt, darüber zu lachen und schaut sich um.

»Welch herrliche Aussicht. Geht es Ihrem Sohn gut?«

»Ja!«

»Ihrem Mann auch? Allen?«

»Erzählen Sie mir von dem Mann auf Sansibar!«

»Einfach so, jetzt gleich? Vor dem Aperitif? Mir nichts, dir nichts?«

Wenn seine grünen Augen lachen, bildet sich auf seinem Kinn ein Grübchen.

»Ich warte schon seit zwanzig Jahren darauf«, sage ich.

Das Wasser trägt die Geräusche der Bucht zur Terrasse hinauf: Hupen, Lachen, die laute Musik der Autoradios, das Bellen eines Hundes auf einem Boot, lachende Kinder auf Fahrrädern.

Heute abend fehlt mir mein Sohn. Mein Bruder auch, denn jetzt sieht es so aus, als hätte ich einen Bruder. Mein Vater nicht. Ich habe mich an seine Abwesenheit gewöhnt. Das ist eine vertraute Leere geworden, ein Riß in meiner Lebensgeschichte, der nie gestopft wurde. Die anderen haben Väter – ich nicht.

Pierre Hermès zündet sich mit einem silbernen Dunhill-Feuerzeug eine Zigarette an. Dann legt er es vorsichtig auf den Tisch und streicht mit den Fingern darüber.

»Klassisch, aber es zeugt von gutem Geschmack. Ist es ein Geschenk?« frage ich.

Er lächelt. Meine Frage scheint ihn kaum zu verwundern. Seine Finger lassen das Feuerzeug schweren Herzens los. Wenn Félix hier wäre, würde ich ihm ins Ohr flüstern, daß ich Hermès' wunden Punkt gefunden hätte, und er würde lachen.

Ich beobachte gerne Menschen. Es macht mir Spaß, mir eine Uhr, ein Armband, einen Ring, einen Kugelschreiber, ein Feuerzeug oder einen Ohrstecker anzusehen, alles, was die Menschen auf der Haut tragen oder anfassen, worin sich ihre Zuneigung spiegelt. Diese Dinge, die uns als Schutzschild dienen, um der Welt zu trotzen. Man kann in ihnen wie in einem offenen Buch lesen, wenn man den Code entschlüsselt. Es genügt, anschließend einen Satz zu sagen und die Reaktion im Blick des anderen zu verfolgen.

Wenn man eine gewisse Fähigkeit hat, der Stille zu lauschen, fängt der Gesprächspartner in neunundneunzig Prozent aller Fälle an zu reden und läßt seine Maske fallen. Pierre Hermès trägt am linken Handgelenk eine Reverso-Uhr, und er hängt an seinem Feuerzeug.

»S. M.«, sage ich. Das sind die Buchstaben, die in sein silbernes Feuerzeug eingraviert sind.

»Sie sind ziemlich neugierig …«

Er hat angebissen. Der Punkt geht an mich. Ich kann mich weiter vorwagen.

»Jemand, der Ihnen wichtig ist?«

Hugues hat mir beigebracht, derartige Fragen zu stellen. Wir leben in einer Welt des Ungesagten. Wir vermeiden bestimmte Fragen, verstecken uns, stellen keine Fragen, weil wir Angst haben, indiskret zu sein, oder damit die anderen uns keine offenen Fragen stellen. Ich erinnere mich an einen Mann, mit dem Hugues Karten spielte, einen Ch'timi, der Urlaub machte und ein Glasauge hatte. Über ihn kursierten die verrücktesten Geschichten, aber niemand wagte, in seiner Gegenwart darüber zu sprechen. Hugues allerdings fragte ihn, als er ihn das erste Mal sah, geradeheraus, wie es passiert sei, und der andere war erfreut, es ihm erzählen zu können. Er ging an dem Gerede und dem Tuscheln hinter seinem Rücken fast zugrunde. Hugues interessierte sich hingegen offen für ihn, und das nicht aus Neugierde, sondern aus Menschlichkeit.

Das Schlimmste, was mir heute passieren kann, ist, daß Pierre Hermès mir nicht antwortet.

»Eine Frau«, sagt er schließlich.

Er hat es einfach so dahingesagt, als hätte er seinen Vornamen genannt. Eine Frau, aber nicht irgendeine. In diesen zwei Worten schwangen Musiktöne, zerwühlte Laken und Champagnerkelche mit. Es ist der gleiche Ton, den ich damals benutzte, wenn ich über Jérémies Vater sprach, bevor das Mädchen mit den karottenroten Haaren auf dem verdammten Flughafen in Dublin vor elf Jahren mit ausgebreiteten Armen auf ihn zulief.

»Ihre Frau?« frage ich.

Er schüttelt den Kopf und setzt wieder seine blasierte Miene des Jägers auf. Etwa so wie eine Katze, die auf dem Ofen liegt, aber ein Funken wird genügen, um auf die andere Seite des Spiegels zu treten, wenn ich es für richtig halte. Ich weiß jetzt, daß Pierre Hermès kein Außerirdischer ist. Er hat einen Sprung. Dieser Typ ist zu schön, um nicht in jedem Hafen eine Frau zu haben. Er muß wohl eine geliebt haben, die schon vergeben war, oder seine Frau rauchte wie ein Schlot, starb an Lungenkrebs und vererbte ihm ihr Feuerzeug, oder sie kam bei einem Autounfall ums Leben, als sie sich eine Zigarette anzündete. Auf jeden Fall eine Geschichte, die schlecht ausging.

»Danke, daß Sie gekommen sind«, sage ich. »Ich war so hartnäckig, weil ich meinen Vater sehr geliebt habe.«

Ich ziehe meine Geheimwaffe, meine Liebe zu Hugues. Die Menschen sind sensibel, wenn wir gestehen, daß wir Zuneigung für jemanden empfinden oder daß uns ein Mensch fehlt. Hermès wird mir helfen, weil er an die Frau seines Feuerzeuges gedacht hat, und Hugues' Geschichte wird seine Neugier wecken. Ich werde ihm nicht sagen, daß er Jane und mich im Stich gelassen hat, um mit einer anderen ein Kind zu zeugen, und nicht etwa ein Kind, das ich nicht kenne, sondern Félix, der sich leibhaftig im Leuchtturm aufhält.

Ich muß herausfinden, was im August 1977 und im Februar 1978 passiert ist, damit Jane versteht, daß sie weder die Vergangenheit verkaufen noch die Nabelschnur durchtrennen kann, die mich mit dem Leuchtturm verbindet, und weil es für mich bei dieser Frage um Leben und Tod geht.

»Bitte, erzählen Sie mir von Sansibar!«

Ich habe meine Bitte in dem gleichen ernsten Ton vorgebracht, in dem er soeben auf meine Frage mit »eine Frau« antwortete.

Pierre Hermès holt einen Kugelschreiber aus seiner Tasche und fängt an, eine Skizze auf die Papiertischdecke zu zeichnen. Dazu hält er einen landeskundlichen Vortrag. Sansibar ist eine Stadt, eine Insel und eine Inselgruppe im Indischen Ozean. Es liegt im Nordosten von Madagaskar genau gegenüber von Tansania. Die Insel ist 85 km lang und 39 km breit. In der Schule lernen die Kinder Englisch, aber die Landessprache ist Suaheli. Das Wort stammt von dem arabischen Wort *sahel* ab: das Ufer. Es herrscht äquatoriales Klima mit Monsunwinden. Und eine lustige Kleinigkeit: Es gibt dort genauso viele Männer wie Frauen.

»Sie können heiraten und viele Kinder bekommen«, sage ich. »Hat Habari, der Mann, der Sie inspiriert hat, eine Familie?«

Hermès hört auf, den Reiseführer zu spielen. Er trinkt einen Schluck von seinem weißen Sancerre, köpft einige rosa Garnelen, ordnet sie kreisförmig auf einem Stück Brot an, das er mit Butter bestrichen hat, und antwortet mir schließlich.

»Habari gehört zu den Menschen, die zuhören, und nicht zu jenen, die sprechen. Er lebt in einem Fischerdorf, weit entfernt von der Stadt und den Touristen. Er schläft in einer Hütte auf dem nackten Boden, ißt die Fische, die er fängt, und hat keine Uhr und keinen Kalender. Er führt Touristen über die Insel, die so abenteuerlustig sind, daß sie bis zu seiner Hütte vordringen. Ich habe mir ein Motorrad geliehen und bin aufs Geratewohl losgefahren, und unterwegs war mein Tank leer. So haben wir uns kennengelernt. Habari ist ein Außenseiter, der außerhalb der von Reiseagenturen organisierten Rundreisen lebt.«

Die gegrillten Sardinen auf meinem Teller werden kalt, während ich versuche, dieses Bild mit Hugues unter einen Hut zu bringen.

»Welche Sprache haben Sie gesprochen?«

»Zuerst englisch, und als wir feststellten, daß wir beide französisch sprachen, französisch. Mit den anderen sprach er suaheli.«

»Haben Sie ihn gefragt, ob er Franzose ist?«

»Nein, es war mir egal. Ich habe vier Tage gewartet, bis ein Auto vorbeikam. Wir tranken, und ich erzählte ihm von meinem Leben.«

Pierre Hermès läßt sich seine Meeresfrüchte schmecken. Ich trinke langsam meinen Sancerre, aber ich habe keinen Hunger. Ich kann mich nicht auf zwei Dinge auf einmal konzentrieren, und der Geschmack eines Gerichtes erfordert in der Regel meine ganze Aufmerksamkeit. Es ist leicht, mich glücklich zu machen, wenn ich nicht gerade an meine Vergangenheit denke.

»Möchten Sie meine Sardinen essen?« frage ich mit Blick auf meinen unberührten Teller.

»Es wäre eine Sünde, sie verkommen zu lassen«, sagt er, wobei er das gleiche Gesicht wie Jérémie macht, wenn ich ihm meinen Nachtisch abtrete.

Hermès sticht seine Gabel schwungvoll in die Sardinen.

»Habari hat Ihnen also nie etwas von sich erzählt?« frage ich.

»Niemals. Er hat mir nur diesen Streich mit G für gewonnen und V für verloren gespielt, und ich habe in seiner Hütte geschlafen, die aussah wie ein Leuchtturm. Da stimmte alles: die Tür, die runden Mauern, die kleinen, runden Fenster und das Dach.«

»Haben Sie ihn gefragt warum?«

»Er hat mir mit einem rätselhaften Satz geantwortet, den ich vergessen habe. Ich war damals ziemlich fertig. Warum glauben Sie, er sei Ihr Vater?«

»Aufgrund des Spiels mit dem G und dem V. Ich habe Fotos mitgebracht.«

Ich habe sie aus meinem Fotoalbum genommen, und

Félix hat mir seins anvertraut. Hugues ohne Bart und lächelnd, Étienne mit Bart und ernster Miene. Hermès schaut sie lange an und schüttelt dann den Kopf.

»Ich kann nicht sagen, ob das derselbe Mann ist. Er könnte es sein, sicher, nur daß sein Gesicht faltiger ist, er einen anderen Blick hat und fünfzehn Jahre älter ist, aber ich kann für nichts garantieren. Tut mir leid.«

Die Flammen der Kerzen erhellen den Tisch, und als er lächelt, sehe ich seine strahlenden Zähne. Er hat bestimmt eine Familie wie auf den Bildern von Épinal, die stolz auf ihn ist und die seine Bücher Freunden zu Weihnachten schenkt; einen Vater, der ihm das Autofahren beigebracht hat; eine Mutter, die ihm Strümpfe und kratzende Pullover strickt. Und vielleicht Brüder und Schwestern, die ihm ähneln und das gleiche Gymnasium besucht haben wie er; eine Dynastie kleiner Hermèskinder, die gut in Französisch und schlecht in Mathe waren. Und im Winter wurden ihnen Schals um den Hals gewickelt. Hermès natürlich …

»Leben Ihre Eltern noch?« frage ich.

Mit meiner Frage habe ich scheinbar ins Fettnäpfchen getreten. Sein Gesicht verschließt sich, zuerst der Mund, dann die Augen, und schließlich versteift sich sein Körper oberhalb der Sardinengräten.

»Wir sind zerstritten. Erzählen Sie mir lieber von Ihrem Vater.«

Ich erzähle ihm alles. Hugues' Ertrinken, die Beerdigung, meine Jugend, die Hochzeit von Jane und Guy, Jane, die den Leuchtturm an einen Deutschen verkaufen will, und sogar Félix' Auftauchen in meinem Leben und unsere Besuche bei Guy.

»Das hört sich ja an wie ein Roman!«

Der Kellner bietet uns Nachtisch an, aber Pierre Hermès ist mit Fisch vollgestopft, und mich erfüllt Unruhe. Wir bestellen zwei Tassen Kaffee.

Ich schrecke hoch, als ich das Tamagotchi eines Kindes

an einem anderen Tisch piepsen höre. Es ist mit seinen Eltern hier, sicher Touristen, denn sie möchten *Chouchen* trinken, Met, das Getränk der Götter, das entsteht, wenn man eine Honiglösung gären läßt. Jeder Schluck hat eine Million Kalorien. Es ist das flüssige Gegenstück zu *Kouign-Amann*, einem märchenhaft guten, bretonischen Kuchen, der unglaublich mächtig ist, aus dem die Butter heraustropft, der heiß serviert wird und auf der Zunge zergeht, ehe er sich unmittelbar auf dem Hinterteil festsetzt.

»Es wird behauptet, daß derjenige, der sich mit *Chouchen* betrinkt, immer sitzend auf sein Hinterteil fällt, niemals anders, aber ich habe es nie überprüft«, sage ich lachend.

»Sollen wir es zusammen testen?« schlägt Hermès vor.

Hätten Soizic und ich ihn als Jugendliche kennengelernt, hätten wir uns um ihn geschlagen. Er hätte dank seiner Geheimwaffe jeden Gwenaël und Fabien, den Tätowierer, in den Schatten gestellt: Ein Lächeln, das sich in kreisförmigen Wellen ausbreitet, von den Lippen ausgehend die Augen, dann die Haare, die Schultern und den ganzen Körper erfaßt. Dieser Typ ist ein professioneller Verführer, aber ich bin nicht mehr die dumme Gans von damals. Ich werde mich nicht wie diese Frauen, von denen Goulven Kernic sprach, einfangen lassen. Einmal reicht mir, und ich habe Jérémie vor Augen, um mich jeden Tag daran zu erinnern, selbst wenn er das Beste ist, was ich im Leben zustande gebracht habe.

»Ich werde zu Hause erwartet. Ich brauche einen klaren Kopf zum Autofahren. An Samstagabenden werden die Autofahrer gerne zum Alkoholtest gebeten.«

»Ich kann Sie auf dem Motorrad nach Hause fahren!«

Ich schüttele den Kopf.

»Ich bin hierhergekommen, um über Habari zu sprechen«, sage ich. »Bringen wir die Sache auf den Punkt.«

»Warten Sie, mir fällt noch etwas ein …«

Er runzelt die Stirn und denkt angestrengt nach.

»Eine Tätowierung! Er hatte eine bunte Tätowierung auf der Schulter!«

»Einen rot-gelb-blauen Leuchtturm?«

Er nickt. Der Kaffee kommt. Ich zittere so stark, daß ich die Hälfte auf die Untertasse schütte, als ich meine Tasse in die Hand nehme.

»Ich glaube, ich werde bald nach Sansibar reisen.«

»Dort, eine Sternschnuppe«, schreit Pierre Hermès.

Der Kleine Bär, der Große Bär, Wega, Kassiopeia und ihre ganzen Kameraden sind noch an die Decke meines Schlafzimmers gemalt. Welcher Wunsch hat den Vorzug? Meinen Leuchtturm zu behalten? Hugues wiederzufinden, obwohl ich weiß, daß er mich im Stich gelassen hat? Oder die Gewißheit zu haben, daß er 1977 wirklich ertrunken ist und niemals aufgehört hat, mich zu lieben?

Die anderen Gäste sind schon gegangen. Wir sind die letzten. Nur das Rauschen des Meeres ist zu hören. Ich habe große Lust zu weinen, auch wenn meine Wimperntusche nicht wasserfest ist. Plötzlich habe ich Hunger, ich friere, und alles tut mir weh. Eine Überdosis an Fragen ohne Antwort. Delirium tremens aufgrund verspotteter Liebe. Meine Tränen fließen.

»Wenn du eines Tages traurig bist, suche einen Leuchtturm«, sage ich schluchzend.

Neulich habe ich diesen Film gesehen, in dem die Protagonistin die Scheibenwischer einschaltet, als sie anfängt zu weinen. Wenn wir in einem Chinarestaurant wären, hätte ich das gleiche mit meinen Stäbchen getan, aber ich habe nur ein fettiges Messer. Der Kellner hat das restliche Besteck abgeräumt. Das Leben ist nicht so romantisch wie ein Film. Und ich habe kein Taschentuch.

»Das antwortete Habari, als ich ihn fragte, warum seine Hütte die Form eines Leuchtturms habe«, erinnert sich Hermès. »Er sagte so etwas wie: Wenn du eines Tages traurig bist, schaue die Sterne an; sie sind wie Leuchttürme.«

»Wenn du eines Tages traurig bist, suche einen Leuchtturm, laß dich von seinem Licht wärmen, und du wirst die Nacht lieben!« verbessere ich ihn.

Ich bin wie gerädert, aber ich muß noch nach Hause fahren. Ich lenke die Aufmerksamkeit des Kellners auf mich, indem ich mit einem unsichtbaren Geldschein winke.

»Ich zahle«, protestiert Hermès.

»Ich habe Sie eingeladen«, sage ich und fülle meinen Scheck aus.

Ich habe Augen wie ein russisches Kaninchen, eine rote Nase vom Weinen, überall Wimperntusche und rieche wie Sardinen in Sancerre.

»Ich werde so bald wie möglich nach Sansibar fliegen.«

»Sie müssen ein Visum beantragen, sich impfen lassen und die Malariaprophylaxe durchführen«, sagt Hermès. »Ich bin damals nach Kenia geflogen, von dort nach Daressalam in Tansania, und schließlich war es ein Katzensprung nach Sansibar. Das Ende der Welt muß man sich verdienen.«

Ich gieße den Rest der Flasche in sein Glas und die letzten Tropfen Sancerre in mein Glas. Ich trinke, puste dreimal in die Flasche und stelle sie wieder auf den Tisch. Dann schiebe ich meinen Stuhl zurück und stehe auf. Auf der Papierdecke schwimmt inmitten der Fettflecke eine kleine Insel im Indischen Ozean. Und auf dem Parkplatz stehen nur noch ein Auto und eine dicke BMW.

»Danke, daß Sie mir geholfen haben«, sage ich.

Er schaut mich mit seinen Samtaugen an, legt seine Hände auf meine Schultern und zieht mich an sich. Ich befreie mich freundlich, aber bestimmt. Er lacht und ist noch nicht einmal beleidigt. Er ist mir nicht gleichgültig, aber ich will diese Art Mann nicht mehr in meinem Leben haben, und im Moment bin ich eher offen für väterliche Zärtlichkeiten als für eine heiße Nacht.

»Sind Sie so glücklich verheiratet? Sie wissen gar nicht, wie glücklich sie sind!« sagt Pierre Hermès.

Doch. Mein Glück heißt Jérémie, hat Sommersprossen und Asthma, die Narbe einer Blinddarmoperation an der rechten Leiste, und seine linke Augenbraue weist einen leichten Makel auf, weil sie genäht werden mußte, als er sich als Fünfjähriger das Gesicht an einer Glastür aufgeschlagen hat.

Vorhin, gerade als ich gehen wollte, fragte er mich, was genau ein Präservativ sei. Félix flüchtete in die Küche und überließ es mir, mich aus der Affäre zu ziehen, ohne François Dolto und Bruno Bettelheim, fern von Summerhill und Dr. Neill. Ich habe zu einem Vergleich mit einem Motorrad gegriffen. Wenn man Motorrad fährt, muß man einen Helm aufsetzen, aber zu Fuß hat das keinen Sinn. Jérémie wartete geduldig, daß ich endlich auf den Punkt kam.

»Im Moment brauche ich keine Präservative. Ich liebe niemanden«, sagte ich verlegen.

»Du solltest trotzdem vorher daran denken. Man weiß ja nie. Jemand könnte auf der Straße auf dich lossausen«, antwortete mein Sohn.

Pierre Hermès glaubt, ich werde geliebt und verwöhnt. Er ist nicht auf der Straße auf mich losgesaust, aber er wollte nach den Sardinen mit mir bumsen.

»Wollen Sie den Abend wirklich schon beenden?« beharrt er.

»Ich werde zu Hause erwartet. Wo ist die Frau, die Ihnen das Feuerzeug geschenkt hat?«

»Nicht bei mir!« sagt er barsch. »Danke für das Essen. Auf Wiedersehen!«

Er setzt seinen Helm auf, läßt seinen Motor aufheulen und verschwindet in der Dunkelheit, noch ehe ich reagieren kann. Ich setze mich in meinen Wagen, schalte die Zündung ein, lege den Sicherheitsgurt an und mache das Licht an. Automatische Handgriffe, die uns in Fleisch und Blut übergehen. Habari alias Hugues Le Coz hat all diese Handgriffe in seiner Hütte in Afrika vergessen. Sicher hat er auch mich vergessen, aus seinem Leben gestrichen, mich mit dem schmutzigen Badewasser ausgeschüttet …

Ich fahre an der beleuchteten Bucht entlang und biege dann ab ins Landesinnere. Die Samstagabendraser haben ihre Höhlen verlassen. Ich nehme mich vor jeder Kreuzung in acht. Ich kann es mir nicht erlauben zu sterben, ohne die Wahrheit zu erfahren, und außerdem habe ich einen scheußlichen Tag hinter mir. Wenn das Paradies – wie behauptet wird – dem letzten Tag unseres Lebens ähnelt, will ich vor allem nicht, daß ein Tag wie heute mein letzter ist.

Klassenausflug, Mittwoch, 8. Oktober, 8.30 Uhr

Am 17. Oktober, wenn das hundertjährige Jubiläum des Leuchtturms Eckmühl in der Weite von Penmarch, Finistère,gefeiert wird, überträgt das Fernsehen dieses Ereignis; die Zeitungen werden darüber berichten, und Matrosen aus aller Welt werden diesem Denkmal des Meeres Glückwünsche schicken.

Heute besichtigt die Klasse meines Sohnes den 65 Meter hohen Leuchtturm, dessen Bau die Marquise von Blocqueville, die Tochter des Maréchal Davout, einem Prinzen von Eckmühl, im Gedenken an ihren Vater finanzierte. Jérémie ist gestiefelt und gespornt: dicker Pullover, Daunenjacke, Handschuhe, Schal, Butterbrote, Coca-Cola, Schokolade und natürlich sein Asthmaspray. Das piepsende Tamagotchi ist im biblischen Alter von zehn Jahren ein zweites Mal gestorben, weil die Batterie leer war. Es ist zwar idiotisch, aber das hat mich geärgert, weil es Jérémies Alter ist. Er hat mich hartnäckig gebeten, eine neue Batterie zu kaufen. Seine Schule hat beschlossen, die scheußlichen Dinger während der Unterrichtsstunden zu beschlagnahmen. Sie werden am Eingang in eine große Kiste gelegt, und in der Pause und beim Essen erhalten die Kinder sie zurück. Jérémie hat es geschafft, sein Tamagotchi zu verstecken, indem er es auf »Unterbrechung« eingestellt hat.

»Ich will mit euch nach Sansibar fahren«, wiederholt Jérémie zum hundertsten Mal.

Félix und ich wollen sobald wie möglich reisen, und zwar sofort wenn wir die Impfungen, die Visa und die Flugtickets haben. Ich frage Jérémie noch einmal, ob er während meiner Abwesenheit lieber bei Jane oder Kevin wohnen möchte.

»Weder noch! Ich will mit nach Sansibar.«

Wir haben stundenlang darüber diskutiert. Er kann nicht so lange in der Schule fehlen; er hat Asthma, und Sansibar ist weit weg. Wir wissen nicht, was uns dort erwartet – von dem Preis des Flugtickets ganz abgesehen. Es ist teuer, und ich bin nicht Krösus. Félix hat kein Geld. Ich schenke ihm die Reise. Er wollte sein Saxophon verkaufen, aber dagegen habe ich protestiert. Ich habe neunzehn Geburtstagsgeschenke nachzuholen.

»Es ist keine Rede davon, daß du mitkommst, Jérémie. Hast du mich verstanden?«

»Aber er ist mein Großvater. Ich habe meinen Vater nie gesehen, und du sprichst nicht über ihn, also kann er mir nicht fehlen. Aber seitdem du von deinem faselst, will ich ihn sehen. Es betrifft auch mich.«

»Du bist vor allem eine Nervensäge«, sage ich, um das Gespräch zu beenden.

Mein Jeep folgt der Straße nach Carnac, wo sich die fünften Klassen verschiedener Schulen treffen. Jérémie und ich singen laut und falsch: *Au clair de la lune, mon ami Pierrot …*, bis uns ein mit Eltern und Kindern vollgestopfter Renault

Espace überholt. Da wir in der Minderheit sind, hören wir auf zu singen.

In allen Spots der Fernsehwerbung wird das Bild der traditionellen Familie aufgegriffen. Um die Verdienste eines Autos, einer Kaffeemarke oder eines Waschpulvers zu loben, braucht man einen Großvater mit weißem Haar, der noch sehr rüstig ist, einen kräftigen, aber zärtlichen Vater und ein Kind mit Sommersprossen. Jérémie schaut sich die Werbung mit betont gleichgültiger Miene an, und ich hasse die Werbefachleute.

»Nimm mich mit nach Sansibar!« beharrt Jérémie.

»Wir werden heute abend noch einmal darüber sprechen, okay?«

Ich parke neben dem Bus, vor dem sich die Schüler seiner Klasse versammelt haben. Jérémie gibt mir im Auto einen Kuß und geht dann, ohne sich umzudrehen, hocherhobenen Hauptes davon und gesellt sich zu seinen Freunden. Er weiß mehr über Leuchttürme als jeder andere von ihnen. Er weiß, daß Eckmühl eine Lichtstärke von zwei Millionen Candela, eine Reichweite von 54 km und 307 Stufen hat und daß man von oben einen Blick auf die Bucht von Audierne, auf den Pointe du Raz, den Leuchtturm auf der Insel Sein, die Küste vor Concarneau und Beg-Meil sowie auf die Inselgruppe Glénan hat. An der Küste ziehen sich zerklüftete Riffe entlang, die mit Tang bedeckt sind, und spitze Felsen, die von einem Dünenband eingerahmt werden. Jérémie und seine Klassenkameraden werden einen schönen Tag haben. Sie werden schreien und alle die gleichen Ausdrücke verwenden, die gerade in Mode sind: sie knallen sich zu, sind durchgeknallt, ausgerastet, sie spinnen herum, und das fetzt, ist genial, riesig und cool – klar doch!

Als ich zurückfahre, denke ich an die Frauen, die ich eben getroffen habe: perfekte Mütter, die in den örtlichen Vereinen engagiert sind, die mit wahrer Begeisterung Kuchen backen oder zehn Kinder und zehn Tamagotchis in ein Museum schleppen und die sich mit anderen Müttern treffen, wenn ihre Kinder in der Schule sind. Oder Geschäftsfrauen, die mittwochs und samstags von ihren Kindern, die das Geschäft später übernehmen, unterstützt werden. All das funktioniert ganz automatisch. »Mein Sohn gibt Ihnen das Wechselgeld heraus, Monsieur!«, und der Kleine folgt dem Befehl. Ein Arbeitsloser weniger. Ich passe in keine Kategorie. Außer »Guten Tag!« und »Auf Wiedersehen!« habe ich mit den anderen Müttern nichts zu tun. Ich wohne in einem Leuchtturm anstatt in einem richtigen Haus. Ich arbeite für das Fernsehen, und – wie jeder weiß – ist das eine Welt für sich. Und darum halten die Leute in Étel mich für stolz und eingebildet. Und außerdem bin ich nicht verheiratet, und Jérémie hat keinen Vater. All das spricht nicht gerade für mich …

Ich schaue auf die Uhr: Viertel vor zehn. Einer plötzlichen Inspiration folgend, biege ich rechts statt links ab, obwohl ich links geblinkt habe. Der Wagen hinter mir bremst und hupt. Es ist mir egal. Ich habe einen Wagen mit 128 PS, der ausgezeichnet beschleunigt. Ich hänge ihn mit einen kurzen Tritt aufs Gaspedal ab.

Ich werde nicht sofort nach Hause fahren. Saint-Cado hat mir neulich nicht besonders geholfen. Ich muß mich an eine höhere Stelle wenden. Besser man wendet sich gleich an Gott als an seine Vertreter auf Erden.

Ehre den Damen. Ich halte zuerst an der Abtei Saint-Michel in Kergonan an, bei den Benediktinerschwestern, drei Kilometer von Carnac entfernt. Ich schalte mein Handy aus, trete ein und spreche ein kurzes Gebet, während ich den Stimmen der Ordensschwestern mit den ernsten Gesichtern lausche. Dann gehe ich zu Fuß die Abkürzung, die zu den Benediktinermönchen in der Abtei

Sainte-Anne in Kergonan führt. Die tieferen Männerstimmen verleihen den gregorianischen Gesängen eine andere Dimension, die meinen inneren Aufruhr besänftigt. Hugues liebte die Orte, an denen Gottesdienste, Arbeit, Gebete und Meditationen den Tagesablauf bestimmen.

Wenn man keine Worte mehr hat, spricht eine Flamme immer noch eine beredte Sprache, aber in beiden Abteien gibt es keine Kerzen mehr. Ich fahre zur Kirche von Carnac, wo ich drei Kerzen anzünde. Eine, um Jérémie zu beschützen, und jeweils eine für die Lebenden und die Toten. Gott kennt die Seinen und wird Hugues schon richtig zuordnen.

Ich hebe die Augen gen Himmel. Wie es bei uns üblich ist, verändert sich das Bild des Himmels schnell. Er war grau, als ich heute morgen das Haus verließ. Jetzt reißt der Himmel auf und zeigt sich in einem verwaschenen, durchscheinenden, zarten Blau. Ich werde niemals vergessen, wie der Himmel nach dem Sturm aussah, bei dem Hugues umkam. Der Wind fegte weiße Wolkenfetzen über den dunklen, verschleierten Himmel, der sich bedrohlich über Étel wölbte.

Für unsere Reise nach Sansibar brauche ich die Hilfe der vier Elemente. Nach dem Feuer der Kerzen und der Luft des Himmels kommt die Erde. Ich fahre an den Megalithreihen von Carnac entlang und halte in Erdeven an, wo weniger Touristen sind, aber genauso viele Megalithe stehen. Die Menhire bilden hier einen Halbkreis von mindestens zwei Kilometern. Ich setze mich auf die Erde, lehne mich gegen einen der Steine und lasse die Kraft der Erde auf mich wirken.

Nun fehlt nur noch das Wasser. Erdeven kommt aus dem Bretonischen und heißt »auf der Düne«. Es hat einen acht Kilometer langen, feinen Sandstrand. Im Oktober findet man hier auch wochentags noch Liebespaare, die von Kälte und Leidenschaft durchdrungen sind, Drachenflieger, die den Blick gen Himmel richten, Seeleute, die vom Meerwasser ausgewaschene Augen haben, Kinder mit kristallenem Lachen und Tamagotchis mit piepsenden Stimmen, Hunde, die laut bellen, alte Paare, die Arm in Arm spazierengehen und die Welt durch ihren grauen Star hindurch verschwommen sehen, und Romantiker mit Brille, die Gedichte schreiben, die der Wind davonträgt.

Ich gehe ans Ufer und trinke einen Schluck kaltes, salziges Wasser, bevor ich mich auf den Sand setze und mich vom Rauschen der Wellen hypnotisieren lasse. Sechshundert japanische Kinder mußten ins Krankenhaus eingeliefert werden, weil sie Krämpfe bekamen, nachdem sie einen Zeichentrickfilm gesehen hatten, in dem ein gelbes Küken so heftige, schnell aufeinanderfolgende Blitze ausstrahlte, daß diese bei den jungen Fernsehzuschauern eine Art kurzfristiger Epilepsie hervorriefen. Diese Nachricht erschütterte mich. Sie sollen zum Lachen und Träumen gebracht und nicht krank gemacht werden.

Was ist besser für Jérémie? Ihn mit nach Sansibar zu nehmen oder ihn Jane oder Kevins Eltern anzuvertrauen?

Ich sollte mich mehr für die Wirklichkeit interessieren. In diesem Sommer wollte ich Jérémie einen Sonnenaufgang am Meer zeigen. Ich legte eine Thermoskanne mit heißem Kakao, Croissants und Decken bereit, und wir stellten uns den Wecker, um in aller Herrgottsfrühe aufzustehen. Wir zogen uns an, als es noch stockdunkel war, und gingen an den Strand, wo wir uns in unsere Decken rollten und beim Frühstück artig auf das Tagesgestirn warteten. Allmählich wurde es hell. Wir sprachen kaum; wir waren glücklich und genossen unsere traute Zweisamkeit, auch wenn die Croissants vom Vortag waren und der Kakao nur lauwarm. Aber die Sonne kam nicht, weil sie jeden Tag auf der anderen Seite des Dorfes aufgeht. Hugues, der die Natur so gut beobachtete, hätte schön über mich gespottet.

Die Menschen, die man geliebt hat, bleiben auf immer

lebendig. Hugues geht für alle Ewigkeit über den Strand von Kerhillio, sein Hund folgt ihm auf dem Fuße, und er hält an der Hand ein Mädchen mit schwarzen Locken, das er seine Allerbeste nennt. Ich hatte weniger von ihm als die anderen, weil ich meinen Vater mit elf Jahren verlor. Ich hatte mehr von ihm als die anderen, weil ich ihn seitdem im Herzen trage. Der Mangel und der Überfluß haben sich im Laufe der Jahre ausgeglichen wie die Sonne und der Mond …

»Eh, Schnecke, zock doch mal den Ball rüber!«

Ich reiße verständnislos die Augen auf.

»Zockst du mal den Ball rüber?«

Ich bin zwar keine Schnecke, aber zwischen meine Beine ist ein Ball gerollt. Ich stehe auf und trete mit all meiner Kraft, all meiner Wut und all meiner Liebe für dieses verdammte Leben gegen den Ball. Ich habe das Gefühl zu schweben, als hätte ich eine *Tüte* geraucht. Und ich schlage mir den Fuß auf. Das wird mich lehren, die Vorwitzige zu spielen. Ich hüpfe auf einem Bein im Sand herum und jammere vor Schmerz. Sicher sind meine Knochen alle Brei.

»Fußball ist nicht gerade deine Stärke!« stellt der Jugendliche heiter fest und hebt seinen Ball auf.

»Das ist ein neuer Stil aus den USA«, antworte ich.

Die Wellen des Schmerzes ebben ab. Letztendlich wird man mir den Fuß sicher nicht amputieren.

»Echt bekloppt«, sagt er schulterzuckend.

Ich bewege vorsichtig die Zehen. Keiner fällt herunter. Ich setze mich in den Sand, schnüre meinen Schuh auf und massiere meinen Fuß. Wenn ich zu Hause wäre, würde ich ihn mit Tigerbalsam einreiben, meiner Lieblingssalbe, und es würde gleich besser werden. Sie ist wie heiße Suppe, Weihnachtsbäume, Filme mit Louis de Funès, türkischer Honig, den ich mit Jérémie im Kamin röste, und der zärtliche Blick gewisser Männer: warm, beruhigend und anregend.

Ich humpele zu meinem Wagen. Beim nächstenmal werde ich den Ball mit der Hand zurückwerfen.

Étel, im Leuchtturm, am selben Tag, 12 Uhr

Jérémie wird mit seinen Klassenkameraden viel Spaß in Eckmühl haben. Ich kehre zum Leuchtturm zurück. Vor dem Fernseher im Wohnzimmer ist niemand. Schläft Félix vielleicht noch? Als ich zwanzig war, bin ich auch erst mittags aufgestanden. Ja, man wird älter, hat Angst um seine Kinder und steht früher auf. Wenn das so weitergeht, werde ich mit achtzig um drei Uhr morgens frühstücken. Aber was werde ich anschließend den ganzen Tag tun? Die Abkürzung über den Jupiter nehmen, auf den Mond fliegen und dort spazierengehen, bevor ich mittags Ernährungspillen esse, während ich meinen Urenkeln beim Fußball spielen mit den dreiäugigen Marsmenschen zusehe?

»Félix! Wo steckst du?«

Aus seinem Zimmer dringt kein Geräusch. Vorsichtig öffne ich die Tür. Die Decke liegt am Fußende des Bettes. Ich lege meine Hand auf das Laken, auf dem sich noch der Abdruck seines Körpers abzeichnet – der Trick eines Bullen, der mir als technischer Berater bei einer Krimiserie zur Seite stand. Das Laken ist kalt. Félix ist schon vor längerer Zeit aufgestanden. Ich schaue mich um. Das Saxophon ist da und liegt brav in seinem Koffer.

»Félix?«

Im Badezimmer ist niemand und in Jérémies Zimmer auch nicht. Aber in der Küche stehen eine schmutzige Tasse und eine schmutzige Trinkschale in der Spüle. In der Banania-Tasse war Kaffee und in der Tintin-Trinkschale Kakao. Hat Félix Kaffee UND Kakao getrunken?

Ich rufe im Pasteurinstitut an, um mich nach den für die Reise nach Sansibar erforderlichen Impfungen zu erkundigen. Anschließend rufe ich in der Botschaft von Tansania und im Reisebüro an. Ich verspüre ein so starkes Hungergefühl, daß mir der Appetit vergeht und ich Magenschmerzen bekomme. Auf der Uhr ohne Zifferblatt im Flur steht die Zeit still, aber auf meiner inneren Uhr ist es gleich zwei Uhr nachmittags.

Ich höre Schritte vor dem Leuchtturm.

»Félix?«

»Persönlich und begleitet von Jérémie Le Coz, dem zukünftigen *recordman* der Lebensdauer von Tamagotchis.«

Jérémie folgt ihm. Er strahlt übers ganze Gesicht.

»Aber was machst du denn hier?«

»Er hatte einen Asthmaanfall im Bus, kurz nachdem du weggefahren bist«, erklärt mir Félix. »Dr. Marcié war dort, weil er seinen Sohn zum Treffpunkt gebracht hat. Er glaubt, daß es an den Sitzbezügen lag. Er hat versucht, dich über dein Handy zu erreichen, aber es war nur der Anrufbeantworter eingeschaltet. Dann hat er hier angerufen, ich habe abgehoben, und er hat mir Jérémie gebracht. Der Anfall dauerte nicht lange, aber Jérémie konnte nicht mehr mit dem Bus fahren.«

Ich habe vergessen, mein Handy wieder einzuschalten, nachdem ich die Abtei verlassen habe. Es tut mir leid, daß Jérémie den Ausflug nicht mitmachen konnte. Allerdings sieht er nicht sehr traurig aus.

»Es ist erst der erste Anfall seit neulich in der Schule, Mama. Wir können immer noch in den Herbstferien durch den Tunnel nach England fahren. Der Arzt hat gesagt, daß es bei weniger als drei Anfällen in Ordnung sei.«

»Es tut mir leid, daß ich nicht da war. Ich bin nicht sofort nach Hause gefahren. Ich habe noch etwas erledigt«, sage ich.

»Wir auch«, kontert Jérémie mit Blick auf Félix.

»Er war total enttäuscht, daß er den Ausflug mit seinen

Schulfreunden nicht mitmachen konnte, und daher habe ich beschlossen, ihn zu entschädigen. Wir sind nach Belz gefahren«, fährt Félix fort.

Sie schauen mich mit Verschwörermiene an.

»Was habt ihr ausgeheckt?« frage ich mißtrauisch.

»Wir haben diesen Tag sinnvoll genutzt«, erwidert Félix.

»Das war supercool!« schließt sich Jérémie an.

Ich bin auf alles gefaßt. Félix knöpft langsam sein Hemd auf. Er läßt sich viel Zeit. Es ist wie im Fernsehen auf diesen Parties, auf denen Frauen in einem gewissen Alter Geldscheine in die Slips junger, schöner Jünglinge stecken.

»Ist das jugendfrei?« frage ich verblüfft.

»Etwas Besseres hast du noch nicht gesehen. Warte!« antwortet Jérémie und zieht mich am Ärmel.

Félix läßt mit unbeweglicher Miene sein Hemd über seine Schultern zu Boden gleiten. Seine mageren Muskeln bilden nicht gerade den Waschbrettbauch, bei dessen Anblick die Mädchen ins Schwärmen geraten. Er ist nicht behaart und nicht sexy, sehr rührend eigentlich. Ich bin wohl nicht im richtigen Alter, als daß ich mich für einen neunzehnjährigen Jugendlichen begeistern könnte. Ich liebe kräftige Schultern, schlechtrasierte Gesichter, Piraten und keine Studenten.

»Und jetzt?« frage ich.

»Die Vorstellung beginnt!«

Félix dreht sich abrupt um, und ich schreie erstaunt auf. Eine frische Tätowierung ziert seine linke Schulter. Ein gelb-rot-blauer Leuchtturm mit lebenslanger Garantie. Er hat sie sich machen lassen, dieser Idiot.

»Du bist total verrückt!«

»Man sagt nicht mehr verrückt, sondern durchgeknallt«, verbessert mich Félix.

»Schön, was?« sagt Jérémie.

Ich muß mehrmals schlucken und werde plötzlich ganz blaß. Ich traue meinen Augen nicht. Jérémie ahmt Félix nun nach, wackelt mit dem Hintern, zieht seinen Pullover, dann sein Polohemd aus und fängt an zu tanzen. Er schwingt wie Michael Jackson seine Hüften und läßt seine Hand wie dieser ganz nebenbei über des Mannes besten Freund gleiten.

»Jérémie, nun sag bloß nicht …«

Auch das Polohemd gleitet zu Boden. Jérémie dreht mir den Rücken zu. Als ich auf der weißen Haut seiner linken Schulter einen scheußlichen, schwarzen Totenkopf sehe, raste ich aus.

»Ihr seid ja total übergeschnappt. Jérémie, hast du den Verstand verloren?«

»Reg dich nicht auf. Dein Vater hat es doch auch gemacht«, erwidert Jérémie.

»Aber er war dreißig Jahre alt und nicht zehn, und zu seiner Zeit war von Aids noch keine Rede. Du warst für ihn verantwortlich, Félix. Ich habe dir vertraut. Wie heißt der Dreckskerl, der ein minderjähriges Kind tätowiert? Der wird was von mir zu hören kriegen. Waren seine Nadeln wenigstens steril? Ich werde Dr. Marcié anrufen, damit er euch Antibiotika verschreibt.«

Ich bin vollkommen außer mir und fange an zu stottern. Und die beiden Dummköpfe fangen plötzlich an zu lachen wie die Irren.

»Ihr seid euch wohl nicht darüber im klaren, was ihr gemacht habt: Es ist in eure Haut geritzt.«

Ich könnte mich schwarz ärgern. Ich hätte nach dem Besuch der Abtei wie die anderen Mütter sofort nach Hause fahren müssen, anstatt die vier Elemente zu beschwören.

Ich denke an Fabien, den Tätowierer, der Hugues im Sommer 1977 tätowiert hat.

»Wie sieht dieser unverantwortliche Schwachkopf aus, der von euch Geld genommen hat? Denn außerdem ist das natürlich auch noch teuer. Trägt er einen Ohrring? Kennt ihr seinen Namen?«

»Er ähnelt einer hübschen jungen Frau mit langen Haaren und einer traumhaften Karosserie«, sagt Félix, der nicht im geringsten verlegen ist.

»Sie hat mich Häschen genannt!« schwärmt Jérémie.

»Ich werde aus ihrem Häschen Hackfleisch machen. War es dort sauber? Hat sie wenigstens eure Haut desinfiziert?«

»Vierzehn Tage«, stößt Félix lachend hervor.

»Wie bitte?«

»Es hält vierzehn Tage. Das sind nur auf die Haut gemalte Farben. Es gibt keine Einstiche, nichts. Es sind unechte Tätowierungen!«

»Da haben wir dich ja schön hereingelegt«, fügt Jérémie hinzu, und plustert sich auf, um seinen schrecklichen Totenkopf zum Leben zu erwecken. »Ich bin Schwarzbart. Entern, Matrosen!«

Ich strecke meine zitternde Hand zur Schulter meines Sohnes aus und streichele über den Totenkopf. Seine Haut ist weich und hat nicht einen Kratzer. Sie sagen die Wahrheit. Ich hole tief Luft.

»Ihr seid zwei schreckliche Lügner«, stoße ich beleidigt hervor. »Ich hätte fast eine Herzattacke bekommen.«

»Du bist noch jung und hast ein starkes Herz. Und wir haben alle Folgen der *Notaufnahme* im Fernsehen gesehen. Wir hätten dich problemlos reanimiert.«

Ich denke wieder an die beiden Tassen, die vorhin in der Spüle standen.

»Und darum stand eine Kaffeetasse UND eine Kakaoschale in der Spüle? Weil Jérémie zurückgekommen ist?«

»Was glaubtest du denn? Daß ich beides getrunken habe?« fragt Félix.

Sie fangen wieder an zu lachen und hören noch nicht einmal auf, als das Telefon klingelt. Es ist Dr. Marcié, der Kinderarzt.

»Ich danke Ihnen«, sage ich. »Félix hat mir eben alles erzählt.«

»Ich habe die Antwort der Ärztekammer bekommen. Sie haben sich beeilt.«

»Und?«

Das Bild bleibt stehen. Das Zimmer verschwimmt vor meinen Augen. Ich höre das Lachen von Félix und Jérémie nicht mehr. Nur Marciés Worte erreichen mich.

»Es gibt eine ganze Menge von Ärzten namens Le Coz, aber keinen, der Étienne heißt.«

Ich bedanke mich und lege auf. Alles, was Dr. Étienne Le Coz nun ausübt, ist sein Talent als Hüttenbauer in Form von Leuchttürmen. Und so eine Neuigkeit muß begossen werden.

»Hast du schon einmal bretonischen Whisky getrunken?« frage ich Félix.

Er schaut mich an und hält es für einen Scherz – aber nein. Wie in Schottland und Irland gehört das zum Standard. Ich hole zwei Gläser und meinen Whisky aus 100 % reinem Korn, der in Rennes hergestellt wurde.

»Seitdem ich dich kenne, trinke ich nur noch«, sagt Félix.

»Was man nicht alles von einer großen Schwester lernen kann«, sage ich.

Jérémie steht noch immer mit nacktem Oberkörper da. Er verdreht den Hals, um sein Tattoo im Spiegel in der Diele zu bewundern.

Étel, vor der Bank, am selben Tag, 15 Uhr

Jeder steht auf seinem Posten: der BMW, der Portier am Eingang und Guys scheußliche Krawatte, diese Art Krawatte, bei deren Anblick man sich fragt, warum man sie herstellt und wer es wagt, sie zu tragen. Ich schaue sie fasziniert an. Guy lockert gedankenverloren den Knoten.

»Mab, weiß deine Mutter, daß du hier bist?«

Er sollte sich mal etwas Neues einfallen lassen.

»Er ist auf Sansibar«, eröffne ich ihm.

»Wie bitte?«

»Mein Vater, Hugues Le Coz, dein Jugendfreund, von dem du zuerst behauptet hast, er würde den Fischen als Futter dienen, und dann, er sei verschwunden ... Erinnerst du dich? Er ist auf Sansibar, Tansania!«

Guy wird blaß.

»Bist du sicher?«

»Ich wette meinen Kopf, und ich habe nur einen. Ich fahre mit Félix hin.«

Ich berichte ihm von meinem Essen mit Pierre Hermès, allerdings in einer zensierten Fassung. Er macht sich Notizen und verspricht, sich zu erkundigen. Er hat beruflich mit Geschäftsleuten dort zu tun.

»Es besteht jede Möglichkeit, daß dieser Habari Hugues ist«, sage ich. »Du solltest Jane vielleicht darauf vorbereiten.«

Ich habe immer geglaubt, daß Guy meine Mutter aufrichtig liebt. Er kann nichts dafür, daß er Krawatten trägt, bei deren Anblick einem speiübel wird, und daß er fürchterlichen Mundgeruch hat. Er hat ein großes Herz. Er liebt Knoblauch und läßt seine Nachbarn daran teilhaben. Ich mag auch Knoblauch im Essen, aber nicht in der Luft, die ich einatme. Es ist auch nicht seine Schuld, wenn er nicht so braungebrannt und so hübsch wie Hugues ist. Er ist wenigstens geblieben und hat sich um Jane gekümmert. Er war immer da, wenn ich ihn brauchte, und das kann man von dem werten Dr. Le Coz nicht gerade behaupten.

»Wir sollten damit warten. Es würde sie sehr erschüttern«, sagt Guy. »Weiß sie, daß du dorthin fährst?«

»Woher denn? Wir reden doch nicht mehr miteinander.«

Guy seufzt und setzt sein Gesicht des lieben Stiefvaters auf, der die Sache wieder in Ordnung bringen wird. Er sieht seit einiger Zeit schlecht aus. Er trinkt zuviel, ernährt sich ungesund, raucht wie ein Schlot, ist süchtig nach Kaffee und regt sich in der Bank auf. Er ist der perfekte Kandidat für einen Herzinfarkt.

»Du solltest dich schonen. Hast du mal gesehen, wie du aussiehst?«

»Ich habe Sorgen in der Bank.«

Ich frage nicht weiter. Ich verzeihe ihm nicht, uns belogen zu haben. Ich spreche nicht mehr mit Jane, aber sie ist immerhin meine Mutter. Es belastet uns, wenn wir uns streiten, aber sie hat mich nie belogen.

»Ich würde mich gern an der Reise beteiligen«, sagt Guy.

Ich hole tief Luft. Er hat uns schon genug Leid angetan.

»Félix und ich brauchen niemanden«, sage ich deutlich.

»Natürlich. Ich meine, finanziell beteiligen ...«

»Hältst du mich für ein Kind. Ich habe einen Beruf, und ich verdiene meinen Lebensunterhalt. Ich brauche keine Almosen.«

»Ich weiß, aber du erziehst deinen Sohn allein. Das ist eine unerwartete Ausgabe. Du bist mein Patenkind ...«

»Du willst mir zwar dabei helfen, meinen Vater zu suchen, aber nicht dabei, deiner Frau ihre Hälfte des Leuchtturms abzukaufen, nicht wahr?« frage ich verbittert.

»Es handelt sich dabei nicht um die gleiche Geldsumme, Mab!«

Ich hätte nicht herkommen sollen. Also gehe ich.

Auf der anderen Seite des Platzes schwankt das Werbeschild des *Englischen Antiquitätenladens* im Wind. Der Laden wird mit modernen, superschmalen Radiatoren beheizt und mit Neonlicht beleuchtet. Um an den Strand zu gehen oder Einkäufe zu machen, muß man gezwungenermaßen hier vorbei. Ich sehe Janes Gestalt durch die Scheibe.

Anschließend gehe ich zu Dr. Marcié. Jérémie hat heute morgen vielleicht allergisch auf die Sitzbezüge im Bus reagiert, aber er hat auch große Lust nach Sansibar zu fliegen, und ich habe Angst, die Reise ohne ihn zu planen.

»Schlagen Sie ihm denselben Handel vor, den ich mit ihm mache«, rät mir Dr. Marcié. »Heute hatte er einen Asthmaanfall. Sagen Sie ihm, daß er Sie begleiten darf, wenn er weniger als zwei Anfälle bis zur Abreise hat.«

»Sie schlagen mir vor, daß er die Schule schwänzen soll?«

»Natürlich nicht! Warten Sie bis zu den Herbstferien Ende des Monats und tauschen Sie den Tunnel unter dem Ärmelkanal gegen das Flugzeug nach Sansibar.«

Paris, Botschaft von Tansania, Freitag, 10. Oktober

Heute ist der Traum Wirklichkeit geworden, und er heißt: Flugtickets, Visa, Reisepässe und Impfungen. Nachdem ich zuerst gezögert habe, folge ich dem Vorschlag von Dr. Marcié, obwohl die Therapie recht teuer ist. Ich bezweifele, daß die Kranken- und Sozialversicherung, selbst wenn sie an die Autorenversicherung angeschlossen ist, mir den Hin- und Rückflug nach Sansibar erstattet, um herauszufinden, warum mein Sohn an Asthma leidet.

Félix und ich steigen zusammen die Stufen der Botschaft hinauf. Eine Tansanierin empfängt uns mit einem strahlenden Lächeln. Hinter ihr hängt ein Plakat, auf dem Männer in einem schmalen Boot stehen, die auf das türkisfarbene Meer hinausrudern. Unsere Reisepässe sind gültig. Ich habe eine Bestätigung der Reiseagentur und zwei Fotos pro Person bei mir. Der Fragebogen für die Visa fragt nach dem Grund der Reise: Vergnügungs- oder Geschäftsreise. Es ist kein Kästchen für die Jagd nach einem Vater vorgesehen; dafür gibt es keine Genehmigung. Wir fallen aus der Norm heraus. Ich kreuze Vergnügungsreise an und lächele der Tansanierin zu. Schriebe ich die Wahrheit, würde sie mich für verrückt halten.

Als ich, in meine Gedanken vertieft, die Treppe wieder hinuntersteige, stoße ich mit einem Mann zusammen, der die Treppe heraufkommt.

»Entschuldigung!«

»Mab!«

Ich hebe den Kopf. Das ist Pierre Hermès, und schon wieder ganz in Schwarz gekleidet.

»Die Welt ist klein«, sagt er. »Ich will mir ein Visum für Sansibar besorgen. Der Mann einer Freundin ist gestorben.«

»Wir fliegen in zwei Wochen«, sage ich.

Hermès schaut Félix erstaunt an.

»Dieser bartlose junge Mann ist doch wohl nicht Jérémies Vater?«

Félix öffnet den Mund, um zu antworten, aber ich bin schneller.

»Er ist zufällig mein Bruder, aber mir gefällt sein Stil.«

»Mein Stil sind eher dunkelhaarige Frauen mit hellen Augen«, fährt Hermès fort. »Sie erfüllen diese drei Bedingungen, aber ich glaube verstanden zu haben, daß ich keinerlei Chance habe.«

Es ist mir unangenehm, daß Félix zuhört. Ich erwidere:

»Auf jeden Fall haben Sie schon jemanden für die Rolle, nicht wahr?«

»Trinken wir einen Kaffee zusammen?« schlägt er vor, ohne auf meine Frage zu antworten. »Direkt gegenüber ist ein Café. Gehen Sie schon vor. Ich beeile mich und komme sofort nach.«

Félix schmollt. Sein Kaffee wird kalt. Wir warten schon eine Viertelstunde auf Pierre Hermès, und ich habe die Nase voll, mich zu rechtfertigen.

»Ich kann nichts dafür. Ich schwöre«, sage ich.

»Die Welt ist klein«, wiederholt Félix Hermès' Worte. »Und du glaubst, daß ich das schlucke?«

»Willst du mir eine Eifersuchtsszene machen?«

Auf der anderen Straßenseite fällt die Tür der Botschaft ins Schloß. Da es nur ein paar Schritte sind, steht Pierre Hermès im nächsten Moment mit einem Lächeln auf den Lippen vor uns.

»Ich fahre am selben Tag wie Sie. Wir werden zusammen fliegen. Meine Freundin führt ein Hotel in der Altstadt. Ich werde sie bitten, zwei Zimmer für Sie zu reservieren: eins für Ihren Bruder und eins für Sie und Ihren Sohn. Ist das okay?«

»Wir können uns allein darum kümmern«, erwidert Félix.

Hermès schaut ihn erstaunt an.

»Hör mal zu, mein Junge. Markier hier nicht den großen Mann. Deine Schwester ist alt genug. Sie kommt auch gut ohne dich zurecht, und alles, was wir geteilt haben, sind Sardinen und Sancerre. Noch nicht einmal die Rechnung. Mich rufen persönliche Gründe nach Sansibar. Ich habe Habari viel zu verdanken, und ich habe Lust, Ihnen zu helfen. Ohne mich haben Sie keine Chance, ihn zu finden.«

»Wir wollen aber allein reisen«, sagt Félix dickköpfig.

»Also schön! Ich werde mich ans andere Ende des Flugzeugs setzen. Wir tun so, als würden wir uns nicht kennen. Ich klebe mir einen falschen Schnurrbart an.«

»Pierre hat recht. Ohne ihn kommen wir nirgends an, und es ist eine gute Idee, uns Hotelzimmer zu reservieren«, sage ich. »Aber ich kann Félix verstehen. Habari ist vielleicht unser Vater.«

»Ich werde Sie bis zu seinem Dorf begleiten, aber anschließend habe ich andere Dinge zu tun«, sagt Pierre Hermès.

Seine Augen strahlen; seine schwarze Kleidung sieht festlich aus; sein Haar glänzt vor Vergnügen; seine Lippen sind geschürzt; er lächelt übers ganze Gesicht. Wenn er tatsächlich nach Sansibar fliegt, um dort eine Freundin zu treffen, deren Mann gestorben ist, wird er sicher nicht an seinem Grab weinen.

»Darf ich den Kaffee bezahlen, oder nimmt mir das der kleine Bruder übel?« fragt Hermès.

Félix zuckt die Schultern. Das kann ja heiter werden!

»Sie haben mir nicht gesagt, daß Sie so schnell wieder nach Sansibar fliegen wollen.«

»Gino de Santis, der Mann meiner Freundin, hatte nicht vor, einen Herzinfarkt zu bekommen und mit fünfzig Jahren daran zu sterben.«

»Ich lache mich tot«, brummt Félix.

»Wäre es nicht besser, uns gegenseitig zu helfen, als uns zu zanken?« frage ich.

»Wenn sich alle Jungen der Welt die Hand reichen, stecken sie sich nur mit ihren Warzen an«, meckert Félix.

Hermès steht auf.

»Ich verabschiede mich. Haben Sie sich um die Impfungen gekümmert?«

»In zwei Runden, weil sie sich nicht alle miteinander vertragen, aber beim Abflug werden wir alle Impfungen haben.«

»Entzückt, Sie kennengelernt zu haben«, sagt Pierre zu Félix.

Er umarmt mich, überquert die Straße und steigt auf seine dicke BMW.

»Du lehnst Guys Anwesenheit und Geld mit der Begründung ab, daß wir allein fliegen wollen, weil es unsere Geschichte ist, aber du akzeptierst, daß dieser Dummkopf, der wie ein Sargträger aussieht, mit uns fliegt«, spottet Félix. »Natürlich, er fährt ja eine BMW.«

»Er liebt die Geschwindigkeit. Er ist Pilot«, sage ich.

»Hoffentlich stellt er sich nicht so ungeschickt an, wenn es darum geht, Habari zu finden«, erwidert Félix.

Ein Kreiskrankenhaus in der Normandie
Mittwoch, 15. Oktober

Félix hat per Internet noch einmal Kontakt zu Christine Maunier aufgenommen. Sie war Krankenschwester auf derselben Station wie Étienne von Oktober 1977 bis Februar 1978. Wir wollen zusammen hinfahren. Ich parke auf dem Parkplatz des Krankenhauses, hinter dem sie wohnt. Das Krankenhaus sieht aus wie ein stalinistischer Bau: schmucklos, bombastisch und kahl. Das beleuchtete Neonschild ist trotz des Nebels zu erkennen: »NOAUFNAHME« – das T ist erloschen.

Der Geruch, der uns in die Nase steigt, erinnert mich an den Tag, als Jérémie am Blinddarm operiert wurde, oder an jenen, als er seinen ersten Asthmaanfall hatte und ich kopflos in die Notaufnahme rannte, und lange vor dieser Zeit, als Hugues mich in das Krankenzimmer schob, in dem Jane soeben erfahren hatte, daß sie keinen Andrew bekommen würde.

Der Nebel ist so dicht, daß wir die Hände ausstrecken, um uns nicht zu stoßen, während wir um das moderne Gebäude herumgehen. Christine öffnet uns die Tür ihres kleinen Fachwerkhauses. Im Kamin brennt ein Feuer. Davor liegt ein grau-weißer, wolliger Bobtail, der den Kopf hebt, als er uns sieht.

»Ja, Bobo, du bist schön! Das sind Freunde! Sie können ihn streicheln. Das mag er, aber berühren Sie seine Ohren nicht.«

Wir entdecken unter den Fellfransen zwei Augen mit

zärtlichem Blick. Der Schwanz am anderen Ende des Körpers wedelt erfreut. Als ich mich auf die Couch setze, hebt Bobo mit seiner Nase meine Hand hoch, damit ich ihn streichele. Genau wie Mortimer früher.

»Danke, daß wir kommen durften«, sagt Félix. »Sie haben Étienne Le Coz also gekannt?«

»Natürlich!« antwortet Christine. Sie gießt uns Kaffee in hübsche Prozellanbecher. »Ich erinnere mich sehr gut an ihn. Wir haben zusammen gearbeitet. Gerade hatte er einige Freunde hier gefunden, aber als er zu diesem Ärztekongreß fuhr, verschwand er plötzlich. Seine Frau war schwanger ...«

»Mit mir«, sagt Félix.

»Sind Sie sein Sohn? Sie ähneln ihm.«

»Meine Mutter hat nie verstanden, warum er verschwunden ist«, fährt Félix fort. »Ich dachte, Sie wissen vielleicht mehr.«

»Niemand hat es verstanden. Er war ein warmherziger Mann, und die Patienten liebten ihn. Nachdem er verschwunden war, kursierten die verrücktesten Gerüchte. Ich hatte so meine eigenen Vorstellungen. Wir haben viele Nachtwachen zusammen gemacht. Das läuft immer gleich ab. Man ist müde und spricht offen über sein Leben, weil man über den Dienst hinaus keinen Kontakt hat. Es ist so eine Art Monolog vor einem Zeugen ...«

Im Kamin knistert ein Holzscheit und bricht inmitten eines Funkenregens zusammen. Bobo zuckt zurück. Christine steht auf, um Holz nachzulegen. Félix und ich halten den Atem an. Vielleicht werden wir endlich mehr erfahren.

»Ich weiß nicht, ob ich es Ihnen sagen darf«, zögert Christine.

»Bitte!« flehe ich sie an. Ich schalte mich zum erstenmal in das Gespräch ein.

Sie fragt nicht, wer ich bin. Ich sehe sicher vertrauenerweckend aus.

»Er war verrückt nach Ihrer Mutter«, sagt Christine zu Félix, »und er wartete ungeduldig auf das Baby. Aber es gab da noch jemanden …«

Félix sperrt wie ein Dummkopf den Mund auf. Ich reiße die Augen auf. Wir sind Kinder einer Kreuzung aus Blaubart und Casanova. Ist er weggegangen, um woanders eine dritte Familie zu gründen?

»Wollen Sie damit sagen, daß er meine Mutter betrogen hat und mit einer anderen Frau abgehauen ist?« fragt Félix mit erstickter Stimme.

Christine fängt lauthals an zu lachen.

»Nein, keineswegs! Wenn ich sage, daß es da noch jemanden gab, so meine ich die kleine Tochter, die er mit seiner ersten Frau hatte. Er sprach oft von ihr. Sie fehlte ihm, und er schrieb ihr während der Nachtwachen.«

»Er machte was?«

Christine schaut mich erstaunt an, weil meine Reaktion so heftig ist.

»Er schrieb ihr. Soviel ich weiß, lebte sie bei ihrer Mutter. Er wollte sie mitnehmen, aber das war nicht möglich. Und er hatte vor, sie in die Normandie kommen zu lassen. Nachdem er verschwunden war, dachte ich, daß er sie geholt habe und sie eines Tages zurückbringen werde.«

Christine hat uns alles gesagt, was sie weiß. Eine hartnäckige Migräne tobt in meinem Kopf. Félix und ich sind die Sprößlinge von *Doctor Jekyll und Mr. Hyde*. Innerhalb eines Monats ist Dr. Hugues Le Coz, der treue Ehemann und fürsorgliche Vater, von den Toten auferstanden, um zuerst ein Betrüger zu werden, dann ein untreuer Ehemann und Vater eines unehelichen Kindes, das er ebenfalls im Stich gelassen hat, dann ein von der Polizei gesuchter Mörder, der sich in den guten Dr. Étienne Le Coz verwandelt, der seine ganze Brut unter seinen Fittichen vereinen will.

Die Rückfahrt verläuft schweigend. Nur die Filmmusik aus dem *Englischen Patienten* dringt aus dem CD-Player. Félix' Gesicht ist verschlossen. Ich fühle mich besser, weil ich weiß, daß Hugues mich nicht vergessen hatte. Aber wie wollte er mich denn zu sich kommen lassen, wo er doch für tot gehalten wurde? Und warum hat er den Plan nicht ausgeführt? Jane hätte doch gejubelt, wenn er mich mitgenommen hätte. Dann wäre sie mich los gewesen.

»Warum hat er dich nicht zu sich geholt?« fragt Félix plötzlich, nachdem er die Musik leiser gestellt hat.

Ich starre ohne aufzublicken auf die nasse Straße.

»Das ist genau die Frage«, antworte ich. »Er hat zu Christine gesagt, daß er es tun wolle, aber er hat seine Meinung geändert. Warum?«

»Eine Flutwelle? Ein Wirbelsturm? Ein Erdbeben? Die spanische Grippe? Die Beulenpest? Rasende Zahnschmerzen?«

»Ich meine das ernst!«

»Er fand die Idee, einen Sohn zu bekommen, so toll, daß er dich vergessen hat.«

»Sicher, und darum ist er auch abgehauen!«

Ich habe das in scherzhaftem Ton gesagt, aber die Atmosphäre ist gespannt. Wir haben zwanzig Jahre nachzuholen, um die ganze Palette der Gefühle zwischen Bruder und Schwester zu durchlaufen, und manchmal gerät das halt etwas außer Kontrolle.

»Ich habe eine Idee«, sagt Félix. »Er ist nicht gekommen, weil ihn jemand daran gehindert hat.«

»Das bringt uns wirklich weiter. Nein, ehrlich, bravo.«

»Warte mal. Ich überlege. Er hat mit Louise ein Verhältnis; er will Jane verlassen, und er liebt dich. Kannst du mir folgen? Gut. Aber Raoul Maurice ist getötet worden, und Hugues wird verdächtigt, entweder zu Recht oder zu Unrecht. Einverstanden? Er muß verschwinden, damit er nicht ins Gefängnis kommt. Er ändert seinen Namen, zieht um, findet eine Arbeit, läßt meine Mutter nachkommen, wartet auf meine Geburt und will dich nachholen. Bis hierhin ist alles logisch. Wenn er seine Pläne nicht alle realisieren konnte, dann nur darum, weil ihm jemand Knüppel zwischen die Beine geworfen hat. Zum Beispiel die wahren Mörder von Raoul Maurice. Vielleicht hat er sie sogar gesehen und hat aufgrund des Berufsgeheimnisses nichts gesagt.«

Félix' Augen strahlen vor Erregung.

»Das Berufsgeheimnis betrifft nur Krankheiten und keine Verbrechen. Du verwechselst das mit dem Beichtgeheimnis.«

»Hast du eine bessere Idee, Frau Drehbuchautorin?«

Ich muß zugeben: nein. Meine Phantasie ist heute abend keinen Pfifferling wert. Mir fällt nichts ein. Ein Satz von Christine geht mir durch den Kopf: »Er schrieb ihr während der Nachtwachen.« Bis heute dachte ich in meiner Unkenntnis des Jenseits, Tote würden nicht schreiben.

Der kleine Geländewagen legt Kilometer um Kilometer zurück. Die Straße zieht wie ein Transparent hinter der Windschutzscheibe vorbei. Es sieht fast so aus wie im Kino, wenn die Techniker an einem Wagen rütteln, um die Illusion zu erzeugen, er bewege sich. »Willst du wirklich, daß dieser Hermès uns nach Sansibar begleitet?« fragt Félix.

Ich überlege und wäge meine Antwort genau ab.

»Ich finde, daß es eine gute Idee ist. Er wird uns nicht stören. Er kennt das Land und weiß, wo das Dorf liegt.«

»Und er ist ein richtiger Mann und kein bartloses Kind, nicht wahr? Bei ihm wirst du dich genauso geborgen fühlen wie bei deinem Ehemann?«

»Pierre Hermès interessiert sich nicht für mich. Er hat mich nur so zum Spaß angebaggert. Das ist chronisch bei ihm. Ich habe ihm nie gesagt, ich sei verheiratet. Er glaubt es, weil ich über Jérémie gesprochen habe, und ich habe ihn in dem Glauben gelassen. Auf jeden Fall trägt er ein silbernes Dunhill-Feuerzeug in seinem Herzen.«

»Ein was?«

»Ach, vergiß es. Er hat keine Lust, allein zu reisen, und er wird uns nützlich sein. Wichtig ist nur, Habari zu finden, oder?«

Félix wühlt in seiner Jackentasche, zieht ein zusammengefaltetes Blatt Papier heraus und reicht es mir, während ich mit einhundertdreißig über die Autobahn rase.

»Lies mal!«

»Ich habe nur zwei Augen, und die sind im Moment beschäftigt. Was ist das?«

»Ein Formular, das mir das Verkehrsministerium zugeschickt hat.«

»Ich bin begeistert«, sage ich, »und wo willst du hin?«

Ein Straßenschild kündigt an, daß gleich eine Mautstelle kommt. Ich fahre langsamer.

»Es sind Unterlagen, in denen die Einstellungsbedingungen des Verkehrsministeriums erläutert werden. Außerdem enthält es die voraussichtlichen Daten der externen Zulassungsverfahren fürs nächste Jahr für die Bewerber bei den Wasser- und Schiffahrtsämtern und ein Anmeldeformular.«

»Kannst du mir bitte meine Brieftasche geben?« unterbreche ich ihn.

Ich halte vor dem Häuschen an, grüße die Kassiererin und bezahle. Die Schranke öffnet sich, und wir fahren weiter.

»Man kann sich bis zum 10. Juli für die Prüfung am 23. September anmelden. Da habe ich noch jede Menge Zeit, nicht wahr?«

»Um was geht es denn genau, Félix? Welche Prüfung?«

Ein roter Ferrari überholt uns auf der rechten Spur mit

mehr als zweihundert Stundenkilometern. Ich habe noch nie gesehen, daß die Polizei einen Ferrari anhält.

»Ich habe mich entschieden«, sagt Félix. »Ich werde Mitarbeiter des Wasser- und Schiffahrtsamtes, und der arme Gérard wird eine Herzattacke bekommen.«

»Ist das der neue Name für Leuchtturmwärter?«

»Ja, Madame! Ich bin noch keine fünfundvierzig Jahre alt und habe das Abitur. Also kann ich teilnehmen. Es gibt drei schriftliche Aufnahmeprüfungen, und es folgt eine mündliche, wenn man die schriftlichen bestanden hat. Das müßte zu schaffen sein. Eine Textzusammenfassung mit Kommentar, Notengewichtung 4, drei Stunden. Angewandte Mathematik, Notengewichtung 3, zwei Stunden. Die Fachprüfung macht mich etwas nervös. In der Sparte ›Leuchttürme und automatisierte Signalanlagen‹ muß eine ›technische Aufgabenstellung im Bereich automatisierter Systeme‹ bearbeitet werden, Notengewichtung 6, fünf Stunden. In der Mündlichen werde ich mich schon aus der Affäre ziehen. Bei einer schriftlichen Teilprüfung kann man sich das Gebiet aussuchen. Die wird mich herausreißen, da ich Informatik nehmen werde, 1 Stunde, Notengewichtung 1.«

»Aber du wirst dir auf der Straße kein Schild mit ›Dr. Félix Le Coz‹ anschrauben, und du wirst dem armen Gérard keine Patienten schicken!«

»Genau, so schlage ich zwei Fliegen mit einer Klappe. Erstens verwirkliche ich meinen Traum, und zweitens werde ich diesen Dummkopf auf die Palme bringen.«

Wir fangen an zu lachen. Die Spannung hat sich aufgelöst. Zwischen uns gibt es nur noch Zärtlichkeit. Macht das vielleicht eine Familie aus?

Reisevorbereitungen, Montag, 20. Oktober, 17 Uhr

Wir sind alle vorschriftsmäßig geimpft, und keiner von uns hat allergisch reagiert. Nun können wir fliegen. Ich habe Jérémies Medikamente gegen Asthma in den Koffer gepackt und eine Zusatzversicherung für Reisen außerhalb Europas abgeschlossen. Jérémie wird allein entscheiden, welche Kleidungsstücke er mitnimmt. Ich sage meine Meinung zu der Zusammenstellung der Farben, aber das ist alles. Ich lehre ihn Aufrichtigkeit, Höflichkeit, Humor, Zärtlichkeit und Zufriedenheit. Bei den anderen Dingen habe ich so meine Probleme. Er liebt Jeans, weite Hemden und verkehrt herum aufgesetzte Baseballkappen. Er kennt Jazz und Bach, zieht aber Rap und Michael Jackson vor. Er sieht, daß ich stapelweise Bücher lese, aber er schlägt nur Comics auf. Ich zeige ihm eine CD-ROM über die größten Museen der Welt, aber er interessiert sich nur für Videospiele.

Es ist mir egal, ob er Chirurg, Beamter, Generaldirektor oder Abgeordneter wird. Ich will, daß er seine Träume umsetzt, ob nun in Frankreich, in einem römischen Palast oder auf einer argentinischen Hazienda. Das bin ich ihm schuldig, weil ich es nicht geschafft habe, ihm einen Vater zu schenken und Bronchien, die funktionieren.

Félix ist in das *Café de la Barre* in Plouhinec gegangen. Er hat sein Saxophon mitgenommen. Ich brauche also so schnell nicht mit ihm zu rechnen.

»Féliiiix! Féliiiix!«

Draußen ruft jemand. Ich öffne erstaunt die Küchentür. Es ist ein Mann um die Fünfzig, kahlköpfig und rundlich, der aus einem dicken Mercedes mit Pariser Nummernschild aussteigt.

»Guten Tag. Kann ich Ihnen helfen?« frage ich freundlich.

»Ich suche Félix Belange«, antwortet der Mann ohne zu lächeln.

»Er ist nicht da …«

Er schaut mich lange mit seinen kleinen Schweinsäuglein an.

»So habe ich Sie mir nicht vorgestellt!«

»Ich Sie mir schon!«

»Wissen Sie, wer ich bin?«

Ich kann wohl schlecht antworten: »der arme Gérard«.

»Ich nehme an sein Stiefvater.«

»Bingo! Ich bin auch derjenige, der ihn ernährt und ihm sein Taschengeld gibt, damit er sich auf sein Examen vorbereitet, und nicht, damit er es in einem gottverlassenen Nest mit einer …‹

»Was?«

»… Frau in Ihrem Alter treibt. Bezahlen Sie ihn dafür?«

Ich nehme jede Kleinigkeit des armen Gérard unter die Lupe, um sie in einem Drehbuch zu verarbeiten: das breite Armband, die Strähne, die er über den Kopf kämmt, um seine Kahlköpfigkeit zu verdecken, und die der Wind zur Seite weht, den Schnurrbart und die Stiefel mit Ferseneinlage. Louise muß ganz schön aufgeschmissen gewesen sein, als sie ihn geheiratet hat.

»Ich bin gekommen, um ihn zur Vernunft zu bringen«, fährt Gérard fort.

»Zur Vernunft oder nach Hause?«

»Seine Mutter macht sich Sorgen um ihn. Ich habe Ihre Adresse mit Hilfe der Telefonnummer herausgefunden, die Félix ihr gegeben hat.«

Das Rauschen des Windes zwingt uns zu schreien, aber es kommt überhaupt nicht in Frage, daß dieser Gartenzwerg einen Fuß in meinen Leuchtturm setzt.

»Sie wissen, daß er volljährig ist?« sage ich.

»Aber er verdient noch kein Geld. Wollen Sie ihn aushalten? Nur zu! Er wird Sie in einigen Jahren verlassen, weil er sich eine Jüngere nimmt.«

Langsam geht mir dieser dicke Typ, der wie eine Speckschwarte glänzt, wirklich auf die Nerven.

»Sind Sie von der Frage des Alters besessen?«

»Sie lenken ihn von seinem Studium ab. Er war immer gewissenhaft und fleißig. Ich weiß nicht, was Sie mit ihm gemacht haben.«

Ich habe Lust zu lachen, aber ich halte mich zurück. Beim letzten Satz hat er einen anderen Ton angeschlagen, als hoffte er, ich würde ihm auf der Stelle zeigen, was ich mit seinem Stiefsohn gemacht habe. Einige Worte würden genügen, um die Wahrheit wiederherzustellen, aber ich spreche sie nicht aus.

»Er ist erst neunzehn Jahre alt«, sagt der arme Gérard.

Ich bin eine große, böse Frau, die einen jungen, schwachen Mann, der sich nicht wehren kann, verführt hat. Oh, wie gemein!

»Ich habe mich mit seiner Mutter gestritten. Ich muß ihn unbedingt nach Hause bringen«, fährt er fort. »Meinetwegen kann er gerne zu den Zulus fahren. Mir ist es egal, aber Louise hängt an ihm.«

Mit den Zulus liegt er nicht ganz falsch.

Jérémie taucht am Ende des Weges auf. Der Unterricht ist zu Ende. Er geht langsamer, als er den Unbekannten sieht. Der Wind trägt die Töne weiter, und die Stimme des Zahnarztes ist ziemlich durchdringend. Jérémie bleibt unentschlossen stehen.

»Félix kommt heute spät zurück«, sage ich zu dem armen Gérard. »Kommen Sie doch morgen wieder.«

»Ich gehe nicht ohne ihn«, brüllt er.

Als Jérémie ihn schreien hört, rennt er wie ein Kaninchen davon, um in der Heide zu verschwinden. Ich rufe ihn, aber seine kleine Gestalt ist schon außer Sichtweite.

»Sie haben meinen Sohn erschreckt«, sage ich wütend.

»Ihren Sohn?« stammelt Gérard verwirrt. »Aber was ist das denn für ein Haus hier?«

Jérémie, der Reißaus genommen hat, geht langsamer, weil er keine Luft mehr bekommt. Seine Brust hebt sich nur mühsam. Er ringt nach Luft. Bitte keinen Anfall jetzt, sonst kann er nicht mit nach Sansibar.

Wer ist dieser Mann? Was will er?

Jérémie setzt sich an den Straßenrand, unfähig noch einen Schritt zu gehen. Es ist nichts; es wird vergehen. Er muß nur ruhig atmen, und genau das klappt nicht. Die Luft strömt mit diesem vertrauten, beängstigenden Pfeifen aus seinen Lungen.

Weil ihn sein Asthmaanfall beschäftigt, sieht er das schwarze Motorrad nicht. Er bemerkt es erst, als es umkehrt, um vor ihm anzuhalten. Der Motorradfahrer zieht seinen Helm ab und lächelt.

»Bist du Jérémie, Mabs Sohn?«

Das Kind nickt. Er ist zu atemlos, um antworten zu können.

»Alles in Ordnung?«

»Da ist ein Kerl, der meine Mutter belästigt«, sagt Jérémie und zeigt mit dem Finger auf den Leuchtturm.

»Ist sie ganz allein? Dem werden wir gehörig die Meinung sagen. Steig auf!«

Jérémie steigt auf das Motorrad.

»Halt dich am Gepäckträger fest. Okay?«

Als Pierre Hermès vor dem Leuchtturm anhält, hilft er dem Kind, abzusteigen, und stellt die Maschine auf den Ständer. Dann steuert er auf den dicken Mercedes und den Typen zu, der hinter dem Lenkrad sitzt.

»Guten Tag! Kann ich Ihnen helfen?«

»Ich warte auf meinen Stiefsohn«, brummt der arme Gérard. »Wer sind Sie denn?«

»Ein Freund!«

»Ist das denn ein Bordell hier?« fragt Gérard erregt.

Pierres Augen blitzen.

»Was hast du da gesagt?«

»Ich verbiete Ihnen, mich zu duzen«, stottert Gérard.

»Du haust jetzt ganz schnell ab, sonst hat dein hübscher Wagen gleich ein paar Beulen. Wir sind ganz allein hier. Es gibt keine Zeugen.«

»Das können Sie nicht machen!« stottert Gérard und verriegelt die Tür. »Ich wollte meinen verrückten Stiefsohn abholen.«

»Immer schön höflich bleiben! Ich zähle bis drei: eins.«

Gérard schaltet wütend die Zündung ein.

»Zwei!«

Gérard läßt den Motor aufheulen.

»Drei!«

Gérard legt den ersten Gang ein und fährt davon. Ihm ist wirklich sehr danach, das Motorrad umzufahren, aber er hat Angst, seine eigene Karosserie zu beschädigen. Darum wartet er, bis er außer Reichweite ist, und schreit:

»Dreckskerl! Ganove!«

Pierre zuckt die Schultern, schaut dem Wagen nach, der am Ende des Weges verschwindet und klopft an die Tür des Leuchtturms.

»Hallo, Mab! Kann ich hereinkommen?«

Ich bin beruhigt, als ich seine Stimme höre. Ich verabscheue Aggressivität und Gewalt. Wenn ich mit dem, was Jérémie tut, nicht einverstanden bin, erkläre ich ihm warum. Ich schlage ihn nie und erhebe nur selten die Stimme. Gérard ist ein erregbarer, jähzorniger Sanguiniker, ein Typ, vor dem mir graut.

»Was führt Sie her?« frage ich.

»Die Michelin-Karte Nr. 63, Vannes-Angers …«

»Ich meine, was machen Sie hier«, verbessere ich mich lachend.

»Ich habe einige Tage in La Baule verbracht, um zu schreiben. Ich hatte Lust, Ihren berühmten Leuchtturm zu besichtigen, und ich bin Ihnen zu Hilfe geeilt. Ihr Sohn hat mir gesagt, daß dieser Typ Sie belästigt. Ich habe ihm ordentlich den Marsch geblasen. Jérémie atmet seltsam, nicht wahr?«

Jetzt verstehe ich, warum er sofort in sein Zimmer gegangen ist, ohne mit mir zu sprechen. Ich laufe die Treppe hinauf. Er sitzt auf seinem Bett. Der Anfall geht zu Ende.

»Mein Liebling, du hättest es mir sagen müssen.«

Pierre Hermès kommt hinter mir ins Zimmer.

»Es ist schon viel besser als vorhin«, sagt er, ohne den bösen Blick zu verstehen, den Jérémie ihm zuwirft.

»Es war nur ein ganz kleiner Anfall, Mama. Das zählt nicht.«

Er strengt sich an, normal zu atmen, und blitzt den Verräter wütend an.

»Das ist Pierre Hermès«, sage ich. »Er glaubt, er habe mich gerettet, aber ich hatte die Situation voll im Griff. Ich brauche niemanden!«

»Ich auch nicht«, brummt Jérémie.

Étel, am Hafen, Mittwoch, 22. Oktober

Jane ist ein guter Seemann. Das liegt ihr als Engländerin im Blut. Sie nimmt ihren Enkel auf der *Keryargon*, Guys Motorboot, oft mit auf See. Jérémie hatte ihr versprochen, heute mit ihr die Kajüte aufzuräumen. Ich bin zum Hafen gekommen, um ihn abzuholen, habe aber keine Lust, mich mit Soizic zu unterhalten, und kann daher nicht im Café warten. Ich sitze auf einer Bank, eingemummelt in meinen grausilbernen Anorak, von Möwen umringt, die mich sicher für einen dicken Fisch mit glänzenden Schuppen halten. Ich vertiefe mich wieder in *Madame l'Etoile*, einen Roman von Jean Bertolino, der in einem sehr stimmungs- und gefühlvollen Ton geschrieben ist.

»Mama!«

Jérémie rennt mit geröteten Wangen auf mich zu. Seine Seemannsmütze hängt tief in der Stirn.

»Wir sind fertig.«

Jane, die noch auf dem Boot ist, dreht mir demonstrativ den Rücken zu. Wir haben seit einem Monat nicht mehr miteinander gesprochen, und es fehlt mir. Wir haben uns früher, als sie ihren Laden noch neben dem Leuchtturm hatte, oft gesehen. Aber ich werde nicht den ersten Schritt machen. Sie weiß, was sie mir angetan hat, als sie mich bat, dieses Verkaufsversprechen zu unterschreiben.

Ich fahre mit Jérémie nach Hause. In drei Tagen fliegen wir nach Sansibar, und wir sind alle äußerst gereizt. Jérémie schläft schlecht, aber er kann den Schlaf in der Schule nachholen. Félix läuft durch die Heide und quält sein Saxophon, und ich funktioniere nur noch mit Aspirin.

Ich schlage zum x-tenmal meinen Reisepaß auf. Das Visum für Tansania mit dem englischen Stempel erstreckt sich über eine ganze Seite: »Botschaft von Tansania, Abteilung für Visa, Paris. Gültig für eine einzige Reise innerhalb von drei Monaten ab 25. Oktober 1997 mit Vorlage eines gültigen Reisepasses. Grund der Reise: Urlaubsreise. Aufenthaltsdauer: höchstens drei Monate.« Wir wollen eine Woche bleiben.

Noch drei Tage. Es wird surrealistisch. Ich schreibe, Jérémie wächst, der Leuchtturm ist so warm wie der Bauch eines schlafenden Welpen. Wir fühlen uns wohl hier. Ich werde diese friedliche Welt verlassen, um auf eine Insel zu fliegen, deren Name an einen Spionageroman aus den fünfziger Jahren erinnert. Pierre Hermès kennt in Paris eine Bar namens *Le Zanzi*. Ich kenne in Étel eine Verrückte, die sich auf eine Abenteuerreise begeben will. Und das ausgerechnet mit einem zehnjährigen Kind, das von Asthmaspray abhängig ist, einem Jugendlichen von neunzehn Jahren, der sich an sein Saxophon klammert, und einem Unbekannten, der in eine S. M. verliebt ist, die kein Feuerzeug mehr hat.

Ich habe im Reiseführer gelesen, daß Sansibar aus dem Arabischen kommt: *Zanj*, schwarz, und *Bar*, Küste. Sansibar ist die Küste der Schwarzen, anders ausgedrückt: das Land der Sklaven. Die Insel, die aus dem Pleistozän stammt – Jérémie hat mir erklärt, daß das der Beginn des 1. Quartärs ist – war früher dicht bewaldet, aber im 19. Jahrhundert wurde der Wald durch die Invasion der Gewürznelke zerstört. Heute gibt es nur noch den zwei Quadratkilometer großen Jozani Forest, in dem die Colobus-Affen leben, eine seltene weiße Affenart mit schwarzem Gesicht und rotem Rücken.

Auch ich reise mit seltsamen Affen.

Étel, in der Nacht vom 24. auf den 25. Oktober

In dieser Nacht beginnen für alle kleinen Franzosen offiziell die Herbstferien. Jérémie ist sofort eingeschlafen, als sein Kopf das Kopfkissen berührt hat. Félix brauchte etwas länger, aber jetzt höre ich ihn schnarchen. Ich bin zu aufgeregt, um schlafen zu können. Pierre Hermès, der La Baule verlassen hat, um nach Paris zurückzufahren, ist sicher ausgegangen. Er gehört zu den Nachtschwärmern. Er hat sicher seinen Tisch im *Bains Douches* oder im *Banana Café* und sitzt dort mit Pomade im Haar und vielen verführerischen Wesen zu seinen Füßen.

»Mama!«

Ich bin vor dem Computer eingeschlafen und auf die Tastatur gesunken.

»Was ist denn los, Jérémie?«

»Wie groß ist die Zeitverschiebung dort?«

»Im Winter sind sie uns zwei Stunden voraus.«

»Und welche Währung haben sie?«

»Tansanische Shillinge. Hundert Shillinge haben den Wert von einem französischen Franc.«

»Und ist es dort sehr heiß?«

»Zwischen 22 und 30 Grad. Manchmal regnet es. Geh jetzt wieder ins Bett, sonst bist du morgen früh müde. Ich gehe jetzt auch schlafen.«

Er schaut mich an und lacht.

»Was ist denn so komisch? Habe ich einen Pickel auf der Nase?«

»Ich kann ja wieder ins Bett gehen, aber es ist schon acht Uhr.«

»Was?!«

Ich reiße die Vorhänge so ungestüm auf, daß ich den Ring am Ende der Gardinenstange abreiße. Die Sonne ist schon lange aufgegangen. Das Meer ist spiegelglatt; ein weißes Boot glitzert in der Ferne. Ich habe die ganze Nacht auf meinem Schreibtischstuhl geschlafen und habe den Wecker um sieben Uhr nicht gehört, denn er steht in meinem Schlafzimmer auf dem Nachtschrank.

Sofort wecke ich Félix, trinke anschließend einen halben Liter Kaffee, verbrühe mich unter der Dusche und bin fünf Minuten vor unserem Aufbruch fertig. Ich schaffe es sogar, Jérémie davon zu überzeugen, daß sein Nipponei das feuchte Klima schlecht vertragen wird und es besser wäre, es nicht mitzunehmen.

Als der Zug anfährt, überlege ich, was ich vergessen habe. Das Gas ist abgestellt, aber nicht der Strom, wegen der Tiefkühltruhe, des Kühlschranks, des Videorecorders und des Anrufbeantworters. Ich habe letzte Woche mit der Einnahme des Malariamittels begonnen. Wir müssen es einmal in Sansibar einnehmen, und die Einnahme nach der Rückkehr drei Wochen lang fortsetzen. Jérémie hat im Lexikon unter Paludismus gesucht und erfahren, daß das Wort von *palus*, Sumpf stammt, und »eine endemische

Parasitenkrankheit bezeichnet, die durch Blutparasiten hervorgerufen und durch Stiche der Malariamücke übertragen wird«. Jetzt ist er auch nicht viel schlauer.

Der Schnellzug saust durch das Land. Ich werfe einen Blick auf meine Uhr, eine alte, goldene Eternamatic mit einem breiten, schwarzen, abgenutzten Armband, die sich aufzieht, wenn man das Handgelenk bewegt. Als Hugues im August 1977 mit Guy auf der *Stella Maria* aufs Meer hinausfuhr, ließ er sie auf seinem Schreibtisch liegen, und ich habe sie am nächsten Tag an mich genommen. Niemand suchte sie. Alle dachten, daß er sie beim Unfall getragen habe. Ich benutze sie nie und bewahre sie seit Jahren in einer Schublade auf. Von Zeit zu Zeit überprüfe ich, ob der Mechanismus noch funktioniert. Heute habe ich den Mut, sie zu tragen.

»Hast du eine neue Uhr?« fragt Jérémie erstaunt.

»Aber nein, sie ist alt. Ich habe sie zu meinem Abitur geschenkt bekommen.«

Félix sieht sich die Uhr flüchtig an. Aber er begreift die Bedeutung nicht.

Flug Paris–Sansibar, Samstag, 25. Oktober

In Nairobi in Kenia erklärt Félix den Zollbeamten Stück für Stück, wozu die einzelnen Teile seines Saxophons dienen: Mundstück, Rohrblatt, Ansatzrohr und Schallröhre. Sie untersuchen die Teile sorgfältig und bitten ihn dann, das Instrument zusammenzusetzen und zu beweisen, daß es funktioniert. Wir stehen dort müde und verschwitzt herum und hören zu, wie Félix mitten auf dem Flughafen *Be Bop a Lula* spielt. Ein Zollbeamte klatscht rhythmisch in die Hände. Auch Jérémie fängt an zu klatschen. Félix fährt mit *Bird of Paradise* fort. Alle Passagiere schauen uns an. Pierre Hermès fordert ein junges Mädchen von zwanzig Jahren, das mit ihren Eltern reist, zum Tanzen auf, und sie tanzen, begleitet von dem Beifall der Leute. Anschließend bummeln wir durch den Duty-free-Shop. Ich kaufe Jérémie eine Giraffe aus Holz. Dann steigen wir in eine andere Maschine.

»Gute Reise, Monsieur Deslande«, sagt die Stewardeß zu Pierre, als sie sich seinen Reisepaß ansieht.

Félix, Jérémie und ich schauen uns an. Pierre lächelt.

»Ich kenne ›Gute Reise, Monsieur Dumollet!‹, aber das ist sicher eine ältere Version«, sage ich.

»Es gibt einen Haufen Leute, die unter einem Pseudonym schreiben«, antwortet Pierre. »Molière, Voltaire, Émil Ajar, Chimo und meine Wenigkeit.«

»Ihr richtiger Name ist Pierre Deslande?«

»Auch nicht. Basile Deslande! Zu Ihren Diensten.«

»Basile?«

»Ein Junge in meiner Klasse heißt auch so«, sagt Jérémie.

»Und jetzt sitzt auch einer in der gleichen Maschine wie du«, erwidert Basile.

»Warum Pierre Hermès?« frage ich.

»Habari hat den Namen ausgesucht. Es klingt gut, ist prägnant und einfach zu merken. Ich bin wie Peter Pan geflogen, aber in einer Maschine. Peter heißt auf Französisch Pierre, und Hermès, der Schutzpatron der Reisenden, der Fahrer der Seelen der Toten, der Gott der Lüge und Meister der Erzählkunst ist der Vater von Pan. So wurde aus Peter Pan Pierre Hermès!«

Félix ist mißtrauisch. Diese Geschichte mit dem Pseudonym findet er bizarr. Aber Jérémie ist fasziniert.

»Dann kann ich dich also Basile nennen?« fragt er.

Der Betreffende, der in Sansibar unter seinem richtigen Namen bekannt ist, nickt.

Wir gehen in der brütenden Hitze Afrikas zum Flugzeug. Félix überläßt Jérémie seinen Fensterplatz. Und der Flieger hebt ab.

Ich bin in einen Halbschlaf gesunken, als uns der Pilot in englischer Sprache darüber informiert, daß wir den Kilimandscharo überfliegen, den höchsten Gipfel Afrikas. Ich entdecke den schneebedeckten Gipfel, der auf der Konferenz von Berlin 1885 den Engländern zugesprochen wurde und den Königin Viktoria freundlicherweise ihrem Großcousin Wilhelm II. schenkte, der es wiederum Tanganjika vermachte. Ich schenke meinem Sohn eine Holzgiraffe, und sie schenkten sich Gebirge.

»Jérémie, wach auf! Schau, der Kilimandscharo …!«

Er reißt die Augen auf und schaut aus dem Fenster. Kilimandscharo ist ein Name mit sympathischen Konsonanten wie der Titicacasee in Peru oder der Vulkan Popocatepetl in Mexiko. Das Gebirge hat eine weiße Mütze. Als es 1848 entdeckt wurde, weigerte sich die Royal Geographical Society in London zu glauben, daß in Afrika genau auf dem Breitengrad des Äquators ewiger Schnee liegt.

Pierre, der jetzt Basile heißt, und ich stimmen gleichzeitig das Lied an: *Der Schnee des Kilimandscharooo!*

Félix und Jérémie schauen uns verblüfft an.

»Das ist ein Lied aus den Sechzigern«, erkläre ich ihnen.

»Und es ist vor allem eine Novelle von Hemingway!« fügt Basile hinzu.

»Natürlich!« sage ich und nehme mir fest vor, diese Bildungslücke zu schließen.

Wir landen in Daressalam. Nach einem erneuten Aufenthalt von einer Stunde werden wir zu einer zweimotorigen Maschine geführt, die kaum zwanzig Passagiere transportieren kann. Wir treffen auf Touristen, die von Sansibar zurückkehren, Arme und Beine mit Hennabildern verziert. Ich bin naß geschwitzt und mein T-Shirt klebt auf der Haut. Basile und Jérémie unterhalten sich und steigen ins Flugzeug. Die Stewardeß schenkt ihnen ein strahlendes Lächeln:

»Sie können sich mit Ihrem Sohn hierhin setzen, Monsieur«, schlägt sie Basile vor.

Ich erstarre. Wer von beiden wird zuerst reagieren? Basile, um zu sagen, daß Jérémie nicht sein Sohn ist, oder Jérémie, um zu sagen, daß Basile nicht sein Vater ist?

»Welcher Film wird während des Fluges gezeigt?« fragt Basile, und weicht der Klärung des Mißverständnisses durch die Frage aus.

Jérémie reißt verwirrt die Augen auf. Die Stewardeß in dem kleinen wackeligen Flugzeug schüttelt den Kopf.

»Heute wird kein Film gezeigt, Monsieur. Der Apparat ist kaputt.«

Während des zwanzigminütigen Fluges werden wir hin und her geschüttelt. Jérémie liest in unserem Reiseführer die Worterklärungen und lernt Grundkenntnisse des Suaheli. Er erkennt die Wörter: *Safari*: Reise, *Daktari*: Doktor wie in der Fernsehserie, *Taksi*: Taxi, *Kahawa*: Kaffee. Er wiederholt gewissenhaft oft gebräuchliche Ausdrücke. *Jambo*: Guten Tag, *Naomba*: bitte, *Asante sana*: vielen Dank, *Bwana*: Herr, *Bibi*: Frau, *Mtoto*: Kind.

»*Bibi* Le Coz, haben Sie ein *mtoto?*« sagt er stolz.

Es ist nicht sein erster Flug, aber es ist seine erste lange Reise, und er nimmt sie sehr ernst. Er freut sich und hat fast vergessen, was wir dort suchen.

Das Flugzeug überfliegt den Ozean, der so türkisfarben ist wie meine Augen, dann ein silbernes Meer von Blechdächern, ehe es endlich auf Sansibar landet, der Insel der Gewürze, von wo der Missionarsarzt David Livingstone, derjenige aus dem berühmten *Dr. Livingstone, I presume?*, zu seiner letzten Expedition aufbrach.

Der erste Tag auf Sansibar

Der Geruch der Gewürznelken und die feuchte Hitze nehmen uns den Atem, als wir die Tür des Flugzeugs öffnen.

Der Flughafenbeamte für Einreisen stempelt unsere Reisepässe und gibt uns ein Informationsblatt. Aus Rücksicht auf die Einwohner der islamischen Religion, ob sie nun Afrikaner, Araber, Komorer, Inder oder Perser sind, wird empfohlen, sich schicklich zu kleiden. Das bedeutet für die Männer keinen nackten Oberkörper und keine Shorts, für die Frauen keine enganliegenden oder durchsichtigen Kleider und bedeckte Schultern und Knie. Der Verzehr von Alkohol in der Öffentlichkeit ist untersagt. Das Küssen auf der Straße wird als Beleidigung angesehen.

Wie in England herrscht hier Linksverkehr. Unser *taksi* holpert durch die Stadt, schlängelt sich zwischen den Fußgängern, den Sammeltaxen und den zahlreichen verchromten und schwarzen, chinesischen Fahrrädern hindurch – getreue Nachbildungen der englischen *Raleigh*. Es ist ein Wunder, daß wir niemanden überfahren. Gleichgültig gegenüber dem Schimpfen, dem Klingeln der Fahrräder mit den schwerbeladenen Gepäckträgern und dem Hupen der Autos, rennen die Kinder im letzten Moment über die Straße.

Die Häuserfassaden, die sich unter dem tiefblauen Himmel an den Straßen entlangziehen, sind grün, rot und orange gestrichen. Die Männer sind entweder europäisch gekleidet, oder sie tragen einen hellen *kanzu* mit langen Ärmeln und eine gestickte *kofia* auf dem Kopf. Die Frauen tragen eine schwarze *buibui*, die den ganzen Körper bedeckt, oder sie sind in einen zweiteiligen *khanga* aus leuchtenden Farben gehüllt, von denen ein Teil vom Kopf bis zur Taille und der andere von der Taille bis zu den Knöcheln geht. Jeder Teil ist mit einem unterschiedlichen Satz bedruckt, wie z. B.: *Ni wewe nikupendae,* dich liebe ich, oder

Nyuki mkali kwa asali yake, die Biene wacht eifersüchtig über ihren Honig.

»Ein guter Ehemann muß jeder seiner Frauen einen *khanga* pro Monat schenken«, erklärt Suleiman, der Führer der Reiseagentur.

Er berichtet uns über die Vergangenheit der Insel. Der Sage nach wurden die Riesen, die sie früher bewohnten, von aus Afrika stammenden Bantus besiegt, die die Insel anschließend mit den Emigranten aus Persien und Indien und den nachfolgenden Eindringlingen teilten. Nach Jahrhunderten portugiesischer, omanischer, deutscher und englischer Besatzung, erhielt die Insel 1963 ihre Unabhängigkeit. Das Sultanat, Relikt der omanischen Epoche, war noch an der Macht. Aber die Bevölkerung, die mehrheitlich afrikanisch war, lehnte sich im Januar 1964 auf und verband sich mit Tanganjika, ihrem Nachbarn auf dem Kontinent. So wurde Tansania geboren.

»Gibt es hier Elefanten und Giraffen?« fragt Jérémie, den diese Ausführungen nicht besonders interessieren.

Suleiman schüttelt den Kopf.

»Nicht auf Sansibar, aber im Jozani Forest gibt es eine sehr seltene Affenart.«

»Die Colobus-Affen?« frage ich.

Suleiman nickt, und alle schauen mich an.

»Woher wissen Sie das?« fragt mich Basile erstaunt.

»Genauso wie Sie die Novelle von Hemingway kennen: Allgemeinwissen.«

Sansibar, ein Labyrinth aus Säulen und Bögen, mit seinen zwei Kathedralen, seinen Minaretten, seinen Hindutempeln und seinen Palästen, besteht aus zwei Teilen: der Steinstadt oder Stone Town und Ngambo.

Die Steinstadt wurde im 19. Jahrhundert aus hiesigem Korallenstein von arabischen und indischen Händlern erbaut. Ihre hohen weißen, mit Holzveranden verzierten

Häuser haben noch heute wunderschöne Türen aus geschnitztem Teakholz, die mit gehämmerten Kupfernägeln beschlagen sind. Nach der Revolution von 1964 haben die Menschen Stone Town verlassen, aber heute kämpft die Regierung dafür, die Gebäude zu restaurieren, wohingegen sich in Ngambo, was »auf der anderen Seite« heißt, alles vermischt: moderne Gebäude, Zementbaracken mit Blechdächern, Lehmhütten mit Palmendächern.

Gino de Santis, der Ehemann von Basiles Freundin, hat einen ehemaligen Suahelipalast in der Steinstadt in ein Hotel verwandelt. Wir werden von einem kleinen Jungen empfangen, der auf einer Steinbank vor dem Hotel Kuchen verkauft.

»*Jambo! Habari! Karibuni!*«

»Er sagt ›Guten Tag! Wie geht es Ihnen! Willkommen!‹« übersetzt Basile.

»*Jambo*!« sage ich und gehe mit Jérémie zu ihm.

Ein herrlicher Duft strömt von der Bank in unsere Nasen. Der Junge lächelt und fordert uns auf, den Kuchen zu probieren.

»Er bietet Ihnen *chapatis, sambusas* und *mandazis* an, das heißt Crêpes, gewürzte und gezuckerte Krapfen«, sagt Basile und holt einen Dollar aus seiner Tasche. »Suchen Sie sich etwas aus!«

Der Palast ist um einen Innenhof herum gebaut, in dessen Mitte ein Brunnen sprudelt. Das Zimmer, das ich mit Jérémie teile, ist groß. Es enthält zwei Himmelbetten aus dunklem Holz, von denen Moskitonetze herunterhängen, eine große Pendeluhr, einen Tisch, und es hat Fenster mit durchbrochenen Klappläden. Im Badezimmer führen Stufen zu einer großen, grünschimmernden Steinschale, die als Badewanne dient. Wir duschen und ziehen uns frische Sachen an. Jérémie zieht Bermudashorts und ein Polohemd an und ich eine leichte Bluse mit langen Ärmeln und eine indische Hose. Ich stopfe Nachtwäsche, Waschzeug und natürlich das Antimoskitospray für Tropengebiete in eine Tasche, falls wir die Nacht mit Habari in seinem Dorf verbringen. Wir gehen auf den sonnenbeschienenen Innenhof hinaus. Félix gesellt sich zu uns. Er hat seine blonden, nassen Haare nach hinten gekämmt.

»Du solltest dich immer so frisieren«, begrüße ich ihn.

Nun stehen wir am Fuße der Mauer. Alles andere, die Sonne, der Duft der Gewürze, die Paläste und das blaue Meer, sind nur die Dekoration. Ich bin hierhergekommen, um Hugues zu suchen, und Félix will Étienne finden.

»Willkommen alle miteinander! *Karibuni*!«

Wir heben den Kopf. Auf der oberen Etage beugt sich eine reizende junge Frau über die geschnitzte Holzbalustrade und winkt uns zu. Sie muß so um die fünfundzwanzig sein. Ihr braunes Haar fällt bis zur Taille hinunter; sie hat dunkle Augen, einen matten Teint und ein Gesicht wie eine Madonna. Ein Talentsucher einer Mannequinagentur würde sie sofort einkassieren. Sie schwebt die Treppe hinunter. Ihr langes Trauerkleid sieht bei ihr so sexy aus wie der Badeanzug bei Ursula Andress in *James Bond jagt Dr. No*. Basile, der an ihrer Seite geht, hat seine schwarze Kleidung, die er gewöhnlich trägt, gegen weiße getauscht. Es ist nicht mehr derselbe Mann. Keine Spur mehr von seiner finsteren Miene und seiner Angeberei. Ich denke an das Feuerzeug S. M.

»Ich heiße Silvia de Santis«, stellt sich die junge Frau vor, von der Catherine Deneuve und Estelle Halliday blind ein Buch über Schönheitstips kaufen würden.

S. de S. Ich habe mich geirrt.

»Die Sache mit Ihrem Vater tut mir leid«, sage ich freundlich.

Basile schaut mich giftig an, aber Silvia lächelt.

»Sie meinen mit meinem Mann?«

Ich würde vor Scham am liebsten im Boden versinken.

Dieser Blödmann hätte mir sagen können, daß Gino de Santis zwar mit fünfzig Jahren an einem Herzinfarkt gestorben ist, aber eine Frau hatte, die gerade erst den Schulabschluß gemacht hat.

Silvia leiht uns ihren Landrover, kann uns aber nicht begleiten, da sie das Hotel leitet. Sie spricht Französisch mit einem melodischen Akzent und stammt aus Palermo, wo sie ihren Eltern im Familienrestaurant half. Silvia und Gino kamen vor sechs Jahren aus Sizilien. Sie nahm sofort die Führung der Hotelküche in die Hand und bewies ihre Kochkünste mit Kompositionen aus italienischen Spezialitäten und einheimischen Gewürzen. Die Suaheli nennen sie *Mama Karafuu*, Gewürznelken-Mama, weil sie alle Gerichte damit würzt.

Sie sieht nicht wie eine trauernde Witwe aus und hält Abstand im Kontakt mit den Menschen, als diente ihr ihre Schönheit als Rüstung. Es muß die Beziehungen verfälschen, wenn man so schön ist. Félix und Jérémie vergehen vor Bewunderung, und Basile zieht sie mit Blicken aus. Sie ist daran gewöhnt. Ich fühle mich überflüssig wie eine zweitrangige Person, die im Schatten der Mona Lisa gemalt wurde. Selbst meine türkisfarbenen Augen können nicht mit ihrer smaragdfarbenen Iris konkurrieren.

»Oh! Die ist wirklich eine Wucht«, flüstert mein Sohn.

Auf dem Weg in Habaris Dorf

Silvias Landrover holpert über die ausgefahrenen Wege. Ich wäre gern gefahren, denn ich bin jetzt an meinen kleinen Geländewagen gewöhnt, aber die alten Klischees bleiben. Basile sitzt am Steuer, denn er ist der Mann. Ich sitze auf dem Beifahrersitz, weil ich eine Frau bin. Das Kind und der junge Mann sind auf die Rücksitze verbannt worden und werden wie Strohhalme in einer Coca-Cola-Flasche hin und her geschüttelt.

Immer, wenn wir durch ein Dorf fahren, kleben ganze Kinderhorden an dem Wagen, so daß wir im Schrittempo fahren müssen, um niemanden zu verletzen. Sie laufen auf nackten Füßen, lächeln, winken und schreien: »*Jambo!*«

Nach drei Stunden Fahrt über ausgefahrene Wege erreichen wir am Rande einer kleinen Bucht ein Dorf mit rechteckigen Hütten, zwischen denen Hühner umherlaufen. Das Meer hat die Farbe meiner Augen. Ein Fischer schiebt sein Fahrrad nach Hause. Auf seiner Schulter trägt er einen grünen Rochen mit blauen Flecken. Eine in einen *khanga* gehüllte Frau geht mit nackten Füßen über den Sand und trägt stolz einen Korb aus geflochtenen Palmen auf dem Kopf. Eine andere stampft Mehl in einem Mörser. Ein Kind schöpft Wasser. Kleine Mädchen spielen mit Muscheln im Sand. Ein alter in Weiß gekleideter Mann ruht sich im Schatten einer Kokospalme aus.

Basile schreit »Scheiße«, was das idyllische Bild etwas trübt.

Ich folge seinem Blick. Am Ende des Dorfes ist eine Hütte eingestürzt; ein Fenster oder vielmehr ein Bullauge aus Lehm ist noch zu erkennen. Das Dach aus Palmen ist im Gegensatz zu den anderen Hütten ganz klein. Ein mit Zweigen verstärkter Balkon liegt in einer Ecke.

»Die Hütte in Form eines Leuchtturms?« fragt Félix mit tonloser Stimme.

Basile nickt. Um uns versammeln sich Kinder, die von Jérémies Baseballkappe fasziniert sind. Basile geht auf den in Weiß gekleideten Mann zu. Er begrüßt ihn, indem er seine Hand auf sein Herz legt, und zeigt auf die Trümmer der Hütte.

»*Jambo! Wapi Habari?* Wo ist Habari?«

Der Mann schüttelt den Kopf. Félix fuchtelt mit seinen Händen durch die Luft.

»Ist Habari weggegangen? Ist ihm etwas zugestoßen? Bitte, sagen Sie uns, wo wir ihn finden? Es ist wichtig.«

Die Dorfbewohner sprechen kein Suaheli. Sie verstehen ihn nicht. Der alte Mann winkt uns zu sich und will uns in sein Haus einladen.

»Danke, aber wir sind gekommen, um uns diese Hütte in Form eines Leuchtturms anzusehen. Wo ist der Mann hingegangen, der dort wohnte? Was heißt ›bitte‹? *Naomba*, wo ist Habari?« fragt Félix erregt.

»*Shikamu!*« sagt Basile zu dem alten Mann und verabschiedet sich von ihm.

»*Marahaba*«, antwortet der alte Mann, der uns anlächelt und dabei seinen zahnlosen Mund entblößt.

»Das ist ein Beweis seiner Ehrfurcht«, erklärt Basile. »Wenn wir mit einem Übersetzer zurückkommen, wird uns der Alte helfen.«

»Wir müssen wissen, wann diese Hütte eingestürzt ist«, murmelt Félix, der zwischen seinen Fingern die Erde der Mauer zerreibt.

»Weise gesprochen, Sherlock Homes«, sagt Basile, »aber wir haben es hier mit einer sogenannten Sprachbarriere zu tun, verstehst du? Würdest du dein Saxophon aufgeben und Geige spielen?«

»Alles, was wir wissen wollen, ist, ob Habari tot ist oder ob er lebt.«

»Diese Frage kann ich nicht auf suaheli stellen«, antwortet mir Basile. »Ich weiß was Fisch, Fleisch, Flasche, Zigarette, wie teuer ist das?, das ist teuer, essen, trinken und Toilette heißt.«

»Apropos, was heißt denn Toilette?« fragt Jérémie.

»*Choo*, aber ich rate dir, es direkt hinter den Hütten im Wald zu versuchen. Eine Frage des Komforts. Das sind keine Vier-Sterne-Hotels hier.«

Jérémie und seine Baseballkappe verschwinden.

Seit dem Essen mit Pierre Hermès in La Trinité-sur-Mer habe ich mir unzählige Male mein Wiedersehen mit Hugues in diesem Dorf ausgemalt, mit einem Hugues, der sich natürlich verändert hat, mit Bart und Falten im Gesicht, so eine Art Gérard Depardieu in seiner Rolle als Christoph Columbus. Er nennt mich wie früher seine Allerbeste, seinen Liebling oder seine kleine Süße. Ich sinke in seine Arme, schreie ihn an, weil er mich im Stich gelassen hat, zeige dann auf Félix und sage mit bewegter Stimme: »Das ist dein Sohn«, aber statt dessen sehe ich aus wie eine Idiotin mit meinen Schlafanzügen und meiner Zahnbürste in einem Dorf am Ende der Welt, wo wir niemanden gefunden haben.

Der Wagen holpert auf der Rückfahrt wieder über die ausgefahrenen Wege. Morgen werden wir in aller Herrgottsfrühe mit einem Übersetzer in Sansibar losfahren und hierher zurückkehren.

Auf der Hinfahrt habe ich über die Wagenspuren und Schlaglöcher gelacht. Doch auf der Rückfahrt verschlimmern sich meine Rückenschmerzen und meine Migräne bei jeder Raddrehung. Ein dicker, flacher Stein liegt nach einer Wegbiegung mitten auf der Straße. Basile sieht ihn erst im letzten Moment und bremst scharf. Meine Tasche, die locker auf meinen Knien lag, fällt mit einem leisen, melodischen *Plumps* auf meine Füße.

»Könnten Sie bitte anhalten?« sage ich in dringlichem Ton zu Basile.

Ich lege die Tasche auf die staubige Straße, auf der sich sofort ein dunkler Fleck ausbreitet, und hole unsere Sachen aus der Tasche. Die Schlafanzüge sind naß. Ein vertrauter Geruch steigt in die Luft. Ich drehe die Tasche um; die Glassplitter fallen auf die Erde.

»Was ist denn das? Parfum?« fragt Basile.

»Wenn das Sauternes war, kannst du uns ja die Gänseleberpastete servieren«, fügt Félix hinzu.

Jérémie schweigt. Er hat gesehen, daß ich den bretonischen Whisky aus 100 % reinem Korn, den Hugues gerne pur, also ohne Eis trank, eingepackt habe. Die Sonne geht langsam am Horizont unter, während die ausgetrocknete Erde die letzten Tropfen aufsaugt.

Erstes Abendessen auf der Terrasse mit Blick auf Sansibar

Ganz oben im Palast befindet sich eine Einbauküche, in der Silvia mit ihren Küchenhilfen das Abendessen für die zwölf Personen, die reserviert haben, zubereitet. Es ist einer der teuersten Tische von Sansibar und ohne jeden Zweifel der beste. Das hervorragende Essen kostet die Sansibaner ein Monatsgehalt, was auch einem einfachen Ei mit Mayonnaise, Frikadelle, Pommes frites und einem Viertel Wein in einem Pariser Bistro entspricht.

Wir steigen hinter der Küche eine kleine Holztreppe hinauf und erreichen eine zehn Quadratmeter große Terrasse, die über den Dächern der Stadt liegt. Ich hatte erwartet, im Speisesaal eines exotischen Restaurants zu essen, aber der Ort hier ist ebenso außergewöhnlich wie das Laternenzimmer im Leuchtturm.

Das Dekor ist einfach: Kissen, niedrige Hocker, die als kleine Beistelltische dienen; Fahnen, die über unseren Köpfen im Wind wehen und die Zimmerdecke ersetzen, und ein herrliches Panorama auf das bezaubernde Sansibar. Aus der Dunkelheit, die sich langsam auf das Land senkt, treten die Minarette hervor. Beleuchtete Schiffe begrenzen den Hafen. Der Himmel färbt sich rosa, violett, blau und golden, und man erkennt bis in die Unendlichkeit Dächer, während die Stimme des *Muezzin*, der die Gläubigen zum vierten Tagesgebet ruft, in die Dämmerung aufsteigt.

Die drei Kellner, die sich an der Bar am Ende der Terrasse betätigen, verharren regungslos und drehen sich nach Mekka, während sich die Stimme des *Imam*, des Vorbeters, erhebt.

Als wieder Stille eintritt, kommt Silvia aus der Küche, um sich von der Zufriedenheit ihrer Gäste zu überzeugen. Basile schaut sie mit seinen Samtaugen und seinem Jägerblick an. Jérémie spielt ihr den niedlichen kleinen Fratz mit Sommersprossen vor. Und Félix drückt seine Gefühle mit Hilfe seines Saxophons aus, das er vorsichtig aus dem Etui zieht, um die Filmmusik aus *Casablanca, As times goes by,* zu spielen. Silvia ist entzückt. Sie versucht, ins Saxophon zu blasen, aber es gelingt ihr nur, dem Instrument einen kläglichen Ton zu entlocken, den die Jungen scheinheilig beklatschen.

»Das ist ein Saxophon in Es, aber es ist auf ein Fis gestimmt«, erklärt Félix angeberisch.

Silvia scheint begeistert zu sein. Als ich jung war und ein Junge, den ich toll fand, mir erklärte, wie er sein Moped repariert hatte, heuchelte ich meine Bewunderung auf die gleiche Weise.

»Ich werde mit Ihnen zu einem *Taarab*-Konzert gehen. Das ist die Volksmusik im Archipel«, verspricht Silvia, die wieder in der Küche verschwindet.

Das Essen wird auf handbemalten Terrakottatellern serviert. Herrliche Düfte kitzeln unsere Gaumen, und zwei Gerichte, Fisch und Huhn, beide mit einem großen Aufgebot an Gewürzen zubereitet, folgen aufeinander: Ingwer, Zimt, Mango, Koriander, gewürzter Reiz, Zitronelle und Gewürznelken sowie ein mit Kokosmilch getränktes Blatt Maniok und Tomaten, und zum Abschluß gibt es Ananaskrapfen. Als Jérémie sich satt gegessen hat, legt er sich auf die Bank und schläft ein. Die Reise hat ihn ermüdet. Ich wecke ihn, um ihn ins Bett zu bringen, und warte im Halbdunkel des Zimmers, in das durch die durchbrochenen Fensterläden etwas Licht dringt, bis er eingeschlafen ist. Er liegt im Schutze eines Moskitonetzes; der Ventilator surrt monoton.

Als ich wieder auf die Terrasse hinaufsteige, sitzt Silvia

bei den Männern. Ich bin ihr nicht mehr so böse, daß sie so schön ist, seitdem sie uns versprochen hat, uns morgen in Habaris Dorf zu begleiten, um als Übersetzerin zu dienen. Ich lobe ihre gute Küche, doch sie widerspricht, daß der ganze Verdienst den Gewürzen zukomme.

»Am Anfang habe ich unglaubliche Gewürzmischungen gewagt. Gino hat sich manchmal mit Spaghetti begnügt, weil das Essen so schlecht war. Dann habe ich gelernt, welche Gewürze zu welchen Gerichten passen, und ich habe meine Lust am Würzen gebändigt und den Geschmack der Gerichte verfeinert.«

»Es stimmt, daß du Menschen bändigen kannst«, sagt Basile.

»Ich bin voll und ganz damit einverstanden, gebändigt zu werden«, mischt sich Félix sofort ein. »Ich werde der Fuchs sein und du der *Kleine Prinz*, einverstanden, Silvia?«

Sie umgeht eine Antwort, indem sie unter die Bar greift, um dort eine Flasche bester Qualität hervorzuholen.

»Das ist ein Grappa di Vinaccia, die genauso alt ist wie ich. Ich hole sie nur zu großen Gelegenheiten hervor.«

Wir kosten den hellen Grappa, und ich bin im Nu beschwipst. Basile und ich beschließen, uns zu duzen. Die Fahnen zittern im Abendwind. Auf dem Meer ist kein Schiff mehr zu sehen; die Minarette zeichnen sich wie Treppen in den Himmel vor der Dunkelheit ab. Als ich klein war, las mir Hugues die Geschichte von *Jacques und der Zauberbohne* vor, in der sich ein Samenkorn in eine riesige Treppe verwandelte, die der kleine Junge bis zu den Wolken hinaufstieg, wo das Haus des Riesen stand. Auch wir könnten einen Zauberweg brauchen, der uns zu Habari führt.

Ich beschließe, meine beiden Pfauen allein zu lassen, damit sie ihr Rad vor Silvia schlagen können.

»Ich bin müde. Ich gehe schlafen«, sage ich.

»Ich hatte auch einen anstrengenden Tag. Abfahrt morgen früh um acht Uhr, okay?« sagt Silvia sofort und steht auf.

Félix steht ebenfalls schweren Herzens auf. Wir gehen alle zu unseren Zimmern. Ohne das Licht anzumachen, damit ich Jérémie nicht wecke, drücke ich langsam die Türklinke hinunter. Im letzten Moment drehe ich mich um. Basile ist nicht auf der Etage stehengeblieben, auf der sein Zimmer liegt. Er ist Silvia gefolgt.

Sansibar, am Morgen des zweiten Tages

Draußen kräht ein Hahn. Auf der Seite, auf der unsere Zimmertür liegt, die zum Innenhof des Hotels führt, glänzt alles aus Nickel, gewachstem Holz und polierter Bronze, aber auf der anderen Seite unter unseren Fenstern, inmitten spielender Kinder, kochender Frauen und schwätzender Männer sieht man rostige Blechdächer, bunte *khangas*, die im Wind trocknen, und gackerndes Federvieh.

Jérémie streckt sich und setzt sich in seinem Bett am anderen Ende des Zimmers auf. Auch ich richte mich auf. Wir schauen uns durch die Moskitonetze hindurch an.

»Hast du gut geschlafen?«

»Wir werden Habari finden. Mach dir keine Sorgen«, antwortet er.

Das Frühstück wird im Innenhof serviert. Félix ist schon da und läßt es sich schmecken. Basile gesellt sich kurz darauf zu uns. Er ist allein und sieht müde aus. Es muß eine heiße Nacht gewesen sein. Das regt mich auf. Ich bin überhaupt nicht eifersüchtig, aber es geht mir auf die Nerven. Silvia kommt zu uns. Sie wirkt so frisch wie ein frischgepflückter Salat, und ihre salatfarbenen Augen strahlen. Dickköpfig, wie Bretonen sind, habe ich wieder Schlafanzüge und Zahnbürsten in meine Tasche gestopft.

Die Wahl der Plätze im Landrover ist eine delikate

Angelegenheit. Ich versichere schnell, daß ich lieber hinten sitzen möchte und die beiden Turteltäubchen am besten vorne aufgehoben seien, da es immerhin Silvias Auto ist. Der Wagen holpert genau wie gestern durch die Dörfer, und während die lächelnden Kinder *Jambo* schreien, treffen wir wieder auf den Sand, die Schlaglöcher, das blaue Meer und die Boote.

»Der Weiße, der in dieser Hütte wohnte, hieß doch Habari?« fragt Silvia den Greis.

Der alte Mann antwortet wild gestikulierend.

»Habari ist an dem Tag, als dieses Baby geboren wurde, fortgegangen«, übersetzt Silvia, wobei sie auf ein Neugeborenes zeigt, das kaum einen Monat alt ist und in den Armen seiner Mutter liegt. Er hat niemandem etwas gesagt. Keiner weiß, wohin er gegangen ist.

»Lebte er allein? Hat er Ihnen von seiner Familie in Frankreich erzählt?« frage ich.

Silvia und der alte Mann unterhalten sich wieder. Diesmal dauert das Gespräch länger.

»Ja, er lebte allein. Er hat nie von seiner Vergangenheit gesprochen, weil er sich nicht mehr daran erinnerte. Man fand ihn halbtot ohne Papiere und Geld in einer Felslücke zu Füßen eines Steilhangs. Sie haben ihn mehrere Monate gepflegt und ihm das Leben gerettet. Er wußte noch nicht einmal mehr seinen Namen, und darum haben sie ihn Habari getauft. Niemand hat ihn je gesucht, und so hat er sich diese Hütte in Form eines Leuchtturms gebaut und ist geblieben.

»Wie lange ist das her?« frage ich.

Der Greis schaut sich um und entdeckt einen Jungen von etwa zwanzig Jahren.

»Es war im Jahr seiner Geburt«, übersetzt Silvia.

Das wird ja immer schöner. Selbst in einem Drehbuch hätte ich nicht gewagt, den Zuschauern eine so verrückte

Geschichte zu servieren. Unser Vater hat uns nicht im Stich gelassen. Als er im Februar 1978 nach Afrika fuhr, hatte er einen Unfall und verlor das Gedächtnis. Er hat mich zwar nicht in der Bretagne abgeholt und war bei Félix' Geburt nicht dabei, aber nicht weil er uns vergessen hatte.

Auf der Rückfahrt sitzt jeder in seiner Ecke und hängt seinen Gedanken nach. Habari hat zwar das Dorf verlassen, kann sich aber nicht allzuweit entfernt haben. Aber obwohl die Insel nicht groß ist, wird es uns dennoch nicht leichtfallen, ihn zu finden. Sollte er in die Stadt gegangen sein, hätte er für seinen Lebensunterhalt arbeiten müssen, und daher wäre er wohl Fremdenführer. Wir klappern den ganzen Tag Reiseagenturen und Hotels ab und zeigen ihnen Étiennes Foto mit dem Bart, aber die Leute haben ihn nicht gesehen. Weil unsere Bemühungen zu nichts führen, schickt Silvia nach Rachid, einem pfiffigen Burschen, der Gino oft geholfen hat und der gegen ein hohes Entgelt einwilligt, Habaris Spur zu suchen. Wir geben ihm die Hälfte des Geldes und vertrauen ihm das Foto an.

Um uns auf andere Gedanken zu bringen, bis wir von Rachid hören, überredet uns Silvia, der »Gewürzstraße« zu folgen und den Norden der Insel zu besichtigen. Wir nehmen zwei amerikanische Touristenpärchen mit, die bei jedem Halt in Verzückung geraten.

Suleiman, der uns bei unserer Ankunft als Fremdenführer diente, zählt die Gewürze, Duftpflanzen und Früchte von Sansibar auf, ehe er sie uns zeigt und wir sie beschnuppern und probieren können: Litschi, Muskat, Zimtstangen, Papaya, Passionsfrüchte, Früchte des Affenbrotbaumes, Kaffee, Ananas, Stachel-Annone, Guajave, Früchte des Jackbaumes, Kardamom, Mango, Mangostane, Pfeffer, Ingwer, Tamarinde, Kakao, Zuckerrohr, Früchte des Katappenbaumes, Mandarinen, Orangen, Pampelmusen, Feigen, Stinkfrüchte, Zitronen, Bananen, Gewürznelken, Früchte des Ylang-Ylang-Baums, Vanille, und was weiß ich sonst noch alles. Jérémie erfährt ungeahnte Dinge: Vanille ist eine Liane, Muskat eine Nuß, der Kaffeestrauch ein Baum, Zimt eine Rinde, die Gewürznelke eine kleine, grüne Knospe.

Der größte hiesige Exportartikel ist die Gewürznelke. Sie wurde im 19. Jahrhundert von den Omanern von der Insel Mauritius eingeführt. Zweimal im Jahr steigen die Pflücker in die Bäume. Dann werden die Knospen von den Hülsen getrennt und auf Matten in der Sonne getrocknet. Wenn die Nelken braun geworden sind, werden sie exportiert, um Soßen zu würzen oder pharmazeutische Produkte herzustellen.

Der getrocknete Stempel der Blüte des Gewürznelkenbaumes ist Sansibars Reichtum. Aber in Indonesien, wo es für Zigaretten gebraucht wird, wird dieses Gewürz mittlerweile auch angebaut, und das drückt die Preise. Eine Tonne Gewürznelken mit einem Kurs von 9000 Dollar in den achtziger Jahren hat heute nur noch einen Wert von 800 Dollar, und der Staat hat ein Exportmonopol. Die Schmuggler, die versuchen, die Ware nachts auf Pirogen nach Kenia zu bringen, können ein Lied davon singen.

Als wir an den Ruinen des Maruhubi-Palastes ankommen, erzählt uns Suleiman von einem Europäer, der sich hier niedergelassen hat. Wir laufen zu der palmengedeckten Hütte. Der Europäer ist ein Skandinavier, ein Intellektueller, der uns mit einem kindlichen Lächeln empfängt. Auf seinem T-Shirt steht *Peace and Love.*

Ich entferne mich enttäuscht von der Gruppe. Basile kommt zu mir und bückt sich.

»Schau mal!«

Er berührt mit der Fingerspitze die Grünpflanzen, mit denen der Boden übersät ist, und sofort schließen sie ihre Blätter.

»Sie verteidigen sich, obwohl ich ihnen nichts Böses

will. Du bist wie sie. Sobald ich mich dir nähere, fährst du deine Krallen aus.«

Auch ich berühre den Boden, und das Phänomen wiederholt sich. Ich rufe Jérémie, um es ihm zu zeigen.

»Reicht es nicht langsam, daß du dich immer hinter deinem Sohn versteckst?« fragt Basile. »Du erinnerst mich an die Kinder auf dem Schulhof, die sich nicht prügeln, weil sie eine Brille tragen.«

»Ich verstehe den Zusammenhang nicht.«

»Das ist doch ganz einfach. Leg deine Brille in deine Schulmappe, prügele dich, laß Jérémie in Ruhe und komme in die Realität zurück, verlasse die virtuelle Welt der Computer und lebe in der Wirklichkeit.«

»Danke für die Belehrung.«

»Es reicht mir langsam zuzusehen, wie du die letzten Tropfen aus den Flaschen gießt, dann wie eine Verrückte hineinbläst und dir etwas Schwachsinniges wünscht. Wartest du darauf, daß der Märchenprinz auf seinem schönen Schimmel kommt und dich entführt? Hast du dir mal sein Gesicht in den Bilderbüchern angesehen? Der Traumprinz ist homosexuell. Er hat ganz und gar nicht vor, die kleine Mab zu betören. Er spielt lieber nachts mit Ketten und Leder in den Trocaderogärten und interessiert sich nicht für den Leuchtturm von Papa und den Filius, der unter einer Decke mit Dalmatinermotiv schläft.«

»Jérémie ist viel zu alt für Dalmatiner, und weißt du, was Papas Leuchtturm dir sagt?«

Basile lacht, während sich die beiden Amerikaner nähern und alles einschließlich der Autos filmen. Ihre Frauen geraten angesichts der gesunden Haare des Intellektuellen in Verzückung, der die günstige Situation nutzt, um ihnen eine Flasche Kokosöl zum doppelten Preis zu verkaufen.

»Weißt du, warum du dich so an deinen Sohn klammerst?« fragt mich Basile. »Damit der ganze Platz in deinem Herzen ausgefüllt ist und du keine Gefahr läufst, dich in eine andere Beziehung zu verstricken. Aber es ist nicht mehr an Hugues Le Coz, dich ›mein Liebling‹ oder ›meine Allerbeste‹ zu nennen.«

»An dir vielleicht? Du bist doch wohl anderweitig beschäftigt!«

»Du begreifst überhaupt nichts«, erwidert Basile.

Sansibar, am zweiten Tag, spätnachmittags

Wir liegen auf den geflochtenen Matten am weißen Sandstrand. Das klare, warme Wasser hat uns entspannt. Zwanzig Meter vom Ufer entfernt gleitet ein Boot, das zwei Sansibaner steuern, langsam über das Meer. Sie stehen im Boot, versenken beide eine Stange senkrecht im Wasser und treiben ihren Kahn durch geschmeidige Bewegungen ihres Körpers an. Nur das Gleiten des Bootes übers Wasser und der Aufprall der Stange, die im Wasser versinkt, sind zu hören. Hypnotisiert schauen wir ihnen nach, bis sie hinter einer Landspitze verschwinden.

Es würde mir gefallen, wenn der Indische Ozean genauso wie der Atlantik den Gezeiten unterworfen wäre. Ich mißtraue Meeren und Menschen, die unbeweglich sind, und fürchte mich auch vor Typen wie Basile Deslande. Seit der Sache mit Jérémies Vater habe ich mir geschworen, mich nie mehr in einen Schriftsteller zu verlieben. Ich will nicht mehr auf Telefonanrufe oder Briefe warten, mitten in der Nacht in Tränen aufgelöst aufwachen und leiden, weil ich mich frage, mit welcher Schlampe der Mann meiner Träume es gerade treibt. Wenn es nicht Silvia de Santis ist, wer ist dann S. M. des silbernen Dunhill-Feuerzeuges? Sarah? Sandra? Sabine? Sidonie? Schlampe? Supernutte?

»Sollen wir ein wenig durch die Stadt bummeln, ehe wir ins Hotel gehen?« schlägt Basile vor. »Silvia meint, daß Rachid nicht vor zwanzig Uhr zurückkehren wird.«

»Einverstanden, bummeln wir ein wenig durch die Stadt«, antworte ich.

Wir gehen zuerst ins Shanganiviertel, wo das Haus des Sklavenhändlers Ahmed Mohamed Juma al Murjebi, genannt Tippu Tip, steht. Der Sklavenmarkt wurde 1811 auf Sansibar eröffnet, und schon 1830 besaß dieser widerliche Typ sieben Plantagen mit Gewürznelkenbäumen, auf denen mehr als zehntausend Sklaven arbeiteten, die vor allem aus Zaire kamen. Auf der Insel währte der Sklavenhandel mehr als sechzig Jahre. Mehr als sechshunderttausend Sklaven wurden nach Arabien und auf die Inseln Mauritius und Réunion verkauft. Dank der Engländer wurde der Vertrag zur Abschaffung der Sklaverei 1873 unterzeichnet und der Sklavenmarkt geschlossen, aber die Omaner versteckten sich in den Mangapwani-Höhlen im Nordwesten und betrieben den Sklavenhandel weiter.

Jérémie, ein kleiner Bretone, der im Jahr 2000 dreizehn Jahre alt sein wird, erfährt mit Schrecken, daß es gerade ein Jahrhundert her ist, daß Menschen verkauft wurden.

Basile führt uns anschließend über die Gizenga Street zum alten Fort in das Haus der Architekturwunder, und dann in das Hurumzi-Viertel, wo wir den indischen Einfluß bewundern können. Überall schlängeln sich Fahrräder hindurch. Die Menschen sprechen Suaheli miteinander; die Kinder nehmen Reißaus. Basile schlägt vor, die Moscheen von Aga Khan und Malindi aufzusuchen. Jérémie und Félix haben Lust dazu, aber ich kann nicht mehr und beschließe, allein ins Hotel zurückzukehren und ihnen meinen Sohn anzuvertrauen. Ich warne sie: Wenn ihm etwas zustößt, werde ich sie alle drei umbringen.

»Wenn ich tot bin, kannst du mich nicht mehr umbringen«, sagt Jérémie ganz folgerichtig.

»Hast du noch nie gehört, daß die alten Leute in Étel sagen: ›Wenn du ertrinkst, bring' ich dich um?‹«

Die Geräusche und Gerüche berauschen mich. Ich schlendere durch die Gassen, in denen die Schatten mit Formen, Balkonen, Fensterläden und Fenstergittern spielen. In einer Boutique bewundere ich alte Teakholztruhen, die nach persischer und indischer Tradition gefertigt und seltener sind als die neueren Imitationen aus minderwertigem Holz. Ich springe zur Seite, als ich das Klingeln von Fahrrädern höre, die dicht an mir vorbeifahren. Das arabische Wort *baraza*, das »sich zeigen« heißt, bezeichnet auf suaheli die Steinbänke, die an den Häusermauern stehen und auf die die Menschen sich setzen, um sich das Treiben auf der Straße anzusehen. Jugendliche spielen an Schachbrettern, die mit Kreide auf die *barazas* gemalt sind.

Es wird dunkel. Zwei Männer gehen aneinander vorüber und grüßen sich mit der Hand auf dem Herzen. Das verwitterte Gestein der Häuser färbt sich blau, grün, ockerfarben und rot. Die Luft ist voll von Gerüchen. Kinder in Jérémies Alter springen von der Mole ins Wasser und spielen in den Wellen. In den Forodhani-Gärten essen die Spaziergänger Fleisch- und Fischspieße. Vor einem Haus essen Jugendliche *adnani*, eine Speise, die aus einer Mischung aus gebratenem Maniok, Kartoffeln, Curry, Kokos, Mango, rotem Piment, Mehl und Wasser zubereitet wird.

Ich bleibe stehen, um mit meiner Hand über die dicken Kupfernägel an den Türen zu streichen. Die Türen bestehen aus afrikanischem Teakholz, das die Sonne erwärmt hat. Die Skulpturen zeigen eine Kette zum Schutz gegen böse Geister und Feinde und einen Dattelbaum als Symbol für Überfluß; ein Fisch oder eine Lotusblume sind Symbole der Fruchtbarkeit. Oberhalb des Türsturzes steht oft ein Vers aus dem Koran. Nach alter Tradition wurde der Rahmen der Eingangstür noch vor dem Bau der Mauern mit Schnitzereien verziert und eingebaut.

Am Abend sind noch mehr Fahrräder unterwegs; der

Ton der Fahrradklingeln wird greller; die Lenker glitzern, und die Räder quietschen. Als ich um die Ecke eines Gäßchens biege, treffe ich unsere zwei amerikanischen Pärchen, mit denen wir heute morgen unterwegs waren. Sie tragen *kofias* auf dem Kopf. Es gibt hier nur wenige Touristen, und daher trifft man immer die selben.

»Hello, Mabel! *Good evening*!«

»*Good evening*«, erwidere ich.

Den ganzen Morgen haben sie mich Mabel genannt, und ich habe sie gewähren lassen. Was mein Name bedeutet, geht sie nichts an.

Etwas später auf der Terrasse

Ich habe geduscht und mich umgezogen und rieche nach dem Zitronenduft des Mückensprays. Langsam steige ich auf die Terrasse hinauf, um mich unter dem blau-rosafarbenen Himmelszelt auszuruhen. Die anderen werden erst in einer guten halben Stunde zurückkommen, genau die Zeit, die ich brauche, um mich zu entspannen. Die Blechdächer reflektieren das Licht der untergehenden Sonne. Die Minarette heben sich von der Dunkelheit ab, die letztendlich aber den Sieg davonträgt.

»Störe ich? Kann ich mich setzen?«

Es ist Silvia. Sie hat ihre langen Haare zu einem Knoten zusammengebunden, so daß man ihren schlanken Hals sehen kann. Heute abend trägt sie eine ärmellose schwarze *gandura*, und ihre Schultern sind mit einem goldbestickten Tuch bedeckt. Sie versteht es, ihre Trauer auf elegante Weise zu tragen.

»Bringt Rachid schlechte Nachrichten?« frage ich beunruhigt.

»Er ist noch nicht zurück. Darf ich mich trotzdem setzen?«

»Es ist Ihr Haus.«

»Ich möchte allein mit Ihnen sprechen«, sagt sie mit ihrer melodischen Stimme.

Und ich würde gern allein schweigen. Die Dinge sind schlecht eingerichtet auf der Welt.

»Ich muß Ihnen eine Geschichte erzählen«, fährt Silvia mit gedankenverlorenem Blick auf das Dächermeer fort. »Es liegt fünf Jahre zurück. Stellen Sie sich einen Mann vor, der sich schlecht mit seinen Eltern versteht, seinen jüngeren fünfzehnjährigen Bruder hingegen abgöttisch liebt und der für diesen der Größte ist. Dieser Mann besucht zu Weihnachten seine Familie, und seine Mutter, die ganz besessen von ihrem Garten ist, bittet ihn, eine junge Birke zu zersägen, die sie stört. Er fängt an, den Baum zu zersägen, aber die elektrische Säge blockiert und verkeilt sich. Der kleine Bruder will die Klinge lösen, ohne dem älteren Bruder etwas zu sagen. Dieser macht eine falsche Bewegung, weil er überrascht ist. Die Säge sägt weiter und reißt dem Jugendlichen die Hand ab.«

»Das ist ja eine schreckliche Geschichte.«

»Sie ist noch nicht zu Ende! Es war zwar ein Unfall, aber der Mann fühlt sich schuldig. Er wagt es nicht mehr, seinem jüngeren Bruder, den er unabsichtlich verstümmelt hat und der noch im Krankenhaus liegt, ins Gesicht zu sehen. Er nimmt einen meereskundlichen Auftrag an und flieht ans andere Ende der Welt, um Korallenriffe zu erforschen. Und dort tröstet er sich mit Alkohol, bis zu dem Tag, als er in einem gottverlassenen Dorf einen Europäer trifft, der sich eine Hütte in Form eines Leuchtturms gebaut hat. Dank dieser Begegnung und ihrer Gespräche kommt er wieder auf die Beine und fängt an zu schreiben, anstatt sich zu betrinken. Aber er will anonym bleiben und nimmt ein Pseudonym an, damit sein kleiner Bruder, dessen Leben er verpfuscht hat und dem er all seine Romane widmet, seine Spur nicht findet.«

Silvia verstummt. Ihr Blick ist noch immer auf die Stadt

gerichtet. Seit sie angefangen hat zu sprechen, schaue ich aufs Meer. Bei unserem Gespräch unter vier Augen schauen zwei Augenpaare in zwei verschiedene Richtungen.

Ich sehe die Widmung aus Pierre Hermès' Roman schwarz auf weiß vor mir: *Für Vincent*.

»Warum haben Sie mir das erzählt?« frage ich ungehalten. »Basile könnte es mir erzählen, aber nicht Sie.«

Silvia zuckt ihre entzückenden Schultern.

»Aber nichts spricht dagegen, daß ich Ihnen etwas über mein eigenes Leben erzähle, nicht wahr? Es wird Sie interessieren. Ich heiße Silvia Moreni.«

S. M., die Anfangsbuchstaben auf dem Feuerzeug.

»Und Sie rauchen?« sage ich.

Sie schaut mich an, als sei ich verrückt geworden.

»Ich habe aufgehört. Ich wurde als jüngstes Kind einer großen Familie in Palermo geboren, und ich respektiere meine Eltern. Mein Vater hatte bei Gino de Santis hohe Schulden, und ich willigte ein, ihn trotz des Altersunterschiedes zu heiraten.«

»Sie tischen mir hier die Geschichte ›Ehrenschulden im Mafiamilieu‹ auf, nicht wahr?«

»... und ich folgte ihm nach Sansibar, wo er mich schamlos betrogen hat«, fährt sie unbeirrt fort.

Mein Blick löst sich von der Betrachtung des Meeres, um sich dem Madonnengesicht zuzuwenden. Diese Frau mit diesem Kopf und diesem Körper wurde betrogen?

»Aber ich hatte meinem Mann mein Wort gegeben und bin ihm treu geblieben. Jetzt ist er tot, und ich bin endlich frei. Aber ich will nicht mehr zurück. Wenn man das Leben hier auf Sansibar einmal gekostet hat, kehrt man nicht mehr nach Palermo zurück – und auch nicht nach Paris.«

»Und was habe ich davon?« frage ich. »Hören Sie, das freut mich für Sie, interessiert mich aber überhaupt nicht. Ich gehe hinunter und warte auf die anderen.«

»Nein!« schreit Silvia. Sie hält mich am Arm fest und zieht mich mit einer Kraft an sich, die ich ihr nicht zugetraut hätte. »Ich bin fast fertig. Vor fünf Jahren, als ich Basile kennenlernte, haben wir uns wie Kinder ineinander verliebt.«

»Sie waren zwanzig Jahre alt, und Sie waren noch ein Kind«, sage ich freundlich und befreie mich. »Sie haben ihm Ihr Dunhill-Feuerzeug geschenkt, und er hat es wie einen Schatz gehütet und gehofft, daß Ihr Gatte ins Gras beißt. Ich bin nicht Ihre Freundin, Silvia. Ihr Leben interessiert mich nicht.«

»Wir realisierten einen Teil unserer Träume, verstehen Sie? Wir haben ganze Abende damit verbracht, die Welt neu zu gestalten, als er aus Habaris Dorf zurückkehrte. Aber zwischen uns ist nichts passiert, denn es gab noch meinen Mann, der gewalttätig, eifersüchtig und leicht verletzbar war. Basile bat mich, mit ihm fortzugehen. Ich lehnte ab und versprach, ihn sofort zu benachrichtigen, falls mich Gino eines Tages verlassen würde.«

»Gino hat Sie verlassen, weil er sich nun die Radieschen von unten ansieht, und Basile ist gekommen, um Sie zu holen. Und nun?«

Als Silvia den Kopf schüttelt, wackelt ihr Knoten hin und her.

»Wir haben uns beide in den letzten fünf Jahren verändert. Ich bin reifer geworden, und ich habe viel nachgedacht. Mein Leben ist hier. Ich will nicht nach Europa zurückkehren. Auch Basile hat sich verändert. Er ist nicht mehr der Romantiker, den ich kennenlernte und der am Rande der Gesellschaft lebte. Er ist heute ernst, verbittert und gleichgültig und mit seinen fünfunddreißig Jahren älter als Gino mit seinen fünfzig Jahren.«

»Aber er ist auch lebendiger und treuer«, bemerke ich.

Silvia schaut mir in die Augen. Ihr Grün und mein Blau duellieren sich.

»Wollen Sie mir vorschlagen, in seine Arme zu sinken?« fragt sie.

»Ich dachte, das sei bereits geschehen.«

»Da haben Sie falsch gedacht! Zwischen uns ist nichts mehr möglich. Es ist besser, wenn es ein Traum bleibt, eine zarte Utopie. Gestern nacht habe ich ihn zuerst zurückgewiesen, um ihn auf die Probe zu stellen, und später wollte er nicht mehr. Er ist in Erinnerung an unsere damalige Zeit gekommen und wollte mich holen, weil er es mir versprochen hat, aber nicht aus Liebe.«

»Das tut mir leid für Sie«, sage ich.

Sie schaut mich erstaunt an.

»Sie machen einen Fehler. Ich mag Sie nicht, und das beruht auf Gegenseitigkeit. Aber ich mag Basile, und er liebt nicht mich, sondern Sie. Doch Sie sind verheiratet, und Sie haben Ihren Sohn, Ihren Beruf, Ihren Leuchtturm und das Phantom Ihres Vaters im Kopf. Sie brauchen ihn nicht. Ich schon! Und darum hat er mir vorgeschlagen, mit ihm fortzugehen. Und darum habe ich abgelehnt. Ich will Liebe und kein Mitleid.«

Ich bin erstarrt. Die Worte, die Silvia soeben ausgesprochen hat, schießen mir durch den Kopf, fallen aus dem Zusammenhang heraus, setzen sich neu zusammen und bilden eine zusammenhanglose Wortfolge. »Er liebt nicht mich, sondern Sie.« »Sie, sondern mich liebt er nicht.« Die erste Aufgabe besteht darin, den Satz neu zu bilden und die Wörter wieder an ihren richtigen Platz zu stellen.

»Ich habe ja gesagt, daß es Sie interessieren würde«, sagt Silvia abschließend.

Ihre Stimme ist eine Spur ernster als vorher, und das Grün ihrer Augen ist eine Spur grüner, was bei ihr sicher starke Erregung verrät.

»Ich brauche einen starken Mann, der sich begeistern kann, der jung ist und mit dem ich träumen kann. Keinen

Mann, der sich quält und eine andere liebt«, fügt Silvia hinzu. »Das Leben ist zu kurz, um es sich durch eine unerfüllte Liebe zu verpfuschen.«

Das Leben ist zu kurz, um klein zu sein, sagte Hugues. Ich will es gerade aussprechen, als jemand Silvia ruft. Sie bringt ihren Knoten in Ordnung und ist wieder die wunderschöne, unerreichbare Frau.

»Ist es Rachid?« frage ich mit einem unguten Gefühl im Magen.

Jemand steigt die Treppe hinauf. Ich schließe die Augen und denke an den Tag vor zwanzig Jahren, als Guy ins Laternenzimmer kam, um mir zu sagen, daß Hugues und Mortimer nicht mehr zurückkommen werden.

»*Jambo!*« sagt Rachid.

Er lächelt nicht, aber vielleicht hat er nichts in Erfahrung bringen können. Er braucht Zeit. Wir haben zuviel von ihm verlangt, und er hat erst heute morgen mit seinen Nachforschungen begonnen.

»Möchten Sie etwas trinken?« frage ich. »Silvia, bieten Sie ihm ...«

»*Your Habari ist dead*«, versichert uns Rachid auf englisch.

Ihr Habari ist tot. Diesem Mann hat noch nie jemand gesagt, daß man den Menschen diese Art von Nachrichten schonend beibringt. Mitleid und Zartgefühl sind ihm unbekannt. Er wird bezahlt, um einen Mann zu finden, der ins Gras gebissen hat, und er erfüllt seine Aufgabe und erstattet Bericht. Mit wenigen Worten besiegelt er ein menschliches Schicksal.

»Wieso ist er sich da so sicher?« frage ich Silvia.

Die Information stammt aus verschiedenen Quellen. Habari hat sein Dorf vor vier Monaten verlassen, um Schweizer Wissenschaftler zu begleiten. Sie hatten einen dummen Verkehrsunfall im Norden der Insel, und er sowie ein weiteres Mitglied der Expedition kamen dabei ums Leben.

»Ich will die Schweizer treffen und sein Grab sehen«, sage ich mit einer Ruhe, die mich selbst überrascht.

Silvia übersetzt meine Bitte. Rachids Antwort ist lang.

»Sie sind wieder abgereist. Die Botschaft hat den anderen Leichnam ins Heimatland überführt. Habari hatte keine Papiere, und es gab niemanden, den es zu benachrichtigen galt. Leute aus der Gegend haben ihn begraben und an der Vorder- und Rückseite des Grabs einen Stein aufgestellt, wie es der Brauch vorschreibt, aber sie haben das Grab nicht mit einem Namen versehen.«

»Und wer hat seine Hütte zerstört?«

Rachid zuckt die Schultern.

»Jemand, der glaubte, daß sie Unglück bringe oder dem die Form nicht gefiel.«

Ich schweige. Die Nachricht schmettert mich zu Boden. Hugues Le Coz ist soeben zum zweitenmal gestorben. Um nicht zu weinen, konzentriere ich mich auf verrückte Einzelheiten, auf die Schnalle von Rachids Sandalen, das Brandloch einer Zigarette im Teppich, den Mückenstich auf meinem Knöchel. Dann schaue ich Silvia hoffnungsvoll an:

»Rachid hat die Hälfte des Geldes bekommen und teilt uns mit, daß Habari tot sei. Das war leicht verdientes Geld für ihn. Er hat sich vielleicht den ganzen Tag in der Sonne braten lassen, und nun kommt er, und will sein Geld haben.«

»Ich habe ihm, als ich ihm die erste Hälfte des Geldes gab, unmißverständlich gesagt, daß er den Rest des Geldes nur bekommt, wenn er Habari findet. Er hatte also großes Interesse daran, ihn zu finden und so viel Zeit mit der Suche zu verbringen, wie er brauchte. Sie sind ihm nun nichts mehr schuldig. Es tut mir leid, Mab.«

»Nicht so wie mir«, sage ich.

Ich ersticke hier auf der Terrasse. Ich stehe abrupt auf, lasse Silvia und Rachid allein, gehe die Treppe hinunter und fliehe aus dem Hotel.

Als ich das Hotel verlasse, sehe ich Basile, Félix und Jérémie am Ende der Straße in ein angeregtes Gespräch vertieft. Da sie mich nicht gesehen haben, verstecke ich mich hinter einem Mauervorsprung. Fast hätte mich ein Fahrradfahrer überfahren. Der Radfahrer beschimpft mich auf suaheli und weicht dann mit einer geschickten Körperbewegung einem blinden, alten Mann aus, der einen bedruckten *kanzu* trägt. Er tastet mit einem Stock über den Boden und steuert auf die nahe gelegene Moschee zu. Die Passanten schauen mich neugierig an. Hugues ist aus dem Atlantischen Ozean auferstanden, um in der Nähe des Indischen Ozeans in einem blöden Autowrack ums Leben zu kommen. Der Mann auf Sansibar war sicher unser Vater. Alles paßt zusammen: die Tätowierung, die Hütte, das Spiel mit G und V, der berühmte Satz und vor allen seine Amnesie. Ich bin wütend auf die Wissenschaftler, auf die Schweizer, auf Rachid, auf Silvia, auf die ganze Welt.

»*Jambo*«, ruft mir ein Kind zu, das wie ich eine kleine Zahnlücke zwischen den Schneidezähnen hat.

Ich antworte ihm gedankenverloren. Das Kind kann nichts dafür, daß ich in diesem Augenblick seine Stadt hasse. Ich laufe ziellos durch die Gassen. Der Leuchtturm von Sansibar, der auf Chumbe Island gegenüber dem Flughafen und Chukwani liegt, schickt Lichtsignale über das Meer, doch ich bin heute abend ohne Licht, ausgelöscht, kaputt, außer Betrieb.

An einer Straßenecke weist ein Schild auf das Mao-Tsetung-Stadion hin. Mao und sein kleines rotes Buch auf Sansibar. Meine Tränen und mein Lächeln müssen wohl in der gleichen Schublade meines Gehirns liegen, denn dank des großen Mao lache und weine ich gleichzeitig. Ich beweine Hugues und Habari; ich sage ihnen auf bretonisch und auf suaheli auf Wiedersehen, *Kenavo, Kwaheri*, Adieu, und ich lache über den unerwarteten Namen des Stadions, wohin die jungen Sansibaner laufen, die noch nie etwas von dem Langen Marsch und der Chinesischen Mauer gehört haben.

Nach einer Weile beruhige ich mich wieder und kehre langsam zum Hotel zurück. Ich atme den außergewöhnlichen Duft dieser Stadt ein, diese Mischung aus Gewürzen und Staub. Auch in Étel schwebt ein besonderer Duft in der Luft, in dem sich der Wind, die Ebbe und die Taue der nassen Schiffe vereinen. Und mein Körper riecht heute abend nach Kummer und Schmerz.

Ich habe das sinkende Schiff verlassen und es Silvia überlassen, den anderen die Nachricht mitzuteilen. Ich hätte es nicht ertragen, dabeizusein. Gleich, wenn Jérémie schläft, werde ich mich zum erstenmal in meinem Leben richtig betrinken.

Als ich die Stufen zur Terrasse hinaufsteige, höre ich dennoch Lachen und Musik. Und meine drei Musketiere sind da: Jérémie trägt eine bestickte *kofia* auf dem Kopf, Félix und Basile tragen einen ockerfarbenen *kanzu*.

»Ich habe ein Geschenk für dich, Mama. Einen *khanga*, der so blau ist wie deine Augen«, sagt Jérémie stolz und reicht mir ein Paket.

Sie lachen, sind glücklich und unbekümmert.

Silvia kommt zu mir und sagt leise:

»Ich habe ihnen gesagt, daß Rachid mehr Zeit braucht. Ich dachte mir, daß es Ihnen lieber sei, es ihnen selbst zu sagen.«

Zweites Abendessen auf der Terrasse mit Blick auf Sansibar

Silvia hat sich selbst übertroffen. Jérémie hat sein und mein Essen verschlungen: in gewürzter Kokosmilch gekochter Fisch und Hammelragout mit schwarzem Pfeffer, Chili, Kardamom und Zimt, dazu aus Reismehl gebackenes Brot. Die Sonne geht unter, und die Dunkelheit senkt sich auf das Minarett von Malindi. Der Muezzin ruft zum Gebet. Die Kellner, die dem moslemischen Glauben angehören, verharren regungslos. Auf dieser wunderschönen Terrasse trauere ich um einen Mann, der vor zwanzig Jahren starb.

Ich bin nicht in der Lage, Félix und Jérémie mitzuteilen, daß Habari tot ist. Ich verdiene mein Geld mit Wörtern, aber diese drei gehorchen mir nicht. Er ist tot. Er: das Pronomen, ist: das Verb, tot: das Adjektiv. Ich bin tot; du bist tot; er ist tot; wir sind tot; ihr seid tot; sie sind tot. Das Pronomen und das Verb verändern sich, aber das Adjektiv bleibt unverändert. Tot!

Richtig zu schreiben, ist die Vorbereitung für richtiges Denken, steht in dem anerkannten Handbuch von Odette und Édouard Bled. Wie man es auch immer schreiben mag, Habari ist und bleibt tot.

»Du hast rote Augen, Mama. Kommt das vom Schwimmen?«

Ich atme tief durch, bereit, die schöne Harmonie ihres Abends zu zerstören, und ich öffne den Mund, um den schicksalhaften Satz auszusprechen: »Siehe da, die Schöne kommt zurück.«

Ich weiß nicht, wer gesprochen hat, aber ich war es nicht. Die Worte: »Habari ist tot«, sind in meiner Kehle steckengeblieben. Meine drei Männer folgen mit bewundernden Blicken Silvias schmaler Gestalt, die anmutigen Schrittes die Terrasse betritt, und das ist mir plötzlich unerträglich. Ich habe Lust, sie anzugreifen, um mein Leid zu lindern, diesen Schmerz, der meinen Magen quält, in eine andere Richtung zu lenken. Als ich von Jérémie entbunden wurde, wußte ich, warum ich litt. Der Schmerz heute abend ist eine sterile Qual, unnütz und peinigend.

»Habt ihr sie nun genug bewundert?«

»Sei nicht eifersüchtig. Ich bin dein Bruder. Sie liebt mich«, antwortet Félix scherzhaft.

»Da irrst du dich, mein Alter. Sie sucht kein Kind, sondern einen Mann, einen richtigen wie mich«, erwidert Basile.

Das findet Félix gar nicht komisch. Er steht auf, um Basile zum Kampf herauszufordern.

»Wollen sie sich prügeln?« fragt Jérémie, den das einerseits begeistert, aber andrerseits beunruhigt.

Félix fordert Basile zu einer Prügelei heraus und schlägt ihm vor, hinauszugehen, um die Sache unter vier Augen zu klären. Aber Basile hebt die Arme: Er gibt auf.

»Ich habe schon einen böse zugerichtet, und das reicht mir«, sagt er mit dumpfer Stimme.

Félix bleibt mit geballten Fäusten stehen. Silvia, welche die Szene beobachtet hat, beugt sich zu dem Etui hinunter, das neben Félix' Füßen liegt, holt das Saxophon heraus und reicht es ihm. Félix zögert und nimmt es schließlich in die Hand. Jérémie atmet erleichtert auf.

Die Klänge von *Fly me to the moon* schweben durch die Nacht. Silvia ist fasziniert und hat nur noch Augen für Félix. Die anderen Gäste verharren schweigend. Die Musik bricht mir das Herz und steigt zu meiner zugeschnürten Kehle und meinen geschwollenen Augen hoch. Ich strenge mich ungeheuer an, um meine Tränen zurückzuhalten, bis die Schranke bricht. Félix spielt weiter. Jérémie beobachtet mich beunruhigt. Basile streichelt meine Schulter.

»Ich bin müde«, stottere ich.

Silvia schaut mich mitfühlend an. Die Männer werfen mir Beschützerblicke zu. Ich bin nur eine schwache Frau.

»Hast du kein Taschentuch?« fragt Jérémie, der praktisch veranlagt ist.

Ich putze mir die Nase mit der Papierserviette und bete, daß keiner von ihnen mich beruhigen und sagen möge, daß Rachid Habari sicher finden werde. Die letzten Töne des Instrumentes, das 1845 von Adolphe Sax erfunden wurde, einem Franzosen belgischen Ursprungs, verstummen, und nur noch dieser sterbende Klang erfüllt die Luft. Habari ist tot.

»Saxophonist in einem Leuchtturm und spüren, daß der Blick einer schönen Frau auf mich gerichtet ist. Das ist das wahre Leben«, seufzt Félix. »Wenn ich daran denke, daß die anderen sich jetzt in ihren Seminaren an der Uni abrackern.«

»Haben Sie schon den Leuchtturm von Sansibar auf Chumbe Island besichtigt?« fragt Silvia. »Das ist in der Nähe des Flughafens. Sollen wir mit dem Wagen hinfahren?«

Félix nickt. Er ist hellauf begeistert.

»Ich möchte hierbleiben«, erwidere ich schluchzend.

»Ich leiste dir Gesellschaft«, sagt Basile.

»Darf ich mitfahren?« fragt Jérémie.

Félix wirft mir einen flehenden Blick zu, damit ich es ihm verbiete. Morgen früh werde ich ihm schonend beibringen, daß sein Vater tot ist. Ein Abend allein mit der schönen Silvia wird ihm guttun. Andererseits enttäusche ich Jérémie, wenn ich Félix unterstütze.

»Darf ich mitfahren, Mama?« beharrt Jérémie.

Félix beißt sich auf die Unterlippe, und aufgrund dieser kindlichen Geste treffe ich meine Entscheidung.

»Hast du gesehen, wie spät es ist, Jérémie. Morgen brauchst du Streichhölzer, um deine Augen aufzuhalten.«

»Mit zehn Jahren ist man kein Baby mehr«, widerspricht mein Sohn mürrisch.

Félix wirft mir einen dankbaren Blick zu. Basile verharrt unbeweglich. Silvia steht auf.

»Ich möchte dir etwas zeigen, Mab«, sagt sie.

Verständnislos gehe ich hinter ihr die Treppe hinunter.

»Möchtest du, daß ich es Félix sage?« schlägt sie vor.

Ich nicke. Wenn Félix, den sie in ihren Bann gezogen hat, es aus ihrem Munde erfährt, wird es ihn etwas weniger quälen. Und sie muß Ginos Tod verarbeiten und Basile vergessen. Die Nacht wird jedem Rat bringen.

Sie fahren zusammen davon in Richtung Steinstadt, an Häusern im Stil arabischer, afrikanischer und indischer Architektur vorbei. In dieser Nacht wird Félix zum erstenmal eine Frau lieben, und er wird erfahren, daß er seinen Vater verloren hat. Das wird seine Art sein, zum Mann zu werden.

»Warum wolltest du nicht, daß ich mitfahre? Ich bin noch nicht einmal müde!« knurrt Jérémie.

»Willst du es genau wissen? Sie möchten gerne allein sein.«

»Deine Aufmerksamkeit ehrt dich«, sagt Basile spöttisch.

»Habari ist tot!«

Ich habe es ausgesprochen. Jérémie und Basile schauen mich sprachlos an.

»Rachid hat es uns kurz vor dem Abendessen gesagt. Habari hatte einen Autounfall. Er ist tot und begraben. Wir sind umsonst hergekommen.«

»Dann ist es vorbei?« fragt Jérémie.

Ich drücke ihn zärtlich an mich. Er ist warm, drollig und liebevoll. Sein ganzes Leben liegt noch vor ihm. Er ist noch ganz grün hinter den Ohren und weiß noch nichts von der Welt.

»Ja, es ist vorbei.«

»Zwei Whisky, bitte!« bestellt Basile beim Kellner, der sich verneigt und dann den Whisky holt.

»Du weißt, wie man mit Frauen umgeht«, stelle ich fest.

Jérémie schläft unten in seinem Himmelbett. Das Surren des Ventilators hat ihn in den Schlaf gewiegt. Wir sitzen noch immer auf der Terrasse. Basile hat die erste Runde *Cardhu* ausgegeben, einen Single Malt, der in den schottischen Highlands hergestellt wird, und ich die zweite. Sansibar, seine Strände, sein chinesisches Stadion, seine reizende italienische Köchin und sein schottischer Whisky. Das Leben ist düster. Es ist ein einziger Schlamassel, und auf jeden Fall werden wir eines Tages alle sterben, und dann sind wir alle tot genau wie Habari.

»Ich frage mich, wie Silvia es Félix beibringen wird, daß er nicht nur ein uneheliches Kind ist, sondern überdies Waise«, sage ich.

»Ich frage mich, wann sie es ihm sagen wird, vorher oder nachher?«

»Du bist ja sexbesessen!«

Warum sitze ich hier unter den Sternen und rede mit Basile, anstatt bei Hugues zu wachen? Wie kann man an einem Ort bei einem Autounfall sterben, wo alle Welt mit dem Fahrrad fährt? Das alles erscheint irreal, diese himmlische Insel, dieser paradiesische Leuchtturm, den ich bald verlieren werde; Félix, der mit mir hierhergekommen ist, um einen Toten zu suchen; Basile, der den Ozean überquert hat, um Silvia wiederzusehen, welche die Nacht mit Félix verbringt.

Ich denke an den Aufsatz, den ich als Kind geschrieben habe, und an mein Gespräch mit Hugues, am Tag vor seinem Verschwinden.

»Was war der schönste Tag in deinem Leben?« frage ich Basile.

Er stützt sein Kinn in die Hände und überlegt.

»Der Tag, an dem ich meinen Pilotenschein erworben habe. Ich hatte mich mit meinem Fluglehrer angefreundet, und er wollte das Ereignis mit Champagner begießen. Er war sternhagelvoll. Wir mußten ihn unter die Dusche schleppen. Anschließend bin ich mit meinem Bruder wieder aufgestiegen; es war märchenhaft schön. Ich war nicht Peter Pan, der nachts in das Zauberland flog. Ich flog am hellichten Tag durch die Unendlichkeit eines richtigen Himmels, und die Welt gehörte mir.«

Jetzt verstehe ich einige seiner Reaktionen auf Félix, der im gleichen Alter wie sein jüngerer Bruder damals ist. Nach Silvias Worten träumte er davon, wie Basile Pilot zu werden, aber man braucht zwei Hände und zwei Arme, um ein Flugzeug zu fliegen, um eine Frau zu lieben und ein Mann zu werden. Basile hat sich hinter Pierre Hermès versteckt, um sich dafür zu bestrafen, daß er den Traum seines Bruder zerstörte. Der Peter Pan aus dem Buch hat dem Kapitän Hook die Hand abgehackt; der richtige Pierre Hermès hat seinen Bruder verstümmelt, und ein ganzes Leben wird nicht ausreichen, um seine Schuld zu sühnen.

»Und was war der schönste Tag in deinem Leben?« fragt Basile.

Ich überlege. Es war nicht der Tag, an dem mein Sohn geboren wurde, weil ich allein war. Patrick fehlte mir, und Jane hatte geschworen, nach der Sache mit Andrew nie mehr einen Fuß in ein Krankenhaus zu setzen.

»Der Tag, an dem ich Jérémie in meinen Armen hielt und in den Leuchtturm zurückkehrte.«

»Wir zwei sind jämmerliche Erwachsene. Anstatt von der Liebe oder von beruflichen Erfolgen zu sprechen, sprechen wir über Flugzeuge, Kinder und Leuchttürme. Du hast wirklich schöne Augen, Mab.«

»Küß mich!«

»Wie bitte? Du weißt doch, daß das hier in der Öffentlichkeit verboten ist.«

Ich lächele trotz meiner Traurigkeit.

»Das war kein Angebot, sondern ein Zitat. *Quai des brumes*, 1938, Carné und Prévert. Jean Gabin sagt: *Du weißt, daß du schöne Augen hast*, und Michèle Morgan antwortet: *Küß mich!*«

»Wie gebildet du bist«, spottet Basile. »Möchtest du noch einen Whisky trinken?«

Ich schüttele den Kopf. Die Kellner warten. Wir sind die letzten Gäste.

»Wir möchten nichts mehr trinken, danke!« sagt Basile zu ihnen.

Sie verabschieden sich und gehen erfreut von dannen. Die Stadt zu unseren Füßen schweigt. Sie ist nur schwach beleuchtet. Wir sitzen hier allein mit unseren zerronnenen Träumen. Vincent wird niemals Flügel haben, und Hugues wird niemals Jérémie kennenlernen.

»Ich habe noch nie eine Frau wie dich gekannt«, flüstert Basile.

»Bist du erleichtert?«

Er schaut mich seufzend an.

»Wie hält es Monsieur Mab jeden Tag mit dir aus. Dieser Mann muß ein Heiliger sein.«

»Es gibt keinen Monsieur Mab«, sage ich.

»Du bist nicht verheiratet? Ausgezeichnet. Dann brauchst du dich nicht scheiden zu lassen. Heutzutage halten Ehen nicht sehr lange.«

»Ich lebe allein mit Jérémie. Unsere Zweisamkeit dauert schon zehn Jahre, und es sieht nicht so aus, als wollten wir sie beenden.«

»Und sein Vater?«

»Er lebt irgendwo in Irland mit seiner Frau und seiner Tochter. Er weiß nicht, daß er einen Sohn hat. Er ist ein Typ wie du: unmöglich, ein Angeber, ein Verführer, eigensinnig, und er glaubt, er sei der Größte.«

»Und du bedienst dich seiner Erinnerung wie einer

Rüstung. Darf man erfahren, was du mit mir um ein Uhr morgens auf dieser Terrasse machst?«

»Ich weine«, antworte ich.

»Wenn du eines Tages traurig bist und es keinen Leuchtturm gibt und du Licht brauchst, um dich zu wärmen, dann vertraue mir«, sagt Basile.

»Das ist eine freie Wiedergabe. Das richtige Zitat lautet: Suche einen Leuchtturm, laß dich von seinem Licht wärmen, und du wirst die Nacht lieben.«

»Der Leuchtturm ist weit entfernt, und zwei Kinder haben ihn schon in Beschlag genommen.«

Basile beugt sich zu mir hinüber, um mir eine gute Nacht zu wünschen. Ich halte ihm wie gewöhnlich meine Wange hin, aber im letzten Moment streifen seine Lippen über mein Gesicht, berühren meinen Mund und nehmen ihn in Besitz.

Es mag sich absurd anhören, aber ich weiche genau aus dem Grunde nicht zurück, weil Habari tot ist und weil ich lebe. Ich habe Silvia nicht geglaubt. Ich weiß, daß Basile mich nicht liebt. Drehbuchautoren regen ihn auf, Familienmütter gehen ihm auf die Nerven, und ich friere zu sehr. Er will mich nur auf seine Art trösten, und ich male mir nichts weiter aus. Aber ich nutze diesen Moment der Zärtlichkeit und Wärme. Ich genieße den Geschmack seines Mundes und seine zarten Lippen. Das Begehren, das diese Leere in unserem Kopf verursacht und jeden Zentimeter unserer Haut erfüllt, dient dazu, in jedem Winkel unseres Körpers zu spüren, daß man ein Mensch ist und lebt, daß es einen nächsten Tag gibt, andere Trinkgelage, andere Bootsfahrten. Unser Kuß schmeckt nach dem Duft von Sansibar, nach Gewürznelken, Gewürzen und Meer.

Die Erde dreht sich, und der Leuchtturm auf Chumbe Island wirft sein Licht auf die Wellen. Unsere Herzen schlagen im Rhythmus der *Taarab*-Geigen. Alle Fäden treffen in der Mitte dieses Kusses zusammen: Die Unendlichkeit des Himmels, die Basile mit seinem Flugzeug durchquert hat; die Personen, die auf meiner Tastatur geboren wurden und gestorben sind; seine Bücher, meine Drehbücher, die Wirklichkeit, die Fiktion; alles, was zittert, rennt und sich küßt.

Basile nimmt meine Hand. Er wird mich jetzt in sein Zimmer führen, weil Jérémie in meinem schläft. Ich warte nur darauf, aber dennoch bin ich ihm böse, weil Hugues soeben gestorben ist. Mein Körper begehrt Basile, meine Seele beweint meinen Vater, und mein Herz streikt, um sich nicht zwischen den beiden entscheiden zu müssen.

Wir steigen schweigend die Treppe hinauf. Die Stille wird nur vom Plätschern des Brunnens im Innenhof unterbrochen. Wir erreichen die erste Etage. Wie die Frauen, von denen Goulven Kernic sprach, habe ich mich auf den ersten Blick in Pierre Hermès verliebt, aber ich würde lieber sterben, als es zuzugeben.

»Schlaf schön«, sagt Basile zärtlich, ehe er weggeht und mich allein vor der Tür meines Zimmers stehenläßt.

Der dritte Morgen in Sansibar

»Guten Morgen, Freunde!« schreit Jérémie.

Ich habe einen trockenen Mund, weil ich zuviel Whisky getrunken habe. Suleiman hat uns gestern erklärt, daß *unyago,* der Einweihungstanz der jungen Mädchen von Sansibar am Nachmittag in ausschließlich weiblicher Gesellschaft, von mehreren Trommeln begleitet, zelebriert wird. Es muß ein Irrtum vorliegen. Ich bin seit langem kein junges Mädchen mehr. Es ist morgens, und irgend jemand hat in meinem Schädel eine Trommel vergessen.

Jérémie springt aus dem Bett, kämpft mit dem Moskitonetz und bahnt sich schließlich einen Weg zu mir.

»Sei nicht traurig. Vielleicht war Habari gar nicht dein Vater?«

»Das ist nicht mehr wichtig«, antworte ich.

Ich habe die Nase voll von diesen Utopien. Ich werde die Vergangenheit begraben, wie Jane sagte, mein Leben in die Hand nehmen, die Sterne und Leuchttürme vergessen und seriös, alt und dumm werden. Und vor allem ein neues Haus für uns suchen.

»Sind Silvia und Félix zurückgekommen? Glaubst du, sie haben sich geküßt?«

»Erstens geht dich das nichts an, und zweitens hoffe ich es für sie.«

»Und du?«

»Was soll mit mir sein?«

»Bist du nicht in Basile verliebt?«

»Es tut mir leid, daß ich dich enttäuschen muß, aber Basile ist wegen Silvia gekommen und ich wegen deines Großvaters.«

»Und Silvia ist auf Félix geflogen und Basile auf dich, aber du schaffst es ja immer, daß alles schiefgeht.«

»Nein, jetzt fang du nicht auch noch an!«

Heute sind wir die ersten unten. Ich habe Lust auf einen ganz starken Espresso aus der Kaffeemaschine, wie er *Bei Soizic* in Étel serviert wird, einen Kaffee, der die Toten weckt. Aber auch wenn Silvia ihren Kaffee aus Palermo kommen läßt, ist er kaum besser als der von Clementina. Das ist eine Frage der Lagerung und des Wassers. Wir sind schon fast fertig mit frühstücken, als Basile zu uns kommt, sich verbeugt und um die Erlaubnis bittet, sich an unseren Tisch setzen zu dürfen.

»Wieviel zahlst du dafür?« fragt Jérémie. »Ich nehme nur Bares.«

»Ich habe zwei Dollar in der Tasche. Geht das in Ordnung?«

»Dieses eine Mal ja«, sagt Jérémie großzügig.

Ich fange die Geldscheine in dem Moment ab, als sie den Besitzer wechseln.

»Ich fordere meinen Anteil«, sage ich.

»Aber das sind ja 100 %«, protestiert Jérémie.

»So lernst du, die Leute nicht auszunehmen.«

Auf meinen Lippen spüre ich noch Basiles Küsse. Soizic hat es nie erfahren, aber Gwenaël war der erste Junge, der mich geküßt hat. Er schmeckte nach Étel, nach Wind, Meer und Sand. Ich frage mich, wonach Basiles Küsse fern von Sansibar wohl schmecken mögen.

»Guten Morgen!«

Félix ist allein und offensichtlich aufgewühlt, weil ihn widersprüchliche Gefühle quälen. Er wirkt männlicher; er ist in dieser Nacht gereift, als er die Liebe entdeckt hat, aber seine Gesichtszüge sind eingefallen. Er hat Ringe unter den Augen. Er hat die Sache mit Habari erfahren.

»Guten Morgen«, sage ich. »Ist der Leuchtturm schön?«

»Ja.«

Er trinkt eine Tasse Kaffee, ißt drei Schnitten Brot, eine Mango und hebt den Kopf.

»Ich habe beschlossen, hierzubleiben.«

Ich schaue ihn verblüfft an.

»Silvia hat mir das mit Habari gesagt, Mab. Ich werde nicht mit euch nach Frankreich zurückkehren. Ich bleibe auf Sansibar. Das Schicksal hat mich hierhergeführt, um meinen Vater zu treffen, doch statt dessen habe ich Silvia getroffen. Daher kehre ich nicht zurück, um im Hörsaal der Uni den Idioten zu spielen oder mich von diesem Schwachkopf von Gérard belehren zu lassen.«

»Können wir auch hierbleiben, Mama?« schreit Jérémie.

»Natürlich nicht! Ich habe einen Beruf und Verträge zu erfüllen. Und du mußt in die Schule, und deine Freunde und deine Großmutter warten zu Hause auf dich. Wäre es dir gleichgültig, alles aufzugeben?«

»Wenn du da bist, ja!« beteuert Jérémie.

Ich müßte mich geschmeichelt fühlen.

»Du bist erst neunzehn Jahre alt, Félix. Silvia ist älter als du. Sie hat soeben ihren Ehemann verloren, und sie ist Italienerin. Ich fühle mich für dich verantwortlich. Ich glaube, daß du eine große Dummheit begehst«, sage ich.

Er schaut mich enttäuscht an.

»Ich habe dich nicht für so altmodisch gehalten, Mab! Ich bin jung und ungebunden, und ich liebe Silvia. Sie ist allein und hat mir vorgeschlagen zu bleiben. Ich werde ihr im Hotel helfen. Was ist Schlimmes daran? Wäre es dir lieber, wenn ich zurückkehrte, um die Anzahl der Arbeitslosen und Sozialempfänger zu erhöhen? Ich habe nie gesagt, daß ich sie heiraten und zehn Kinder mit ihr haben will.«

»Und deine Prüfung, um Leuchtturmwärter zu werden? Und Louise?«

»Und der arme Gérard? Hurra!« antwortet er schlagfertig. »Es paßt nicht zu dir, die Miesmacherin zu spielen. Die Kandidaten für die externe Prüfung machen nur einen geringen Prozentsatz für die zur Verfügung stehenden Posten aus. Die Behörden behüten ihre Schäfchen. Ich werde meiner Mutter einen langen Brief schreiben, den du am Flughafen einwerfen kannst.«

»Bist du sicher?«

»Genauso sicher, wie Habari tot ist«, antwortet er traurig.

Ich drücke ihn an mich. Er erlebt seine erste Liebesgeschichte. Vielleicht hat er recht, verrückt zu sein. Hugues hatte nicht die Zeit, ihn mit seinen Geschichten zum Träumen zu bringen, also ist das die ausgleichende Gerechtigkeit. Er wagt es, sein Leben in die Hand zu nehmen, was ich nicht gebacken bekomme, wie Jérémie sagen würde. Seine Art auszudrücken, daß ich nichts auf die Reihe kriege, was letztendlich stimmt.

»Silvia will auf dem Darajani-Markt Einkäufe machen.

Wenn ihr wollt, nehmen wir euch mit. Abfahrt in zwanzig Minuten«, sagt er und benutzt das ›wir‹, um sich von uns Touristen abzugrenzen.

Der Darajani-Markt

In einem Meer von Farben und Gerüchen bewundern wir Gewürze, Fisch und Fleisch. Die zum Kauf angebotenen Früchte sind pyramidenförmig auf Matten aufgestapelt. Wir entdecken Zuckerrohrstangen, deren Saft man trinken oder deren runde Stücke man lutschen kann. Im Radio singt eine Frau auf suaheli. Kinder in Uniform kommen aus der Schule und mischen sich in die Menge. Die verschleierten jungen Mädchen tragen rote Röcke und weiße Blusen, die Jungen blaue Hosen und weiße Hemden. Ein Kind spielt in der Sonne mit einem grün-gelben Regenschirm.

»Das muß man sehen, wenn es regnet. Alles ist überschwemmt, und man watet in Stiefeln durch roten Schlamm«, erklärt Silvia, die von Stand zu Stand geht, um ihre Körbe zu füllen.

»Wenn Sie erlauben«, sagt Félix und nimmt ihr die Körbe ab.

Er schlängelt sich durch das bunte Treiben und fühlt sich scheinbar sehr wohl inmitten von bunten *khangas*, schwarzen *buibui*, hellen *kanzus*, Taxifahrern *dala dala* und Fahrrädern, die überall anzutreffen sind.

Ich gehe etwas langsamer und bleibe auf Silvias Höhe stehen. Sie nimmt gerade einen Fisch in Augenschein.

»Danke, daß Sie ihm das mit Habari gesagt haben.«

»Er hat geweint. War es das, was Sie wissen wollten? Freuen Sie sich, Sie sind nicht die einzige, die leidet.«

»Haben Sie ihm vorgeschlagen zu bleiben?«

»Wenn Sie wissen wollen, ob ich damit einverstanden bin, dann ist die Antwort ja.«

Ich lasse sie ihre Einkäufe machen. Der Fisch interessiert sie mehr als unser Gespräch.

»Ich muß dir etwas sagen«, flüstert mir Basile zu.

Er wird jetzt sicher unbeholfen einen Satz stottern wie: Wir haben gestern abend zuviel getrunken; das kommt nicht wieder vor. Und ich werde ihm antworten, daß ich voll und ganz seiner Meinung bin, was natürlich eine Lüge ist.

»Eine junge Frau folgt uns«, sagt Basile ernsthaft.

Ich bin so erleichtert, daß ich anfange zu lachen.

»Vielleicht findet sie dich toll.«

»Sie trägt einen blau-orangefarbenen *khanga*.«

Ich schaue diskret in die angegebene Richtung. Tatsächlich folgt uns eine junge, zierliche Sansibarerin. Unter dem Stoff, der ihre Haare verdeckt, erkenne ich abgespannte Gesichtszüge. Sie starrt Félix an. Er ist blond, aber er ist nicht Robert Redford. Er trägt nicht zwei verschiedene Sandalen, sein Hosenschlitz ist geschlossen, sein Hemd sauber, und ich verstehe nicht, was ein derartiges Interesse hervorrufen könnte. Sie bleibt stehen, sobald Félix stehenbleibt, und sie geht weiter, sobald er sich bewegt. Félix führt unsere Gruppe an. Er trägt die Körbe und schaut sich gebannt die Auslagen an. Jérémie folgt ihm. Dann kommt Silvia, die sich keine Einkaufsliste gemacht hat, sondern ihre Gerichte den Marktangeboten entsprechend zubereitet. Und dann folgt diese junge Unbekannte.

»Ich beobachte ihre Vorgehensweise schon eine ganze Weile«, sagt Basile.

»Fragen wir sie doch einfach, was sie will.«

Ich drehe mich um und steuere auf den blau-orangefarbenen *khanga* zu.

»*Jambo! What du you want?* Was wollen Sie?«

Sie schaut mich aufgeregt an. Ein junger Mann, der *kofias* verkauft, mischt sich ein.

»*Kofias good;* nicht teuer.«

Und er sagt einen langen Satz auf suaheli zu ihr. Ich lege meine Hand auf mein Herz und lächele das junge Mädchen an.

»*Naomba*, bitte. Hören Sie mir bitte zu.«

Basile kommt mit Silvia, Félix und Jérémie zurück. Wir werden von Marktbesuchern umringt. Das junge Mädchen reißt verängstigt die Augen auf, die von Silvia zu Basile und dann zu mir wandern, als schaue es sich die Ecken eines Dreiecks an, ohne auf einem unserer Gesichter zu verharren.

»Wir wollen Ihnen nichts Böses. Haben Sie keine Angst.«

Die junge Frau hat nichts verstanden, aber ich habe freundlich mit ihr gesprochen. Silvia beruhigt sie. Die Menge weicht auseinander. Der Kofiaverkäufer geht weg.

»Wer ist sie? Warum verfolgt sie Félix?«

Silvia übersetzt. Das junge Mädchen antwortet. Inmitten all der unbekannten Wörter, die sie sagt, erkenne ich ein einziges: Habari.

Sie heißt Saïda und hat gehört, daß Habari gesucht wird. Auf Sansibar spricht sich so etwas schnell herum. Sie kennt ihn. Auch sie wohnt in einem Dorf im Süden der Insel. Sie nennt ihn *daktari*, den Doktor, weil er eines Tages ihr Baby gerettet hat. Es zitterte am ganzen Körper, sein Blick war verdreht, und es war trotz der Beschwörungen schon fast tot. Aber der *daktari* zog dem Baby die Kleider aus und tauchte es in einen Eimer mit Wasser, das eben aus dem Brunnen geschöpft worden war, und es hörte auf zu zittern.

»Es muß hohes Fieber und Krämpfe gehabt haben«, sage ich. »In Frankreich werden Babys, die Fieber haben, ausgezogen und in ein Bad getaucht, dessen Temperatur 2 Grad unter der Körpertemperatur liegt. Aber was hat das mit Félix zu tun?«

»Sie war von der Ähnlichkeit mit Habari überrascht.«

Ich zögere nicht mehr.

»Sagen Sie ihr, daß er sein Sohn ist. Weiß sie, daß er tot ist?«

Ich beobachte genau Saïdas Gesicht, während Silvia ihr die Frage stellt, doch sie bleibt unbeweglich. Vorhin, als sie von ihrem Baby sprach, stand ihr jedoch ihre Erregung im Gesicht geschrieben, und ihre Gesichtszüge entspannten sich wieder, als sie Habaris Namen aussprach.

»Ihr Bruder Ibrahim hat es ihr gesagt. Sie fragt, warum Félix seinen Vater nicht früher gesucht habe?«

»Wenn ich gewußt hätte, daß er hier ist, wäre ich auf dem Dreirad hierhergekommen, als ich sieben Jahre alt war«, brummt Félix.

Saïda spricht weiter.

»Habari hat ihrem Bruder auch einen Dienst erwiesen. Sie fühlen sich seiner Familie gegenüber schuldig«, übersetzt Silvia weiter. »Ibrahim könnte heute nachmittag mit uns nach Changuu fahren. Das ist eine kleine Insel, auf der Riesenschildkröten leben. Sie liegt genau gegenüber der Steinstadt und hat einen weißen Sandstrand. Ich kann euch nicht begleiten, weil ich mich ums Abendessen kümmern muß, aber es lohnt sich hinzufahren.«

Ich öffne den Mund, um abzulehnen. Ich habe keine Lust, mir Schildkröten oder einen Strand anzusehen, aber ich sehe, daß Jérémie mich anschaut. Er hat schon keinen Vater und soll für meinen nicht Trauer tragen.

»Das ist eine gute Idee«, sage ich.

Silvia lächelt mich an und zeigt auf den Saum von Saïdas *khanga*.

»Sehen Sie den Satz, der dort auf den Saum gedruckt ist? *Subira ni unfunguo wa peponi*. Das heißt: Geduld ist der Schlüssel zum Paradies.«

Die Insel Changuu

Ibrahim, Saïdas Bruder, ist Kapitän einer Dhau, eines kleinen Segelbootes mit viereckigem Heck, auf der er mit seinem Cousin Ali arbeitet. Wir lassen uns in der Mitte des Bootes nieder, um die Steuerung nicht zu behindern, und das Boot nimmt Kurs auf Changuu.

Im Hafen von Sansibar ist das Wasser schmutzig. Die Dhau schlängelt sich zwischen Schiffswracks alter Frachter hindurch, die Katzen und Ratten beherbergen, und zwischen Booten, an deren Heck Matrosen ihr Essen kochen. Ibrahim und Ali grüßen die anderen Seeleute im Vorbeifahren und lavieren das Boot zwischen den badenden Kindern hindurch. Schon bald ist das Meer kristallklar. Hier tummeln sich gestreifte, gefleckte und gepunktete bunte Fische. Als wir die offene See erreichen, bietet Ibrahim Jérémie an, das Steuer zu halten, und er zeigt ihm, welchem Kurs er folgen muß. Jérémie steuert mit stolzgeschwellter Brust und der Miene eines alten Seebären den Kahn. Basile holt seine Ixus heraus, einen kleinen Fotoapparat, der kaum größer ist als eine Zigarettenschachtel, und schießt Bilder. Félix versinkt in der Betrachtung der Wellen. Ich lasse meinen Kopf nach hinten fallen, um die Sonne zu spüren, und lächele dem geflickten Segel zu, das von Hand aus verschieden dicken Stoffstücken genäht und an einer grob zugehauenen Holzstange angebracht ist. Fröhlich flattert es um den knorrigen Mast.

Ich lasse meine Hand ins Wasser gleiten und schließe die Augen. Es fällt mir ziemlich schwer, mir vorzustellen, daß die Schiffe diese Insel vor knapp einem Jahrhundert verließen und ihre Lagerräume mit Menschen vollgestopft waren, die wie Waren zu den Antillen exportiert wurden, wo man sie wie Tiere behandelte.

»Changuu«, sagt Ibrahim lächelnd.

Changuu oder *Prison Island* ist eine kleine Insel. Ein reicher Araber verbannte im 19. Jahrhundert widerspenstige Sklaven hierhin. Im 20. Jahrhundert wurde dort ein Gefängnis gebaut. Heute sind die Zellen verfallen, und die zweihundertjährigen Riesenschildkröten faulenzen in der Sonne oder suchen Schutz unter den Mandelbäumen in der Nähe eines winzigen Strandes. Mit dem blauen Himmel, gelben Sand und grünen Wasser bietet die Insel einen märchenhaft schönen Anblick.

»Wer als letzter im Wasser ist, hat verloren!« erklärt Basile.

Jérémie und er ziehen sich um die Wette aus, springen dann ins Meer und spritzen sich naß. Ich bin Basile dankbar, daß er sich mit meinem Sohn beschäftigt. Dazu bin ich heute nicht in der Lage. Ich bleibe am Strand sitzen und verschränke die Arme über meinen Knien. Félix schaut sich die Insel an. Ein indisches Pärchen kommt auf einer Dhau an, und die Frau geht schwimmen, ohne ihren schillernden Sari auszuziehen, der über ihr auf dem Wasser schwimmt.

Ich wurde von einem Zauberer erzogen, und ich bin mit der Erinnerung an ihn aufgewachsen. Ich habe erfahren, daß er vielleicht ein Mörder war, auf jeden Fall ein Betrüger, dann ein im Exil lebender Außenseiter wurde, der das Gedächtnis verloren hat; und nun ist er ein ganz gewöhnlicher Toter – ein Opfer eines Autounfalls mehr, ein Mann, der auf suaheli »Wie geht's?« hieß und dem mein Halbbruder ähnelt wie ein Tropfen *Chouchen* dem anderen.

»Kommst du, Mama? Es ist total klasse.«

Ich schüttele den Kopf. Jérémie schwimmt vergnügt durchs Wasser. Ein kleiner weißer Körper in einer roten Badehose. Basile kommt aus dem Wasser. Er trägt schwarze Bermudashorts. Seine Bauchmuskeln bilden den berühmten Waschbrettbauch, und über die Innenseite eines Beines schlängelt sich eine lange Brandnarbe. Er folgt meinem Blick.

»Habari hat mich mit Salbe behandelt. An dem Tag, als ich mit diesem verdammten Motorrad eine Panne hatte, habe ich mich außerdem noch am Auspufftopf verbrannt.«

»Hat es weh getan?« fragt Jérémie.

»Ich roch wie ein gegrilltes Ferkel. Ich klebte an dem heißen Metall, und als es mir gelang, mich davon zu lösen, blieb meine Haut daran kleben.«

»Donnerwetter!« sagt Jérémie ernsthaft beeindruckt. »Bringst du mir Motorradfahren bei?«

»Du wirst es lernen«, antwortet Basile, womit er der Frage ausweicht.

»Aber nicht von dir?«

»Ich weiß es nicht, vielleicht.«

»Und bringst du mir Fliegen bei?«

Basile hebt die Augen gen Himmel.

»Und wenn ich dir jetzt sofort die erste Stunde gebe, kann ich dann anschließend in aller Ruhe meinen Mittagsschlaf halten?«

»Großes Indianerehrenwort!« sagt Jérémie und spuckt in den Sand.

»Welche Maschine willst du fliegen? Eine Beechcraft? Eine Cessna?«

»Eine Cessna!«

»Einverstanden«, sagt Basile.

Er nimmt ein Stück Holz, das am Strand herumliegt, und zeichnet Kreise in den Sand.

»Das ist das Instrumentenbrett. Der Gashebel ist hier.«

Ich strecke mich im Sand aus und höre dem Unterricht mit geschlossenen Augen zu.

»Das ist ein einmotoriges Flugzeug, okay? Hier ist das Steuerrad. Man nennt es den Steuerknüppel. Um abzuheben, ziehst du den Hebel zu dir, und um an Höhe zu verlieren, schiebst du ihn zurück. Zu deinen Füßen hast du die Seitenruderpedale, die dazu dienen, das Flugzeug nach links oder rechts zu steuern, damit es nicht abdriftet. Kannst du mir folgen?«

Ich öffne ein Auge. Jérémie lauscht gebannt. Er hält den Steuerknüppel fest, der aus einem heruntergefallenen Mandelbaumzweig besteht, drückt auf ein Seitenruderpedal, das ein auf dem Boden liegendes Badehandtuch darstellen soll, und konzentriert sich auf die in den Sand gezeichneten Druckmesser.

»Da hast du den Höhenmesser, das Variometer, den Geschwindigkeitsmesser, den künstlichen Horizont, der dir ermöglicht zu sehen, ob die Flügel waagerecht stehen, den Magnetkompaß und dann noch die Kraftstoffanzeigen und die Kraftstoffdruckmesser. Was sehr wichtig ist: Der Wendezeiger mit Kugellibelle, auch die Kugel genannt. Sie schwimmt in diesem horizontalen Zylinder und muß auf der Markierung in der Mitte stehen, damit eine gute Flugsymetrie gewährleistet ist.«

»Wie bei einem Computerspiel?«

»Ganz genau. Der Ausdruck ›der Fuß jagt die Kugel‹ bedeutet, daß du auf das rechte Seitenruderpedal drücken mußt, wenn die Kugel nach rechts wandert, um die Kugel wieder in die Mitte zu bringen. Verstehst du?«

»Der Fuß jagt die Kugel«, wiederholt Jérémie gewissenhaft. »Das ist klasse.«

»Und um zu landen, muß man kleine Kreise fliegen. Kurz bevor du Bodenkontakt hast, mußt du, ehe die Hinterräder den Boden berühren, den Steuerknüppel zu dir heranziehen, um die Nase des Flugzeugs anzuheben und zu vermeiden, daß die drei Punkte gleichzeitig aufsetzen.«

»Was heißt die drei Punkte?«

»Alle drei Räder auf einmal. Das Vorderrädchen und die zwei Haupträder. Sonst würde man Gefahr laufen, das Fahrwerk zu beschädigen.«

»Ich habe dir noch nichts von den Landeklappen erzählt. Wenn du vom Boden abhebst, fährst du die Landeklappen aus, und anschließend fährst du sie wieder ein. Das Prinzip ist bei jeder Maschine das gleiche. Du kannst dir die Klappen an den Tragflächen ansehen, wenn wir nach Frankreich zurückfliegen.«

Ich falle in einen Halbschlaf. Silvia hat mir versichert, daß es auf dieser Insel keine Schlangen gibt. Es lauern also keine Gefahren hier. Auf dieser Insel sind nur wir und die Schildkröten mit den gutmütigen Mienen. Ibrahim und Ali ruhen sich aus; wir fahren in zwei Stunden zurück. Félix geht noch immer auf der Insel spazieren. Basile hat Vincent sicher ein Dutzend dieser Unterrichtsstunden gegeben. Gestern abend hatte er etwas getrunken. Ob er sich immer so von Frauen verabschiedet, wenn das der Fall ist?

Félix hat vielleicht recht. Man sollte den Augenblick leben, solange man jung ist. Man gibt sich soviel Mühe, ein verantwortlicher, zivilisierter Mensch zu sein. Wir bleiben unseren Sehnsüchten treu, sind in unseren Träumen festgelegt und in unserer Liebe beständig, und dabei könnte man sich mit Männern mit tollen Augen im Bett vergnügen, die Steuererklärungen und Rechnungen in die Toilette werfen, die Kinder mit Haagen-Dasz-Eis vollstopfen und ganze Nächte damit zubringen, mit ihnen Computerspiele zu spielen.

Basile legt sich mit einer englischen Zeitung, die er im Hotel aufgetrieben hat, etwas abseits in den Sand. Jérémie trocknet sich ab, zieht sich an und schaut sich dann auf der Insel um. Er steigt halbzerfallene Treppen hinauf, die zu dem Haupthaus führen, einem ehemaligen Kolonialhaus. Er geht durch leere Räume, beugt sich über die verzierten Balkone, folgt den Befestigungen, steigt eine Wendeltreppe hinunter, überquert einen Hof, geht an den Mauern entlang und streichelt eine dreifarbige Katze. Pfauen mit langen, blauen Hälsen sitzen auf einem Baum. Ihre

Schwänze reichen bis auf den Boden. Eine Riesenschildkröte sitzt mitten auf dem Weg. Sie hat ihren Kopf in ihren schlammfarbenen Panzer eingezogen. Jérémie geht auf die Schildkröte zu, ruft sie und schnalzt mehrmals mit der Zunge. Sie streckt den Kopf heraus, wiegt ihn in dem spärlichen Gras, setzt ihre Riesenpfoten in Bewegung, schleppt ihren Körper einige Zentimeter weiter und zieht ihren Kopf wieder ein. Jérémie streckt seine Hand aus und berührt den Panzer. Er bereitet sich innerlich darauf vor, den Rückzug anzutreten, falls die Schildkröte das geringste Zeichen von Unmut äußern sollte. Dieser ist das jedoch vollkommen egal. Also wird er mutiger, streichelt nun beherzt über den Panzer und setzt sich auf die Schildkröte, ohne den Schatten zu sehen, der hinter dem Fenster einer verlassenen Zelle vorüberhuscht. Aber er zittert, als sich die Tür knarrend öffnet und ein Mann in einem gestreiften Häftlingsanzug heraustritt.

Jérémie springt von der Schildkröte herunter und rennt davon. Er glaubt, die schnellen Schritte des Mannes hinter sich zu hören. Weil er davon überzeugt ist, verfolgt zu werden, rennt er durch das Haus, die Treppe hinunter, rutscht auf einer kaputten Stufe aus, schafft es nicht, sich festzuhalten, fällt und rollt sich ab. Er bleibt halb benommen auf der Erde sitzen und sieht wie durch einen Schleier, daß der Gefangene sich nähert und sich über ihn beugt.

Es ist kein Gefangener, sondern ein Weißer mit einem roten Bart, einem alten gestreiften T-Shirt und einem Lächeln, das überhaupt nicht bedrohlich wirkt. Jérémie atmet tief durch und verzieht das Gesicht, als er sich über den Schädel und die linke Schulter streicht. Der Mann fragt ihn auf englisch, ob er sich weh getan habe. Jérémie schüttelt den Kopf. Er hat keine Lust, als Schwächling angesehen zu werden. Der Mann tastet die Beule auf Jérémies Schädel ab, zieht das Polohemd zur Seite, um die Schulter zu untersuchen, sieht das Bild mit dem Totenkopf und bewundert es. Um das Kind für sich zu gewinnen, zieht er sein T-Shirt zur Seite und entblößt seine linke Schulter. Jérémie schaut erstarrt auf die Schulter und schreit siegessicher.

Ich liege am Strand und bin in einen Halbschlaf gesunken, als ich meinen Sohn schreien höre. Ich renne, gefolgt von Basile, sofort los. Auch Félix taucht plötzlich mit geröteten Augen wieder auf. Jérémie zeigt mit verklärtem Gesicht auf den Unbekannten mit dem roten Bart, der neben ihm steht, und als wir ihn verständnislos anstarren, schreit er:

»Er hat die Tätowierung mit dem Leuchtturm. Das ist Habari!«

Ich habe Hugues seit zwanzig Jahren nicht mehr gesehen. Ich vermag nicht zu sagen, ob er es ist. Der Mann ist blond, aber sein Bart ist rot. Seine Augen sind schwarz, aber sein zerfurchtes Gesicht verschwindet hinter seinem Bart. Einen Moment verspüre ich Panik. Auf jeden Fall ist es Habari. Basile lacht übers ganze Gesicht und schlägt ihm freundschaftlich auf den Rücken.

»Man hat uns gesagt, Sie seien tot.«

»Das hat man mir auch gesagt.«

»Gab es gar keine Schweizer Wissenschaftler?« frage ich kopflos.

Sein Blick geht durch mich hindurch wie der von Jane damals. Er schaut mich an, als hätte er mich noch nie gesehen.

»Doch, sicher. Sie hatten einen Unfall, und ein Mann ist umgekommen.«

Ich habe vor zwei Jahren einen Roman für den Film bearbeitet, in dem ein Mann, der sein Gedächtnis verloren hatte, seine Familie wiederfand. Ich erinnere mich daran, daß ich mit Anne-Marie, der literarischen Produktionsleiterin, über die Richtigkeit des Dialogs diskutierte. Ich war dafür, daß der Sohn zu seinem Vater sagt: »Erinnert Sie mein Gesicht nicht an jemanden?«, wohingegen sie es für besser hielt: »Schau mich genau an. Erkennst du mich nicht? Ich bin dein Sohn!«

Jetzt bin ich mit dieser Situation konfrontiert, und ich weiß, welche Worte einem Menschen in dieser Situation durch den Kopf schießen: »Ich bin Mab!«

»Ich bin Mab«, sage ich.

»Ich bin Habari.«

»Aber M.A.B., das heißt ...«, versucht mir Jérémie zu helfen.

»Hat dich jemand gefragt?« falle ich ihm ins Wort.

Jérémie ist verblüfft und schaut mich vorwurfsvoll an.

»Mab und Félix sind aus Frankreich gekommen, um Sie zu suchen. Sie glauben, daß Sie zu ihrer Familie gehören«, erklärt Basile.

Der Mann mustert uns, wühlt in seinem Gedächtnis und schüttelt den Kopf.

»Und welche Beziehung soll es genau zwischen uns geben?«

»Du bist unser Vater«, sagt Félix, der nun zum erstenmal seinen Mund öffnet. »Du bist unser Vater. Das ist die Beziehung zwischen uns.«

»Ich habe euch nicht mehr erwartet«, sagt Habari langsam. »Ich habe lange Zeit geglaubt, daß mich jemand suchen würde, und dann habe ich mich damit abgefunden, ohne Erinnerungen alt zu werden. Ich müßte euch wiedererkennen, aber ich habe alles vergessen. Es tut mir leid. Seid mir nicht böse.«

Wir setzen uns in den Sand. Das Meer, die Sonne, die Mandelbäume, die Schildkröten und die Pfauen interessieren uns nicht. Nur mein Blick, meine Ohren und mein Mund zählen noch, und ich habe unbändige Lust, ihn in meine Arme zu schließen.

»Warum lassen Sie die Menschen in dem Glauben, Sie

seien bei dieser Schweizer Expedition ums Leben gekommen?« fragt Basile.

»Das ist bei ihm zur Gewohnheit geworden. Alle guten Dinge sind drei«, knurrt Félix.

»Ein Europäer aus Daressalam – auch als ›Reiniger‹ bekannt – ist vor drei Wochen nach Sansibar gekommen und hat sich nach mir erkundigt«, erklärt Habari. »Ich wurde gewarnt, habe meine Hütte zerstört und mich hier versteckt. Ich habe Freunde …«

»Und offensichtlich auch Feinde«, sage ich. »Wissen Sie warum?«

Er schüttelt den Kopf und erzählt uns seine Geschichte. Nachdem er vermutlich Opfer eines Verbrechens geworden war, wachte er 1978 eines Tages ohne Papiere und Gepäck in einem gottverlassenen Dorf im Süden von Sansibar auf. Er hatte infolge einer Schädelfraktur vollkommen das Gedächtnis verloren. Die Dorfbewohner pflegten ihn mehrere Monate. Er lernte wieder zu laufen, zu lesen und zu schreiben, und eines Tages fand er seine Sprache wieder. Er sprach fließend Französisch und Englisch. Niemand hat ihn gesucht, und so ist er geblieben.

»Aber Sie hätten sich ans Konsulat wenden können«, sage ich.

»An welches? Das französische oder das englische? Von den anderen franko- und anglophonen Ländern ganz zu schweigen. Ich sagte mir, daß mich meine Familie sicher suchen würde, wenn ich eine hätte. Es ging mir gut in dem Dorf. Ich habe mein Haus gebaut, gelernt, zu fischen und Landwirtschaft zu betreiben, und habe den Touristen die Insel gezeigt, die so mutig waren, bis zu mir zu gelangen, ohne sich beim Motorradfahren den Hals zu brechen«, sagt er mit Blick auf Basile.

»Ich dachte, dir sei das Benzin ausgegangen?« frage ich.

»Er hatte einen Unfall, und dabei wurde der Benzinbehälter beschädigt«, erklärt Habari.

Gewisse Geschichten erfordern, daß man sich duzt. Ich hole alte Fotos von Étienne und Hugues aus meiner Tasche.

»Du heißt Hugues Le Coz«, sage ich zu meinem Vater. »Du wurdest 1944 im Departement Morbihan zwischen Erdeven und Étel geboren, und zwar in dem Leuchtturm, in dem dein Großvater früher als Leuchtturmwärter arbeitete und den du gekauft hast, als er außer Betrieb gesetzt wurde.«

Rückkehr in die Steinstadt

Ibrahims Dhau gleitet mit einem zusätzlichen Passagier an Bord über das Wasser. Ibrahim lacht übers ganze Gesicht. Seine Überraschung ist gelungen. Saïda wird sich freuen, daß sie ihre Schulden beglichen hat.

Jérémie verschlingt seinen Großvater mit den Augen. Basile versucht vergebens, die gespannte Atmosphäre aufzulockern. Félix und ich sind tief bestürzt. Ich dachte, mein Vater sei seit zwanzig Jahren tot. Ich treffe einen Unbekannten, der meine Fragen nicht beantworten kann, der mich wie eine Fremde anschaut und sich seine eigene Geschichte anhört, als handelte es sich um eine erfundene Story. Und Félix, der seit neunzehn Jahren dem Mann böse ist, der ihn im Stich gelassen hat, kann weder seine Wut zügeln noch seine Zärtlichkeit zeigen.

Er hat die Tätowierung. Es ist Hugues. Er gleicht nicht dem Bild, das man sich von einem Mörder macht. Er hat ein bezauberndes Lächeln und eine tiefe Gedächtnislücke, welche die dreiunddreißig Jahre betrifft, die seiner Ankunft auf der Insel vorausgehen.

Die Namen Jane, Mab, Louise und Félix sagen ihm nichts. Die Namen Hugues und Étienne Le Coz auch nicht.

Der Satz: »Wenn du eines Tages traurig bist, suche einen Leuchtturm, laß dich von seinem Licht wärmen, und du wirst die Nacht lieben«, stand auf einer Postkarte, die ohne Unterschrift und ohne Absender in seiner Tasche gefunden wurde. Er hat diesen Satz seitdem allen französischen Touristen aufgetischt, aber es hat nie irgendwelche Reaktionen bei ihm ausgelöst. Er hat sich an das Spiel G wie gewonnen und V wie verloren erinnert, als man ihm zum erstenmal einen Teller in die Hand drückte. Aber weiter nichts.

Der Gedanke, daß er sich in der Bretagne für tot hat erklären lassen, macht ihn stutzig. Wenn Félix und Hugues nebeneinander stehen, fällt ihre große Ähnlichkeit auf. Er ist nicht überrascht, Arzt zu sein. Er dachte sich wohl, irgendwo eine Frau zu haben und vielleicht Kinder, aber jüngere, sagt er und entschuldigt sich lächelnd. Er glaubte, so um die Vierzig zu sein.

»Du bist dreiundfünfzig«, sage ich. »Und lebst du hier mit jemandem zusammen?«

»Ich hatte Freundinnen, aber nichts von Dauer.«

»Das ist Gewohnheit bei ihm«, knurrt Félix in absichtlich aggressivem Ton.

»Warum wirst du Habari genannt?« fragt Jérémie.

»Es war das erste Wort, das ich auf suaheli gelernt habe.«

Wir sehen die weiße Dwarslinie vor Sansibar, im Hintergrund den viereckigen Turm eines Palastes und erreichen die Steinstadt. Ibrahim führt ein geschicktes Anlegemanöver durch. Er lehnt empört den Geldschein ab, den ich ihm zustecken will, sagt einige Sätze zu Hugues und winkt uns zum Abschied zu.

»Einer Sage nach heißt es, daß die Boote aus Nägeln und Eisen, die früher in der Nähe der Küste ankamen, von Bergen mit magnetischer Anziehungskraft angezogen wurden und zerschellten«, erklärt Hugues. »Nur die *mtepe,* deren Rumpf aus Mangobaumholz bestand, dessen Planken mit Stricken zusammengeschnürt waren, konnten dieser Anziehungskraft entkommen.«

»Und weiter?« fragt Jérémie.

»Ibrahim hat mir gewünscht, wie eine *mtepe* im sicheren Hafen zu landen.«

Auf Silvias Terrasse

Silvia begrüßt Hugues freundlich und gibt ihm Ginos Zimmer und Kleidung. Außer den Küchengeräten, die er auf der Insel zurückgelassen hat, besteht sein ganzer Besitz aus dem, was er auf dem Leibe trägt.

In meinem Badezimmer wasche ich mir die ganze Traurigkeit von gestern abend vom Körper. Im Hammam rubbeln die Masseusen die toten Zellen mit Kügelchen von meiner Haut, obwohl sie jeden Tag gewaschen wird. In meiner grünen Badeschale schlüpfe ich für meinen Vater in eine neue Haut.

Als ich mit Jérémie zur Terrasse hinaufsteige, sitzt Hugues schon dort. Er trägt ein blaues Hemd, eine lange weiße Hose und weiße Mokassins. Seinen roten Bart hat er abrasiert, seine blonden Haare gewaschen und sein Gesicht von damals wiedergefunden, das heute ein Geflecht von Falten ziert.

»Warum hast du dir deinen Bart abrasiert?« fragt Jérémie, der das scheinbar bedauert, weil er den Typ ›Kapitän auf hoher See‹ bevorzugt.

»Man hat mir einen Rasierapparat und einen Spiegel gegeben, und ich dachte, daß ich sie auch benutzen sollte. Du siehst sehr elegant aus«, sagt er zu mir.

Ich muß an das Lied von Serge Reggiani denken: *Meine Tochter, nun bist du zwanzig Jahre alt, und ich warte darauf, daß wir uns zum erstenmal verabreden – bei mir oder bei dir oder auf einer Terrasse.* Heute sitzen wir hier auf dieser Terrasse.

Gestern war ich elf Jahre alt, und heute bin ich unter Hugues' Blick einunddreißig. Endlich sitzt er leibhaftig vor mir mit seiner Tätowierung, deren Farben verblaßt sind, mit seinen großen Händen, seinem Blick und seinem Lachen. Aber was soll ich zu einem Menschen sagen, der vergessen hat, daß er mich einst liebte?

Mit den Toten ist es einfach, weil man ihnen Fragen stellen kann, die man selbst beantwortet, und weil man sich nie streitet. Ein Toter, den wir lieben, liebt uns auch, und man kann wohl sagen für immer.

»Möchtest du etwas trinken?« frage ich unbeholfen. »Ich hatte dir bretonischen Whisky mitgebracht, aber die Flasche ist auf der Fahrt zu Bruch gegangen.«

»Ich nehme dasselbe wie du«, sagt Hugues.

Die anderen werden sicher auch gleich kommen. Ich schaue auf meine Uhr, binde das Armband ab und reiche sie ihm.

»Hier, sie gehört dir.«

Er nimmt sie in die Hand, hält sie an sein Ohr und gibt sie mir lächelnd zurück.

»Ich bin es nicht mehr gewohnt, eine Uhr zu tragen. Möchtest du sie nicht behalten?«

»Aber sie gehört dir«, beharre ich.

Es fehlt nicht viel, und wir streiten uns. Andenken sind nur ergreifend, wenn sie an Abwesende erinnern. Heute nimmt die alte Eternamatic ihren Status als Gebrauchsgegenstand wieder an und verliert ihre Seele.

»Ich möchte sie haben«, mischt sich Jérémie ein.

»Fröhliche Weihnachten«, sage ich. »Wir müssen ein neues Armband kaufen.«

»Guten Abend«, sagen Félix und Silvia im Chor, als sie auf die Terrasse kommen.

Sie berühren sich nicht, gehen aber im Einklang, und das ist genauso aufreizend, als wären sie eng umschlungen.

»Seid ihr schon lange zusammen?« fragt Hugues.
Sie schauen sich lachend an.
»Seit gestern.«
Hugues nimmt das zur Kenntnis wie ein Schauspieler, der vor einem komplizierten Drehbuch sitzt und sich Notizen macht.
»Und bist du schon lange mit Basile verheiratet?« wendet er sich an mich.
Peinliche Stille folgt auf seine Frage.
»Die meisten Frauen versuchen, einen Mann zu betören. Ich gebe mir große Mühe, einen zu erziehen«, sage ich und zeige auf meinen Sohn.
»Ist Basile nicht Jérémies Vater?« wundert sich Hugues. »Aber er ist doch dein ...«
»Wir sind nur befreundet!« unterbreche ich ihn.

Die Atmosphäre während des Abendessens ist gespannt. Wir haben uns zuviel zu sagen, um zu essen, und es gibt zuviel zu essen, um reden zu können. Basile, der uns allein lassen wollte, kommt erst im letzten Moment, aber anstatt ihm für seine Rücksichtnahme dankbar zu sein, ärgere ich mich darüber. Jérémie schaut Hugues an, als sei er eine Mischung aus Tarzan und Robinson Crusoe und als hoffe er, Hugues würde sich mit seiner Gabel kämmen oder aus seinen Schuhen essen. Hugues erweist Silvias Kochkünsten alle Ehre und träumt mit offenen Augen, während ich mich wie ein Kind anstrenge, seine Erinnerung zu wecken.
»Du hattest einen Hund. Er hieß Mortimer! Du hattest dir sogar schon einen Welpen reservieren lassen, ehe du abgereist bist, und du hattest eine Einladung zum Essen bei einem Journalisten aus der Normandie angenommen.«
Er schüttelt den Kopf. Ich erwähne zusammenhanglos unsere nächtlichen Omelettes, die Sterne, die er an meine Zimmerdecke gemalt hat, das Zählen der roten Rosen meines Lebens, Andrew, meinen kleinen Bruder, das *Fest Noz*,

die Crêpes, den *Chouchen*, die Springfluten, Jane, Guy, *Ankou* und *Anaon*, die Geschichte, die Geographie, die Leuchttürme und die Literatur.

»Du hattest auch eine Frau, die mit einem Kind von dir schwanger war«, fügt Félix hinzu.

Hugues reagiert nicht. Félix explodiert.

»Und der Brief, den du meiner Mutter zurückgelassen hast? Ich kenne ihn auswendig, weil ich ihn so oft gelesen habe: *Mein Liebling, ich liebe dich. Ich muß verschwinden, aber ich komme bald zu dir zurück. Habe Vertrauen zu mir!* Was für ein Unsinn. Du hättest sie freigeben und ihr erlauben können, einen anderen zu lieben. Aber nein, du mußtest ihr solch einen Blödsinn schreiben. Wenn es mir auch leid tut, daß du überfallen worden bist und dein Gedächtnis verloren hast, ändert das nichts an der Tatsache, daß du vorhattest, sie im Stich zu lassen. Sie war allein, schwanger und nicht verheiratet, und sie liebte dich. Scheiße! Und sie hat lange auf dich gewartet, weil sie sicher war, daß du zurückkehren würdest. Und ich bin jedesmal, wenn es klingelte, wie ein Verrückter zur Tür gerannt. Und vor mir stand der Briefträger, ein Vertreter für Staubsauger oder Enzyklopädien oder ein Zeuge Jehovahs.«

»Wenn ich der Typ bin, über den du sprichst, bin ich ein Schuft«, gibt Hugues zu.

Félix schaut gen Himmel.

»Und was soll ich nun zu dir sagen? Papa, ich liebe dich? Ich weiß nicht, was ich für dich empfinden sollte, aber ich war auf etwas anderes gefaßt. Mein ganzes Leben wollte ich dich kennenlernen.«

»Wir brauchen Zeit«, sagt Hugues.

Ich auch. Ich hätte meinen Kopf darauf gewettet, daß wir, falls ich meinen Vater wiederfinden würde, tage- und nächtelang über unsere Vergangenheit sprechen würden, um die Lücken zu schließen.

Die Wahrheit ist, daß ich nicht weiß, was ich zu dem

Hugues sagen soll, der leibhaftig vor mir steht, nachdem ich zwanzig Jahre lang mit einem Toten gesprochen habe.

Als Silvia endlich aus der Küche kommt, haben wir gegessen, getrunken und sämtliche Lücken ermittelt. Es wird Monate dauern, die verlorenen Jahre aufzuholen. Um einen Anfang zu machen, werden wir Hugues in die Bretagne und in seinen Leuchtturm zurückbringen, weil wir hoffen, bei ihm einen heilsamen Schock auszulösen.

»Also fahrt ihr alle zurück?« fragt Silvia ruhig.

Félix erklärt ihr, daß er dabeisein will, wenn Hugues sich an alles erinnert. Außerdem muß er seine Mutter darauf vorbereiten, daß sein Vater wieder aufgetaucht ist, und diese Art Nachrichten eignen sich schlecht dazu, am Telefon überbracht zu werden.

»Ich komme schnell wieder. Ich verspreche es dir.«

»Ich glaube dir«, sagt Silvia, die es nicht zu glauben scheint.

»Aber wie wird Großvater Sansibar verlassen?« fragt Jérémie neugierig. »Er hat keinen Reisepaß und kein Visum.«

Wir schauen uns bestürzt an.

Die sansibarische Nacht

Félix und Silvia gehen zuerst ins Bett. Auch Jérémie kann sich nicht mehr auf den Beinen halten. Das Schwimmen und die Aufregung des heutigen Tages haben ihn erschöpft.

»Erinnern Sie sich noch an unser Gespräch vor fünf Jahren?« fragt Basile Hugues. »Ich bin unter dem Namen Pierre Hermès, den Sie für mich ausgesucht haben, Schriftsteller geworden. Sie kommen sogar in meinem letzten Roman vor. Wenn wir wieder in Frankreich sind, schenke ich Ihnen ein Exemplar.«

Hugues lacht.

»Dann war es für uns alle lebenswichtig, daß Ihnen das Benzin ausgegangen ist«, erwidert er. »Ich bin zwar für Sie eine Enttäuschung, aber ich kann nichts dafür. Wir dürfen nichts überstürzen. Es wird sich alles regeln. Ich hoffe es jedenfalls.«

»Das Leben ist zu kurz, um klein zu sein«, füge ich hinzu. »Es nutzt wenig, mit Diplomen behangen zu sein, wenn man nicht in der Lage ist, einen Sturm auf See zu lieben, einen guten Wein zu kosten oder Bach zu hören!«

»Glaubst du das?« fragt Hugues.

»Das hast du mir beigebracht«, antworte ich.

Wieder senkt sich Stille auf uns, und Verlegenheit macht sich breit.

»Ich habe seit neunzehn Jahren nicht mehr in einem Bett geschlafen. Es wird mir komisch vorkommen«, fährt Hugues fort. »Ich werde nach und nach meine Haut von damals überstreifen. Wir werden es schon schaffen, Mab!«

Er schaut mich an, um mich zu überzeugen.

»Mein richtiger Name ist Madeleine. Den Namen Mab habe ich von dir bekommen, denn du hast mich immer meine Allerbeste genannt.«

Ich hätte mir niemals vorstellen können, daß ich meinem Vater das eines Tages erklären muß.

»Hatte deine Mutter auch einen Kosenamen?« fragt er mich teilnahmslos.

»Ich glaube nicht«, antworte ich.

All die Jahre lebte Hugues ohne Elektrizität, stand also bei Sonnenaufgang auf und legte sich bei Sonnenuntergang schlafen, und nun ist er hundemüde. Schließlich schicke ich ihn ins Bett. Wir liegen mit unseren Erinnerungen dermaßen im Rückstand, daß es auf eine Nacht mehr oder weniger auch nicht ankommt.

»Ich bin enttäuscht, daß er enttäuscht ist, euch zu

enttäuschen«, sagt Basile, um mich zum Lachen zu bringen.

»Ich würde gerne bei Null anfangen, so wie es Jérémie mit seinem Tamagotchi macht, und auf einen anderen Habari treffen, der wie mein Computer eine Speicherkapazität von 16 Megabyte aufweist.«

»Ich habe auf Changuu einen interessanten Artikel in dieser Zeitung gelesen. Weil die Tamagotchis bei den Kindern so ein großer Erfolg sind, hat ein asiatisches Unternehmen ein neues Produkt für Erwachsene auf den Markt geworfen. Es ist ›ein kleiner Freund für die Tasche‹, und man hat vierzig Tage Zeit, ihn zu betören, am Ende steht eine Hochzeit in Aussicht. Die Psychologen verdammen schon das Tamagotchi, das den Kindern eine falsche Vorstellung von Leben und Tod vermittelt. Was soll man zu diesem virtuellen Geliebten sagen, den man nur betört, indem man arbeitet, um Geld zu verdienen, und ihn ins Restaurant einlädt und mit Geschenken überhäuft.«

»Wenn man einen elektronischen Geliebten heiratet, bekommt man vielleicht Tamagotchi-Kinder«, sage ich. »Das wird den Batterieverbrauch ankurbeln.«

»Komm, wir gehen schlafen«, schlägt Basile vor.

Ich stehe auf, um zu dem Mann meines Leben zu gehen, mein eigen Fleisch und Blut, ein Meter dreißig, dreißig Kilogramm.

»Dieses neue Spielzeug hat kein Herz. Ohne Geld und Arbeit wird man von ihnen nicht geliebt. Pech für die Arbeits- und Obdachlosen«, fährt Basile fort, als er die Treppe hinaufsteigt. »Er fordert Liebesbriefe. Pech für die Analphabeten. Wenn man ihn vernachlässigt, stirbt er nicht wie ein Tamagotchi, sondern er macht eine Szene, bekommt Depressionen und läßt dich im Stich.«

»Die Liebe ist ein Kind der Bohème«, sage ich, als ich um die Ecke biege, um zu meinem Zimmer zu gehen.

»Wo gehst du hin? Interessiert dich nicht, was ich sage?«

»Ich bin begeistert«, antworte ich und kehre wieder um.

»Ich bin davon überzeugt, daß diese neuen Dinger gut laufen werden«, sagt Basile, als er sich auf sein Bett setzt.

»Du bist von vielen Dingen überzeugt«, stelle ich fest und lehne mich gegen einen steinernen Fenstersims.

»Du vertraust den Menschen nicht. Du glaubst mir nicht einmal, wenn ich dir sage, daß der Märchenprinz homosexuell ist, sondern wartest immer noch auf ihn. Weißt du nicht, daß Prinzen sich nicht für Drehbuchautoren, sondern für Prinzessinnen interessieren?«

»Und wer interessiert sich für Drebuchautorinnen?«

»Die Produzenten, weil sie mit ihnen arbeiten, und die Schriftsteller aus den anderen Gründen.«

»Aus den anderen Gründen?«

Er steht auf, und ich bin darauf gefaßt, daß er zu mir kommt – aber nein. Er durchquert das Zimmer und öffnet eine Schublade der Kommode. Ich habe Lust, mich an ihn zu schmiegen. Ich will, daß er meine Haut streichelt und mich bis ins Mark erschüttert, doch er gibt sich kindlicher Bastelleidenschaft hin. Basile holt aus einer Schublade ein Paket Kerzen, die in den Zimmern liegen, falls der Strom ausfällt, nimmt sein Taschenmesser, schneidet jede Kerze in drei Teile, wühlt in seinen Taschen und zögert einen Moment. Ich vermute, daß er beinahe das silberne Dunhill aus seiner Tasche geholt hätte, aber lieber darauf verzichtet. Er nimmt die Streichhölzer, die auf dem Tisch liegen, erhitzt den unteren Teil der Kerzenstücke und stellt jeweils drei auf jede Fensterbank. Ich weiche zur Seite, als er vor meinem Fenster ankommt. Dann schaltet er den Ventilator aus, zündet die Kerzen an, schaltet das Licht aus und kommt zu mir. Wir schauen uns prüfend an. Unsere Arme hängen kraftlos an unseren Körpern herunter. *Karibuni,* willkommen, unsere Körper sind die Magnetberge aus der Sage, welche die Schiffe rufen, die Schiffbruch erleiden. Wir schwanken zum Bett.

Das Zimmer nimmt eine andere Dimension an, während wir uns zuerst zärtlich, dann hungrig und schließlich leidenschaftlich küssen. Als unsere Kleider zu Boden gleiten, verändern sich unsere Körper im Schein der neun Kerzen, deren Licht von allen Seiten ins Zimmer fällt. Wir mustern uns mit forschenden Blicken.

»Einige Menschen kennen die Sternbilder. Ich bin Experte in Kerzen«, flüstert Basile. »Die große dort ist Monaco, die daneben Helvetia und die dort hinten Chicago. Dahinter befinden sich Genua, New York und Oxford. Am nächsten Fenster sieht man Palatino und Swing. Und erkennst du dort ganz hinten nicht Times?«

Ich habe diese Namen schon einmal irgendwo gehört.

»Das sind Namen verschiedener Schriftarten, mit denen man am Computer Texte ausdrucken kann«, sage ich, als der Groschen fällt.

Er schüttelt den Kopf.

»Du irrst dich. Das sind Worte der Liebe der Schriftsteller, die wir niemals in unseren Büchern benutzen und nur für Eingeweihte reservieren«, sagt er, während er mit seinen Fingern die Umrisse meines Körpers nachzeichnet.

»Du riechst nach Gewürznelken.«

»Damit die sansibarische Liebe noch schöner wird, mein Kind.«

In einem Film ordnet der Regisseur den Liebesszenen immer eine romantische Musik zu, und er spielt mit der Auslassung. In der Wirklichkeit sind wir es, welche die Musik erschaffen, gleichzeitig Klavierjazz, indische Flöte, Zigeunergeige und andalusische Gitarre. Keine Auslassung, sondern eine Einladung zu einer Reise von der Geburt bis zum Tod, vom Begehren zur Lust, von der

Umarmung bis zu dem Moment, da man wieder in seine Haut schlüpft, ohne sich aus den Augen zu lassen.

In einem Himmelbett unter einem Moskitonetz im Kerzenschein auf einer Insel im Indischen Ozean ist die Liebe genauso wie anderswo, ungestüm, umwerfend, zart und doch immer anders. Sie läßt das Begehren mit der Kühnheit eines epischen Gedichtes steigen, verletzt uns, als ob man in einer verschneiten Nacht auf einem Bahnhof wartet, mündet wie eine Heldensage in einem Höhepunkt, explodiert so dramatisch wie eine Trennungsszene, überschwemmt uns wie der Bericht eines Mörders, und dann erstarren wir wie ein einsames Kind und bleiben verlassen und glücklich zurück, als hätten wir jemanden nach einer langen Suche wiedergefunden.

Wir verharren eng aneinandergeschmiegt, und langsam beruhigen sich unser Atem und unser Herzschlag wieder. Die Liebe sorgt dafür, daß die Welt sich dreht. Das Leben ist manchmal so einfach wie ein Schulaufsatz eines Kindes der fünften Klasse: »Beschreibt einen Moment des Glücks.«

»Du riechst nach Kardamom«, sagt Basile mit rauher Stimme.

»Ich kenne mich auch mit Kerzen aus«, sage ich. »Die zwei ersten dort sind Poulains und Goulphar, dann kommen Saint-Mathieu und Kermovan. Links La Jument, Le Créach und Kéréon und ganz hinten Le Four und La Vierge.«

»Das sind Namen bretonischer Leuchttürme. Willst du meine Nächte erhellen?«

»Wenn du mir den Posten einer Leuchtturmwärterin anbietest.«

Die Kerzen erlöschen nacheinander. Die letzte, Goulphar, schlägt sich tapfer.

»Ich hätte dich gerne ein Jahr früher kennengelernt. Dann wäre ich mit dir ins Hotel Iroise an der Pointe du Raz gegangen, ehe es abgerissen wurde«, flüstert Basile.

»Wenn wir Jérémie einen Bruder schenkten, wärest du dann einverstanden, daß wir ihn Sansibar nennen?« frage ich.

»Stell dir vor, wie sich das in der Schule anhört: Sansibar Deslande: anwesend. Das arme Kind.«

Wir ziehen uns an, und als wir die kleine Treppe zur Küche hinaufsteigen, unterdrücken wir unser Lachen. Basile hat Lust auf Würstchen, Käse und Rotwein und ich auf Früchte und Weißwein, aber wir finden nur Gewürze und Tee. Wir öffnen alle Schränke vergebens. Sogar die Grappaflasche ist verschwunden. Wir finden uns damit ab und suchen Zuflucht auf der Terrasse, wo wir uns auf Kissen ausstrecken.

»Als wir dich in der Botschaft von Tansania getroffen haben, wolltest du da auch schon am selben Tag wie wir fliegen?« frage ich neugierig.

»Ich habe auf eure Visa geschaut und meinen Flug umgebucht. Ich dachte, du seist mit einem Dummkopf verheiratet, der dir erlaubt, an einem Samstagabend allein mit einem Typen wie mir essen zu gehen. Er hätte dich nicht verdient. Ich werde dich einschließen.«

»Mit Ketten an den Füßen und einem Keuschheitsgürtel?«

»Nein. In meinen Armen.«

Ich schlafe an diesen Mann geschmiegt ein, der – wie ich Hugues erklärt habe – nur ein Freund ist.

Der vierte Morgen in Sansibar

Als ich auf der Terrasse erwache, habe ich große Lust, meine Augen wieder zu schließen, um der Gegenwart zu entgehen. Es ist schon warm, und ich höre den Lärm der Hupen und Fahrradklingeln. Ich bin allein. Basile hat es vorgezogen, dieser unangenehmen Begegnung am nächsten Morgen, wenn man die tabuisierten Worte »danach«, »wir«, »und jetzt?« ausspricht, aus dem Wege zu gehen.

Zwanzig Jahre lang glaubte ich, mein Leben wäre anders verlaufen, wenn Hugues nicht gestorben wäre. Anstatt in einem feuchten Leuchtturm mit einem asthmatischen Jungen zu leben, hätte ich vielleicht einen Kollegen meines Vaters geheiratet. Wir hätten vier Kinder gehabt, zwei Jungen und zwei Mädchen, ein modernes Haus mit einer großen Glasfront mit Blick auf den Freizeitpark Saint-Laurent in Ploemel, und jeden Sonntag hätte unsere ganze Familie mit Hugues und Jane ein Golfturnier veranstaltet. Was wird nun aus uns werden, wenn wir wieder zu Hause sind? Jane und ich haben das Verkaufsversprechen des Leuchtturms bereits unterzeichnet. Kann Hugues seine Rechte geltend machen? Wohin werde ich mit Jérémie gehen?

Der Hugues, den wir mit zurückbringen, ist rührend, aber nicht großartig. Wir neigen dazu, die Toten mit einem Heiligenschein zu umgeben, der alle schlechten Seiten ausschließt und nur die guten erkennen läßt. Ich habe Hugues geliebt. Ich empfinde nicht das gleiche Gefühl für denjenigen, der er geworden ist, und das bereitet mir Magenschmerzen. Ich habe kein Maalox mitgenommen, aber eine vaterbedingte Gastritis wird sicher nicht wie eine streßbedingte behandelt.

Die dunklen, verschleierten Regenwolken hängen tief über Sansibar. Die Regenzeit, die sich bis jetzt durch strahlenden Sonnenschein und unverschämte Trockenheit offenbarte, wird uns nun ihr wahres Gesicht zeigen. Ich schrecke zusammen, als in der Ferne Blitze aufleuchten. Sintflutartige Regenfälle ergießen sich rücksichtslos über Sansibar. Der Regen plätschert auf die Hütten und läßt die Blechdächer erbeben, fällt auf die reichverzierten Paläste, durchnäßt Fußgänger und Radfahrer, überschwemmt die Straßen und den Boden und führt roten Schlamm mit, der sich überall ausbreitet. Die Menschen laufen noch nicht einmal. Sie sind es gewohnt, daß sich die Steinstadt in der Regenzeit in ein Schwimmbad verwandelt. Ich öffne den Mund, um die Tropfen des tropischen Regens aufzufangen. Das Hotelpersonal eilt auf die Terrasse, um Kissen und Decken ins Haus zu holen.

Von den abgebrannten Kerzen in Basiles Zimmer sind nur noch Wachsklumpen übriggeblieben. Im Badezimmer riecht es nach Eau de Toilette, und in der Badeschale hängen noch einige Wassertropfen. Er ist noch nicht lange weg. Jérémie preßt seine Nase gegen die Fensterscheibe unseres Zimmers und schaut zu, wie der Regen an den Palmen entlangrinnt. Man könnte meinen, das Rauschen von Wasserfällen zu hören.

»Hey! Das ist supercool. Hast du das gesehen? Hast du die ganze Nacht mit Hugues geredet, oder hast du mit Basile geschlafen?«

»Kann ich die Antwort verweigern?« frage ich, während ich ihn streichele.

»Nein!«

»Und bekomme ich einen Kuß?«

»Ja!«

Das Frühstück wird in einem Raum serviert, von dem aus man auf den Innenhof blicken kann. Die Teller quellen vor zukünftigem Cholesterin über. Jérémie strahlt, als er Eier mit Schinken entdeckt. Basile, Hugues, Félix und Silvia sitzen schon hier. Sie sind trocken und gut frisiert. Ich sehe aus wie ein Scheuerlappen mit einem Besen auf dem Kopf.

»Ist noch Kaffee da?« frage ich und lächele in die Runde.

»Die Freunde meines Mannes sind pfiffige Burschen«, teilt mir Silvia mit. »Es ist alles geregelt. Euer Vater bekommt ein Ausreisevisum und vorläufige Papiere, die ihm ermöglichen, nach Frankreich zurückzukehren.«

Félix und Silvia waten nach dem Frühstück über den Markt, aber mir ist es lieber, daß Jérémie im Trocknen bleibt. Er ist ein kleiner Junge und keine Schnecke, und ich kenne seine Bronchitis, die in Asthma ausarten kann. Hugues, Basile und ich betrachten den Regen, der den Innenhof in einen Swimmingpool verwandelt. Jérémie erkundet das Hotel und kehrt mit seiner Beute zurück: einem Cluedo, einem Karten- und einem Monopolyspiel.

Neulich wurde im Fernsehen eine CD-ROM mit dem neuen Monopoly-Krieg der Sterne vorgestellt, ein interaktives Spiel, bei dem die Spieler Planeten statt Straßen kaufen und die Spielfiguren durch dreidimensionale Filmhelden repräsentiert werden. Ich fand es sehr schön, was mir allerdings nicht gefiel, war Jérémies Reaktion:

»Super! Dann kann ich ganz allein spielen.«

»Monopoly ist ein Gesellschaftsspiel, das mit mehreren Personen gespielt wird.«

»Aber ich kann doch gegen den Computer spielen. Dann brauche ich niemanden.«

Es lief mir kalt den Rücken hinunter, als er das sagte.

Hugues' Augen strahlen, als er die Karten sieht. Er streckt seine Hand aus, streichelt über die Schachtel, holt die Karten heraus, nimmt sie wie ein Profi in die Hände, läßt sie über seinen Handrücken gleiten und mischt sie geschickt ineinander.

»Das habe ich in einem Lucky-Luke-Band gesehen«, sagt Jérémie begeistert.

Hugues ist wie verwandelt und hört nicht mehr zu. Seine Hände gleiten über die Karten, seine Finger fliegen, die Karten werden in seinen Händen lebendig, quellen aus einer Tasche hervor, verschwinden, finden sich hinter Jérémies Ohr wieder, verstecken sich und kriechen dann wieder aus meinem Ärmel hervor.

»Kennst du Kartentricks?« fragt Jérémie aufgeregt.

Hugues überlegt und schüttelt den Kopf. Er hat sie vergessen.

Ich nehme die Karten, drehe mich kurz um, um meinen Trick vorzubereiten, und schaue Jérémie wieder an.

»Du mußt dich konzentrieren. Ich nehme zwei Karten, zum Beispiel die zwei letzten, und zeige sie dir: Kreuzsieben und Pikacht. Okay. Nun schiebst du sie irgendwo in den Stapel.«

Nachdem Jérémie die beiden Karten in den Stapel geschoben hat, fuchtele ich mit meinen Händen durch die Luft und spreche Zauberworte.

»Abrakadabra …! Ich wette, daß deine Karten oben auf den anderen Karten liegen. Sollen wir nachschauen?«

Noch während ich spreche, drehe ich die beiden obersten Karten um. Es sind genau die Sieben und Acht, die Jérémie in das Kartenspiel gesteckt hat.

»Ich bin selbst erstaunt«, sage ich.

»Wie hast du das denn gemacht?« schreit Jérémie. »Wo ist der Trick?«

»Es gibt keinen. Das ist Zauberei.«

»Du hast das sehr schnell gemacht, Mab«, sagt Hugues. »Jérémie hat die Kreuzsieben und die Pikacht, die du gekennzeichnet hast, in das Kartenspiel geschoben, aber zum Schluß hast du ihm die Piksieben und die Kreuzacht gezeigt.«

»Bravo! Du hast das Gedächtnis verloren, aber du hast ausgezeichnete Augen.«

Früher konnte er Schiffe in der Ferne erkennen, die kein anderer sehen konnte. Das habe ich nicht von ihm geerbt. Was zwischenmenschliche Beziehungen angeht, sehe ich oft nicht weiter als bis zu meiner Nasenspitze.

Abrakadabra, eine im Mittelalter gebräuchliche Beschwörungsformel, um Fieberkranke zu heilen, bedeutet auf hebräisch: »Auf daß es so geschehe, wie es gesagt wurde.« Abrakadabra, bitte, ich möchte, daß mein Vater sich daran erinnert, daß er mich liebt.

Wegen des schlechten Wetters essen wir im Hotel. Silvia und Félix kehren durchnäßt und gut gelaunt mit genug Vorräten zurück, um einer Belagerung standzuhalten. Félix begrüßt den Regen, indem er auf seinem Saxophon den Hit *Here's that rainy day* und anschließend den Bossa Nova *The Girl from Ipanema* spielt. Es ist, als höre Hugues diese Stücke zum erstenmal. Félix ist es noch nicht gelungen, mit seinem Vater zu sprechen, aber heute spielt er für ihn.

Zurück auf Los

Als Suleiman uns am Nachmittag anruft, überstürzen sich die Ereignisse. Wir haben ihn gebeten, ein Flugticket zu reservieren, damit Hugues mit uns zurückfliegen kann. Doch das erweist sich als unmöglich. Die Maschinen sind überbucht. Wenn wir zusammen fliegen wollen, müssen wir noch heute abend abreisen.

Die Nachricht bestürzt uns. Wir hatten uns darauf gefreut, noch zwei Tage Urlaub zu haben. Hugues weiß nicht, was ihn in der Bretagne erwartet. Félix und Silvia fürchten sich vor dem Moment der Trennung. Ich habe Jérémie versprochen, mit ihm in der Nähe des Korallenriffs zu schnorcheln, daß heißt mit einer Tauchermaske und Schwimmflossen zu schwimmen. Und es wäre mir lieber gewesen, die Nacht in Basiles Armen zu verbringen als auf dem unbequemen Sitz in der Economyklasse. Wir könnten zu viert am vorhergesehenen Tag abreisen, und Félix oder Basile könnten später nachkommen, aber Félix will nicht riskieren, daß Louise von einem anderen von Étiennes Rückkehr erfährt. Und Basile kann einen beruflichen Termin nicht verschieben.

Am Flughafen bedanken wir uns immer wieder bei Silvia.

»*Grazie mile*«, sagt Basile.

»*Asante sana*«, sagt Hugues.

»Vielen Dank«, sage ich.

»Auf bald«, flüstert Félix.

Silvia nimmt eine Zigarette aus der Schachtel. Basile holt das silberne Dunhill-Feuerzeug mit den Initialen S. M. aus seiner Tasche.

»Danke«, sagt Silvia, die sich ihre Zigarette ansteckt.

»Bitte, das Feuerzeug gehört doch dir, oder?«

Er reicht es ihr lächelnd. Sie schauen sich über das Feuerzeug hinweg schweigend an. Nur das Plätschern des Regens, der auf die Fensterscheiben fällt, ist zu hören.

»Ja«, sagt Silvia schließlich und umschließt das Feuerzeug mit den Fingern.

Silvia schaut mit Tränen in den Augen, wie das Flugzeug mit Félix und seiner Familie davonfliegt. Er hat geschworen, daß er sie liebt, und er hat versprochen wiederzukommen. Er glaubt ganz fest daran, aber Silvia weiß, daß man die Dinge fern von Sansibar in einem anderen Licht sieht.

Sie drückt ihre Zigarette aus, steckt sich eine neue an, wischt sich über die Augen und betrachtet das Feuerzeug, ehe sie es einsteckt. Ihre Eltern haben ihr das Feuerzeug zu ihrem achtzehnten Geburtstag geschenkt. Sie hängt sehr daran, und aus diesem Grunde hatte sie es Basile anvertraut. Man muß den Menschen, die man liebt, etwas schenken, woran man hängt. Um Silvia seine Zuneigung zu beweisen, hat Félix ihr das zurückgelassen, was für ihn am wertvollsten ist: sein Saxophon.

Wenn du eines Tages traurig bist, suche einen Leuchtturm
Donnerstag, 30. Oktober

Dank der einflußreichen Freunde von Gino de Santis passiert Hugues mit seinen vorläufigen Papieren ohne Schwierigkeiten den Zoll in Paris. Nach zwanzig Jahren ist die Sache verjährt; die Ermittlungen im Mordfall Raoul Maurice sind abgeschlossen; die Rückkehr nach Frankreich birgt kein Risiko für ihn.

Ich habe Guy aus Nairobi angerufen, um ihn über unsere Ankunft zu informieren und ihn zu bitten, Jane schonend darauf vorzubereiten. Ich dachte, er würde in der Bretagne warten, aber er ist in Paris und wartet blaß und unbeholfen in der Menschenmenge am Ausgang.

Während der Reise habe ich Hugues genauestens über seine Beziehungen zu den Menschen, die er wiedersehen wird, aufgeklärt, aber er wirft alles durcheinander.

Ich flüstere ihm zu:

»Das ist Guy, dein Jugendfreund, der dir beim Ertrinken geholfen hat.«

Guy, der gewöhnlich sehr zurückhaltend ist, übertreibt es etwas, als er ihm auf die Schulter klopft, aber er scheint sichtlich gerührt zu sein.

»Du hast dir ganz schön Zeit gelassen, um dir Zigaretten zu kaufen, mein Alter. Zwanzig Jahre, um einen Tabakladen zu finden, das ist lang«, sagt er mit einem gezwungenen Lächeln.

»Er hat aufgehört zu rauchen«, bemerke ich.

Guys dicker BMW legt die Kilometer schnell zurück. Hugues sitzt vorne auf dem Beifahrersitz. Die Rückbank ist geräumig. Drei Erwachsene und ein Kind können hier bequem sitzen. Ich hatte Angst, daß Basile in Paris bleiben würde, aber er stieg mit uns in den Wagen ein, als sei es selbstverständlich.

Wir verlassen die Landstraße bei Auray und fahren auf die Straße nach Étel. Jérémie kennt mit seinen zehn Jahren jeden Buckel dieses Weges, den Hugues, der hier geboren wurde, unsicher betrachtet. Guy fährt einen Umweg, um nicht vor Janes Antiquitätenladen vorbeizufahren. Er hat noch nicht die richtigen Worte gefunden, um ihr die Wahrheit zu sagen.

Als der Wagen schließlich vor dem Leuchtturm hält, wartet Hugues einen Moment, bis er sicher ist, daß wir hier aussteigen.

»Hier bist du zu Hause«, sage ich.

Félix knirscht mit den Zähnen. Hugues geht langsam um den Leuchtturm herum und schaut sich den Leuchtturm, das Meer, die Heide und den Himmel an. Die Wellen brechen sich an den Felsen; Ebbe setzt ein. Der Wind trägt die Gerüche der offenen See zu uns. Der Himmel kann sich zwischen verschiedenen Blautönen nicht entscheiden. Die vertraute Landschaft gibt mir Sicherheit und beruhigt mich. Ich stelle fest, daß ich erschöpft bin.

»Erinnert dich das an nichts?«

Hugues schüttelt traurig den Kopf. Ihm haben wir es jedoch zu verdanken, daß wir uns hier eingenistet haben, und er war es auch, der diesen Steinen Leben und Sinn eingehaucht hat.

Als gute Hausfrau verteile ich die Zimmer, Decken und Handtücher. Dann öffne ich die Schränke in der Küche: Ich kann meine ganze Bande mit einem großartigen Nudelgericht mit Olivenöl und Knoblauch bewirten und dazu einen 1990er Saint-Estèphe servieren, der auf einen solchen Anlaß gewartet hat. Anschließend werde ich unter meine Decke kriechen, mich an Basiles warmen Körper schmiegen und einschlafen.

Doch Guy holt eine Kühltasche aus seinem Kofferraum.

»Wir werden ein Fest feiern. Ich habe ein paar Flaschen Entre-deux-Mers und Hummer, den wir mit Kräutern, Tomaten, Knoblauch, Sahne und Cognac zubereiten, mitgebracht. Das kostet etwas Zeit, ist aber Hugues' Lieblingsgericht.«

Offene Worte, Freitag, 31. Oktober, mittags

Als ich in der Badewanne meine Post sortiere und dabei einen Riegel Nußschokolade esse, klingelt das Telefon. Ich habe mir die Pause verdient. Immerhin habe ich schon vier Maschinen Wäsche gewaschen. Draußen auf der Leine weht im kalten Wind die Wäsche und bietet einen Ausblick auf Männermode von drei Generationen.

Ich habe auch schon den Notar angerufen. Wir müssen zig Formulare ausfüllen, auf ein neues Urteil warten und Hugues' Rechte geltend machen, aber der Leuchtturm wird nicht verkauft.

Ich habe Jérémie, der noch Ferien hat, zu seinem Freund Kevin geschickt. Basile läuft durch die Heide. Félix macht Einkäufe in Étel. Ich habe Hugues das Zimmer gegeben, das ihm zusteht, und ihn im Laternenzimmer untergebracht, damit er seine Vergangenheit wiederfinden kann. Jérémie behält sein Zimmer und Félix seines. Ich habe meinen Computer in mein Schlafzimmer gebracht und das Eßzimmer in ein Arbeitszimmer für Basile verwandelt.

»Gehst du bitte ans Telefon!« rufe ich Hugues aus meiner Badewanne zu.

Er hebt zögernd ab.

»Ja?

»Bin ich richtig bei Mab Le Coz?« fragt eine Frauenstimme.

»Sie ist im Badezimmer. Ich bin ihr Vater.«

Die Frau legt sofort auf. Hugues berichtet mir von dem kurzen Gespräch. Da kommt nur eine in Frage. Ich renne sofort zu Jane.

»Wenn das ein Scherz ist, dann ist es ein schlechter!« sagt sie, als sie mir die Tür öffnet.

»Setz dich erst einmal hin!«

Wir haben seit diesem denkwürdigen Verkaufsversprechen nicht mehr miteinander gesprochen.

»Ich habe Guy gebeten, dich darauf vorzubereiten, aber er hatte nicht den Mut dazu. Ich wollte nicht, daß du es auf diese Weise erfährst. Hugues ist wieder da.«

»Ich verstehe nicht«, sagt Jane trocken.

Sie schaut mich vorwurfsvoll an, als wäre es meine Schuld.

»Vielleicht würde es uns die Sache etwas erleichtern, wenn du mich ein wenig lieben würdest?« frage ich.

»Hugues wußte, wie man mit dir umgehen muß. Ich wußte es nie«, rechtfertigt sie sich. »Meine Eltern interessierten sich nur für meine Brüder, und ich wurde wie ein Junge erzogen. Ich fand Mädchen mit ihren Puppen und ihrem Getue lächerlich, aber so habe ich dich wenigstens richtig auf das Leben vorbereitet.«

»Das ist dir gelungen. Aber das Leben ist keine Schlacht. Der Hundertjährige Krieg ist vorbei; Engländer und Franzosen haben ihre Feindschaft begraben. Hat dir das keiner gesagt?«

Sie zuckt die Schultern.

»Hugues ist zurückgekehrt«, wiederhole ich.

»Er ist ertrunken«, versichert sie mir mit verschlossenem Gesicht.

Ich lege meine Hand auf ihren Arm. Sie weicht zurück, als würde sie die Berührung verbrennen. Sie erträgt es nicht, wenn man sie berührt.

»Nein, er ist nicht ertrunken. Guy hat ihm geholfen, als tot zu gelten, weil er des Mordes an Raoul Maurice verdächtigt wurde.«

»Was?«

Jane ist wie benommen. Ihre beiden Ehemänner haben sie zwanzig Jahre lang belogen.

»Wen soll er ermordet haben?«

Ich erzähle ihr alles, was ich weiß, außer den Dingen, die aufgrund von Hugues' Amnesie fehlen. Sie steht aufrecht, mit schlaff herunterhängenden Armen und eisigem Blick vor mir und hört mir zu.

»Alles in Ordnung?« frage ich beunruhigt.

»Sprich weiter!«

»Ich bin fertig.«

Ich habe ihr alles erzählt, auch von Louise und Félix, und ich habe ihren Stolz so sehr geschont, wie ich konnte. Aber sie wird es ja doch erfahren.

»Er erinnert sich an nichts mehr«, sage ich abschließend. »Möchtest du ihn sehen?«

»Das kommt überhaupt nicht in Frage!«

Der Ton ihrer Stimme trifft mich wie eine Ohrfeige.

»Du mußt ihn treffen«, sage ich leise. »Ich weiß, daß du allen Grund hast, ihn zu hassen. Das ist unverzeihlich.«

»Für mich ist er tot. Uns verbindet nichts mehr.«

»Doch, mich gibt es ja auch noch«, kontere ich schlagfertig.

Sie schüttelt erregt den Kopf. Ihr Gesicht verhärtet sich; ihre Wut steht ihr im Gesicht geschrieben. Ich hatte damit gerechnet, daß sie nicht besonders erfreut reagieren würde. Das ist verständlich. Hugues hat sie schändlich betrogen, aber der Mann, der zurückgekehrt ist, unterscheidet sich so sehr von dem Hugues, den wir damals kannten, daß man ihm nicht böse sein kann.

»Er ist vollkommen hilflos. Er weiß noch nicht einmal, daß ich seine Tochter bin.«

»Das beweist nicht seine Amnesie, sondern seinen klaren Verstand«, sagt Jane.

Nun bin ich sprachlos.

»Wie bitte?«

»Hugues Le Coz ist noch nie dein Vater gewesen.«

Eine Hand aus Eisen zerquetscht mein Herz und drückt

meine Lungen zusammen. Nicht das. Das kann sie mir nicht antun. Ich muß mich wohl verhört haben.

»Wie bitte?« stammle ich.

»Du weißt nicht alles, mein liebes Kind.«

»Nein, bitte nicht!«

Ich möchte gern zurückgehen und meine Schuld für das Glück, das mir Jérémie und nun Basile schenken, bezahlen, die schlimmsten Momente meines Lebens noch einmal erleben: auf dem Flughafen in Dublin mit Patrick vor elf Jahren … vor zwanzig Jahren in der Kirche, in der das bretonische Lied für die Toten angestimmt wird, *Eurusted er baradouiz* … und im Krankenzimmer, in dem Jane, die soeben Andrew verloren hat, ihren Kopf abwendet, als sie mich sieht. Wenn ich eine Schuld auf mich geladen habe, möchte ich sie gerne sühnen, aber nicht so.

Jane bleibt unerbittlich und gibt ihr Geheimnis preis.

»Du bist nicht die Tochter von Hugues Le Coz. Du bist ihm nichts schuldig.«

Ich stehe auf und gehe zur Tür. Ich will nichts mehr hören. Die letzten Jahre waren ruhig. Meine Lebensgeschichte war auf dem Rollband des Schicksals eingeklemmt und wurde jetzt gefunden, so daß ich alle Ereignisse, die sich über einen Zeitraum von zehn Jahren hätten erstrecken müssen, nun auf einmal erlebe.

Die alten Leute hier, die am Hafen stehen und sich unterhalten, werden sich eine Menge zu erzählen haben. »Oh, die Arme, ihr Vater ist nicht nur ein Mörder, sondern er ist noch nicht einmal ihr Vater. Vielleicht hat sie darum dieses uneheliche Kind bekommen. Sie ist nicht ganz koscher.«

Man hält mich hier in Étel nicht gerade für seriös.

»Bleib hier«, brüllt Jane in hysterischem Ton. »Du kannst jetzt nicht einfach so gehen. Auch Hugues hat sich geweigert, mit mir zu sprechen, als diese dämliche genetische Untersuchung bewies, daß du nicht seine Tochter bist, aber ich wußte es nicht. Ich schwöre es dir.«

Ich drehe mich auf der Schwelle um. Ich bin nicht wütend, sondern nur ungeheuer müde.

»Als ich mit Andrew schwanger war, ergab die Ultraschalluntersuchung im Januar 1977, daß das Baby starke Mißbildungen aufwies. Und ich mußte eine Abtreibung über mich ergehen lassen. Anschließend bestanden die Ärzte darauf, uns alle drei genau zu untersuchen. Ich dachte, sie wollten uns helfen. Aber Hugues hatte nicht die Geduld zu warten. Er suchte einen alten Studienfreund auf, der in einem wissenschaftlichen Labor für genetische Untersuchungen arbeitete, und sagte ihm, daß es für einen Patienten sei, der wie er Le Coz hieße. Aber sein Freund lachte und sagte, daß es nun einen betrogenen Ehemann mehr auf der Welt gebe.«

Sie trägt ihre Ausführungen überstürzt vor, als hindere man sie seit zwanzig Jahren daran, ihre Beichte bis zum bitteren Ende vorzutragen.

»Ist Hugues darum gegangen?« frage ich.

»Ich weiß es nicht. Als ich aus dem Krankenhaus entlassen wurde, sagte er mir, daß es zwischen uns aus sei, daß er sich seine Freiheit zurücknehme, aber wegen dir bleibe. Die Monate zogen ins Land. Und in der Nacht, die seinem Verschwinden vorausging, als er mit dieser scheußlichen Tätowierung nach Hause kam, teilte er mir mit, daß er eine Frau kennengelernt habe, die schwanger sei, und er zu ihr ziehen und dich mitnehmen werde. Ich rastete vollkommen aus und drohte ihm damit, daß er dich nie mehr sehen dürfe und ich ihn bei dir schlechtmachen werde. Er war nicht dein Vater und hatte keinerlei Rechte. Ich wollte nicht, daß er von einer anderen den Sohn bekam, den ich ihm nicht schenken konnte. Du warst meine Sicherheit und meine Garantie.«

»Es ist wie beim Kartenspiel. Er hat dich wie eine Karte,

die dem Spieler nichts nutzen oder schaden kann, ablegt«, sage ich.

Widerwillen, Traurigkeit und Leid überschwemmen mich. Es ist weder Janes Schuld noch meine. Dem gibt es nichts mehr hinzuzufügen.

Ich kann unmöglich in diesem Zustand nach Hause gehen, und darum fahre ich ziellos die Straße entlang, die zum Strand von Kerminihy führt, den Jérémie besonders mag, weil hier im Sommer ein Nacktbadestrand ist.

Hier stimmt gar nichts mehr, und auch der Leuchtturm ist nur eine Illusion. Wenn Hugues nicht mein Vater ist, ist Jérémie nicht sein Enkel, und Félix ist auch nicht mein Halbbruder. Spielt Basile vielleicht auch nur eine kurze Statistenrolle in meinem Leben, um sich für seinen nächsten Roman Notizen zu machen?

Ich rufe mir noch einmal mein Gespräch mit Jane ins Gedächtnis. Mir fällt plötzlich ein, daß ich vergessen habe, ihr eine Frage zu stellen. Ich wühle in meiner Tasche, aber da ich mein Handy vergessen habe, laufe ich schnell zur Telefonzelle. Jane hebt ab.

»Wer ist mein richtiger Vater?« frage ich.

»Ein Student aus dem Iran. Wir gehörten beide einer Gruppe an, die der Achtundsechziger-Bewegung vorausging. Eines Abends habe ich mich mit Hugues gestritten. Ich dachte, alles sei aus. Ich war verzweifelt und bin mit diesem Studenten essen gegangen. Wir haben zuviel getrunken, und ich bin morgens in seinem Bett aufgewacht. Ich habe ihn nie wiedergesehen. Noch am gleichen Tag habe ich mich mit Hugues versöhnt, und einen Monat später stellte ich fest, daß ich schwanger war. Wir waren überglücklich und heirateten. Ich weiß noch nicht einmal mehr seinen Namen. Ich habe diese Episode vollkommen vergessen.«

Episode: eine Nebenhandlung, die mit der Haupthandlung verbunden ist. Das bin ich also: eine Nebenhandlung. Ich bin nun kein Waisenkind mehr, sondern ich habe einen Vater, »der nicht weiß, daß es mich gibt«, wie Jérémie immer sagt, und ich habe meine eigene Geschichte wiederholt.

Als ich im Leuchtturm ankomme, stellt Hugues die schmutzigen Teller zusammen, Félix holt die Tassen aus dem Schrank, und Basile kocht Kaffee. Teamwork!

»Ihr seid ja richtige Hausfrauen«, sage ich.

»Wir haben uns Sorgen gemacht. Hast du schon gegessen?«

»Ich habe ein Sandwich gegessen. Ich muß arbeiten.«

»Daß die Kraft mit dir sei, Luc Skywalker!« wünscht mir Basile, der ein Fan von *Krieg der Sterne* ist.

»Wißt ihr, daß der Koch des englischen Grafen Sandwich diese Art Zwischenmahlzeit erfunden hat, um dem Grafen zu ersparen, seinen Spieltisch zu verlassen?« fragt Félix fröhlich.

Ich schließe die Tür hinter mir, um allein zu sein, setze mich an meinen Computer, öffne meine Datei mit dem Drehbuch für den Krimi und lasse eine Nebenfigur ganz nebenbei in einer kleinen Episode bei einem blutigen Hold-up ums Leben kommen.

NOVEMBER

Étel, im Leuchtturm, Dienstag, 4. November 1997

Heute ist der erste Schultag nach den Herbstferien. Jérémie ist soeben in die Schule gegangen, und ich räume den Frühstückstisch ab. Ich habe noch mit niemandem darüber gesprochen, was Jane mir gesagt hat, und vor allem nicht mit Hugues. Ich kann ihm nicht in einer Woche eröffnen: »Guten Tag, ich bin Mab, deine Tochter!«, und in der nächsten Woche werfe ich ihm an den Kopf: »Hallo, alter Junge, die Gegebenheiten haben sich geändert. Hau ab mit deinem unehelichen Sohn, der noch nicht einmal mein Bruder ist.«

Der fünfte Akt meines Lebens beginnt: Der erste ging von meiner Geburt bis zu Hugues' Verschwinden, der zweite bis zu Jérémies Geburt, der dritte endete auf der Insel Changuu und der vierte letzten Freitag bei Jane.

Basile und mich verbindet große Leidenschaft. Sobald Jérémie und Hugues das Haus verlassen haben, sinken wir einander in die Arme. Basile ist kurz nach Paris gefahren, um seinen Verleger zu treffen, und er ist mit seinem Notebook und einer Tasche voll Klamotten auf seinem Motorrad zurückgekehrt. Ich habe meine Sommerkleider zur Seite geschoben, um für ihn Platz im Schrank zu schaffen. Meine Winterpullover habe ich aufgestapelt, um für ihn eine Schublade freizuräumen. Da im nächsten Juni und Juli die Fußball-WM ganz Frankreich beschäftigen wird, kommt diese Zeit für die Veröffentlichung seines Romans nicht in Frage. Sein Buch soll vorher erscheinen – spätestens Anfang Mai. Das bedeutet, wenn man die Zeit für die Drucklegung abrechnet, daß er Ende Februar fertig sein muß. Es bleiben ihm also noch ganze vier Monate, um das letzte Viertel zu schreiben. Das ist machbar, wenn er sich ausschließlich seinem Roman widmet.

Jérémie, der damit beschäftigt ist, diesen Großvater, der plötzlich in sein Leben getreten ist, kennenzulernen, läßt seinen Computer im Stich und interessiert sich nicht mehr für uns. Es ist das erste Mal, daß er mich verliebt erlebt, aber er scheint weder eifersüchtig noch verwirrt zu sein. Ich achte darauf, soviel Zeit wie immer mit ihm zu verbringen. Wenn er von der Schule kommt, reden wir wie früher miteinander, und ich wünsche ihm allein eine gute Nacht, um unsere traute Zweisamkeit zu bewahren. Was der Schulpsychologe auch dazu sagen mag, es sieht nicht so aus, als erlebe er ein Trauma.

Wir wohnen zu fünft im Leuchtturm, und ich nehme zu den Festtagen keine Gäste auf. Mit vier Männern zusammenzuleben, bedeutet doppelt soviel Arbeit, besonders, wenn sie versuchen zu helfen. Trotz meiner Bemühungen bin ich unkonzentriert und sehr unproduktiv. Ich habe jedoch sehr enge Termine. Ein konkurrierender Fernsehsender plant ein ähnliches Projekt wie das von Goulven Kernic, und darum muß ich mich sputen. Das Ende vom Lied: Basile und ich leben wie Eremiten, nur die Keuschheit fehlt.

Wie Langstreckenläufer haben wir unseren Tiefpunkt überwunden und neuen Schwung gefunden. Wir arbeiten, lieben uns, essen, trinken und schlafen. Basiles Ertrag entspricht der Anzahl der Seiten und meiner der Anzahl der Szenen. Er füllt die Seiten seines Blockes mit seiner unleserlichen Schrift, arbeitet mit Verweisen, fügt Pfeile hinzu und stürzt sich auf sein Wörterbuch. Ich seziere Goulven Kernics Buch: Ich zerlege Kapitel für Kapitel, fasse Persönlichkeit und Vergangenheit jeder Person zusammen, erstelle eine Chronologie, notiere, was in jeder Szene passiert, entferne alles Überflüssige, bis nur noch nackte Tatsachen übrigbleiben. An der Wand hängt eine ausführliche, skizzierte Zusammenfassung, auf der ich jeder Person und jedem Gefühl in den einzelnen Szenen eine unterschiedliche Farbe zuordne.

Um abzuschalten, stopfen wir uns abends mit bunten Fernsehbildern voll. Am Ende des Film meckere ich, wenn Jérémie vor dem Nachspann wegzappt, und Basile spottet über mich:

»Keine Bewegung, Mab arbeitet.«

Ich protestiere, denn ich muß schließlich wissen, wer bei diesem oder jenem Projekt mitgewirkt hat. Das gehört zu meinem Job.

Eines Abends kann ich mich rächen, als eine meiner Familienkomödien zur Hauptsendezeit um 20.50 Uhr ausgestrahlt wird.

»Oh, das bist du, Mama«, sagt Jérémie, als mein Name auf dem Bildschirm erscheint.

Dieses Kind, mein eigen Fleisch und Blut, und diese erfundenen Personen, die sich auf dem Bildschirm bewegen, sind das Beste, was ich je im Leben vollbracht habe.

Basile, Hugues und Félix bleiben bis zum Ende des Films regungslos auf der Couch sitzen, ohne zu fragen, um wieviel Uhr wir essen werden oder was es zum Abendessen gibt. Das ist das schönste Kompliment.

Die Fotos, die in meinem Arbeitszimmer an der Wand hängen, bringen Hugues aus dem Gleichgewicht. Er erinnert sich nicht an Mortimer, und er erkennt sich in dem jungen lächelnden Mann, der mich auf dem Arm trägt, nicht wieder. Er hat das Gefühl, vor zwanzig Jahren auf einer Insel im Indischen Ozean geboren worden zu sein.

»Vielleicht bist du von Außerirdischen entführt worden,

die dich nach Sansibar gebracht haben«, überlegt Jérémie und beugt sich über sein Tamagotchi.

»Warum schenkst du deinem Sohn keinen Hund statt dieses elektronischen Schwachsinns?« fragt Hugues.

»Jérémie ist Asthmatiker. Sein Kinderarzt hat mir geraten, auf Haustiere zu verzichten.«

Hugues willigt daher ein, sich um das Tamagotchi zu kümmern, wenn Jérémie in der Schule ist, und der Sklave des japanischen Eis zu werden. Ansonsten beschäftigt er sich mit Modellbau und Puzzlespielen. Er ist blockiert, Gefangener in seinem eigenen Leuchtturm. Seit zwanzig Jahren ist er nicht mehr Auto gefahren, und es ist nicht die Rede davon, sich ans Steuer des Jeeps zu setzen, und außerdem hat er keinen Führerschein. Er ist einmal allein zum Hafen gegangen, aber er kam schnell wieder zurück. Die Nachricht seiner Rückkehr hat sich in der ganzen Gegend verbreitet. Ein Journalist hat sogar versucht, ihn zu interviewen. Die Gäste *Bei Soizic* haben ihn neugierig angestarrt, und als er seinen Kaffee bezahlen wollte, hat Soizic abgelehnt und ihm von den Rosen von damals erzählt, was ihm sehr peinlich war. Die Leute erwarten etwas von ihm, was er ihnen nicht geben kann, und das macht ihn krank.

Auch zu Guy findet er keinen Kontakt. Immer, wenn sie sich treffen, kommt er deprimiert zurück. Er ist nur glücklich, wenn er Jérémie von der Schule abholt und mit ihm am Meer spazierengeht. Wir sollten nach Saint-Cado fahren, in die Abtei von Kergonan und an den Strand von Kerhillio, uns mit Crêpes vollstopfen und Cidre trinken, seine Bretagne neu entdecken und seine Seele wiederfinden.

»Wir fahren zusammen hin, sobald mein Drehbuch fertig ist«, schlage ich vor.

Er nickt. Er durchschaut die Sache. Anstatt eines Vaters, der noch nicht einmal mein Vater ist, habe ich mir ein zusätzliches Kind aufgehalst, das sogar noch abhängiger von mir ist als mein Sohn.

Um mein schlechtes Gewissen zu erleichtern, habe ich Meeraalragout mit Kartoffeln und Zwiebeln gekocht. Es hat ziemlich lange gedauert, löst aber keine Begeisterung aus.

»Igitt, das ist ja voller Gräten«, meckert Jérémie.

»Es schmeckt interessant, sehr gut, sicher, interessant«, sagt Basile.

»Was meinst du dazu, Hugues?«

Ich habe mich für ihn so ins Zeug gelegt. Ich wollte durch den Geschmack seine Erinnerung wecken. Das war früher ein Gericht für Arme, da es nahrhaft und preiswert war. Als ich klein war, erzählte Hugues es mir immer wieder, weil seine Großmutter es jeden Karfreitag für ihn kochte.

»Also, was meinst du?« frage ich.

Er schiebt sich wieder einen Bissen in den Mund, kaut, schluckt tapfer einige Gräten herunter und trinkt einen Schluck weißen Graves, um alles hinunterzuspülen.

»Es schmeckt interessant. Basile hat recht«, sagt er. »Köstlich, aber interessant.«

Tag der Verbrüderung, Donnerstag, 6. November

»Wie war unser Vater früher?« fragt mich Félix, als er von einem langen Spaziergang mit Hugues zurückkehrt.

»Glücklich«, antworte ich nach kurzem Überlegen.

Es stimmt, daß wir auf unsere Art alle drei glücklich waren, bis wir im Januar 1977 erfuhren, daß es keinen Andrew geben würde.

»Du vergeudest deine Zeit«, sage ich. »Was treibst du hier, anstatt zu Silvia zurückzufliegen? Falls Hugues sich an seine Schuhgröße erinnert, werde ich dir sofort Bescheid geben.«

»Ich wollte ihm so gerne helfen und sehen, wie er wieder ein normales Leben führt.«

Er verzieht den Mund wie ein beleidigtes Kind. Von dem stolzen jungen Mann, der mit Silvia über den Darajani-Markt spazierte, ist nichts mehr übrig. Auf der Suche nach seinem Vater hat er eine Frau getroffen, aber als er seinen Vater fand, hat er sie verloren.

»Alles war so einfach auf der Terrasse in Sansibar. Ich weiß nicht mehr, was ich denken soll, Mab.«

»Hast du deine Meinung geändert?«

»Silvia ist so hübsch. Was kann ich ihr schon bieten?«

»Liebe, oder?«

»Das ist gut in Basiles Romanen und deinen Drehbüchern ...«

»Ist das eine überholte Vorstellung für deine Generation? Und warum hast du ihr dann dein Saxophon als Pfand zurückgelassen?«

Er zuckt die Achseln.

»Weil ich dumm bin und zu viele Filme gesehen habe. Mit Silvia schien alles so leicht zu sein. Hier lebt man nicht das gleiche Leben.«

Er summt Around Midnight.

»Kennst du den Film *Autour de Miniut* von Bertrand Tavernier mit dem Saxophonisten Dexter Gordon? Er hat sich von einer wahren Geschichte inspirieren lassen, der Liebe zwischen dem jungen Jazzmusiker Francis Paudras und dem großen amerikanischen Pianisten Bud Powell, als dieser 1959 in Paris lebte.«

»Ich kenne ihn, ja und?«

»Das ist ein Film mit Tiefgang. Die Menschen sprühen vor Lebensfreude, und die Musik lebt auch. Es wäre besser gewesen, wenn ich dort drüben bei Silvia geblieben wäre, denn als ich zurückkam, habe ich den Rhythmus verloren. Du hast ihn auch verloren, und du gehst nur aus dem Grunde nicht unter, weil du pausenlos arbeitest.

Selbst Basile ist nicht mehr derselbe. Der einzig normale Mensch ist Jérémie. Euer Hugues ist erloschen. Ihr hättet ihn dort lassen sollen, dann hätte er mit den Schildkröten auf seiner Insel spielen können.«

»Euer Hugues und nicht unser Hugues?«

»Ich dachte, er sei unser Vater und kein Zombie. Es fehlt nur noch, daß man ihm morgens seine Klamotten aus dem Schrank aussuchen muß.«

Er hat recht, aber wenn ich das zugebe, sind wir verloren.

»Du hättest dir gewünscht, daß er sich wieder fängt und dir alles beibringt, was er dir nicht hat beibringen können, nicht wahr?« frage ich. »Du hast schon einen Führerschein und kannst eine Krawatte binden. Du hast Erfahrungen in der Liebe gemacht. Was willst du noch wissen?«

Seine Augen ziehen sich zu kleinen Schlitzen zusammen.

»Und du, schöne, perfekte Mab? Du hast keine Akne mehr und keine Zahnspange; dein Busen ist gewachsen; deine Drehbücher kommen an; dein Sohn ist entzückend; dein neuer Freund vorzeigbar; du hast alle positiven Eigenschaften bei dem Test angekreuzt; du solltest glücklich sein.«

»Armer Irrer«, sage ich.

»Arme Irre«, antwortet er.

Backe, backe Kuchen! Félix lächelt zuerst. Seine Augen fangen an zu strahlen, und das steckt auch mich an.

»Dummkopf!« lache ich.

»Dumme Kuh!« erwidert er. »Glaubst du wirklich, daß Silvia mich liebt und sich nicht nur in meinen Armen getröstet hat? Sie war doch in Basile verknallt, oder?«

»Sie hat ihn wegen dir zurückgewiesen«, versichere ich ihm.

»Ich dachte, das Gegenteil sei der Fall und Basile habe

sie wegen dir aufgegeben. Jetzt mal im Ernst: Wer hat wen aufgegeben, weißt du das?«

Vor einer Woche hat er die schönste Nacht seines Lebens erlebt, und nun quält er sich mit der Frage, ob Silvia ihn liebt. Auch Basile verpfuscht sein Leben, weil er es nicht wagt, dem Jugendlichen, dem er all seine Bücher widmet, gegenüberzutreten. Und ich leide, weil mein Vater nicht mein Vater ist und sich noch nicht einmal an seinen eigenen Namen erinnert.

»Das ist doch egal«, sage ich. »Silvia liebt dich. Das Telefon steht im Wohnzimmer. Also beweg dich. Sei ein Mann!«

»Beweist man, daß man ein Mann ist, wenn man eine Frau anruft? Ich habe bereits meine Mutter angerufen. Sie kommt morgen. Sie glaubt, ich werde ihr mitteilen, daß ich dich heirate. Hör zu, Mab. Ich habe beschlossen, erst zurückzukehren, wenn Hugues sein Gedächtnis zurückerlangt hat. Er braucht mich. Es ist vielleicht verrückt, aber ich funktioniere so. Um Silvia ebenbürtig zu sein, muß ich mir ins Gesicht sehen können.«

»Weiß Silvia das?«

»Ja. Sie hat es verstanden. Ich sage nicht, daß sie vor Freude an die Decke gesprungen ist.«

Das Telefon klingelt. Félix hebt ab. Er hofft, es sei Silvia.

»Es ist Dr. Marcié.«

Ich nehme ihm sofort den Hörer aus der Hand.

»Was ist passiert? Hatte Jérémie einen Asthmaanfall?«

»Er ist frisch und munter. Die Schule hat mich wegen eines anderen Kindes gerufen, und da ich Jérémie schon lange nicht mehr gesehen hatte, habe ich die Gelegenheit genutzt, um ein Auge auf seine Bronchien zu werfen. Normalerweise hat er auch außerhalb eines Anfalls ein für Asthmatiker typisches Geräusch. Es pfeift. Aber heute nichts, gar nichts, ausgezeichnet, vollkommen normal. Sind Sie sicher, daß Sie von Sansibar das richtige Kind zurückgebracht haben und es nicht unterwegs vertauscht wurde?«

»Das hätte ich doch bemerkt, oder?« frage ich glücklich

Félix und Louise, Freitag, 7. November

Der T.G.V. Atlantique fährt in den Bahnhof Auray ein. Félix wartet mit den Händen in den Hosentaschen, in Jeans und einem Seemannspullover mit Schulterknöpfen. Louise steigt zuerst aus. Sie trägt eine dicke Felljacke wie Anouk Aimée in dem Film *Ein Mann und eine Frau*.

»Hattest du eine gute Reise?« fragt Félix und nimmt ihr die Tasche ab.

»Bis jetzt ja!« antwortet sie.

Sie schaut ihn stolz an. Sie hat sich wacker geschlagen, um ihn zu erziehen, ohne ihn spüren zu lassen, wir böse sie Étienne war, sie ihm Stich gelassen zu haben.

»Wem gehört denn dieses niedliche Ding?« fragt sie, als Félix den Kofferraum des Jeeps aufschließt, um ihre Tasche zu verstauen.

»Einer Freundin. Steig ein und schnall dich an.«

Zunächst schweigen sie. Doch mit der Zeit erkennt Louise die Namen auf den Schildern. Erdeven. Étel. Sie erblaßt. Den Zusammenhang mit Auray hatte sie noch nicht erkannt.

»Félix, wohin fährst du mich?«

»An den Strand. Wir gehen spazieren.«

Bis dahin schweigt sie. Sie gehen ans Meer. Ein Mann spielt mit seinem Hund. Die Wintersonne scheint auf den Sand.

»Ich war schon einmal hier«, sagt Louise.

Félix bleibt stehen.

»Ich weiß. Im Februar 1978.«

»Wer hat es dir gesagt?«

Félix geht rückwärts und betrachtet seine Spuren.

»Guy Keruel. Étienne Le Coz ist wieder da, Mama. Wir

haben ihn auf Sansibar gesucht. Er ist bei uns, also, ich meine, dort, wo ich wohne. Er wollte dich nie im Stich lassen. Als er vor zwanzig Jahren in Afrika ankam, ist er überfallen worden, und als er wieder zu sich kam, hatte er sein Gedächtnis verloren. Er erinnert sich noch immer nicht.«

Louise nimmt es erstarrt zur Kenntnis.

»Aber dieser Brief, den er mir geschrieben hat?«

»Er erinnert sich nicht mehr daran. Nicht an dich, nicht an seinen Namen, nicht an seinen Beruf. Er hat auf Sansibar in einem Dorf in einer Hütte in Form eines Leuchtturms gewohnt. Er benimmt sich seltsam.«

»Ich glaube, ich muß mich setzen«, sagt Louise.

Sie gehen zum trockenen Strand hinauf und setzen sich Seite an Seite in den Sand.

»Ich dachte, du würdest mir mitteilen, daß du heiraten willst oder deine Freundin schwanger sei.«

»Sie ist nicht meine Freundin, sondern meine Halbschwester.«

Louise versucht fassungslos Ordnung in ihre Gedanken zu bringen. Sie hat diese Reise gemacht, um zu verhindern, daß ihr Sohn eine Dummheit begeht, und um ihm mitzuteilen, daß sie den armen Gérard verläßt. Die Neuigkeiten erschüttern sie, aber Étienne wollte sie doch verlassen, und ihre Liebe zu ihm ist in den Jahren gestorben, als sie ihre ganze Kraft brauchte, um über die Runden zu kommen. Als sie plötzlich wie eine Verrückte anfängt zu lachen, verbirgt sie ihr Gesicht in den Händen.

»Nun wein doch nicht!« regt Félix sich auf. »Es ist vorbei. Er ist zurückgekehrt, und wir werden ihm helfen, sich zu erinnern. Ich wollte auf Sansibar bleiben. Ich habe eine junge Italienerin kennengelernt, die dir gefallen wird. Sie heißt Silvia. Aber ich habe geschworen, nicht eher zurückzukehren, bis mein Vater wieder allein zurechtkommt.«

Louise hebt den Kopf, als Félix »mein Vater« sagt.

»Ich weine nicht. Ich lache wegen des armen Gérard, der

sich wer weiß was vorgestellt hat. Du willst auf Sansibar leben?«

»Ja. Ich weiß, daß es weit ist, aber ich liebe sie. Verstehst du das?«

Sie schaut ihn aufmerksam an. Er kommt ihr erwachsener, reifer und geläutert vor.

»Ich habe auch jemanden kennengelernt. Er lebt in den Vereinigten Staaten in Miami und heißt Armando. Ich weiß, daß es weit ist, aber ich liebe ihn.«

»Ich verstehe«, sagt Félix verblüfft.

»Du bist enttäuscht«, stellt Louise fest, die ihren Sohn gut kennt. »Hast du wirklich geglaubt, daß ich in Étiennes Arme sinken würde? Ich habe seinetwegen zu sehr gelitten, aber du wirst sehen, Armando wird dir gefallen.«

»Bei diesem Tausch kann ich nur gewinnen. Schlimmer als der arme Gérard kann er nicht sein«, murmelt Félix.

Félix fährt mit ihr zum Leuchtturm. Louise wartet draußen auf Hugues. Er geht verlegen auf sie zu, und er findet sie schön.

»Es ist neunzehn Jahre her«, sagt Louise. »Deine Augen haben sich nicht verändert.«

Durch ihr Duzen ermutigt, lächelt er sie an.

»Félix hat mir gesagt, daß du in die Vereinigten Staaten gehen willst. Es freut mich für dich, und es tut mir leid. Ich würde es dir gerne erklären, aber ich kann es nicht.«

»Mir wäre es auch lieb, wenn du es mir erklären würdest«, antwortet Louise.

Sie verzeiht ihm nicht. Es war zu hart und zu unmenschlich, auf ihn zu warten. Sie hatte ihm so sehr vertraut.

»Ich bin überfallen worden.«

»Du hast mir diesen Brief geschrieben.«

»Félix hat es mir gesagt«, erwidert Hugues. »Es tut mir leid.«

Louise regt ihn nicht auf, und sie betört ihn nicht. Aber

sie beruhigt ihn. Seit er zurückgekehrt ist, hat er zum erstenmal das Gefühl, sich mit jemandem zu verstehen. Und das ausgerechnet mit einer Frau, die berechtigte Gründe hat, ihn zu hassen.

»Félix ist ein guter Junge«, fährt Hugues fort. »Er ähnelt dir.«

»Und dir auch.«

Louise würde gern hinzufügen: »Aber er brauchte einen Vater«, doch sie weiß, daß es sinnlos ist. Der Mann, der ihr gegenübersteht, trägt nur die äußere Hülle von Étienne Le Coz. Er hat seinen Zauber verloren. Louises Wut verfliegt. Miami wartet auf sie.

»Gefühle kann man nicht flicken«, sagt sie. »Es freut mich für Félix, daß du zurückgekehrt bist.«

Testmethoden, Mittwoch, 12. November

»Nein, bitte nicht! Erbarmen!« schreit Basile im Schlaf.

Ich rüttele ihn sanft an der Schulter, um ihn aufzuwecken. Er richtet sich schweißgebadet und mit klopfendem Herzen auf.

»Ich hatte einen scheußlichen Alptraum«, sagt er seufzend. Die Haare kleben auf seiner Stirn.

»Du hast im Schlaf geschrien. Was hast du denn geträumt?«

Er setzt sich kopfschüttelnd auf den Bettrand.

»Ich habe es vergessen. Ich hole etwas zu trinken. Hast du Durst?«

»Nein.«

Ich möchte, daß er mit mir spricht und wir aufhören, die Schiffbrüchigen zu spielen, die sich aneinanderklammern, um schneller unterzugehen. Es muß ihn ständig an Vincent erinnern, hier mit Jérémie und Félix zusammenzuleben. Daß er mir nichts davon gesagt hat, bedeutet, daß er weniger Vertrauen zu mir hat als zu Silvia. Ich verschweige meinerseits, was mir Jane gebeichtet hat. Basile schreibt also weiter, leidet im stillen und schenkt mir rote Rosen, weil ich ihm die Geschichte von Hugues und der Anzahl der Stufen im Leuchtturm erzählt habe.

Er kommt mit einem großen Glas Milch zurück.

»Ist das alles? Ich dachte, du bringst Champagner mit.«

»Wenn es weiter nichts ist.«

Er dreht sich auf dem Absatz um und steuert nackt und erhaben auf die Küche zu.

»Komm zurück, Basile. Ich habe doch nur Spaß gemacht.«

Er kommt mit zwei Champagnerkelchen, einer Flasche 1993er Mercier und einem Teller zurück, auf dem ein mit Honig und Pinienkernen überzogener Ziegenkäse thront.

»Man muß nur etwas sagen«, erklärt er mir, als er den Korken mit einem lauten Knall aus der Flasche dreht und die Gläser füllt.

»Zum Wohl! Auf was trinken wir?«

»Auf die sansibarische Liebe. Du bist Drehbuchautorin, Mab, aber ich erwarte von dir wissenschaftliches Denken. Das ist sehr wichtig. Ich bestehe darauf.«

Seine Augen strahlen.

»Um sie mit der Liebe in Étel zu vergleichen, muß man logisch denken können. Erinnerst du dich an die Testmethode, die man in der Oberstufe lernt? Wenn es die beiden ersten Male gutgeht, wird es immer gut sein!«

Ich ahne, daß wir wieder einmal vermeiden werden, miteinander zu sprechen.

Ich dachte, man habe bei der himmlischen Verteilung nur Anrecht auf eine große Liebe im Leben, und die ist mir bereits begegnet. Vielleicht war es nicht Patrick, oder es lag ein Irrtum vor, und man hat mir zwei zugestanden, was beweist, daß sich Basile stark von dem unterscheidet, was ich bisher kannte. Ich habe das Gefühl, endlich den Hafen erreicht zu haben, aber dennoch nicht stillzustehen. Ich spüre meine Leidenschaft und fühle mich gleichzeitig in Sicherheit wie eine *mtepe*, die an der Küste anlegt. Basile schwimmt noch in trüben Gewässern.

»Dieser Käse ist ein wahrer Genuß«, schwärmt er und schaut mich durch den Champagnerkelch hindurch an. »Gib mir Zeit, Mab.«

»Wenn du mir noch etwas Champagner eingießt«, antworte ich.

Es gibt nur eine Möglichkeit, Basile zu befreien: Vincent zu treffen.

Fahrt nach Vannes, Donnerstag, 13. November

Schon am nächsten Tag suche ich die Telefonnummer seiner Eltern in Vannes heraus. Es gibt zwei Deslandes mit derselben Adresse: Yves und Vincent. Als ich die zweite Nummer wähle, antwortet eine Männerstimme. Ich lege auf. Vincent hat genau die gleiche Stimme wie sein Bruder.

Ich fahre mit meinem Geländewagen los und parke dann vor dem Haus, in dem Basile vor fünfunddreißig Jahren geboren wurde. Es ist ein zweistöckiger, weißer Bau mit steinernen Fenstereinfassungen und einem grauen Schieferdach. Um die Mittagszeit parkt ein Mann seinen Renault 19 vor dem Haus und steigt mit einer Schulmappe in der Hand aus. Er ist groß, hat graue Schläfen und einen aufrechten Gang. Der Vater von Vincent und Basile hat Charme und wirkt jugendlich, aber seine Gesichtszüge sind etwas verhärmt. Basile hat mir gesagt, daß er Latein und Griechisch unterrichte. Mit ernster Miene steigt er die Stufen zur Haustür hinauf, öffnet die Tür und wird von einem butterfarbenen Labrador begrüßt.

»Platz, Ovide!«

Alle Männer der Familie Deslande haben die gleiche Stimme.

Hätte ich einmal einen Hund auf einen Namen mit O

getauft, hätte ich Olive, den Namen von Popeyes Frau, oder *Obiwankenobi* wie die Kraft im *Krieg der Sterne* gewählt, aber sicher nicht Ovide!

Eine rot-weiße Honda mit Rückwärtsgang parkt kurz darauf vor dem Haus. Ein junger Mann von etwa zwanzig Jahren steigt lässig von der Maschine. Als er seinen Helm auszieht, sehe ich sein Gesicht, das klassischer, aber weniger energisch ist als das von Basile. Sie haben beide den gleichen Blick. Seine braunen Haare sind im Nacken zusammengebunden. Er trägt Jeans und einen schwarzen Parka. Auf den ersten Blick sehen seine Hände normal aus, aber als ich genauer hinsehe, erkenne ich, daß er rechts eine hautfarbene Prothese trägt. Seinen Helm hält er in der Linken. Das Motorrad hat sicher eine besondere Schaltung. Ich gehe auf ihn zu und schaue ihn freundlich an.

»Entschuldigen Sie. Sind Sie Vincent Deslande?«

»Ja.«

Er lächelt mich abwartend an.

»Ich heiße Mab Le Coz. Ich bin eine Freundin von Basile.«

Vincent versteift sich und lächelt nicht mehr. Seine linke Hand klammert sich an das Visier seines Helms.

»Kann er nicht selbst kommen?«

»Er weißt gar nicht, daß ich hier bin. Sie fehlen ihm. Er hat Angst, daß Sie ihn zurückweisen, und er schämt sich …«

»Er schämt sich meinetwegen? Er hat mich im Stich gelassen, als ich ihn brauchte. Ich habe gehofft und gewartet. Jetzt ist es zu spät. Hauen Sie ab!«

»Er schämt sich nicht Ihretwegen, sondern seinetwegen. Er ist unter dem Pseudonym Pierre Hermès Schriftsteller geworden, und er hat Ihnen all seine Bücher gewidmet.«

Ich reiche Vincent die fünf Romane. Er macht jedoch keine Anstalten, sie entgegenzunehmen. Ich zögere. Er hilft mir nicht. Andererseits hat er nur eine gesunde Hand, und die ist besetzt. Ich versuche, die peinliche Situation zu überspielen, indem ich einfach irgend etwas sage, während ich den Stapel Bücher auf die Erde neben sein Motorrad lege.

»Ich wohne in einem Leuchtturm an der Küste in der Nähe von Étel.«

»Das ist mir scheißegal«, sagt Vincent, dreht sich um, geht zum Haus und schlägt mir die Tür vor der Nase zu.

Ich kehre zu meinem Wagen zurück, schalte die Zündung ein und sehe, daß die Gardine am Fenster der ersten Etage zur Seite geschoben wird. Ich habe nicht die richtigen Worte gefunden. Während ich durch das Viertel fahre, lausche ich der Musik aus dem Film *Cinema Paradiso*. Als ich kurze Zeit später noch einmal durch die Straße fahre, sind die Romane von Pierre Hermès verschwunden.

»Na, wie war der Tag?«

Basile ist blaß und unrasiert. Er hat seinen Schreibtisch seit heute morgen nur verlassen, um ein Sandwich zu essen und drei Tassen Kaffee zu trinken.

»Hat Hugues nicht mit dir gegessen?«

»Er ist mit Félix in die Crêperie gegangen. Ich hatte zuviel Arbeit, um sie zu begleiten. Und es tut ihnen sicher gut, mal unter vier Augen miteinander zu reden. Als ich klein war, nahm mich mein Vater sonntags morgens zu einem ›reinen Männerfrühstück‹ mit ins Café.«

Es ist das erste Mal, daß er von seinem Vater spricht.

»Fehlt er dir nie?« frage ich freundlich.

Ich schließe eine Wette mit mir ab: Wenn seine Antwort länger als zehn Wörter ist, sage ich ihm, daß ich nach Vannes gefahren bin. Wenn seine Antwort kürzer ist, sage ich nichts.

»Nie!« erwidert er.

Seine Antwort war entschieden kürzer. Ich schweige.

Andere Länder, andere Sitten
Samstag, 15. November, und Sonntag, 16. November

Bei Springflut wimmelt es in den Wasserlöchern von Krabben, Venusmuscheln und Krebsen. Ganze Menschenhorden schreiten den Strand ab. Jérémie schwingt sein Krabbennetz und füllt den Korb, den er sich um den Bauch gebunden hat. Hugues folgt ihm gelassen mit seinem Eimer. Wenn er auf Sansibar früh am Morgen reglos am Ufer saß, krochen die ockerfarbenen Sandkrebse hervor mit ihren senkrecht stehenden Augen, ihrem seitlich weichenden, nervösen Gang und ihrem durchscheinenden Körper. Die bretonischen Krebse sind kräftiger, ihre Panzer bunter, ihr Schritt zielgerichteter, und sie haben tiefliegende Augen.

»Siehst du den dort? Er ist in diesen da verliebt.«

»Woher weißt du das?« fragt Jérémie zweifelnd.

»Er hat ihn von der Seite angesehen.«

»Schaut Mama Basile auch so an?«

»Manchmal!«

Jérémie erzählt mir von dem Gespräch, und ich meckere, während Basile sich totlacht.

Am Abend überrascht uns Hugues mit *Riz Pilao*, einem sansibarischen Festtagsgericht. Das ist stark gewürzter Reis mit Kartoffeln, Zwiebeln und Hühnchen.

»Reis und Kartoffeln? Warum nicht gleich Spaghetti und Pommes frites?« fragt Jérémie scherzhaft.

Ich werfe ihm einen bösen Blick zu, um ihn zum Schweigen zu bringen. Hugues ist enttäuscht, weil es trotz der unzähligen Beutel Gewürze, die ich angeschleppt habe, nicht den gleichen Geschmack hat wie auf Sansibar. Im Grunde hat nichts den gleichen Geschmack. Es ist eine Frage des Wassers und des Klimas. Die Krebse unterscheiden sich, aber auch der Himmel und das Meer haben eine andere Farbe. Die Blautöne von Sansibar sind klar, als habe man eine Farbtube ausgedrückt. Die in der Bretagne sind trübe. Im Blau des Meeres und des Himmels sind alle Blau- und Weißtöne aus dem Malkasten miteinander vermischt.

Am nächsten Tag zeigt Hugues Jérémie, wie man in der Heide aus Zweigen und Ginster eine Hütte baut. Stolz kehrt Jérémie zurück. Er hat die Bräuche des *Nairuzi*-Festes kennengelernt, eine ursprünglich persische Zeremonie, die von den Suaheli übernommen wurde und die das neue Jahr nach dem altpersischen Kalender zelebriert. Nach dem rituellen Bad im Meer, einem Scheingefecht und den Gesängen muß man eine Hütte aus Palmen bauen, die angezündet wird. Steigt der Rauch vertikal auf, ist es ein schlechtes Omen; steigt er horizontal auf, wird es ein gutes und fruchtbares Jahr.

»Der offizielle Festtag ist der 21. März. Wir haben nur so getan als ob. Wir sind ins Wasser gesprungen, haben die Hütte gebaut und sie angezündet. Es war super!«

»Ihr seid im November schwimmen gegangen?«

Ich gehe auf Hugues los.

»Bist du verrückt? Und wenn sein Asthma durch die Kälte wieder ausgelöst wird?«

»Der Rauch ist horizontal aufgestiegen, also droht keine Gefahr.«

»Aber du bist Arzt. Du kannst doch unmöglich an diesen Unsinn glauben!«

»Ich habe nicht das Gefühl, noch Arzt zu sein, Mab«, antwortet er belustigt.

Früher liebte ich Hugues mit seinen Sternen, seinen Leuchttürmen, unseren Omelettes und seinem Stethoskop. Der Hugues von heute bringt mich aus der Fassung mit seinen guten und schlechten Vorzeichen, seiner gewürzten Küche und seinen Amuletten.

»Meinst du manchmal nicht, es sei dir lieber, ich wäre tot, Mab?«

»Wie kannst du nur so etwas sagen!« frage ich. Es macht mich betroffen, daß ich so leicht zu durchschauen bin.

»Ich habe in deine Augen gesehen«, bemerkt Hugues.

Um sich zu entschuldigen, schenkt er mir seine Kette, eine einfache Wurzel, die durch ein Band gezogen ist und *Shetani*, einen sansibarischen Geist, besänftigen soll.

»Das ist doch Aberglaube. Glaubst du wirklich daran?«

»Ich habe heute morgen deine bretonischen Bücher durchgeblättert. Danach ist euer *Ankou* und *Anaon* ernst zu nehmen, aber *Shetani* ist lächerlich?«

»Das ist komplizierter, und außerdem bist du Bretone und kein Sansibarer.«

»Das hast du mir jedenfalls gesagt, ja.«

Mein Herz verkrampft sich. Hugues' vier Himmelsrichtungen, die Geschichte, die Geographie, die Leuchttürme und die Literatur helfen ihm nicht mehr, die Position seines persönlichen Horizontes zu bestimmen.

Um sich zu trösten, geht er ins Laternenzimmer und mischt die Karten so schnell wie die Leute, die auf den Jahrmärkten Kartentricks vorführen; so wie Félix' Finger über die Klappen seines Saxophons wandern und wie meine über die Tastatur fliegen. Wenn er allein ist, macht er Fortschritte. Sonst bringt er Jérémie und Kevin Kartentricks bei.

»Worüber sprecht ihr mit Hugues?« frage ich Jérémie.

»Über nichts. Wir haben Spaß miteinander. Es ist cool.«

Aber mein Instinkt täuscht mich nicht. Hugues denkt daran zurückzugehen. Er hat zuviel Mühe, sich an das Leben hier zu gewöhnen. Er hat sich so lange von gezuckertem Tee, Maniok und Fisch ernährt, daß mein Schweineschnitzel mit Sauerkirschen und einem 1988er Château-Balac Haut-Médoc ihn aus der Fassung bringt.

»Ich friere«, sagt Hugues.

Nach unserer Ankunft bin ich mit ihm zum Laden am Hafen gegangen, und wir haben ihn mit Hosen, Hemden, dicken Pullovern und Wollstrümpfen eingedeckt, Schuhe und Stiefel nicht zu vergessen. Slips und Unterhemden haben wir in einem anderen Geschäft gekauft. Ich fand es seltsam, die Garderobe meines Vaters zu bestücken, und es hat mein Budget arg gebeutelt.

Nachdem Hugues im Meer ertrunken war, wurde kraft eines ersten Gerichtsurteils festgestellt, daß sein Ableben vermutet wurde, und Jane wurde bestimmt, seine Güter zu verwalten. Da er nach zehn Jahren nicht zurückgekehrt war, wurde sein Tod offiziell bestätigt. Jetzt, da er zurückgekehrt ist, wird das vorangegangene Urteil durch ein neues Urteil außer Kraft gesetzt, und er wird seine Güter »im aktuellen Stand« zurückerhalten. Er besitzt also den Leuchtturm, aber sonst keinen Pfennig, und wird mir vollkommen auf der Tasche liegen. Guy wollte mir helfen, aber ich habe das Angebot abgelehnt.

»Ich werde das Feuer wieder anmachen, Papa.«

Papa. Es ist mir einfach so herausgerutscht, obwohl der Begriff unrichtig ist. Das Wort steckte so lange in meiner Kehle, und Hugues ist so pathetisch und durchgefroren, daß ich Lust habe, ihn zu wärmen.

»Ich bin wie ein Umschlag, auf den jemand die Adresse des Leuchtturmes geschrieben hat und in den er dann ein weißes Blatt geschoben hat«, sagt er seufzend.

»Vielleicht bist du mit Zaubertinte beschrieben, und man muß dich aufwärmen, um dich lesen zu können«, antworte ich und werfe ein Holzscheit in den Kamin.

Unter Männern, Montag, 17. November

»Mama ist bei Goulven Kernic. Sie arbeiten zusammen«, verkündet Jérémie, als er in Basiles Arbeitszimmer aufkreuzt. »Kann ich dich sprechen?«

»Setz dich!«

»Mein Vater ist auch Schriftsteller.«

»Nobody is perfect. Hast du seine Bücher gelesen?«

»Nein. Er ist Ire und sie sind auf englisch geschrieben. Wir haben erst in diesem Jahr in der Schule mit Englisch angefangen. Das reicht noch nicht, um sie lesen zu können.«

»In der Tat«, sagt Basile.

Als Vincent zehn Jahre alt war, war es für Basile einfach, mit ihm zu sprechen. Es war gar kein Problem für ihn, sich mit seinem Bruder zu unterhalten, aber es ist das erste Mal, daß er mit Jérémie allein ist. Er fühlt sich unbehaglich.

»Mein Vater hatte schon eine Familie«, fährt Jérémie fort. »Hast du Kinder?«

»Nein.«

»Wir können gemeinsame Sache machen, wenn du willst«, schlägt Jérémie mit einem gewinnenden Lächeln vor.

»Was?«

»Nächsten Samstag veranstaltet unsere Schule einen Tagesausflug mit den Eltern. Ich brauche einen Vater und lade dich ein.«

Jérémie denkt logisch. Sein Vater braucht ihn nicht, und niemand weiß, wo er ist, wohingegen Basile keine Familie hat und zur Verfügung steht. Das ist doch ganz einfach.

Basile zögert. Er ist noch nicht einmal imstande, ein guter Bruder zu sein. Jetzt wäre der richtige Moment, einen spitzfindigen Satz zu sagen wie: »Dein Vater wäre sicher stolz auf dich, wenn er dich kennen würde, und er würde dich bestimmt gerne begleiten!« Aber Jérémie erwartet eine klare Antwort.

»Es ist ganz einfach«, fährt Jérémie fort. »Hast du Samstag Zeit?«

»Ja«, antwortet Basile.

In einem gesunden Körper wohnt ein gesunder Geist, Mittwoch, 19. November

Jérémie will schon lange einmal ins neue Schwimm- und Freizeitbad im Thalassotherapiezentrum in Quiberon gehen. Basile sitzt vor seinem Schreibtisch, und Félix mag keine Schwimmbäder.

Ich komme in meinem blauen Badeanzug mit weißen Gänseblümchen aus der Damenumkleide. Jérémie trägt seine rote Badehose und Hugues Basiles Bermuda. Ich schaue mir verstohlen seinen knorrigen, muskulösen Körper an, der mit Narben übersät ist. Die Tätowierung des Leuchtturms hat trotz der verblaßten Farben noch eine gewisse Wirkung. Ein stark geschminktes, junges Mädchen bewundert sie mit affektiertem Getue. Ich stelle mich neben Hugues und lege besitzergreifend meine Hand auf seine Schulter. Das Mädchen geht enttäuscht davon.

»Es ist alles ausgeschildert. Man muß nur den Anweisungen folgen«, sagt Jérémie.

Es dauert 40 Minuten, um den ganzen Badespaß im 34 Grad warmen Meerwasser zu erleben. Die ersten Attraktionen werden im gleichen Becken angeboten. Wir setzen uns zuerst in einen Sitz mit Mikroblasen, dann entdecken wir die Geysire, die senkrechte Massage, bei der man von einem Wasserstrahl von oben bis unten massiert wird, anschließend den dynamischen Korridor, in dem man gegen den Strom ankämpft, und in der Mitte den Neptunbrunnen. Hugues blüht in der Hitze und im Wasser auf wie ein Hibiskus in der Sonne. Und wir ähneln für einen kurzen Moment dem Bild, das ich mir vom Glück mache.

»Gehen wir in den Whirlpool?« fragt mich Jérémie und spritzt mich naß.

Das ist der Höhepunkt der Anlage: ein Whirlpool im Freien mit Panoramablick. Wir sitzen alle drei in der frischen Luft in sprudelndem Wasser und schauen auf das Meer und die Felsen unter uns. Hier befinden wir uns auf neutralem Terrain, denn wir sind weder in Étel noch auf Sansibar, und wir haben den Whirlpool für uns allein.

»Schau mal, das Schiff dort unten«, schreit Jérémie und zeigt auf den Horizont.

»Das ist eine Fernsehantenne auf einem Haus in Ys«, bemerke ich.

»Wo steht das Haus?« fragt Hugues.

»Das ist die Unterwasserstadt des Königs Dralon«, erklärt Jérémie.

»Dralon ist ein Stoff. Der König heißt Gradlon!«

Wir sitzen im Whirlpool, und ich erzähle die Geschichte. Gradlon, der König von Cornouaille, lebte mit seiner Tochter Dahut in der Stadt Ys, die sich unter dem Meeresspiegel zwischen Douarnenez und der Insel Sein befand. Die Stadt wurde durch einen Deich geschützt, und eine Schleuse, die mit einem Zauberschlüssel verschlossen wurde, regelte den Zugang zum Hafen. Jeden Abend ließ Dahut, die Tochter der Fee Malgwenn, einen Geliebten in den Palast kommen und legte ihm eine verhexte Seidenmaske um, die ihn morgens tötete. Eines Tages verliebte sie sich in den Teufel, den Gott schickte, um die Stadt zu bestrafen. Sie stahl ihrem Vater den Zauberschlüssel und gab ihn ihrem Geliebten, der die Schleuse öffnete und auf diese Weise die Stadt und die Einwohner überschwemmte. Nur Gradlon, der vergebens versuchte, sie zu retten, konnte mit Saint Guénolé auf einem Pferd fliehen.

Wenn die See ruhig ist, hören die Fischer von

Douarnenez die Glocken in Ys läuten, und bei Unwetter fürchten sie, Dahuts Stimme zu hören und ins Meer gezogen zu werden. Eine alte Sage berichtet, daß an dem Tag, an dem die Stadt wieder auftaucht, Frankreich eine andere Hauptstadt bekommen werde. Und wenn die Stadt Ys wieder aus dem Meer auftaucht, werden Kemper oder Paris überschwemmt.

»Viele Leute glauben, daß Ys eines Tages wieder aus dem Meer auftauchen wird«, schließe ich.

»Viele Leute hoffen auch, daß mein verschüttetes Gedächtnis wieder aus den Fluten aufsteigt«, ergänzt Hugues.

»Aber zu Zeiten von Ys gab es noch keine Fernseher, also kannst du auch keine Antenne sehen, die aus einem Haus herausragt«, protestiert Jérémie.

»Das war ein Scherz. Ihr habt auch keinen Humor. Sollen wir in das heiße Becken gehen und anschließend ins kalte?«

»Oh, ich glaube, da ist etwas an meinem Bein vorbeigehuscht. Vielleicht eine Ratte, die ins Wasser gefallen ist?« sagt Hugues plötzlich und richtet sich auf.

»Was ist los?«

Ich springe aus dem Whirlpool und steige panikartig auf den Beckenrand.

»Ich habe entsetzliche Angst vor Ratten. Jérémie, komm schnell da heraus.«

»Das war ein Scherz. Du hast keinen Sinn für Humor«, meint Hugues verschmitzt.

Jérémie biegt sich vor Lachen. Ich setze mich mit würdevoller Miene wieder in den Whirlpool und schüttele betrübt den Kopf.

»Ihr seid zwei Dummköpfe.«

»So spricht man nicht mit seinem Vater.«

»Euer Sinn für Humor ist nicht komisch.«

»Ich finde schon«, sagt Jérémie.

»*Hakuna matata*«, fügt Hugues lächelnd hinzu.

Jérémie und ich schauen uns an. Das ist der Refrain aus dem Film *Der König der Löwen* von Disney: *Hakuna matata*, das ist schön, das ist wunderbar.

»Wann hast du den Film gesehen?« fragt Jérémie.

Hugues lacht laut.

»Das ist Suaheli«, erklärt er, »und heißt ›kein Problem‹.«

Ein dicker Mann steigt in den Whirlpool und grüßt uns höflich. Als er sich hinsetzt, spritzt etwas Wasser über den Rand. Die Falten seines Bauches zittern, als sie der Unterwassermassage ausgesetzt sind.

»Sollen wir gehen?« frage ich Hugues und Jérémie.

»*Hakuna matata*«, sagt Jérémie und steht auf.

»Sie auch«, erwidert der dicke Mann, der glaubt, wir hätten mit ihm gesprochen.

Verrat mit Algengeschmack, am selben Tag, 14 Uhr

»War es schön?« fragt Basile, der von seinem Computer aufschaut, als ich in unser Zimmer komme.

»Super. Wir müssen mal zusammen hingehen.«

»Ich habe starke Rückenschmerzen«, sagt er und reckt sich.

Ich massiere zärtlich seine Schultern.

»Du bist vollkommen verspannt, und mit den Rändern unter den Augen siehst du aus, als wärst du geschminkt.«

»Damit ich dir besser gefalle, mein Kind. Riechst du die Algen? Ich bin sicher, daß die Sirenen das auch riechen.«

»Ich interessiere mich nicht für die Konkurrenz«, antworte ich.

Sein Gesicht spiegelt sich im Monitor, den er soeben ausgeschaltet hat. Das Bad hat mich entspannt. Aus der Küche dringen fröhliche Geräusche. Hugues kocht mit Jérémie und Félix das Mittagessen. Basile lehnt seinen

Kopf zurück. Ich massiere ihn weiter. Die Gelegenheit ist günstig. Es wird ein Kinderspiel sein.

»Basile ... ich bin zu Vincent gefahren«, eröffne ich ihm.

Er dreht blitzschnell seinen Stuhl herum und schaut mich an.

»Du hast was gemacht?«

»Ich habe ihm deine Bücher gegeben. Silvia hat mir erzählt, was passiert ist. Ich fand es so dumm, daß du ...«

»Wer hat dich gebeten, dich da einzumischen?« explodiert Basile. Seine Gesichtszüge sind vor Wut verzerrt.

»Niemand! Ich wollte nur ...«

»Aber das ist meine Familie und nicht deine. Mit ... mit welchem Recht?«

Er stottert vor Erregung.

»Du hast uns geholfen, Hugues zu finden, und ich dachte, die beste Möglichkeit, dir zu danken, sei, für dich das gleiche zu tun.«

»Wo hast du ihn getroffen? Wie? Was hat er gesagt?«

»Ich habe vor dem Haus deiner Eltern auf ihn gewartet. Er kam auf einem Motorrad. Er hat eine gute Prothese. Man muß es wissen, um es ...«

»Was hat er gesagt?«

»Daß du selbst kommen sollst. Aber er hat deine Bücher mitgenommen.«

»Du hast alles verdorben«, sagt Basile unfreundlich.

»Hör doch auf! Die Sache muß geklärt werden, sonst ersticken wir daran. Jane hat mir neulich gesagt, daß ich nicht Hugues' Tochter bin. Meinst du nicht, sie hätte es mir vor zwanzig Jahren sagen können? Ihr habt euch seit fünf Jahren nicht mehr gesehen. Reicht das nicht als Strafe?«

Ich zittere, weil ich ihn unbedingt überzeugen will, aber er schüttelt den Kopf. Seine Augen haben ihren Glanz verloren. Er ist wütend.

»Ihr habt mich beide verraten, Silvia und du«, schreit er.

»Begrab doch die Vergangenheit und beschäftige dich lieber mit der Zukunft«, schlage ich vor.

»Und genau das werde ich auch tun. Du brauchst mich ja wohl nicht. Du hast alles, was du brauchst: einen Vater, einen Bruder und einen Sohn, und du wirst leicht einen anderen Liebhaber finden. Auf mich scheinst du ja nicht gerade gewartet zu haben.«

»In der Tat«, antworte ich frostig.

Ich verlasse das Zimmer, knalle die Tür hinter mir zu und gehe tiefbetrübt zu den anderen in die Küche. Er wird darüber nachdenken und verstehen, daß ich ihm nur helfen wollte. Er wird sich beruhigen. Wir werden noch einmal darüber sprechen.

Als ich höre, daß er sein Motorrad startet, stürze ich aus dem Haus, aber Basile ist schon verschwunden. Ich renne in unser Zimmer. Er hat sein Notebook und alle Aufzeichnungen mitgenommen.

Ich erzähle den anderen, was passiert ist. Jérémie hält zu mir. Hugues ist hin und her gerissen. Félix ist empört, weil ich mich eingemischt habe. Den ganzen Nachmittag renne ich jedesmal zum Telefon, wenn es klingelt, aber es ist nie Basile. Abends schaffen sie es, mich ins Thunfischbistro zu schleppen. Jérémie wählt »Argentinischen Thunfisch El Fayendu« mit Zwiebeln, Tomaten, Krabben und Rührei. Hugues entscheidet sich für »Thunfischsalat nach Art der Insel Réunion« mit Knoblauch, Ingwer und Fenchel. Félix und ich nehmen Thunfisch in grünem Chartreuse. Ich nippe kaum an meinem Weißwein. Ich habe alles zerstört. Basile ist mit Recht böse auf mich. Ich wäre auch ausgerastet, wenn er nach Sansibar geflogen wäre und Habari ohne mich gesucht hätte. Was soll ich nun mit all meiner Liebe machen?

Am nächsten Tag sitze ich schon am frühen Morgen vor meinen Computer und mühe mich mit meinem Text ab. Das passiert mir zum ersten Mal. Ich schreibe ein Wort, einen Satz, lese ihn durch und lösche ihn. Alles, was ich schreibe, ist schlecht und trivial, der reinste Mist. Meine Romanfiguren entgleiten mir. Ich bin unfähig, Hugues aus seiner Welt, in der ihm die Bezugspunkte fehlen, zu reißen. Ich habe den Mann verloren, den ich liebe, und ich rieche noch immer die Algen.

Plötzlich packt mich die Wut. Ich nehme *Den Leuchtturm von Sansibar*, renne aus dem Haus und werfe das Buch ins Meer. Es schwimmt einen Moment, saugt sich mit Salzwasser voll und geht unter. Es ist idiotisch, aber ich fühle mich ein ganz klein wenig besser.

»Wo warst du?« fragt Jérémie, als ich ins Haus zurückkehre.

»Ich habe Basiles Roman den Fischen zum Fraß vorgeworfen.«

»Du hast ihn ja schon gelesen«, sagt Jérémie gelassen und taucht sein Messer in das Nutellaglas.

Nachdem er den Leuchtturm verlassen hat, um zur Schule zu gehen, krieche ich sofort wieder ins Bett und ziehe mir die Decke über den Kopf.

Am letzten Dienstag unterhielten sich zwei alte Frauen aus Étel über eine Person, die einen Schock erlitten hatte, und die ältere jammerte: »Meine Arme, sie ist vollkommen zusammengebrochen. Man muß sie zu einer Heilkundigen bringen.«

Die Heilkundige beschwört die hiesigen Heiligen. Das ist preiswerter als ein Psychoanalytiker, und vor allem geht es schneller.

Seit Basile weg ist, leide ich an Depressionen.

Schulausflug mit den Eltern, Samstag, 22. November

»Glaubst du, daß Basile meine Einladung vergessen hat?« fragt Jérémie.

»Er ist unglücklich und will mich nicht mehr sehen«, antworte ich. »Es tut mir leid. Es ist meine Schuld, aber ich bin nicht sicher, ob es richtig war, ihn einzuladen. Vielleicht war es etwas voreilig …«

»Du machst immer alles komplizierter, als es ist. Diese Schulausflüge sind sowieso blöd und gehen mir immer tierisch auf den Wecker.«

»Ich arbeite noch ein wenig, und dann gehen wir ins Kino. Hast du Lust?«

Er ist einverstanden. Wir vereinbaren, daß Félix und ich ihn und Hugues später am Hafen von Étel abholen.

Jérémie, der stolz ist, sich mit seinem Großvater zu zeigen, schlängelt sich mit geschwellter Brust zwischen den Netzen und Tonnen hindurch und kommt im Sturzflug wieder zurück: »Wrumm, ich bin eine Concorde!«

»Eine was?« wundert sich Hugues.

Jérémie muß über seine Wissenslücken lachen.

»Das ist ein französisches Flugzeug, das wie ein Adler aussieht. Es fliegt von Paris nach New York und ist tausendmal schneller als andere Maschinen.«

In Soizics Kneipe herrscht Hochbetrieb.

»Die beiden sehen aus wie der Weihnachtsmann und seine Frau!« bemerkt Jérémie, als er zwei in Rot gekleidete Touristen entdeckt. »Gehst du mit uns zur Christmette?«

»Warum nicht?« antwortet Hugues vorsichtig.

Seit seiner Rückkehr ist er ein Meister in ausweichenden Antworten geworden. Wenn er ständig mit ›nein‹ antwortet, regt das die anderen auf; das ›Ja‹ verpflichtet zu sehr, und ein ›ich weiß nicht‹ ist ziemlich nervtötend, wohingegen ›vielleicht‹, ‹warum nicht‹ oder ›das ist eine gute Idee‹ den Fragenden zufriedenstellt, ohne ihm etwas zu versprechen.

»Wir singen immer dasselbe bretonische Lied«, erklärt Jérémie, den es begeistert, den Lehrer zu spielen. »Die achte Strophe gefällt mir am besten. Sprich mir nach: *En Vretoned e zou tud peur, N'ou des ket sei n'ou des ket eur, Paléz erbet n'hou pou geté, Jésus kroédur meit karanté.* Das heißt: Die Bretonen sind arme Leute; sie haben keine Seide; sie haben kein Gold; bei ihnen wirst du, liebes Jesuskind, keinen Palast finden, aber Liebe.«

Hugues wiederholt folgsam den Text, aber die Worte rufen kein Echo in seiner Erinnerung hervor. Er hat sich daran gewöhnt, die Welt unscharf wie ein Kurzsichtiger zu sehen.

Am Eingang des Hafens taucht ein kleines, weißes Motorboot mit Kajüte auf. Das ist die *Keryargon*. Jane ist allein aufs Meer hinausgefahren, um zu vergessen, was sie seit der Rückkehr ihres Ehemannes bedrückt. Sie denkt immer ›mein Ehemann‹ und nicht ›mein erster Ehemann‹. Sie ist Madame Guy Keruel geworden, um beschützt zu werden, wegen des sozialen Status und um sich noch als Frau zu fühlen. Sie war die Frau des Arztes und ist nun die Frau des Bankiers, der sowieso fast zur Familie gehörte. Aber sie hat für Guy nie die Leidenschaft empfunden, die sie Hugues entgegenbrachte.

Das Boot nähert sich dem Hafen. Jane trägt eine weiße Seglerjacke und eine Matrosenmütze auf dem Kopf. Sie ist ungeschminkt und hat sich nicht weiter zurechtgemacht. Von der frischen Luft hat sie rote Wangen bekommen; ihr Kopf ist wieder frei, und ihre Schultern schmerzen, weil sie so lange am Steuer gestanden hat. Sie lächelt den Wellen, den Vögeln und der Gischt zu. Seit sie erfahren hat, daß auch Guy sie seit zwanzig Jahren betrogen hat, indem er sie glauben machte, Hugues sei ertrunken, schlafen sie in getrennten Zimmern.

Jérémie erkennt das Boot von weitem und stürzt ans Ufer, um beim Anlegen zu helfen, ohne Hugues zu erklären, wer das Schiff steuert.

Durch das Fenster *Bei Soizic* beobachten die Zeugen die Szene und freuen sich schon im voraus auf die Begegnung.

»Ahoi!« schreit Jérémie, eine kleine blaue Gestalt, die auf dem Kai umherspringt.

Jane winkt. Der Gedanke, nicht allein anlegen zu müssen, erleichtert sie. Das Steuern ist kein Problem, aber sie mag es nicht, ohne Hilfe das Anlegemanöver durchzuführen. Sie bräuchte zwei Arme mehr, die des Sohnes zum Beispiel, den sie nicht bekommen hat.

Hugues steht auf und geht an den Kai. Sie haben sich noch nicht wiedergesehen, und keiner weiß, wie der andere nach zwanzig Jahren aussieht. Jane erkennt in der Ferne undeutlich einen Matrosen mit blondem Haar, und Hugues erkennt weibliche Formen und nähert sich, um zu helfen. Die Wanten der Segelschiffe wehen im Wind; die Möwen schreien; ein Hund bellt am Ende der Mole; der Motor der *Keryargon* surrt im Takt.

»Schiff ahoi!« schreit Jérémie, der sich darauf vorbereitet, das Schiff zu stoppen, denn er ist davon überzeugt, daß seine Großmutter alles in die Wege leitet, um in den Hafen einzufahren.

Plötzlich erkennt Jane Hugues. Schwindel überkommt sie, als stecke sie in einem Fahrstuhl, der zu schnell in die Tiefe saust. Ihre Hände werden feucht; ihr Blick verschleiert sich; sie bekommt weiche Knie, und all das innerhalb einer Sekunde. Sie verliert vollkommen den Kopf, fährt weiter auf Jérémie zu und starrt den Mann in dem Matrosenhemd, dessen Witwe sie ist, wie hypnotisiert an.

Hugues öffnet den Mund, um ihr zuzuschreien, sie solle langsamer fahren, aber es ist schon zu spät. Das Boot schlägt so heftig gegen den Kai, daß das Kind sein Gleichgewicht verliert, mit der Stirn gegen die Reling schlägt, das Bewußtsein verliert und ins Meer fällt.

Alles geht blitzschnell. Das Wasser schwappt über Jérémie zusammen. Das Boot treibt auf die Stelle zu, an der er verschwunden ist. Jane ist so geistesgegenwärtig den Motor auszuschalten, und dann fängt sie an zu schreien. Hugues springt ins Wasser. Die Menschen laufen aus der Kneipe herbei. Auch Gwenaël springt ins Wasser, aber das Hafenwasser ist aufgrund des Schlammes getrübt, und man kann nichts sehen. Von allen Seiten sind Schreie zu hören. Die *Keryargon*, die sich selbst überlassen ist, schlägt gegen die anderen Boote und droht, die Schwimmer in Gefahr zu bringen. Ein Fischer springt an Bord des Bootes, stößt Jane zur Seite, die sich ans Steuerrad krallt, wirft eine Leine an den Kai und macht das Boot weiter oben fest.

Étel, am Hafen, eine Minute später

Ich komme mit Félix am Hafen an. Eine Menschenmasse drängt sich auf dem Kai vor der Kneipe. Ein Murmeln geht durch die Menge, und die Menschen weichen beklommen zurück, um uns durchzulassen. Ich werde ganz blaß, als ich die aufgewühlten Gesichter sehe.

»Was ist passiert? Jérémie? Jérémiiiie!«

Ich schreie so laut, daß meine Stimme bricht. Félix bückt sich, um etwas aufzuheben, was auf dem Boden liegt und glänzt. Es ist das Tamagotchi.

»Wo ist er?« schreie ich Soizic zu.

»Schnell! Hier entlang! Helft uns!«

Hugues und Gwenaël fischen meinen Sohn aus dem Meer. Sie halten seinen Kopf aus dem Wasser, übergeben ihn dem Mann auf dem Ponton, legen ihn auf den Boden und öffnen seinen Anorak. Er hat ein kreideweißes Gesicht; seine Brust bewegt sich nicht. Er atmet nicht mehr.

Aus der Menge dringen Stimmen an mein Ohr:
»Holt den Doktor!«
»Er ist tot.«
»Hat jemand eine Decke?«
»Schaut! Seine Stirn blutet.«
Dort, wo Jérémie mit seiner Stirn gegen die Reling gestoßen ist, breitet sich eine Blutlache aus. Ich knie mich neben ihn. Hugues steigt tropfnaß auf den Kai; seine Kleider kleben an seinem Körper. Soizic rennt in die Kneipe, die ihren Namen trägt.
Das Bild bleibt stehen. Wir verharren alle regungslos. Das Kind ist leblos, ich knie, Félix beugt sich über mich. Die anderen stehen hinter uns. Man hört nichts mehr, weder die Wanten noch die Möwen, weder den Hund noch den Motor. Zwei Töne zerreißen die Stille: das Wasser, das von Hugues' und Gwenaëls Kleidern tropft, und das Tamagotchi, das in Félix' Händen jammert, damit es gefüttert wird.
»Was ist das?«
»Werfen Sie es ins Wasser!«
Aber Félix hält es dickköpfig fest, drückt auf die Tasten, füttert das Ding, bringt es zum Schweigen und stopft es in seine Tasche.
Hugues schaut sich die Szene erstarrt an. Seine Arme hängen kraftlos an seinem Körper herunter.
Dieses zehnjährige Kind mit den geschlossenen Augen und den nassen Kleidern bedeutet mir mehr als alles andere auf der Welt. Vor Jérémies Geburt dachte ich, ich hätte keinen Mutterinstinkt, und ich konnte all diese kindischen Mütter, die vor ihren quäkenden Babys standen, nicht verstehen. Und dann wurde er geboren und füllte mein Leben aus. Ich habe die Welt durch seine Sommersprossen hindurch betrachtet, und ich weiß, daß ich zugrunde gehe, wenn er heute stirbt.
»Ich habe den Rettungsdienst alarmiert. Sie kom-

men gleich!« japst Soizic, als sie aus der Kneipe zurückkommt.

Ich habe den Eindruck, daß Stunden vergangen sind, seit sie ihn aus dem Wasser gefischt haben, aber es ist kaum eine Minute her. Ich richte mich plötzlich auf, packe Hugues am Kragen seines Matrosenhemdes und schüttele ihn mit der ganzen Kraft, der ich fähig bin, mit der ganzen Gewalt, die ich in den einunddreißig Jahren meines Lebens unterdrückt habe.

»Hugues, rette ihn! Verdammt! Du bist Arzt, du kannst es. Ich flehe dich an. Er ist dein Enkel. Alles hängt von dir ab.«

Auch Jane steht da – genauso weiß wie ihre Seglerjacke. Hugues' Blick wandert von ihr zu mir und verharrt auf Jérémies Körper. Aus der Menge dringen tausend entsetzliche Worte an mein Ohr. Marcié, dessen Praxis nicht weit entfernt ist, marschiert mit den Eltern der Schulkinder durch die Dünen, weil heute dieser dämliche Ausflug stattfindet. Soizic will mich beruhigen. Gwenaël zieht mich weg. Ich wehre mich schluchzend, und dann schreie ich:

»Rette ihn, Papa!«

In Hugues' dunkler Iris blitzt es wie ein Blitzauslöser. Er zittert, fotografiert die Szene, stößt mich zurück, kniet sich vor Jérémie hin, und ist wieder der Arzt, der er früher war.

Bei einem dreiminütigen Sauerstoffmangel bei 37° sind die Gehirnverletzungen nicht mehr rückgängig zu machen, aber mit der Temperatur des Atlantischen Ozeans im November gewinnt man etwas Zeit. Jérémie hat einen Atemstillstand. Hugues legt seinen Zeige- und Mittelfinger an die Stelle der Halsschlagader und dann auf die Oberschenkelschlagader, um den Puls zu fühlen – vergebens. Herzstillstand. Mit einer einzigen Handbewegung zieht er die Algen aus dem Mund meines Sohnes, drückt seinen Kopf nach hinten, kneift ihm die Nase zu, bläst dreimal in den Mund und überprüft, ob sich der Brustkorb hebt. Anschließend legt er seine Handflächen übereinander auf Jérémies Brustbein und führt mit gestreckten Armen eine Pumpbewegung durch. Er wechselt die Mund-zu-Mund-Beatmung und die Herzmassage ab, bläst dreimal, drückt fünfmal, bläst dreimal, drückt fünfmal.

Jane und ich liegen uns in den Armen und beobachten ihn schluchzend. Ich würde alles, was ich auf der Welt habe, geben, damit er ihn rettet. Ich würde zu Fuß von Étel zum Pardon von Sainte-Anne von Auray gehen und sogar die Treppe auf Knien hochrutschen, um Gott zu danken.

»Er hat sich bewegt«, sagt jemand in der Menge.

»Es ist zu spät. Er ist tot.«

»Ich sage dir, daß er sich bewegt hat.«

Hugues bläst in Jérémies Lungen und massiert unermüdlich sein Herz. Er ist wieder der Arzt, der er einmal war. Der Rettungsdienst wird gleich kommen, aber sie brauchen eben ihre Zeit.

»Er wird ihn retten …«, flüstert Jane.

Félix starrt wie hypnotisiert auf die Wasserpfützen, die sich unter Jérémie ausbreiten, wenn Hugues auf seinen Oberkörper drückt.

»Kinder sind kräftiger als Erwachsene.«

»Ich habe in meinem Leben schon genug Ertrunkene gesehen, und ich sage dir, daß es vorbei ist.«

Die Menge spricht leise, aber ich höre alles. Hugues kämpft mit gleichbleibender Konzentration um Jérémies Leben. Sein Gesicht ist schweißüberströmt. In seinem Kopf geht alles durcheinander: die Hitze von Sansibar, der Geruch der Gewürznelken, die Zärtlichkeit der Frauen dort unten, Silvias Haar, Félix' Saxophon, Jérémies Sommersprossen, Jane auf dem Boot. Die *Stella Maria*. Die *Keryargon*. Guys Bank. Das Geld. Der Brief für Mab. Die

Gestalt eines Kindes, das die Kapuze einer gelben Seglerjacke über den Kopf gezogen hat.

Hugues seufzt auf, fährt aber mit seinen Wiederbelebungsversuchen fort. Er wird müde. Lange hält er nicht mehr durch.

Und plötzlich hustet Jérémie.

»Geschafft!«

»Jérémie!«

Mein Kind hat sich bewegt. Ich reiße mich von Jane los und durchbohre Jérémie mit dem Laserstrahl meiner türkisfarbenen Augen, als könnte ich mit meinem Blick meine Kraft und Lebensenergie auf ihn übertragen. Hugues sucht die Halsschlagader und fühlt den Pulsschlag des arteriellen Blutes.

Jérémie schüttelt den Kopf, hustet ein zweites Mal, spuckt und verschluckt sich.

»Legt ihn auf die Seite«, befiehlt Hugues erschöpft.

Mit Soizics Hilfe drehe ich Jérémie auf die Seite. Er spuckt Wasser aus. Er ist benommen, aber er lebt.

In Félix' Tasche ist auf dem Monitor des unerträglichen kleinen Eis, das vollgestopft ist, schön geformte Scheiße zu sehen, und es fängt an zu schreien, damit man es saubermacht. Bald wird das Geräusch übertönt von der Sirene des Rettungsdienstes, der endlich mit Blaulicht angesaust kommt.

Am späten Nachmittag im Krankenhaus

Jérémie sitzt in seinem Bett. Auf seinen Wangen, die so weiß wie das Kopfkissen sind, stechen die Sommersprossen hervor wie die Sterne an der Decke des Zimmers im Leuchtturm. Unter der grünen Plastikmaske, die ihm hochkonzentrierten Sauerstoff liefert, kann man seine Nase und seinen Mund erahnen. Der Arzt lächelt mir zu.

»Wir mußten keine Intubation vornehmen. Er kann gut

allein atmen. Wir werden ihn einige Tage hierbehalten, um sicherzugehen, daß sich kein Lungenödem entwickelt. Er bekommt Antibiotika, weil er das dreckige Wasser geschluckt hat. Ich glaube, daß Jungen in seinem Alter lieber Coca-Cola trinken.«

»Ich danke Ihnen für alles, was Sie für ihn getan haben«, stammele ich.

»Glücklicherweise war ein Arzt vor Ort oder vielmehr am Hafen. Sie müssen Ihrem Vater danken!«

Ich weiß. Wir haben uns seitdem noch nicht gesehen. Als ich ins Krankenhaus gefahren bin, ist Hugues nach Hause gegangen, um sich umzuziehen und aufzuwärmen.

Jérémie erinnert sich an nichts, nicht einmal daran, daß die *Keryargon* auf ihn zusauste. Er hat eine sogenannte retrograde Amnesie. Er hat die Minuten, die dem Drama vorausgingen, vergessen.

»Mein Tamagotchi!« ruft er plötzlich durch die Maske.

»Überraschung!«

Félix gibt ihm das elektronische Ei, das er auf dem Kai gefunden hat.

»Mach dir keine Sorgen. Ich habe mich darum gekümmert. Es hat sich vollgefressen und gespielt. Ich habe es saubergemacht und verhätschelt, aber es verlangt nach dir.«

Wo gehobelt wird, da fallen Späne, 21 Uhr

Ich parke vor dem Leuchtturm. Nur das Laternenzimmer ist beleuchtet. Félix, den die Aufregung des heutigen Tages erschöpft hat, schläft trotz des unbequemen Sicherheitsgurtes wie ein Murmeltier an meiner rechten Seite.

Ich steige langsam die Treppe hinauf, die meine Knöchel und Knie in- und auswendig kennen. Die 188 Stufen sind in der Mitte abgenutzt und uneben wie ein Gesicht. Ich klopfe an Hugues' Tür.

»Darf ich hereinkommen?«

»Natürlich!«

Er trägt einen dicken schwarzen Pullover und eine Hose in der gleichen Farbe und schaut aufs Meer. Sollte Basile eines Tages zurückkommen, werden die beiden ein gutes Gespann abgeben.

»Jérémie bekommt Sauerstoff. Die Röntgenaufnahme seiner Lungen ist in Ordnung. Er hat gefragt, was es heute abend im Fernsehen gibt, und er hat nach seinem schrecklichen japanischen Plastikei verlangt«, berichte ich.

»Das ist ein gutes Zeichen!«

»Ich wollte dir danken ...«

Ich verstumme, weil ich weiß, wie unsinnig dieser Satz ist. Man bedankt sich für ein Geschenk, einen Freundschaftsdienst und ein gutes Essen, aber es gibt keine Worte, um die Dankbarkeit, die ich empfinde, auszudrücken.

»Ich möchte mich bei dir entschuldigen«, erwidert Hugues und starrt mich an.

Er ist heute abend anders als sonst. Seine Stimme ist klar; seine Augen strahlen und verweilen auf meinem Gesicht.

»Meine Allerbeste ... Hat Guy dir nie meinen Brief gegeben?«

»Welchen Brief?«

»Ich kann mich an alles erinnern, Mab! Mein Gedächtnis kam zurück, als ich um Jérémies Leben kämpfte. Ich habe mein Leben zurückerhalten.«

Dann geht alles drunter und drüber. Ich werfe mich an seine Brust und klammere mich an seinen Hals; er hebt mich hoch und wirbelt mich durch die Luft. Wir lachen und weinen gleichzeitig. Ich weiß nicht mehr, wo ich bin und wie alt ich bin. Wir schauen uns so tief in die Augen, daß es im Laternenzimmer wärmer wird. Weit draußen auf dem Meer könnte man meinen, der Leuchtturm sei erleuchtet.

»Wie viele rote Rosen hast du bisher in deinem Leben bekommen, Mab?«

Ich fange laut an zu lachen.

»Du verschwindest für zwanzig Jahre, und das ist die erste Frage, die du mir stellst?«

»Wäre es dir lieber, ich würde dich nach dem Satz des Pythagoras oder nach deinem monatlichen Verdienst fragen?«

Endlich habe ich meinen Vater zurück. Nun fängt alles wieder an: die Dummheit, der Zauber, das Gefühl, zur Menschheit zu gehören, der Wunsch, die Welt zu verändern, und unser Lachen, das die Spiegel der Laterne reflektieren. Vor Basile war ich bei 98 roten Rosen angekommen. Die 132. verwelkte am Tag, als er fortging.

»Ich habe Eier, Milch und Schinken!« sage ich.

Wir gehen hinunter. Félix sitzt noch im Wagen und schnarcht. Die Küche wird wieder Bühne für unser Festmahl. Ich trenne Eiweiß und Eigelb, schlage beides und vermische es dann. Hugues beugt sich über die Pfanne.

»Auf, auf …«

»… zum Festessen des Lebens.«

Der Schleier ist gefallen. Ich sehe die Zukunft mit anderen Augen. Und ich werfe Hugues das Lächeln zu, das ich seit unserem letzten Omelette versteckt habe.

Ich rüttele Félix sanft an der Schulter. Er öffnet ein Auge, richtet sich auf und bemerkt, daß er im Wagen sitzt.

»Was ist los?«

»Das Essen ist fertig. Komm!«

Er folgt mir in die Küche. Ich stelle ihm eine Tasse Kaffee und ein Stück Omelette hin. Er trinkt und ißt erstaunt.

»Ich habe meine Erinnerung zurückerlangt, Félix«, sagt Hugues.

»Jetzt kannst du nach Sansibar zurückkehren«, ergänze ich.

Félix, der auf einmal hellwach ist, schaut uns an.

»Ihr glaubt sicher, daß ich euch im Stich gelassen habe«, fragt Hugues.

»Ja«, antwortet Félix.

»Ich dachte, du seist tot!« sage ich.

»Hat Guy dir meinen Brief nicht gegeben?« fragt Hugues noch einmal.

Ich weiß überhaupt nicht, wovon er spricht. Scheinbar sprechen wir nicht dieselbe Sprache. Wir reden vollkommen aneinander vorbei.

»Aber welchen Brief denn?« frage ich. »Als Guy zurückkehrte, sagte er, du seist ertrunken und Mortimer sei dir nachgesprungen. Hat Neptun einen eigenen Briefkasten auf dem Meeresgrund?«

Hugues reibt sich verständnislos über die Augen.

»Die Geschichte mit dem Ertrinken war nur für die Polizei bestimmt. Guy sollte dir einen Brief geben und dir sagen, daß es mir gutgeht!«

»Er hat es vergessen.«

»Aber das ist unmöglich. Ich habe Guy nach dieser Sache jede Woche einen Brief für dich geschickt. Außerdem sollte er dich nach meiner Rückkehr aus Tansania in die Normandie begleiten.«

»Er hat mir niemals etwas gegeben!«

»Wußte Mama das?« unterbricht ihn Félix.

»Louise? Natürlich! Wir wollten Mab zu uns nehmen. Jane wollte es nicht.«

Die Versionen von Jane und Hugues stimmen in diesem Punkt überein. Dieser Teil der Geschichte muß richtig sein.

»Warst du glücklich, daß sie schwanger war?« fährt Félix fort.

»Ich war wahnsinnig glücklich!«

»Und warum hast du sie dann im Stich gelassen?« schreit Félix.

Hugues schaut ihn verblüfft an.

»Ich habe sie niemals im Stich gelassen. Ich bin überfallen worden und habe mein Gedächtnis verloren.«

»Du hast ihr aber doch geschrieben: *Mein Liebling, ich liebe dich, ich muß verschwinden, aber ich komme bald zu dir zurück. Hab Vertrauen.* Das beweist doch, daß du vorhattest abzuhauen.«

Hugues verbirgt sein Gesicht einen Moment in den Händen, atmet tief durch und spricht ganz langsam, als kämen die Worte von weit her:

»Aber dieser Brief war überhaupt nicht für Louise bestimmt. Ich habe ihn für Mab geschrieben. Ich wollte ihn nach meiner Rückkehr an Guy abschicken. Ich habe Mab ›mein Liebling‹, ›meine Allerbeste‹ oder ›meine Süße‹ genannt. Louise habe ich ›meine Liebe‹ genannt.«

»Willst du damit sagen, daß Mama die Polizei nicht verständigt und dich nicht gesucht hat, weil sie einen Brief gelesen hat, der nicht für sie bestimmt war?« schreit Félix entsetzt.

Hugues nickt schweigend.

»Guy hat mir nie einen Brief gegeben«, murmele ich zum zweitenmal.

»Fangen wir noch einmal ganz von vorn an«, sagt Hugues.

Im November 1976 lernt Hugues bei einem Seminar in Paris Louise Belange, eine junge Biologin, kennen. Der Funke springt sofort über. Hugues erzählt Louise von seiner Frau Jane, die endlich einen Jungen erwartet, und von seiner Tochter Mab, die er vergöttert. In den folgenden Monaten fährt Hugues mehrmals nach Paris und trifft Louise, aber noch immer auf rein freundschaftlicher Ebene.

Im Januar 1977 bricht über Hugues das Unglück herein. Während Janes Schwangerschaft ergeben sich Komplikationen. Sie kommt ins Krankenhaus. Die Ultraschalluntersuchung zeigt starke Deformationen am Embryo. Jane muß sich einer Abtreibung unterziehen. Dieses Drama erschüttert die zerbrechliche Beziehung des Paares. Es kommt zum Eklat. Hugues teilt Jane mit, daß er sich seine Freiheit zurücknehme, aber er entscheidet sich dafür, bei ihr zu bleiben, um Mab nicht im Stich zu lassen.

Bis zum Sommer 1977 kümmert sich Hugues, der den Boden unter den Füßen verloren hat, um Mab und Louise, die seine Geliebte geworden ist, und er gibt sich seiner Pokerleidenschaft hin. Er war immer ein Spieler, und genau deshalb hat er das Erbe seiner Großmutter bei der Bank seines besten Freundes Guy bis 1978 fest angelegt. Aber Ende Juli gehen seine Verluste weit über seine Einnahmen hinaus. Er unterzeichnet seinem Spielpartner Raoul Maurice einen Schuldschein und bittet Guy um Hilfe, um die bei seiner Bank festgelegte Erbschaft zu beleihen oder sie ausbezahlt zu bekommen. Guy antwortet ihm, daß das unmöglich sei.

Am 6. August 1977 werden Hugues und seine Familie vom Telefon geweckt. Ein Unbekannter ruft den Doktor Le Coz dringend zu einem kranken Kind. Aber als dieser an Ort und Stelle ist, findet er nur den toten Raoul Maurice vor. Hugues benachrichtigt die Polizei. Guy, der stellvertretende Bürgermeister, verfolgt in den darauffolgenden Tagen den Stand der Ermittlungen: Hugues' Schuldschein wurde gefunden, aber niemand glaubt Hugues' Darstellung. Er ist der Verdächtige Nr. 1 in diesem Mordfall. Die Lage wird immer bedrohlicher. Hugues wird von der Polizei vernommen, deren Verdacht sich nach Guys Worten erhärtet. Hugues verbirgt seine Angst vor Mab, um sie zu schützen. Er vertraut Guy an, daß Louise, die er liebt, schwanger ist, und daß er vorhat, Jane zu verlassen, zu Louise zu gehen und Mab mitzunehmen.

Am 10. August 1977 abends teilt Hugues Jane nach dem *Fest Noz* mit, daß er fortgehen und Mab mitnehmen werde. Aber Jane widersetzt sich.

Am nächsten Morgen informiert Guy Hugues darüber, daß seine Verhaftung unmittelbar bevorstehe. Er weiß keinen Ausweg mehr und muß untertauchen. Hugues, Guy und der Hund fahren trotz des schlechten Wetters mit dem Boot hinaus. Auf Guys Rat hin willigt Hugues ein, sich für tot erklären zu lassen, unter der Bedingung, daß Mab darüber informiert wird. Infolgedessen wären die Ermittlungen eingestellt worden, seine Tochter hätte sich seiner nicht zu schämen brauchen, und er hätte zu Louise ziehen können. Hugues gibt Guy einen Brief für Mab, in dem er ihr mitteilt, daß er lebt und sie bald holen wird.

In den nächsten sechs Monaten lebt Hugues mit Louise in einem Dorf in der Normandie. Als Doktor Étienne Le Coz arbeitet er in einem Kreiskrankenhaus, dessen Direktor ein Cousin von Guy ist. Er schreibt regelmäßig Briefe an Mab, die er an Guy schickt, der ihn wiederum über seine Tochter auf dem laufenden hält. Louises Schwangerschaft verläuft ohne Komplikationen. Sie haben schon einen Namen für das Kind ausgesucht. Einen Jungen wollen sie Félix nennen und ein Mädchen Sarah.

Im Februar 1978 fordert Hugues sein Geld von Guy zurück und bittet ihn, alles zu arrangieren, um Mab in die Normandie zu bringen. Dann fährt er für eine Woche zu einer Tagung nach Tansania. Im Flugzeug trifft er einen Franzosen, der Guy kennt und der ihm vorschlägt, den Tag auf Sansibar mit ihm zu verbringen. Aber unter dem Vorwand, mit ihm die herrliche Aussicht bewundern zu wollen, führt ihn dieser Mann auf einen abgelegenen Weg, der das Meer überragt, und erschlägt ihn von hinten …

»So war es«, beendet Hugues seinen Bericht. »Dieser Schurke hat mir meinen Reisepaß und meine Brieftasche gestohlen und mich dann von oben ins Wasser gestoßen. Er war sich sicher, daß ich dabei draufgehen würde. Glücklicherweise fiel ich in eine Felsspalte. Die Flut spülte mich ans Ufer, und eine Frau fand mich. Die Dorfbewohner pflegten mich monatelang. Als ich das Schlimmste überstanden hatte, konnte ich mich an nichts mehr erinnern. Ich hatte mein Gedächtnis verloren. Stundenlang stand ich vor dem Spiegel und suchte nach meinem Namen. Und so wurde ich Habari!«

Hugues hat fast die Wahrheit gesagt. Er hat nur zweimal gelogen, indem er etwas weggelassen hat. Im Januar 1977 stritt er sich mit Jane, weil er erfahren hatte, daß ich nicht seine Tochter war. Und in der Nacht, in der er Jane mitteilte, daß er gehen und mich mitnehmen werde, drohte sie ihm, daß sie ihn bei mir schlechtmachen und ihn daran hindern werde, mich wiederzusehen. Auch aus diesem Grunde wollte er fliehen.

»Ich verstehe nicht, warum Guy dir meine Briefe nicht gegeben hat. Er war doch mein Freund!« sagt Hugues.

Sein Gesicht verhärtet sich. Guy kann sich auf etwas gefaßt machen!

»Hast du Raoul Maurice getötet?« fragt Félix.

»Natürlich nicht!« erwidert Hugues empört.

»Du hattest allen Grund, dir Raoul Maurice vom Hals zu schaffen. Du hattest einen Schuldschein unterschrieben und hattest keinen einzigen Pfennig mehr.«

»Aber ich sollte ja sechs Monate später mein Erbe zurückerhalten, das ich bei Guys Bank festgelegt hatte«, wirft Hugues ein. »Dieses Geld hat euch sicher geholfen, Mab. Ich hatte Guy gesagt, daß er die Hälfte auf deinen und den Namen deiner Mutter anlegen sollte.«

Ich schüttele langsam den Kopf.

»Als Jane das Geld ausgezahlt haben wollte, teilte Guy

uns mit, daß du alles beim Poker verloren hattest. Er zeigte uns die Schriftstücke mit deiner Unterschrift!«

»Was ist das denn für eine Geschichte?« schreit Hugues.

»Nachdem du verschwunden warst, hat Guy die Situation ausgenutzt, um dich übers Ohr zu hauen?« ruft Félix. »Das ist ja die Höhe!«

In der nun folgenden Stille haben wir alle drei den gleichen Gedanken. Guy, der treue Freund, riet Hugues, sich für tot erklären zu lassen; er stahl ihm sein Geld und heiratete seine Frau.

Hugues ist am Boden zerstört und schweigt. Plötzlich erhellt sich sein Gesicht.

»Moment mal! Wir sind auf dem falschen Dampfer. Er konnte ja nicht ahnen, daß ich nicht zurückkehren würde.«

»Natürlich konnte er das«, unterbricht ihn Félix. »Hast du nicht gesagt, daß der Franzose, den du im Flugzeug getroffen hast, Guy kannte? Das war ein abgekartetes Spiel.«

»Guy ist doch kein Mörder«, protestiert Hugues. »Er war immer in Jane verliebt, und nur darum hat er nie geheiratet.«

»Das hat er ja nachgeholt«, stelle ich fest.

All das scheint zu verrückt zu sein. Es ist wie beim richtigen Cluedo: Der Schuldige ist der Colonel Moutarde in der Bibliothek mit dem englischen Schlüssel. Guy hat mir nie den Brief gegeben. Guy hat behauptet, das Erbe sei verpraßt. Guy hat gelogen, um das Geld zu entwenden und Jane zu heiraten. Guy wollte Hugues aus dem Weg räumen.

»Wenn sich das als wahr erweist, war er es auch, der Raoul Maurice getötet und dir den Schwarzen Peter zugeschoben hat«, überlegt Félix.

»Wir sind bestimmt auf der falschen Fährte«, meint Hugues. »Guy kann uns sicher alles erklären.«

»Glaubst du wirklich?«

Ich drücke auf die Klingel, bis in der ersten Etage das Licht angeht. Guy öffnet das Fenster und sieht uns.

»Was ist los?«

»Wir wollen mit dir sprechen.«

Ich explodiere fast und blitze ihn vernichtend an, aber in der Dunkelheit kann er das nicht sehen. Dieser Schurke muß seine Pantoffeln und seinen Hausmantel überziehen, die Kordel zubinden und sich schnell kämmen, ehe er uns öffnet. Falsch geraten! Jane öffnet uns in einem seidenen Kimono die Tür. Guy, dieser Dreckskerl, dieser geachtete Bankier, kommt sofort nach ihr in Hose und Pullover zur Tür. Wir stehen wütend vor ihnen.

»Wie geht es Jérémie?« fragt Jane aufgeregt.

Ihren Worten getreu, nie mehr einen Fuß in ein Krankenhaus zu setzen, selbst nicht, um dort zu sterben, hat sie ihn nicht besucht.

»Es geht ihm gut«, antworte ich schnell, um sie zu beruhigen.

»Es tut mir leid, Mab.«

Ihre Erregung hindert sie daran weiterzusprechen. Sie sieht abgespannt aus und hat verquollene Augen. Das alles muß sie sehr mitgenommen haben. Das Licht war aus, aber ich bin sicher, daß sie nicht geschlafen hat.

»Es war ein Unfall, und alles ist gut ausgegangen«, sage ich freundlich.

»Es ist ein Wunder, daß Hugues ihn retten konnte«, bemerkt Guy.

»Wunder ist nicht das richtige Wort«, erwidert Hugues.

Jane schaut ihn an. Seit zwanzig Jahren haben sie nicht miteinander gesprochen.

»Glücklicherweise warst du da«, flüstert sie.

»Wunder ist nicht das richtige Wort«, wiederholt Hugues, der sich Guy zuwendet. »Sagen wir, daß es die

Frucht langer Erfahrung war, selbst wenn ich nicht die Möglichkeit hatte, sie in den letzten Jahren zu nutzen.«

»Es macht mich ein wenig verlegen, alter Junge, dich hier in unserem Haus zu empfangen«, sagt Guy mit einem gezwungenen Lächeln.

Es reicht. Ich explodiere.

»Du bist ein wenig verlegen? Willst du dich über uns lustig machen, du Schurke?«

Guy dreht sich verblüfft zu mir um.

»Aber Mab?«

»Ich habe mein Gedächtnis zurückerlangt, aber du hast deines wohl verloren, mein Alter«, brummt Hugues, der Guy in seiner ganzen Größe überragt. »Hast du die ganzen Briefe vergessen, die ich dir damals für Mab gegeben habe?«

»Und wo ist das Erbe geblieben?« fährt Félix fort, der von einer Mutter erzogen wurde, die finanzielle Sorgen hatte. »Und der Typ, den Hugues im Flugzeug kennengelernt hat, der Sie kannte und der ihn auf Sansibar überfallen hat?«

Guy weicht einen Schritt zurück. Er hat Ränder unter den Augen.

»Ich weiß nicht, wovon Sie sprechen«, sagt er mit unsicherer Stimme.

Jane ist blaß. Sie sitzt kerzengerade auf dem Rand des Sofas. Ihre Hände verharren auf den Schenkeln, und die roten Haare umrahmen ihr Gesicht. Immer noch dieselbe Haltung und dieselbe Strenge. Sie trinkt nie Alkohol, ißt nicht gerne, haßt Kino und Fernsehen und lacht selten. Und doch war sie schön in den sechziger Jahren, als sie Blumenkleider trug und mit Hugues und Guy in die Kamera lächelte. Aber heute, als ihr dieselben Männer kurz vor der Jahrtausendwende gegenüberstehen, sieht sie tragisch aus.

»Du hast in jeder Beziehung gelogen, Guy«, sagt

Hugues mit frostiger Stimme. »Du hast meine Briefe nicht weitergeleitet, und du hast mein Geld gestohlen. Ich dachte, du seist mein Freund.«

»Ich kann alles erklären«, stottert Guy. Jane reißt die Augen auf.

Es ist ganz einfach. 1976 gab sich Guy gewagten Spekulationen an der Börse hin und verlor alles. Um eine positive Bilanz vorlegen zu können, hob er Geld von den Kundenkonten ab. Kurz darauf bekam er einen erstklassigen Tip fürs Pferderennen, eine Gelegenheit, die man beim Schopfe packen sollte, der Traum eines jeden, der bei Pferderennen Wetten abschließt, die Chance seines Lebens. Aber er hatte keinen Kredit. Doch der Tip war zu 99 % sicher, und daher verfiel er auf die Idee, Hugues' Erbe zu beleihen. Er war der Bankdirektor; niemand würde es bemerken. Er würde genug Zeit haben, das Konto mit seinem Gewinn auszugleichen.

Unglücklicherweise war der Tip ein Flop.

Einige Monate später bot sich eine andere Gelegenheit. Diesmal war es ein Kinderspiel, ein todsicherer Tip. Er hatte keinerlei Bedenken und belieh daher die Geldanlage von Raoul Maurice, und der biß ins Gras wie das Pferd, auf das er gesetzt hatte.

Es war ein Teufelskreis. Als Hugues zu Raoul Maurice sagte, daß sich Guy weigere, ihm sein Geld zurückzuzahlen, wurde Maurice mißtrauisch und wollte seine Geldanlage sperren. Guy ging noch am selben Abend zu ihm und bat ihn, sich noch etwas zu gedulden. Maurice wurde wahnsinnig wütend und schrie, daß er Guys Karriere zerstören, seinen Ruf ruinieren und ihn ins Gefängnis bringen werde. Guy packte ihn an den Schultern, damit er sich beruhigte, aber Maurice rutschte aus, fiel mit dem Kopf gegen die Ecke des Kamins und stand nicht mehr auf. Guy verlor den Kopf. Er rief Hugues an und bat ihn mit verstellter Stimme zu kommen, weil er hoffte, daß er ihn retten könnte.

»Ich bin ein Schurke, aber kein Mörder, Hugues. Ich habe Maurice nicht getötet. Es war ein Unfall. Ich hätte dich auf der *Stella Maria* töten können, aber ich habe es nicht getan.«

Auf Guys Wortschwall folgt Totenstille.

»Soll ich dir dafür danken, daß du mich nicht über Bord geworfen hast?« fragt Hugues. »Mein Hund hätte dich in Stücke gerissen, du armer Irrer!«

»Ich kann dir das Geld zurückzahlen. Ich habe alle Verluste wettgemacht!«

»Du willst mir zwanzig Jahre meines Lebens zurückzahlen?« fragt Hugues mit drohender Stimme. »Die Polizei hat mich eines Mordes verdächtigt, den du selbst verübt hast. Ich mußte fliehen und habe meine Tochter zurückgelassen und dann meinen Sohn verloren. Du widerst mich an!«

»Er hat mir den zärtlichen Stiefvater vorgespielt: ›Ich werde immer für dich dasein, Mab!‹ versicherte er mir mit bebender Stimme«, schließe ich mich haßerfüllt an.

»Ich habe euch geliebt«, sagt Guy mit Blick auf Jane und mich.

Dieser erbärmliche Schurke hat unser aller Leben durcheinandergebracht. Durch seine Schuld habe ich zwanzig Jahre um Hugues geweint; Louise stand allein da; Félix rannte jahrelang zur Tür, weil er hoffte, sein Vater stünde vor der Tür, und Hugues wäre fast draufgegangen.

Jane steht auf. Alles Blut ist aus ihrem Gesicht gewichen.

»Ich habe euch beide geheiratet, um in guten und schlechten Tagen zu euch zu halten. Heute ist das Schlimmste eingetreten. Ihr habt mich alle beide betrogen, jeder auf seine Weise. Aber eines verstehe ich nicht. Hugues war doch gar nicht der Hauptverdächtige. Die

Polizei verdächtigte einen Zigeuner, der aus Erdeven kam und zum Familiengrab wollte, und darum haben sie die Ermittlungen aus Mangel an Beweisen eingestellt.«

Auf dem Friedhof von Erdeven gibt es zwischen den Gräbern aus Marmor und Granit seltsame Konstruktionen aus Rauchglas, durch das man Berge von Plastikblumen erkennen kann. Es soll die Gruft des Zigeunerkönigs und seiner engsten Verwandten sein.

»Guy hat den Fall als stellvertretender Bürgermeister verfolgt. Er hat mir mitgeteilt, daß meine Verhaftung unmittelbar bevorstehe«, brummt Hugues.

»Also warst du gar nicht in Gefahr und bist auf Grund dieser unglaublichen Lüge untergetaucht«, ruft Félix.

Das ist die Höhe. Je tiefer wir graben, desto mehr entdecken wir.

»Hast du den Typen bezahlt, damit er mich auf Sansibar umbringt?« beschuldigt ihn Hugues.

»Nein, natürlich nicht«, widerspricht Guy.

Unter unseren Blicken wird er immer kleiner. Zum erstenmal in meinem Leben bedauere ich es, kein Mann zu sein. Ich würde ihm gerne die Fresse polieren, seine erhabene Nase zerquetschen, ihm seine kleinen Augen mit dem fliehenden Blick ausstechen und ihm mit seiner schrecklichen Krawatte den Hals zuziehen.

»Ich kann euch helfen«, sagt Jane. »Um über alles nachzudenken, bin ich heute morgen allein aufs Meer hinausgefahren. Seitdem ihr mit Hugues zurückgekehrt seid, weiß ich, daß der Name Sansibar mich an etwas erinnert. Und heute morgen ist es mir wieder eingefallen.«

»Der heutige Tag scheint den Erinnerungen Tür und Tor zu öffnen«, bemerke ich.

»Im Februar 1978 war ich bei Guy, um ihn zu bitten, mir beim Ausfüllen meiner Steuererklärung zu helfen«, fährt Jane fort. »Auf der Straße war ein Autounfall. Guy lief hinaus, um zu helfen. Sein Telefon klingelte, und ich hob ab.

Es war ein Anruf aus Sansibar. Als er mit strahlender Miene aufgelegt hatte, sagte er zu mir, daß seine Geschäfte gut liefen.«

»Ich bin im Februar 1978 überfallen worden«, sagt Hugues mit tonloser Stimme.

Er dreht sich abrupt um und schlägt seine Faust in Guys Gesicht, der wie ein nasser Sack zu Boden fällt.

Langsam klärt sich alles auf. Seit 1978, als Hugues sein Vermögen zurückhaben wollte, war Guy immer in Geldnöten. Hätte Hugues seine Schurkerei aufgedeckt und wäre wieder in der Bretagne aufgetaucht, wäre Guy der Gefahr ausgesetzt gewesen, seine Stelle, seine Freiheit und Jane zu verlieren, die den krönenden Abschluß seiner Schurkerei bilden sollte. Es bestand sogar die Gefahr, daß die Polizei, die bis dahin davon überzeugt war, daß der Mörder von Raoul Maurice ein Zigeuner war, die Ermittlungen wiederaufnahm.

Guy wußte nicht mehr ein noch aus. Hugues' Afrikareise kam ihm sehr gelegen. Er wechselte ins Lager der Verbrecher und bezahlte jemanden, um ihn aus dem Weg räumen zu lassen. Er ließ einen Toten umbringen und heiratete dann die Witwe, doch der Auftrag wurde stümperhaft erledigt: Hugues verlor zwar sein Gedächtnis, überlebte aber.

»Du bist ein Monster«, sage ich zu Guy.

Wutentbrannt und mit blutender Nase bietet er der Meute die Stirn.

»Alles, war ich getan habe, habe ich aus Liebe zu Jane und zu dir getan. Ihr glaubt alles zu wissen, aber ihr wißt nicht ...«

»Wir wissen schon genug«, brüllt Hugues. »Hau ab ...«

Guy schaut ihn an. Die anderen zählen nicht. In diesem Zimmer sind nur noch er und Hugues. Schwer lasten kindische Rache, jugendliche Eifersucht und die unausgesprochenen Worte Erwachsener auf ihnen. Guy, der Sohn des Bäckers, der das Geschäft seines Vaters übernehmen sollte, der seine behinderte Schwester, die viel zu früh verstarb, liebte, wollte mit riesigen Summen Geld umgehen, in die Politik einsteigen, wie ein angesehener Mann leben und Jane heiraten. Hugues, ein Waisenkind, der Enkel des Leuchtturmwärters, der in der Zuneigung seiner Großmutter aufwuchs, wollte Sterne betrachten, Geschichten erzählen, den Kindern zuhören, diese heilen und Jane heiraten.

»Du hast genug angerichtet«, sagt Hugues. »Hau ab, oder ich rufe die Polizei.«

Sie starren sich an. Ihr Blick dringt durch Zeit und Raum. Ihr Leben zieht an ihnen vorüber, die Freundschaftsschwüre, die Blutsbrüderschaft, die abgeschriebenen Schulaufgaben, die Dummheiten und die Strafen, die Mädchen, die Komplizenschaft der Männer, Hugues' Heirat, bei der Guy Trauzeuge war, meine Taufe, bei der er Pate war, die Abfahrt auf der *Stella Maria*.

Guy kann Hugues' Blick nicht mehr ertragen. Er wendet sich ab, geht zur Tür, verläßt das Haus, steigt in seinen Wagen und verschwindet in der Dunkelheit.

»Du läßt ihn einfach so gehen? Bist du verrückt?« fragt Félix, der nach Luft schnappt.

Hugues seufzt erschöpft. Alle Kraft ist von ihm abgefallen.

»Was soll ich denn deiner Meinung nach machen? Soll ich ihn umbringen?«

»Nein. Ich weiß nicht. Wir hätten ihn verprügeln sollen.«

»Wir sind doch keine Gangster«, antwortet Hugues.

»Ich bin total geschafft«, gibt Félix zu.

Jane, die auf der Couch sitzt, sieht aus wie eine Marionette. Auch ich bin erschlagen. Jérémie hat in der Schule gelernt, daß Sterne aufgrund extrem hoher Materiedichte so große Gravitationskräfte aufweisen können, daß sie kollabieren und zu schwarzen Löchern zerfallen. Heute abend stehen wir alle vor einem Abgrund.

In der Bank, Montag, 24. November

Guy ist gestern nicht nach Hause gekommen, und am nächsten Morgen erscheint er auch nicht in der Bank. Soizic sieht seinen BMW am Hafen stehen. Der Schlüssel steckt im Zündschloß. Fischer finden die *Keryargon*, die mitten auf dem Meer allein umhertreibt.

Die Spekulationen nehmen kein Ende: War es Selbstmord? Ein Unfall? Oder ist er verschwunden?

»Wir werden ihn nicht wiedersehen!« prophezeit uns Hugues.

Jane ruft ihn um die Mittagszeit an und verabredet sich mit ihm in der Bank. Er geht hin. Ins Innere dieses Gebäudes einzudringen, das so viele Erinnerungen in ihm wachruft, verwirrt ihn. Er kennt weder die beiden Männer in Schlips und Kragen noch die junge Frau in dem strengen Kostüm hinter dem Tresen. Sie sind zu jung.

»Sie wünschen?«

»Ich habe eine Verabredung mit Jane … Madame Le Coz, ich meine Keruel!«

Die junge Frau schaut ihn so durchdringend an, daß er sich fragt, ob sie vielleicht Guys Geliebte war.

»Danke, daß du gekommen bist«, begrüßt ihn Jane.

Sie hat sich zurechtgemacht, ihr Haar gewaschen und einen bordeauxroten Hosenanzug angezogen, der ihr englisches Naturell gut zur Geltung bringt, aber dennoch sieht sie abgespannt aus.

»Guy und ich hatten ein gemeinsames Bankschließfach. Heute morgen habe ich es geöffnet und diesen Brief für Mab gefunden.«

Der Brief ist offen. Jane konnte nicht widerstehen. Einerseits war sie neugierig, und andererseits wollte sie ihre Tochter schützen. Keine Gefühle zu zeigen, bedeutet nicht, daß man nicht liebt.

»Liest du mir den Brief vor?« fragt Hugues.

»*Oktober 1997. Wenn du diese Zeilen liest, Mab, werde ich tot sein. Ich bin dein Vater. Ich habe dich immer geliebt, und darum wollte ich Hugues töten, der mir zuerst Jane weggenommen hat und dann dich. Ich habe jemanden bezahlt, um ihn im Februar 1978 auf Sansibar umzubringen. Und als du mir vor drei Wochen sagtest, daß er lebt, habe ich erneut jemanden beauftragt, ihn zu töten. Doch auch diesmal war ein Stümper am Werk. Mir wurde versichert, daß er tot sei. Aber du hast mich soeben angerufen, um mir mitzuteilen, daß du morgen mit ihm hier ankommst. Ich weiß nicht, was passieren wird. Du müßtest Madeleine Keruel heißen und nicht Mab Le Coz. Alles, was ich getan habe, habe ich getan, weil ich euch liebte, dich und Jane, und meinen Enkel Jérémie. Adieu.*«

Jane verstummt erst, als sie den Brief bis zu Ende vorgelesen hat. Sie wartet auf Hugues' Reaktion wie damals, als sie darauf wartete, daß er aus dem Laternenzimmer, wo er sich mit Mab eingeschlossen hatte, zu ihr nach unten kam. Ihr ganzes Leben schweigt sie, ist phlegmatisch und offensichtlich gleichgültig, weil sie sich von dem Glück und der Intimität der anderen ausgeschlossen fühlt.

»Ich habe immer gewußt, daß er Mabs Vater ist«, sagt Hugues langsam. »Nicht eine Sekunde lang habe ich deine Geschichte mit dem ausländischen Studenten geglaubt.«

»Er liebte mich. Wir hatten getrunken, und ich wachte in seinem Bett auf. Wir haben nie mehr darüber gesprochen. Ich hatte es vergessen. Ich schwöre es dir. Als du die Wahrheit erfahren hast, wollte ich nicht, daß du dich wegen mir mit deinem besten Freund überwirfst.«

»Und du hast ihn geheiratet.«

»Ja, unter der Bedingung, keine Kinder mehr zu bekommen. Ich dachte, du seist tot.«

»Du wolltest mich daran hindern, Mab zu sehen.«

»Ich wollte dir Angst einjagen, und ich wollte nicht, daß du mich verläßt«, antwortet Jane.

Sie zeigt schluchzend auf den Brief, der auf dem Schreibtisch liegt.

»Was sollen wir damit machen?«

Hugues überlegt. Jane hat ihn hierherbestellt, damit er diese Entscheidung an ihrer Stelle trifft. Er denkt an den Brief, den er Guy im August 1977 auf der *Stella Maria* für Mab gab und den Guy verbrannt, zerrissen oder ins Meer geworfen hat.

Sein Gesicht erhellt sich. Er nimmt ein Feuerzeug mit dem Logo der Bank, steckt eine Ecke des Blattes an, dreht es in der Luft hin und her und schaut zu, wie es verbrennt. Im letzten Moment läßt er es los. Er hat sich den Daumen und den Zeigefinger etwas verbrannt. Er bläst auf seine Finger und lächelt Jane an.

»Von welchem Brief sprichst du?« fragt er.

Diplomatie ist gefragt, Dienstag, 25. November

Hugues und Félix trinken in trauter Zweisamkeit einen 1991er Saint-Émilion-Château-La-Couspaude.

»Vincent ist nicht gekommen«, stellt Hugues fest. »Die Deslandes sind dickköpfig.«

»Diesmal muß Basile ihm die Hand reichen, wenn man so sagen will«, meint Félix und lacht betrunken.

Die Flasche ist fast leer.

»Man sollte ihnen vielleicht helfen«, fährt Félix fort. »Ihnen unter die Arme greifen!«

»Vincent zur Hand gehen?« fragt Hugues, der sich auf das Spiel einläßt.

»Genau«, sagt Félix mit verschmitzter Miene. »Wir werden die Verhandlungen führen, ohne Mab etwas zu sagen – als Unterhändler sozusagen.«

Sie parken den Wagen vor Basiles Elternhaus in Vannes und lauschen einen Moment einer Beatles-CD. Als sie die rot-beige Honda ankommen sehen, steigen sie aus. Vincent schaut ihnen ruhig entgegen.

»Hallo!« sagt Félix. »Meine Schwester war neulich hier. Wir sind Freunde von Basile.«

»Taucht die ganze Familie jetzt hier auf?« fragt Vincent sarkastisch.

»Können wir irgendwo miteinander reden?«

Vincent schüttelt den Kopf.

»Ich habe Basile gebraucht, und er hat mich fallenlassen. Die Sache mit meiner Hand war nicht seine Schuld. Unfälle passieren immer wieder, und ich komme mit meiner Prothese schon zurecht. Ich lerne Flugzeuge zu fliegen, die eine besondere Steuerung haben. Die theoretische Prüfung für den Pilotenschein habe ich schon hinter mir, und die praktische Prüfung lege ich nächsten Sonntag ab. Das wird ein richtiges Fest. Ich brauchte einen Bruder und keine Bücher, die unter einem so blöden Namen geschrieben wurden.«

»Pierre Hermès kommt von Peter Pan«, erklärt Félix.

»Und haut ab, das kommt von Herzen!« erwidert Vincent.

Hugues und Félix gehen weg, ohne Vincent noch länger zu belästigen.

»Er kann seine Flugprüfung am Sonntag nicht allein ablegen«, murmelt Hugues. »Es gibt nicht so viele Aeroclubs hier in der Gegend. Wir brauchen sie nur anzurufen.«

»Was hast du vor?«

»Er hat doch gesagt: Das wird ein richtiges Fest.«

Zukunftspläne, Mittwoch, 26. November

Jérémie hat das Krankenhaus gestern verlassen und ist in den Leuchtturm zurückgekehrt. Er ist müde, aber er lacht, und ich kann nicht genug davon bekommen, ihn anzuschauen, ihm zuzuhören, für ihn zu kochen, ihn zum Lachen zu bringen und zuzusehen, wie er schläft.

Ich lebe auf zwei verschiedenen Planeten. Während meiner Arbeitszeit beschäftige ich mich mit meinen Romanfiguren. Sie sind wie alte Freunde, die schlafen, wenn ich den Computer ausschalte. Die drei Mahlzeiten, das Frühstück, Mittag- und Abendessen sind für mich wie eine ärztliche Verordnung. Ich tauche in meine Familienwelt ein und treffe Jérémie, Hugues, Félix und die Lücke, die Basile hinterlassen hat. Manchmal überschneiden sich meine beiden Planeten. Wenn ich eine Liebesszene schreibe, denke ich an Basile. Wenn ich überlege, wie ein Kind wohl reagieren könnte, stelle ich mir vor, was Jérémie sagen würde.

Innerhalb von vier Tagen hat Hugues sämtliche Drehbücher, die ich geschrieben habe, seitdem ich diesen Beruf ausübe, verschlungen. Er hat den ganzen Stapel Bücher von oben bis unten durchgelesen und ist so auf dem kürzesten Weg in mein Universum eingedrungen. Manchmal hat er sogar Jérémie daraus vorgelesen. Ich habe sie lachen hören. Er hat nichts gesagt, als er sie mir zurückgab, aber er sah glücklich aus.

In allen meinen aktuellen Dialogen wende ich mich an Basile. Wer weiß, ob er sie eines Tages hören wird?

Heute abend scheinen Hugues und Félix zerstreut zu sein und sich kaum für ihr Essen zu interessieren. Nach der Schule hat Kevin Jérémie besucht, denn mein Sohn muß noch eine Woche zu Hause bleiben. Kevin hat Jérémie die Informationsbroschüre der Berufsfachschule in Étel mitgebracht, die er nach Abschluß des Gymnasiums besuchen wird.

»Schau!« ruft Jérémie aufgeregt.

Um anzuheuern, wie seine Brüder vor ihm, muß Kevin ein Seemannspatent erlangen. Dazu ist ein zweijähriger Besuch der Berufsfachschule erforderlich, der ein dreimonatiges Praktikum an Bord eines Fischereifahrzeuges oder in einem Unternehmen einschließt. Jérémie wäre kaum mehr beeindruckt, wenn Kevin Flottenadmiral werden würde. Das Wort ›Matrose‹ kann er gar nicht oft genug wiederholen. Das ist ein Begriff aus der Männerwelt, in dem das wahre Leben mitschwingt. Kevin wird in Étel bleiben und die Berufsfachschule für Seeleute besuchen, während Jérémie jeden Tag mit dem Bus zum Gymnasium nach Auray fahren wird. Seit seiner Flugstunde auf Changuu träumt er davon, Pilot zu werden. Er hatte schon die Phase des Lokomotivführers und des Astronauten. Er wird noch oft seine Meinung ändern.

»Mama, was ist Konchyliologie?« fragt Jérémie, der das Wort in der Broschüre gefunden hat.

»Das ist die Wissenschaft eßbarer Muscheln. Sie ist ein Teilgebiet der Malakologie, die sich mit Muscheln, Schnecken und Krebsen befaßt.«

»Die Wissenschaft der Jérémies ist die Dummiologie und die der Tamagotchis die Blödiologie!« fügt Félix hinzu.

»Jetzt reicht es aber, ihr zwei. Wann fliegst du?« frage ich Félix.

»Nicht bevor wir zu Ende gegessen haben. Was gibt es zum Nachtisch?«

»Ich meine es ernst. Was hast du für Pläne?«

»Ich möchte noch bei Hugues bleiben, aber Silvia fehlt mir. Ich will sie nicht zu lange allein lassen. Es gibt Typen, die denken nur an das eine.«

»An was?« fragt Jérémie.

»An die Liiiiebe«, trällert Félix. »Ich muß Hugues nur noch etwas unter die Arme greifen, und dann verlasse ich euch.«

Er hat sich wieder verändert. Je mehr er sich als Sohn fühlt, desto mehr reift er zum Mann. Das ist kein Halbbruder, das ist ein Chamäleon.

»Ich kann den Beruf des Arztes nicht mehr ausüben. Ich bin zu lange raus«, sagt Hugues. »Wenn du einverstanden bist, könnte ich mich ja um deine Gästezimmer kümmern.«

»Um *deine* Gästezimmer«, korrigiere ich ihn.

Als das Telefon klingelt, bekomme ich Herzklopfen. Félix hebt ab.

»Es ist der arme Gérard«, flüstert er, während er den Hörer zuhält.

Das Gespräch zieht sich in die Länge. Louise hat Gérard verlassen, und er tröstet sich damit, Félix zu beleidigen. Hugues nimmt den Hörer.

»Hier ist Hugues Le Coz. Hören Sie, armer Gérard. Sie haben meine Frau geheiratet und meine Tochter belästigt, und nun bedrohen Sie meinen Sohn. Es reicht. Kümmern Sie sich um Ihre Kariespatienten!«

Vorbereitungen Bei Soizic, Donnerstag, 27. November

Hugues legt den Hörer wieder auf die Gabel des Telefons, das im Hinterzimmer neben den Toiletten steht, und steuert auf den Tresen zu, wo sich Soizic und Gwenaël mit Félix unterhalten.

»Und, hast du Basile überzeugt?« fragt Félix.

»Es war nicht leicht, aber am Ende habe ich es geschafft«, antwortet Hugues. »Er kommt Sonntag, weil Jérémie, der an diesem Tag Geburtstag hat, darauf bestanden hat, daß er dabei ist. Er hat etwas gutzumachen, weil er ihn bei dem Schulausflug mit den Eltern versetzt hat.«

»Aber das ist ja Betrug.«

»Ja, werter Herr. Basile ist ein netter Kerl. Er weiß, daß man Kinder niemals enttäuschen darf, weil sie sonst ein Trauma erleiden. Du wirst uns im Restaurant absetzen und ihn am Bahnhof abholen.«

»Hat Jérémie am Sonntag Geburtstag?« wundert sich Soizic. »Ich dachte, er sei wie Gaëlle im Juni geboren.«

»Er ist im Juni geboren, aber in diesem Jahr feiern wir vor«, sagt Hugues. »Darf ich noch einmal telefonieren?«

»Der Kunde ist König«, antwortet Soizic.

Hugues wählt die Nummer von Jane, die sofort abhebt.

»Hallo. Ich wollte ein kleines Familienfest organisieren, um unser Wiedersehen zu feiern. Wir treffen uns am Sonntag zum Mittagessen in einem Restaurant hier in der Gegend. Hast du Zeit?«

»Natürlich«, bestätigt Jane. »Und was wir besprochen haben, geht in Ordnung. Guy hat seit Jahren sein Geld auf meinen Namen angelegt, um dem Fiskus zu entgehen. Ich bin daher in der Lage, dir alles zurückzuzahlen, was er sich damals von dir geliehen hat.«

»Und dir bleibt dann auch noch genug Geld?«

»Reichlich. Guy war ein schlechter Betrüger, aber mit der Zeit wurde ein guter Bankier aus ihm.«

»Fehlt er dir?« fragt Hugues.

Soizic und Gwenaël haben die Theke und den Saal modernisiert, aber die Telefonkabine wurde nicht erneuert. Vierzig Jahre Graffiti zieren die Wand. Unten rechts ist noch ein Herz mit einem Pfeil und den ineinandergeschlungenen Initialen *H* und *J* zu sehen.

»Seine Anwesenheit fehlt mir, aber nicht er«, antwortet Jane. »Du kannst über das Geld verfügen.«

»Ich komme morgen. Danke.«

Hugues geht zurück zu Félix.

»Unser kleines Fest läuft gut an«, sagt er.

»Gibt es für jedes Mädchen einen Jungen, und steigt eine Tänzerin in einem Paillettenanzug aus der Torte?« fragt Félix lachend.

»Noch besser!«

Herzlichen Glückwunsch zum Geburtstag, Sonntag, 30. November

Félix hat aus Étel Croissants mitgebracht. Ich sitze vor dem Computer und arbeite. Die Männer kümmern sich um das Mittagessen. Ich setze heute keinen Fuß in die Küche. Sie scheinen allerdings nichts zu kochen. Es riecht nach nichts. Schade. Die Gerüche, die einem in die Nase steigen, gehören einfach dazu.

Kurz vor der Mittagszeit kommt Jérémie in mein Zimmer.

»Wir laden dich ins Restaurant ein. Schalte deinen Apparat aus und komm.«

»Ins Restaurant? Wo denn?«

»Komm schon! Zieh deine Jacke an, die mir so gut gefällt. Du weißt schon, die grünkarierte mit den aufgenähten Taschen.«

Ich speichere meinen Text, schalte den Computer aus, decke wie immer ein Tuch über die Tastatur, ziehe die Jacke an, die Jérémie so mag, und gehe zu den anderen. Wir fahren aus Étel heraus, an Erdeven vorbei, nehmen die Straße nach Auray und dann die nach Vannes.

Félix schaut ständig auf die Uhr. Als wir schließlich vor dem Restaurant ankommen, dringt eine Sambamelodie bis zum Parkplatz, auf dem schon etwa zehn Wagen stehen. Ich will meinen Wagen abschließen, doch Félix hält meinen Arm fest.

»Ich muß etwas erledigen. Gib mir die Wagenschlüssel. Ich komme gleich zurück. Das ist *So Danço Samba*. Ich habe die CD, auf der es von Stan Getz gespielt wird.«

Wir betreten einen Saal, der im Stil der fünfziger Jahre eingerichtet ist: alte Ledersofas, Fotos von Piloten und Flugzeugen und eine original Jukebox, aus der die Sambaklänge dringen, die Félix draußen erkannt hat.

»Das ist ja super hier«, ruft Jérémie begeistert.

Wir sind in dem Restaurant eines Aeroclubs. Kleine Flugzeuge ziehen am Himmel ihre Kreise. Eine junge Frau bietet uns einen Aperitif an. Hugues und ich nehmen den »Fliegercocktail«. Jérémie bestellt sich einen »Copiloten-Drink« und steuert dann auf das Tischfußball in einer Ecke zu.

»Sollen wir ein Spiel machen?«

Wir bilden zwei Mannschaften: Jérémie und ich gegen Hugues.

»Wir werden dich haushoch schlagen«, sage ich mit siegessicherer Miene.

»Dann zieht euch mal warm an«, erwidert Hugues und schießt ein Tor.

Ich bemerke die Falle erst, als Félix zurückkehrt und Basile hinter ihm das Restaurant betritt. Er steuert auf Jérémie zu, wünscht ihm in schwungvollem Ton »Herzlichen Glückwunsch zum Geburtstag« und überreicht ihm ein Paket.

»Heute ist zwar nicht mein Geburtstag, aber trotzdem vielen Dank!« freut sich Jérémie und reißt schon das Papier auf. Es ist ein Modell eines Rav 4, die exakte Nachbildung unseres Wagens in Blau. »Wow, das ist ja supercool.«

»Es muß nicht geklebt werden. Die Teile werden zusammengesteckt. Hier sind die Batterien. Und wann hast du jetzt Geburtstag?«

Jérémie schaut mich fragend an.

»Er hat im Juni Geburtstag«, sage ich. »Schau mich doch nicht so an, Basile. Ich habe nichts damit zu tun.«

Wir drehen uns beide zu Hugues und Félix um, die sich scheinbar verschworen haben.

»Kannst du uns das erklären?« frage ich Hugues.

Er lächelt, ist aber keineswegs verlegen.

»Ich habe deine letzten zwanzig Geburtstage verpaßt und alle von Félix und Jérémie, und heute hole ich alles nach.«

»Ich werde die Familie allein lassen«, sagt Basile und steht auf.

»Das kommt überhaupt nicht in Frage. Ich brauche dich noch!« widerspricht Hugues. »Übrigens fehlt noch ein Gast. Ah, da ist sie ja.«

Jane betritt steif und elegant das Restaurant. Hugues hebt die Hand. Sie steuert auf uns zu und setzt sich neben Jérémie.

»Wir haben uns heute hier versammelt«, beginnt Hugues, »damit wir alle noch einmal zusammen sind, bevor jemand uns verläßt.«

»Hört sich an wie Roger Hanin in *Le Grand Pardon*«, sagt Félix.

»Ob ich mal versuche, Clio Goldsmith nachzuahmen, indem ich die Tischdecke vom Tisch reiße, ohne das ganze Geschirr auf dem Tisch umzuwerfen?« sinniere ich.

»Wer verläßt uns?« fragt Jérémie.

»Wer ist es denn?« will auch Félix wissen.

»Was habe ich hier aus meinem Hut geholt? Ein Kaninchen! Du mein Sohn«, sagt Hugues und reicht ihm ein Paket. »Herzlichen Glückwunsch zum Geburtstag.«

Félix zerreißt das Papier. Ein Flugticket nach Sansibar fällt mit einem dicken Umschlag heraus, der die Aufschrift trägt: ›Damit du die Dinge auf dich zukommen lassen kannst‹.

»Das sind Dollars. Die kannst du dort einfacher auf dein Konto einzahlen. Den staatlichen Leuchttürmen wirst du fehlen …«, fährt Hugues fort. »Danke, daß du mir geholfen hast. Es wird Zeit, daß du zu neuen Horizonten aufbrichst. Guten Flug.«

»Das ist das erste Mal, daß ich in der ersten Klasse fliege«, sagt Félix, um seine Freude zu verbergen.

»Irgendwann ist immer das erste Mal. Und ein Le Coz muß immer auf Sansibar sein. Du übernimmst die Ablösung. Nun ist mein Enkel an der Reihe.«

Hugues gibt der jungen Kellnerin ein Zeichen, die mit einem Korb zurückkehrt, in dem ein etwa drei Monate alter Welpe liegt. Es ist ein süßer Basset, dessen Ohren so lang wie sein Körper sind. Jérémie ist entzückt und lauert auf meine Zustimmung.

»Du hast kein Asthma mehr, und er ist sehr süß«, sage ich. »Er ist natürlich dressiert. Er ist stubenrein, bellt nicht, kotzt nicht und frißt keine Pantoffeln.«

»In einem Jahr wird er perfekt sein«, beteuert Hugues. »Wie willst du ihn nennen, Jérémie?«

»Tamagotchi«, antwortet er, ohne zu zögern.

Er nimmt den Welpen aus dem Körbchen, und dieser verbirgt seine Schnauze in Jérémies Armbeuge.

»Er hat eine ganz kalte Nase«, ruft Jérémie entzückt. »Eh, was macht er denn da?«

»Er macht Pipi, und zwar nicht auf dem Monitor, sondern richtig«, antworte ich. »Du hast ihn gestreichelt, und nun zeigt er dir, daß er das mag – auf deiner Hose. Da hast du ein Jahr was von.«

»Ehe er stubenrein ist«, verbessert mich Hugues. »Ansonsten hat er fünfzehn Jahre was davon. Das ist ein Geschenk, das lange hält. Mir wurde beigebracht, mein Geld nicht zu verschleudern. Ich meine Janes Geld.«

Ich vertraue Félix Tamagotchi an und gehe mit Jérémie zur Toilette, um den Fleck aus seiner Hose zu waschen.

»Und nun zu dir«, fährt Hugues fort, als ich zurückkomme. »Ich bin stolz auf dich, auf das, was du schreibst, und die Art, wie du dein Leben führst. Das ist mein Geschenk.«

Ich nicke. Soviel hatte ich nicht erwartet.

»Nun kommt Basile an die Reihe«, fährt Hugues fort.

»Ich brauche nichts«, brummt dieser.

»Pünktlich auf die Minute!« unterbricht ihn Félix, der auf die Startbahn zeigt.

Ein kleines Flugzeug setzt zur Landung an. Es rollt langsam aus und parkt auf dem Flugplatz. Ein junger Mann, der sein braunes Haar im Nacken zusammengebunden hat, steigt aus. Ich unterdrücke einen Schrei. Basile erblaßt. Vincent Deslande, der soeben seinen Pilotenschein auf einer Privatmaschine mit Spezialsteuerung erworben hat, betritt lachend das Clubhaus und bleibt stehen, als er Hugues, Félix und schließlich Basile sieht.

Ich halte den Atem an. Vincents Fluglehrer geht auf ihn zu und beglückwünscht ihn, ohne die peinliche Stille zu bemerken.

»Freunde von Ihnen?« fragt er fröhlich. »Dieser junge Mann ist ein verdammt guter Pilot.«

Basile geht auf Vincent zu. Seine Füße sind bleischwer, und sein Gesicht ist bis aufs äußerste gespannt, aber er schreitet trotzdem vorwärts. Er öffnet den Mund und sagt:

»Wir sind Angehörige. Ich bin sein Bruder, und ich bin Flugpilot. Wäre es möglich, daß wir beide noch eine Runde fliegen. Wir haben uns viel zu sagen.«

Das Flugzeug hebt ab und verschwindet in der Ferne.

»Ich dachte schon, Basile haut ab«, ruft Jérémie.

»Wir waren der Meinung, daß man bei euch beiden etwas nachhelfen muß. Ihr seid beide so stur, daß keiner von euch den ersten Schritt getan hätte. Das hätte noch lange so weitergehen können«, sagt Hugues. »Liebst du wirklich diesen Verrückten, der die Luft mehr liebt als das Meer?«

»Ich glaube ja«, antworte ich.

Er legt seinen Arm auf Janes Schulter, die erbebt, ohne sich jedoch der Berührung zu entziehen.

»Findest du nicht, daß wir eine hübsche Tochter haben?« fragt er sie.

Ein Engel schwebt über uns. Er weiß, daß ich nicht seine Tochter bin, und ich weiß, daß er nicht mein Vater ist, aber wenn Jane ihm nun sagt, daß ich es weiß, ist alles aus. Ich wollte gerade mein Glas mit meinem Flieger-Cocktail an den Mund führen und verharre mitten in der Bewegung. Das Papierschirmchen, das auf der kandierten Kirsche steckt, tanzt durch das Glas. Ich bete, Jane möge schweigen.

»Sie hat von jedem das Beste mitbekommen: die Intelligenz von ihrem Vater und die Schönheit von ihrer Mutter«, antwortet sie schließlich.

Hugues spielt den Beleidigten.

»Warum? Findest du mich häßlich?«

»Findest du mich denn doof?« erwidert sie.

Jérémie, der sie noch nie zusammen gesehen hat, weil er neulich im Krankenhaus war, läßt das auf sich wirken. Sie streiten sich wie damals vor Andrew. Sie haben sich gegenseitig betrogen. Sie haben gelogen, betrogen, sind älter geworden, und jetzt sind sie quitt.

»Entschuldigt mich einen Moment«, sagt Félix.

Er steckt seine Telefonkarte in den Telefonapparat auf dem Parkplatz.

Silvia sitzt allein auf der Terrasse und schaut auf den Indischen Ozean, als das Telefon klingelt. Sie hebt ab. Es pfeift im Apparat. Sie hält den Hörer weg, schlägt auf die Muschel, hält den Hörer wieder an ihr Ohr, aber der melodische Pfeifton ist noch da. Sie erkennt die Melodie von *Casablanca*.

»Félix?« schreit sie. »Félix?«

»Ich habe mein Saxophon zu Hause vergessen. Darum pfeife ich.«

»Wo hast du es vergessen?«

Sie sitzt in der Sonne und lacht. Der Kellner, der das Geschirr wegräumt, hört es und lächelt.

»Zu Hause«, sagt Félix. »Dafür hat Hugues sein Gedächtnis zurückerlangt. Auf Sansibar muß immer ein Le Coz sein, und darum übernehme ich die Ablösung. Paßt es dir, wenn ich übermorgen komme?«

»Wenn ich nichts Besseres zu tun habe, hole ich dich am Flughafen ab«, antwortet Silvia verschmitzt.

»Ich liebe dich«, trällert Félix, ehe er auflegt.

Das kleine Flugzeug ist wieder gelandet, und die Brüder Deslande steigen mit strahlenden Mienen aus. Ich weiß nicht, worüber sie gesprochen haben, aber sie kommen mit dem unbeschwerten Schritt freier Männer auf uns zu. Basile nähert sich mir und legt seinen Arm um meine Schulter.

»Ich bin befreit«, sagt er. »Die Hexe Mab hat mich aus meinem Gefängnis befreit. Ich möchte in den Leuchtturm zurückkehren. Hast du nichts dagegen?«

»Es gibt viele Dinge, auf die ich Lust habe, und das gehört dazu.«

»Ich war blöd.«

»Da muß ich dir vollkommen recht geben!«

»Du könntest wenigstens meinen Stolz schonen.«

»Ich will gerne Rücksicht auf die Liebe nehmen«, meine ich.

»Bist du kleine Kreise geflogen? Und hat dein Fuß die Kugel gejagt?« fragt Jérémie ganz stolz, weil er mit seinen neuesten Kenntnissen protzen kann.

Vincent erklärt die notwendigen Schritte, um den Pilotenschein zu erwerben: die theoretische Prüfung, dann die »Navigation«, das heißt, Flüge von einem Punkt zum anderen, und schließlich die Flugprüfung.

»Das kostet viele Stunden. Du bereitest einen Flug mit dem Kompaß, dem Lineal und Karten vor, und mittendrin wird der Kurs geändert, und dann mußt du die Navigation während des Fluges aus dem Stehgreif neu bestimmen. Anschließend mußt du mehrere Kurven und einen langsamen Flug fliegen und das Überziehen vorführen: Wenn das Flugzeug sinkt, weil es nicht genug Auftrieb hat, kriegst du eine Mordsangst.«

»Mußt du noch andere Prüfungen ablegen?« fragt Félix.

»Nur noch Zusatzprüfungen, um andere Maschinen fliegen zu können, aber nun darf ich Personen befördern«, sagt Vincent mit Blick auf Basile.

Wir verputzen die Reste unserer Meeresfrüchteplatte. Vincent bedient sich so geschickt seiner Prothese, daß man es wissen muß, um zu bemerken, daß er eine trägt, und Basile widersteht der Versuchung, ihm zur Hand zu gehen. Die Kellnerin kommt mit einem Geburtstagskuchen, auf dem zwanzig Kerzen brennen, und wirft Hugues einen fragenden Blick zu, um zu erfahren, wohin sie ihn stellen soll.

»Stellen Sie ihn bitte in die Mitte.«

»Poulains, Goulphar ...«, flüstert Basile.

»Palatino, Times ...«, flüstere ich.

»Schokoladentorte. Das ist cool«, sagt Jérémie.

Wir pusten die Kerzen aus und singen »Happy Birthday«. Tamagotchi würdigt den Inhalt von Jérémies Teller, leckt den Kuchen ab und windet sich vor Vergnügen. Ich protestiere:

»Jérémie, das ist eine Schweinerei.«

»Es wird sein Immunsystem stärken«, widerspricht Hugues und verlangt die Rechnung.

Auf der anderen Seite der Bucht spielen Kinder fangen, Familien gehen spazieren, Angler sitzen geduldig auf ihren Klappstühlen in der Nähe der Eisverkäuferin, die zu diesen Sonntagnachmittagsspaziergängen einfach dazugehört.

»Ich habe dir gesagt, daß du erst lieben kannst, wenn du deinen Vater wiedergefunden hast«, sagt Basile und drückt mich an sich.

»Zu lieben, erlaubt zu lieben«, bestätige ich.

Jérémie vertraut Hugues seinen Welpen an, greift in seine Tasche, nimmt Anlauf und wirft sein elektronisches Tamagotchi ins Wasser. Das schreckliche Ding piepst ein letztes Mal, ehe es untergeht.

»Das hat ihm nicht gefallen«, stellt Basile fest. »Kannst du mir kurz dein Handy leihen?«

Ein Angler trinkt einen Schluck aus einer Flasche. Hugues zeigt darauf:

»Früher, vor dem Algerienkrieg, als die Weintanker im Hafen von Lorient anlegten, tranken wir sehr schweren Wein wie diesen da, der viele Gerbstoffe enthielt.«

Ein blaues Schiff, die *Lapousse*, liegt in der Bucht vor Anker. Sein Besitzer wriggt in einem kleinen Boot dorthin.

»*Lapousse* heißt ›komischer Vogel‹«, erklärt Hugues, »und dieses Blaugrün ist nach dem Maler Nattier benannt und heißt Nattierblau.«

Ich lasse mir dieses Wort auf der Zunge zergehen. Ich werde es in einem Drehbuch unterbringen. Er hat nattierblaue Augen. Sie trug ein nattierblaues Kleid. Mögen Sie das Nattierblau? Ich kannte schon das Stahlblau, Vergißmeinnichtblau, Marineblau, Königsblau, Lavendelblau, Hellblau, Dunkelblau, Himmelblau, Schieferblau, Grünblau, Petrolblau, Türkisblau, Ultramarinblau, Kobaltblau, Preußischblau …

Jane kommt zu mir und schaut mich mit ihren englischblauen Augen an.

»Dein Sohn ist fast durch meine Schuld gestorben. Meine Eltern mochten keine Mädchen. Ich interessierte sie nicht. Als du geboren wurdest, glaubte ich, Hugues sei enttäuscht, aber er hat dich sofort vergöttert. Ich wußte nicht, wie ich mit dir umgehen sollte. Als ich mit Andrew schwanger war, dachte ich, alles würde gut, aber dann wurde diese genetische Untersuchung durchgeführt, und ich habe erst Andrew verloren und dann Hugues. Ich wußte, daß ich bestraft werde.«

»Das ist doch alles Blödsinn. Niemand hat dich bestraft. Ich liebe dich«, sage ich leise. »Wenn du nur endlich deinen Widerstand aufgeben würdest.«

»Ich habe fast deinen Sohn getötet«, wiederholt sie hartnäckig.

»Er ist nicht tot. Schau ihn dir an.«

»Hugues und Guy haben mich verlassen. Ich bin ganz allein.«

»Bist du noch in der Lage zu sagen: ›Ich liebe dich‹?«

Sie schaut mich verdutzt an.

»Sage es, um es auszuprobieren. Schreie!«

»Ich liebe dich …«, sagt Jane mit erstickter Stimme.

»Noch einmal. Ich habe nichts gehört.«

»Ich liebe dich«, sagt sie etwas lauter.

»Du hast einunddreißig Jahre gebraucht, um es mir zu sagen. Du kannst es ruhig noch einmal sagen.«

»Ich liebe dich«, schreit Jane.

Die anderen zucken zusammen.

»Ich liebe dich auch«, sage ich. »Das ist deine Strafe.«

Sie kommt zu mir. Und wir liegen uns in den Armen.

Hauslieferung, am selben Tag, 16 Uhr

Wir gehen zu den Wagen zurück.

»Wenn du jetzt eine Sternschnuppe sehen würdest, was würdest du dir dann wünschen?« frage ich Jérémie.

»Am hellichten Tag?«

»Es gibt auch am hellichten Tag Sternschnuppen, aber man kann sie wegen des Sonnenlichtes nicht sehen. Stell dir vor, es wäre dunkel. Also, was würdest du dir wünschen?«

Ich runzele die Stirn, um ihn zu warnen. Wenn er mir jetzt vor Basile den Wunsch nach einem Vater auftischt, werde ich ihm bis zum Jahr 2028 verbieten fernzusehen.

»Ich möchte einen kleinen Bruder«, sagt Jérémie einschmeichelnd. »Du hast Félix und Basile hat Vincent.«

»Mögen deine Hoffnungen von Erfolg gekrönt sein«, ergänzt Basile. »Wenn ihr Hilfe braucht, stehe ich zur Verfügung.«

»Schreibst du jetzt unter deinem richtigen Namen?« frage ich, während ich Jérémie wütend anfunkele.

»Nein, ich behalte den Namen Hermès ...«

»Warum?«

»Aufgrund der Initialen, die auf meine Hemden gestickt sind.«

»Aber du trägst doch nie Hemden.«

»Weil ich keine Frau habe, die sie bügelt«, erwidert Basile, und dann gibt er mir in aller Öffentlichkeit einen Kuß, denn in der Bretagne ist das erlaubt.

Hugues steigt mit Félix in Janes Wagen. Der Rest der Truppe steigt bei mir ein. Basile und Vincent sitzen hinten und planen einen gemeinsamen Flug. Jérémie sitzt auf dem Beifahrersitz, trällert sein berühmtes Weihnachtslied und endet mit einem schmetternden *Hakuna matata*.

»Wir haben nicht Weihnachten, Jérémie!«

»Wir haben heute doch auch meinen Geburtstag gefeiert«, verteidigt er sich.

Er beugt sich zu mir hinüber, und ich halte ihm meine Wange hin, doch er interessiert sich nur für die Hupe. Er drückt zwölfmal hintereinander auf die Hupe, wirft dann den Kopf zurück und schreit.

»Was ist denn in dich gefahren?«

»Frohes neues Jahr!« ruft er. »Heute ist der 31. Dezember. Soeben haben zwölfmal die Glocken geläutet, und alle

Schiffe im Hafen betätigen ihr Nebelhorn, um das neue Jahr zu begrüßen.«

»Jérémie, es tut mir leid, daß ich deinen Schulausflug verpaßt habe«, sagt Basile.

»Das ist nicht schlimm. Wir machen bald wieder einen. Kommst du dann mit?«

Ich fange an laut zu lachen.

»Wenn dein Sohn sich etwas in den Kopf gesetzt hat, läßt er nicht mehr locker«, meint Basile. »Ich nehme deine Einladung an. Es ist mir eine Ehre. Vielleicht werde ich es bedauern, aber ich werde kommen. Ich schwöre es dir.«

»Spuck bloß nicht ins Auto«, verlange ich.

Am Ende des Weges taucht unser Leuchtturm auf. Vor dem Leuchtturm steht ein weißer Lieferwagen.

»Was ist das dann?«

»Kümmere dich nicht darum!« sagt Basile. »Laß uns aussteigen, parke den Wagen auf der anderen Seite und warte dort auf mich.«

Ich folge gehorsam seinem Befehl.

»Siehst du«, flüstert mir Jérémie zu, als er aussteigt, »es war gar nicht so schwer. Ich hatte recht, ihn als Vater einzuladen. Er steht zur Verfügung.«

Ich setze mich in die Heide und stecke mir eine Zigarette an.

»Du darfst dich nicht umdrehen«, befiehlt Basile, der hinter mir steht. »Kannst du gut rechnen?«

»Ich glaube ja.«

»Gut. 88 minus 32 macht wieviel?«

»Hm, 56, aber ich verstehe nicht.«

»Erinnerst du dich an den Satz auf Saïdas *khanga*? *Die Geduld ist der Schüssel zum Paradies?* Hab Geduld, Mab. 188 minus 132?«

Ich ziehe die Nase kraus und atme tief durch, um keinen Fehler zu machen.

»188 minus 132 ist noch immer 56, oder?«

»Ganz genau«, antworte ich.

Ich öffne die Augen und sehe 56 rote Rosen, die Basile über mein Handy bestellt hat und die mir eben geliefert wurden. Die Liebe ist lebenswichtig, der Zärtlichkeit kommt eine entscheidende Bedeutung zu, und Glück ist immer möglich. Heute, am Sonntag, dem 30. November 1997 habe ich so viele rote Rosen in meinem Leben bekommen, wie es Stufen in Hugues' Leuchtturm gibt.

Saint-Germain-en-Laye, Sansibar, Rom 1998

Ich habe nichts zu gewinnen,
ich liebe dich zu sehr, um zu verlieren,
ich spiele nicht mehr,
ich liebe dich …

PAUL ÉLUARD

Ein fesselnder Liebes- und Schicksalsroman

Beim Segeln an der Küste von Dover lernt die junge Marjorie Hardy den reichen Fabrikantensohn Robert McLaren kennen und lieben. Aber ihr gemeinsames Glück währt nur kurze Zeit. Robert, durch den Tod der beiden Brüder alleiniger Erbe des Familienunternehmens, wird nach Schottland zurückgerufen.
Die zutiefst enttäuschte Marjorie bleibt allein zurück – schwanger, wie sich bald danach herausstellt. Aber statt zu resignieren faßt sie einen ungewöhnlichen Entschluß: sie will für sich und ihr Kind eine gesellschaftliche Position erringen, die es ihr eines Tages ermöglicht, dem Mann, der ihr alles gab und alles nahm, erneut gegenüberzutreten …

BASTEI LÜBBE

Eine charmante Familiensaga aus dem Herzen der Champagne

Ihr ganzes Leben hat Alice Darange auf Schloß Mervège verbracht und den Reichtum genossen, den ihre Familie aus der Herstellung von Champagner bezog. Deshalb kann sie nur schwer verstehen, daß ihre Enkelinnen die hektische Betriebsamkeit in Paris dem beschaulichen Leben in der Champagne vorziehen: Sie machen Karriere und ordnen ihr ganzes Leben dem Beruf unter.
Als die vornehme alte Dame stirbt, hinterläßt sie ein Testament, daß ihre Erben zum Nachdenken anregen soll: Sie erhalten erst dann das volle Erbe, wenn sie wenigstens ein halbes Jahr auf dem Schloß verbracht haben. Marion macht den Anfang. Und stellt bald fest, daß ihre Großmutter auf diesem Schloß ein ganz besonderes Geheimnis hütete ...

ISBN 3-404-12989-X

BASTEI LÜBBE

Eine bittersüße Geschichte über Liebe, Verlust und die Kunst des Kompromißschließens

Sonia, Lady Duntan, liebt den Familienlandsitz weit mehr als ihren Ehemann Archie. Doch der pocht unerbittlich darauf, daß der Schein gewahrt bleibt und der gemeinsame Haushalt weitergeführt wird.
Als Archie sich jedoch auf eine Affäre mit der lungenkranken Rosie Bartlett einläßt, ist Sonia fest entschlossen, seine Pläne zu durchkreuzen. Die Verschwörung zieht immer weitere Kreise, weil ihre schöne, aber unzuverlässige Schwiegermutter einen falschen, unheimlichen Mönch und den weltmännischen Simon Hadleight mit hineinzieht, wodurch der Lauf der Dinge außer Kontrolle zu geraten droht …

ISBN 3-404-12789-7

BASTEI LÜBBE

Beach Music – das ist der Klang der Brandung an den Gestaden von South Carolina, zwischen Sumpfland und zahllosen kleinen Inseln, wo es von Fischen, Vögeln und anderem Meeresgetier nur so wimmelt.
Beach Music – das ist auch die Melodie, die erklingt, als die schicksalhafte Liebe von Jack McCall und Shyla Fox beginnt. Ihr Tanz in einem alten Strandhaus, das von den Wellen ins Meer gerissen wird, steht symbolisch für den Tanz am Rande des Abgrunds, der damit endet, daß sich Shyla eines Tages von einer Brücke in den Fluß stürzt.
An dieser Stelle beginnt der Roman. Er erzählt von der Flucht eines Mannes vor der Vergangenheit, die in die Zeit des Vietnamkrieges und die Schrecken des Holocaust zurückreicht, aber auch verflochten ist mit der Geschichte einer unzähmbaren Familie, deren Liebe Jack aus den Schatten von gestern befreit.

ISBN 3-404-12801-X

BASTEI LÜBBE

Um einen Mann zu belügen, werden zwei Mädchen, Rose und Rachel, kurz nach ihrer Geburt vertauscht. Sie wissen nichts voneinander und wachsen in völlig gegensätzlichen Welten auf: die eine wohlbehütet und in Luxus, die andere in Armut und völlig auf sich allein gestellt. Doch eines Tages kreuzen sich ihre Wege, und sie verlieben sich in denselben Mann. Die dunkle Saat »Im Garten der Lügen« geht auf …

Spannend, romantisch, phantasievoll, dramatisch und – herrlich sentimental

ISBN 3-404-11860-X

BASTEI LÜBBE